U0107468

　　国家社科基金重点项目"中国诗学在古代朝鲜半岛的流播之文献整理与研究"（18AWW004）阶段成果

古代朝鲜诗家明诗批评

袁棠华 著

中华书局

图书在版编目(CIP)数据

古代朝鲜诗家明诗批评/袁棠华著. —北京:中华书局,2023.3
ISBN 978-7-101-16120-5

Ⅰ.古… Ⅱ.袁… Ⅲ.古典诗歌–诗歌评论–中国–明代
Ⅳ.I207.227.48

中国国家版本馆 CIP 数据核字(2023)第 034987 号

书　　名	古代朝鲜诗家明诗批评	
著　　者	袁棠华	
责任编辑	葛洪春	
责任印制	陈丽娜	
出版发行	中华书局	
	(北京市丰台区太平桥西里 38 号　100073)	
	http://www.zhbc.com.cn	
	E-mail:zhbc@ zhbc.com.cn	
印　　刷	三河市中晟雅豪印务有限公司	
版　　次	2023 年 3 月第 1 版	
	2023 年 3 月第 1 次印刷	
规　　格	开本/920×1250 毫米　1/32	
	印张 10　插页 2　字数 300 千字	
国际书号	ISBN 978-7-101-16120-5	
定　　价	68.00 元	

目 录

绪　论

　　明代是古代中朝两国友好交往的高峰时期,明诗在中、朝诗歌发展史及文化交流史上,发挥着重要的作用。明诗借由多种路径传入朝鲜后,对朝鲜文坛影响很大,朝鲜诗家在接受与学习明诗时,结合本国文坛发展实际及其诗学理念,对明诗展开了多元批评。以域外视角批评明诗,以"他者"来观"自我",既可以不断地完善"自我",也可以深入地了解"他者"。朝鲜诗家对明诗的批评,不是简单地对明诗史上重要人物和诗作进行描述,而是从理论建构和批评实践上对明诗展开多层面多角度的透视。从这一意义上说,朝鲜诗家对明诗的批评是一项融中朝两国文学观念、诗歌批评理念为一体的综合研究。朝鲜诗家对明诗的批评既是其诗学观的具体实践,也是明代诗学在域外重构的体现。探究古代朝鲜诗家对明诗的批评,对了解明诗域外传播与影响、补充明诗资料、认识中朝两国诗学乃至东亚诗学的交流与发展十分必要,对今天弘扬中国传统文化,提高民族自豪感有重要意义。

　　本书的研究对象为古代朝鲜诗家①对明诗家诗作以及明诗学理论的批评,旨在揭示与探析古代朝鲜诗家对明诗接受与批评的状况。据此,需要厘清几个问题:

　　其一,明确朝鲜诗家选择明诗作为批评对象的动机。朝鲜诗家

———————

① 因明朝对应的是朝鲜朝,故本书的朝鲜诗家指的是古代朝鲜朝诗家。

对明诗的接受与批评,依托于中朝两国友好交往的历史背景,此为朝鲜诗家选择明诗作为批评对象的主要外因。中朝两国地缘相亲,自古以来,两国为友好邻邦,尤其是明朝与朝鲜朝建立宗藩关系后,两国交往更为密切,"据记载,明廷先后遣使 170 余次,使节多达 200 余人"①,朝鲜使臣到中国的人数也很多。两国继承传统的诗赋外交方式,保持友好关系,最大限度地发挥明诗的媒介作用。明朝君臣通过诗歌阐明其政治立场,如明洪武二十九年,朱元璋就曾"赐《御制诗》三篇"②给朝鲜使臣权近,在诗中回顾两国友好交往的历史,表明其政治态度。朝鲜使臣也在与中国君臣诗歌酬唱中表达其"事大""慕华"思想,尤其是通过评论《皇华集》中的明诗来表达对明廷的敬慕之心。这种"事大"思想在文学上的表现则为朝鲜文人对明代文学主要是对明代诗文的积极学习。朝鲜诗家将明诗家编选的诗学选本视为编选诗歌的范本,高棅的《唐诗品汇》、李攀龙的《古今诗删》成为朝鲜诗家编选唐诗、明诗的主要参考摹本,许筠认为李攀龙《唐诗删》"匠心独智,不袭故不涉套"③,高棅与李攀龙的唐诗选本问世后,"天下之选唐诗者,皆废而不行"④。许筠借鉴高棅与李攀龙的选诗标准,编选了《唐诗选》《明诗选》及《国朝诗删》。朝鲜诗家还将明诗看成学习诗歌的榜样,如李植将胡应麟的《诗薮》作为学习准的,金锡胄将袁宏道的诗歌选录进其《锦帆集》中,申钦将杨慎的选诗评诗作品

---

① 曹春茹、王国彪:《朝鲜诗家论明清诗歌》,北京:中央编译出版社,2016 年,第 144 页。

② 权近:《阳村先生年谱》,《阳村集》,《影印标点韩国文集丛刊》第 7 辑,首尔:韩国古典翻译院,1990 年,第 11 页。

③ 许筠:《惺所覆瓿稿》卷四,《影印标点韩国文集丛刊》第 74 辑,首尔:韩国古典翻译院,1991 年,第 175 页。

④ 许筠:《惺所覆瓿稿》卷四,《影印标点韩国文集丛刊》第 74 辑,首尔:韩国古典翻译院,1991 年,第 175 页。

结集成《铁网余枝》,正祖李祘将符合其诗教观的明诗选入《诗观》中。朝鲜诗家不但将这些明诗视为学诗与作诗准的,还以明诗家作为其诗歌创作典范,如"李达诗诸体,酷似大复(何景明)","卢守慎强力宏蕃,比弇州(王世贞)稍固执"①。

朝鲜诗家对明诗进行批评,并非泛泛而谈,主要选择明诗之复古、性情、风格等最能彰显明诗特征的几个方面展开深入批评。这与朝鲜朝中期文坛的创作实际密切相关,主要缘于当时朝鲜文坛的诗学宗尚、朝鲜诗家的诗歌创作原则及其时代审美趋向等,此为朝鲜诗家批评明诗的主要内因。

朝鲜朝中期,朝鲜诗坛由宗宋转为宗唐。这主要是朝鲜诗家对自高丽中期至朝鲜朝初期文坛总结与反思的结果。高丽中期至朝鲜朝前期,朝鲜诗家推崇"以文字为诗,以才学为诗,以议论为诗"的宋诗,诗歌创作常常流于追求技巧等形式主义弊端。朝鲜朝初期因崇儒排佛导致朱子学在朝鲜社会深入人心,在这样的思想文化氛围中,科举考试注重经义,文学观念强调道统,诗学思想也渗透着浓厚的哲学思辨色彩,文学创作也受此影响,以议论入诗、以学问为诗成为诗歌创作的主要倾向,越来越远离诗道,这引起一些朝鲜诗家的不满与反思。与"以议论故实"为主、"既乖温厚之旨,又乏逸宕之致"②的宋诗相比,"诗道大盛"的唐诗成为朝鲜诗家的必然选择。而明代诗坛的复古运动更是以"诗必盛唐"为主张,且在此主张指导下,诗歌创作取得了一定成就,在一定程度上引起了朝鲜诗坛的深刻反思,诚如许筠所言:"近日中朝人,文学西京,诗祖老杜,故虽不能臻其阃阈,所谓

---

① 洪万宗:《旬五志》,《韩国诗话全编校注》第二册,北京:人民文学出版社,2012年,第250页。
② 金昌协:《农岩集》卷三十四,《影印标点韩国文集丛刊》第162辑,首尔:韩国古典翻译院,1996年,第375页。

刻鹄类鹜者也。本朝人,文则三苏,诗学苏、黄,故卑野无取。"①明代诗坛的复古运动使力图通过宗唐扭转宗宋带来诗坛之弊的朝鲜诗家有了前行的动力及努力的方向,在此契机下,明诗复古成为朝鲜朝中期诗家仿效的榜样。且朝鲜诗家认为朝鲜诗坛宗唐复古与明诗复古遥相呼应,互为表里,共同成就了中国和朝鲜诗风改革的盛况,申翊圣在《题东溟槎上录》中曾概括:"盖中朝以草昧之功,归之北地(李梦阳)、信阳(何景明)。而本朝崔、白始倡三唐,苏谷起而雄鸣于一时,则诗道之变,与中朝相为表里者为盛。"②朝鲜诗家在学习明诗复古的基础上,对明诗复古有了更清醒的认识,他们肯定明诗复古即为复古诗之道,而"诗道当以为唐为正"③。朝鲜朝中期诗家主张通过"宗唐"恢复诗道主要有两种途径:一种是以李晬光为代表的宗唐者,主张宗唐的目标是恢复"诗道之正"与"文质彬彬""温柔敦厚"的诗道传统。一种是以许筠为代表的宗唐者,强调恢复诗道性情之传统。而性情诗学是朝鲜朝中期主要的诗学主张与理想,柳梦寅、李晬光、许筠等人都强调学习唐诗,其原因是他们认为性情是唐诗的精髓,最具性情的唐诗最近诗道,因此,他们强调宗唐复古时,更加关注明诗的复古与性情。创作主体性情不同,其诗歌风格也各具风貌。朝鲜自高丽时期就有"重气"的传统,不但将"气"看成风格的内驱力,还将"气"作为评论诗歌的一个主要标准,朝鲜诗家充分认识到审美主体意识在诗歌创作中的主导作用,注意到明诗与唐宋诗风格最大的不同是明诗"尚气"。且朝鲜诗家十分关注复古派追求风格之"清"的审美倾向,

---

① 成均馆大学校大东文化研究院:《许筠全集》,首尔:成均馆大学校出版部,1981年,第358页。
② 金世濂:《东溟先生集》卷四,《东溟集》,《影印标点韩国文集丛刊》第95辑,首尔:韩国古典翻译院,1992年,第194—195页。
③ 许筠:《惺所覆瓿稿》卷八,《影印标点韩国文集丛刊》第74辑,首尔:韩国古典翻译院,1991年,第204页。

认为他们如李攀龙一样因学李白而使其诗有"清壮"之风,或如何景明一样因学杜甫而使其诗有"清雅"之风。除此之外,朝鲜诗家对不被中国学者所关注的山林诗"清远"的诗风也极为关注。"自然在古代朝鲜,已深深地积淀为整个民族文化的一种集体无意识式的审美诉求"①,朝鲜诗家对明诗之"自然"批评也较多。

其二,找出朝鲜诗家重点关注的明诗家诗作。明诗对中朝两国乃至东亚文学交流及诗学发展都具有重要意义,因此,朝鲜诗家对明诗极为关注,选择明诗的视域也极为宽广。朝鲜诗家对明诗的批评大多以明人的个人集著、明诗话、明诗选本等文本为主,对明诗风、明代诗学流派等展开多元多视角的接受与批评。

朝鲜诗家在批评明诗时,提到的明人及作品很多,如"明人以诗鸣者,何大复景明、李崆峒梦阳,人比之李杜。一时称能者,边华泉贡、徐博士祯卿、孙太白一元、王检讨九思。何、李之长篇七律俱善近古,李于鳞、王元美亦称二大家,而吴国伦、徐中行、张佳胤、王世懋、李世芳、谢榛、黎民表、张九一等皆并驱争先"②。"明人以文鸣者十大家:李崆峒献吉、王阳明伯安、唐荆川应德、王祭酒允宁、王按察慎中、董浔阳玢(份)、茅鹿门坤、李沧溟攀龙、王凤洲世贞、汪南溟道昆。"③朝鲜诗家评论的明人作品较详细的有明太祖朱元璋、明惠帝朱允炆、明成祖朱棣、明仁宗朱高炽、高启、杨基、袁凯、刘基、宋濂、高棅、杨士奇、杨荣、杨溥、于谦、陈献章、李东阳、"前七子"(李梦阳、何景明、王廷相、王九思、康海、边贡、徐祯卿)、"后七子"(李攀龙、王世

①　张振亭:《朝鲜古典诗学范畴及其批评体系》,北京:人民出版社,2018年,第114页。

②　许筠:《鹤山樵谈》,《韩国诗话全编校注》第二册,北京:人民文学出版社,2012年,第1458—1459页。

③　许筠:《鹤山樵谈》,《韩国诗话全编校注》第二册,北京:人民文学出版社,2012年,第1458页。

贞、谢榛、宗臣、梁有誉、徐中行、吴国伦)、杨慎、徐渭、高叔嗣、王阳明、冯惟敏、"公安派"(袁宗道、袁宏道、袁中道)、"竟陵派"(钟惺、谭元春)、明末爱国诗人陈子龙、夏允彝、夏完淳等人的作品,其他提及但未展开详细论述的有夏原吉、李贤、罗伦、顾起纶、何良俊、唐顺之、吴明济、屠隆、顾璘、王允宁、王慎中、董玢(份)、茅坤、汪道昆、张士镐等人的作品。还有出使朝鲜的明使臣朱之蕃、梁有年、倪谦、龚用卿、黄洪宪、王敬民等人的诗作。

其中朝鲜诗家提到最多的是明复古派的集著,如前七子中有李梦阳的《空同集》、何景明的《大复集》、边贡的《边华泉集》、徐祯卿的《徐迪功集》、王廷相的《风雅》。后七子中有李攀龙的《沧溟集》、王世贞的《弇州四部稿》、谢榛的《谢山人集》、吴国伦的《吴甀甄集》、徐中行的《徐天目集》。其他还有王世懋的《奉常集》、袁宏道的《袁中郎集》、蒋一葵的《尧山堂外纪》、明末清初钱谦益的《列朝诗集小传》等,明人编辑的关于朝鲜的著作如董越的《朝鲜赋》、龚用卿的《使朝鲜录》、吴明济的《朝鲜诗选》、蓝芳威的《朝鲜诗选》等。

朝鲜诗家评论的诗学选本主要有高棅的《唐诗品汇》、李攀龙的《唐诗选》《古今诗删》(朝鲜诗家又称为《列朝诗删》)。

李圭景在《论诗》中提到的明诗话有"林希恩《诗文浪谈》、瞿佑《归田诗话》、都穆《南濠诗话》、姜南《蓉塘诗话》、叶秉敬《敬君诗话》、曹学佺《蜀中诗话》、陈霆《渚山堂诗话》、李东阳《怀麓堂诗话》、顾元庆《夷白斋诗话》、朱承爵《存余堂诗话》、无名氏《娱书堂诗话》、杨慎《升庵诗话》、谢榛《诗家直说》、徐泰《诗谈》、田艺蘅《香宇诗谈》、张蔚然《西园诗麈》、江盈科《雪涛诗评》与《闺秀诗评》、杨慎《闲书杜律》"①等,其中论及最多的是杨慎的《升庵诗话》。

---

① 李圭景:《论诗》,《韩国诗话全编校注》第八册,北京:人民文学出版社,2012年,第6610页。

由上可见,朝鲜诗家对明诗关注的范围极广,几乎整个明诗历程中的诗歌都有所评论,但对明复古派尤其是前后七子的诗作诗论及公安派、竟陵派的诗作诗论关注最多。

其三,整理朝鲜诗家批评明诗的文献资料,探究朝鲜诗家明诗批评的主要指向,并对其进行阐释与分析。朝鲜诗家对明诗的批评材料,主要记载在朝鲜诗家的文集与诗话中。个人文集主要是《影印标点韩国文集丛刊》中收录的古代诗文集中的诗歌、散文、笔记、信札、序跋等文献中关于朝鲜诗家探讨明诗的信息和材料。诗话主要包括蔡美花、赵季主编的《韩国诗话全编校注》(共十二册,人民文学出版社,2012)、赵钟业编选的《修正增补韩国诗话丛编》(太学社,1996)、邝健行主编的《韩国诗话中论中国诗资料选粹》(中华书局,2002)中提及的朝鲜诗家对明诗的接受与批评。还有一些对明使臣诗歌的评论,主要记载在中、朝交往的文献中,以《皇华集》为主。《影印标点韩国文集丛刊》与《韩国诗话全编校注》为本书的主要文献依据,且以朝鲜朝中、后期的文人批评为重点参考资料,在此基础上,分析朝鲜诗家以批评明诗复古、性情、风格为主要指向的原因及表现,归纳两国诗学的共性与个性。

本书研究内容与中朝两国文学史、诗歌发展史、诗学理论发展等相关,因此,在文献搜集与整理的基础上,首先,采用传播学、接受美学、社会历史批评与影响研究的方法,梳理与揭示明诗在古代朝鲜的流播情况、朝鲜诗家对明诗的选择与接受情况及对朝鲜诗坛的影响,挖掘中朝两国诗学的共性与个性,观照中朝两国诗学发展变化之因。其次,将朝鲜诗家对明代诗歌的接受与批评作为一种客观存在的历史现象,即从现象学的视角,以"回归事物本身"的方式揭示出朝鲜诗家论明诗的内因与外因究竟为何,以避免主观臆测的偏颇,这就需要尽量回归到朝鲜诗家论明诗的历史文化语境中去寻找答案。最后,运用阐释学的方法,回归文本自身,根据"意向性"原则,揭示出朝鲜诗家论明诗的价值倾向与最终的价值取向。即从朝鲜诗家论明诗的文本出发,揭示朝鲜诗家论明诗的"意向性"为何是"复古""性情""气""清""自然"等主要价值抉择,同时,彰显出朝鲜诗家论明诗的"意向性"所体现出来的朝鲜文坛的诗歌风尚与民族文化心理。运用多种方法,希望迫近地观察明朝及朝鲜朝复杂的文学事件和文学现象,真正进入到文学史的情境中去,实现一种"进入过程的文学史研究"①,以期对中朝两国诗学发展有全方位的认识。

---

① 蒋寅:《进入"过程"的文学史研究——〈王渔洋与康熙诗坛〉导论》,《山西大学师范学院学报》,2001 年第 1 期。

第一章　古代朝鲜诗家对明诗复古倾向的批评

明代文学复古运动，从正式兴起的弘治年间算起，到余音袅袅的明末清初，绵延了约一个半世纪，其高峰期几乎席卷了整个明文坛。明代文学复古不仅对中国文学有极大影响，东传朝鲜后，也引起朝鲜诗家的极大关注。尤其是朝鲜朝中期，朝鲜诗家力图扭转自高丽中期以来尊宋而导致的以理入诗、以学问为诗之弊，提倡为诗宗唐，"三唐诗人"李达、白光勋、崔庆昌经为诗宗唐的实践，证明师法唐诗为学诗之第一要义。李睟光、许筠等人纷纷响应，朝鲜诗坛形成宗唐复古之势。而明诗复古派提出的"文必秦汉，诗必盛唐"恰与朝鲜诗坛宗唐之势相符，而且朝鲜诗家已经看到了明诗复古所取得的巨大成绩，因此，他们以明诗宗唐复古为榜样，对明诗的复古倾向评论最多。朝鲜诗家围绕明诗复古派的"尚古之风"、"诗必盛唐"的复古主张、"唐宋之争"的取舍，对明诗复古观展开了多元批评；对明诗"以古气为美""诗以正脉为宗""拟议以成其变化"的复古取向进行了深入讨论；对明诗复古的得失与影响进行了深入思考。朝鲜诗家对明人的文学复古或追随或反对，在接受与批评中，结合朝鲜诗坛的创作现状，提出了一些革新主张，进而影响朝鲜汉诗创作风气的转变，即通过接受与批评"他者"来完善"自我"。

第一节　古代朝鲜诗家论明诗的复古观

　　诗文复古是明代文学的一个重要内容,对明代诗风及明代文学影响极大。明初茶陵诗派的代表人物李东阳为改变文坛自"永乐以还,崇台阁体,诸大老倡之,众人应之,相习成风,靡然不觉"①的现状,开启了文学复古之路。朝鲜诗家李德懋(1741—1793)称李东阳"有倡始仞"②之功。而真正扛起明代文学复古大旗的是前后七子③,朝鲜诗家对"肇自正德,而衰于万历之季,横踞海内,百有余年"④的前后七子之诗尤为关注。前后七子之间的唐宋派及晚明的复社和几社,也无不倡导复古。复古派的诗学观点及诗作对朝鲜诗学及汉诗创作有极大的影响,故此,朝鲜诗家对明代诗歌的复古批评尤多。

　　一、明诗"尚古之风"

　　沈德潜在《明诗别裁集》的序言中概括宋元明诗的差异为"宋诗近腐,元诗近纤,明诗其复古也"⑤。明诗有明显的尚古倾向,朝鲜诗家肯定明诗"尚古"之学与"追古"之风。

　　《李朝实录》里记载,"中朝人非但禀赋甚厚,其文章地步广阔,

① 沈德潜撰,王宏林笺注:《说诗晬语笺注》,北京:人民文学出版社,2011年,第309页。
② 李德懋:《青庄馆全书》卷二十四,《影印标点韩国文集丛刊》第257辑,首尔:韩国古典翻译院,2000年,第377页。
③ 前七子为李梦阳、何景明、徐祯卿、边贡、康海、王九思和王廷相七人。后七子为李攀龙、王世贞、谢榛、宗臣、梁有誉、徐中行、吴国伦。前后七子简称"明七子"。
④ 永瑢等:《少室山房类稿》提要,《四库全书总目提要》(万有文库本)第33册,上海:商务印书馆,1931年,第118页。
⑤ 沈德潜:《明诗别裁集》,上海:上海古籍出版社,1979年,第1页。

行文则论两汉以上,诗律则称苏武、李陵、宋朝之学,置而不论。其首倡者,李梦阳也。梦阳为尚古之学,为一代大儒"①。李德懋在《诗观小传》里介绍何景明"始与李梦阳创复古学"②,在《婴处诗稿》中评李梦阳、李攀龙为"大明文章先辈",其诗文"熊熊古气孰追,泱泱逸声难配"③。李殷相(1617—1678)在《灯夕,与洪君实、金久之、南云卿及幼能往见湖堂旧基,仍泛舟观灯,口占求正二首》中,称赞李攀龙"文章敢拟追前辈"④。

徐宗泰(1652—1719)评价王世贞等:

> 欲尽追古,始每有语,一切洗凡径超常套……大抵弘嘉诸公,伯安(王阳明)雄而恣、献吉(李梦阳)大而疏、仲默(何景明)艳而靡、鹿门(茅坤)华而失之弱、荆川(唐顺之)赡而失之衍,弇山(王世贞)则该众长而尤杰然者欤?⑤

夸赞王世贞的《弇山集》:

> 宏博哉!文章之无先秦汉,业已累百千年。今骎骎得遗音,而时似之。至锋焰挺动处,有奇隽生色,自令人跃然而喜。⑥

① 末松保和编:《李朝实录》第29册,东京:学习院东洋文化研究所,1961年,第476页。
② 李德懋:《青庄馆全书》卷二十四,《影印标点韩国文集丛刊》第257辑,首尔:韩国古典翻译院,2000年,第377页。
③ 李德懋:《青庄馆全书》卷二,《影印标点韩国文集丛刊》第257辑,首尔:韩国古典翻译院,2000年,第37页。
④ 李殷相:《东里集》卷二,《影印标点韩国文集丛刊》第122辑,首尔:韩国古典翻译院,1994年,第396页。
⑤ 徐宗泰:《晚静堂集》第十一,《影印标点韩国文集丛刊》第163辑,首尔:韩国古典翻译院,1996年,第235—236页。
⑥ 徐宗泰:《晚静堂集》第十一,《影印标点韩国文集丛刊》第163辑,首尔:韩国古典翻译院,1996年,第235页。

其他记载追古之风的还有：

> 张采字受先，太仓人。与同里张溥友善，号娄东二张……溥亦归自京都，相与复古学，名其社曰"复社"。①
>
> 陈子龙字人中，更字卧子，华亭人，治诗赋古文，取法魏晋，骈体尤精妙。崇祯丁丑进士，选绍兴推官。②
>
> 夏允彝，弱冠举于乡，好古博学，工属文……与同邑陈子龙、徐孚远、王光承等亦结"几社"，相应和。③

从上述引证材料可见，朝鲜诗家认为明七子尚古之风最为明显，前七子以李梦阳、何景明为复古先锋、尚古大儒，后七子中王世贞等也极尽追古，其诗文颇得秦汉遗音。明代弘治、嘉靖诗人追古呈现的诗文之风各不相同，王阳明"雄而恣"、李梦阳"大而疏"、何景明"艳而靡"，李梦阳、李攀龙之诗"如苍厓古壁、周鼎商彝"④。

朝鲜诗家总结明诗尚古的范围极广。从先秦《诗经》到魏晋南北朝再到唐宋之诗，都是明诗家要学习的对象。

明诗复古可以上溯到学习先秦的《诗经》。因为"《诗三百篇》古矣，汉魏近古而质矣，二晋质变而文矣，梁陈文变而靡矣，至于唐则彬彬矣，宋则又变而衰矣"⑤。所以明代"学诗者以《三百

---

① 李德懋：《青庄馆全书》卷四十七，《影印标点韩国文集丛刊》第 258 辑，首尔：韩国古典翻译院，2000 年，第 340 页。
② 成海应：《研经斋全集》卷三十六，《影印标点韩国文集丛刊》第 274 辑，首尔：韩国古典翻译院，2001 年，第 278 页。
③ 李德懋：《青庄馆全书》卷四十六，《影印标点韩国文集丛刊》第 258 辑，首尔：韩国古典翻译院，2000 年，第 314 页。
④ 李祘：《弘斋全书》卷一百八十，《影印标点韩国文集丛刊》第 267 辑，首尔：韩国古典翻译院，2001 年，第 513 页。
⑤ 李晬光：《芝峰类说》，《韩国诗话全编校注》第二册，北京：人民文学出版社，2012 年，第 1062 页。

篇》为宗"①。朝鲜诗家李宜显（1669—1745）在《陶谷杂著》中言：
"至于明人，浮慕《三百篇》、汉魏，鄙夷唐以下。"②李宜显虽认为明人
学《诗经》而不得其神髓，只是浮慕而已，但也反映出朝鲜诗家肯定明
人尚古可追溯到先秦诗歌。

正祖李祘在其日常心得之书《弘斋日得录》中言：

> 王阳明曰："诗非孔门之旧本。孔子云：'放郑声。郑卫之
> 音，亡国之音也。'孔子所定《三百篇》，皆所谓雅乐，皆可奏之郊
> 庙，奏之乡党。秦火之后，世儒附会以足《三百篇》之数。"以予
> 观之，此阳明好奇之论也。诗传旧序乃是子夏所作。有曰："主
> 文而谲谏，言之者无罪，闻之者足以戒。"有曰："王道衰，政教失，
> 国异政，家殊俗，而《变风》、《变雅》作矣。"子夏以圣门高第，亲
> 炙于删述之际，则子夏之序，即孔子之旨也。故朱子仍之，以为
> 恶者惩创人之逸志。然则大圣人诏后之意，不在于郑卫之并列
> 而不删乎？③

李祘在此表达了他与王阳明对《诗经》非孔门旧本的不同意见，
从诗教的角度，论证了王阳明仅以孔子只选雅乐入《诗经》来判断
《诗经》不是孔门旧本的片面性。从李祘的讨论中可以看出《诗经》
对明人的影响，明诗家在对《诗经》的学习中，不完全是模拟，也有对
其思想的质疑与讨论。

---

① 佚名：《诗文清话》，《韩国诗话全编校注》第三册，北京：人民文学出版社，
2012 年，第 2023 页。
② 李宜显：《陶谷杂著》，《韩国诗话全编校注》第四册，北京：人民文学出版社，
2012 年，第 2931 页。
③ 李祘：《弘斋日得录》，《韩国诗话全编校注》第六册，北京：人民文学出版社，
2012 年，第 4756 页。

朝鲜诗家认为明诗对汉魏六朝诗歌的学习,主要是对陶渊明诗歌的效法。朴祥(1474—1530)在《靖节陶征士诗集跋》中言:

> 右靖节先生诗集康州须溪本,不但文集之不具,而其所载且有阙失,是岂陶氏之全书耶? 余尝得国朝李梦阳所校定诗文两帙。①

从这段文献中可以看出明诗家对陶渊明诗歌的重视。身为前七子领袖的李梦阳校定陶渊明诗文,足见陶诗对明诗家的影响。

明代出使朝鲜的熊化"喜读《左传》《史记》,汉魏晋名家书"②,他曾化用陶诗以表达中朝两国的友好之意:

> 熊天使赠馆伴李好闵诗曰:"白岳重来访尚禽。"李公谓余曰:"未知'尚禽'何义也。"余按:汉尚长字子平,隐居不仕,与北海禽庆俱游五岳名山,不知所终。《陶渊明集》有"尚长禽庆赞",唐诗云"得展禽尚志"是也。③

"白岳重来访尚禽"中"尚禽"一词,化用了陶渊明《尚长禽庆赞》一诗中"尚子"与"禽生"之词,指尚长与禽庆两位志同道合的高士,熊化以此来比喻他与朝鲜馆伴李好闵的情谊。

虽然明诗家效法古诗的范围很广,但因复古派的文学主张非常

---

① 朴祥:《讷斋先生续集》卷四,《讷斋集》,《影印标点韩国文集丛刊》第19辑,首尔:韩国古典翻译院,1988年,第71页。

② 熊化:《静俭堂集》,《天津图书馆孤本秘籍丛书》第十二册,天津:天津图书馆,1999年,第87页。

③ 李晬光:《芝峰类说》,《韩国诗话全编校注》第二册,北京:人民文学出版社,2012年,第1263页。

鲜明和坚定，以"文必秦汉，诗必盛唐"且"诗自天宝而下，誓不污毫素"作为文学创作的师法目标，因此，朝鲜诗家指出明诗家的复古理念中，学唐是最为重要的。唐诗成为明诗家模仿的标本，金昌协（1651—1708）在《农岩杂识》中言："明诗如徐昌谷、高子业，虽与李、何相和应，而其天才自近唐人，故所就高出一时……此外如唐应德、蔡子木诸人皆学唐。"[1]阐述了除明七子、唐宋派外，还有很多明诗家都积极学唐，学唐成为明诗学习的核心。

除了学唐诗外，朝鲜诗家还发现明诗家在效法前人时，对宋诗也进行了研究与模仿，指出明诗家学宋，多学欧阳修与苏轼。李德懋在《清脾录》中记载：

> 欧阳公谪滁州，令幕中谢判官幽谷种花。谢请要束，公批纸尾云："浅红深白宜相间，先后仍须次第栽。我欲四时携酒去，莫教一日不花开。"余尝于酒家土壁，淡墨斜书："功名富贵两忘羊，且尽生前酒一觞。多种好花三百本，短篱风雨四时香。"余喜其旷达，不知谁作，后知为明初人叶子奇诗也。书此者，想非草草人也。与欧公诗意同，故连书之。[2]

李德懋认为明初叶子奇《漫兴》这首诗表达其不在意功名富贵的豁达态度。此诗的最后两句，通过欲种花满园以备四时香，展现其理想的生活，而这与欧阳修的诗歌《谢判官幽谷种花》中展现的喝酒赏花闲适之情有异曲同工之妙。

---

[1] 金昌协：《农岩杂识》，《韩国诗话全编校注》第四册，北京：人民文学出版社，2012 年，第 2839 页。

[2] 李德懋：《清脾录》，《韩国诗话全编校注》第五册，北京：人民文学出版社，2012 年，第 4038 页。

金万重(1637—1692)在《西浦漫笔》中记载：

> 弇州……其《和烟叠嶂图》诗曰："邹阳后身薄自晓，舍我谁结三生缘。"世传东坡为邹阳后身，弇州却言东坡后身舍我其谁，其自负亦不浅矣。①

金万重认为王世贞将自己看成是苏轼后身，完全是自负之词。但从其评论中可以看出王世贞对苏轼诗的尊崇。明七子中王世贞是一位融汇贯通百家之说的诗人，早年作诗取径较狭，追求崇古宗唐，晚年"随事改正"②，强调秦汉唐宋兼宗，喜学苏轼，刘凤在《弇州山人续稿序》中言："昔两汉有子长、孟坚，唐有退之，宋有子瞻。皆称盖代，今则元美其人哉！"③赞誉王世贞犹如苏轼。许筠(1569—1618)也曾在其《惺所覆瓿稿》中言："元美晚年喜读长公文，茅鹿门平生推永叔为过昌黎，此二子非欺人者也，唯其专门悉读。"④许筠指出王世贞晚年喜欢读苏轼的诗文，这也可以侧面解释王世贞认为自己是苏轼后身的原因。

叶子奇与王世贞等人对宋诗的学习，更多地彰显了明诗家在尚古之时，对前代诗人独有精神气质的领会，模仿其诗时，更多的是追求与前代诗歌的诗境、诗意相近。

朝鲜诗家在对明诗复古进行批评时指出，明诗家的复古实践并不是执着于一朝一代，他们虽然主要是效法唐诗，但对其他朝代优秀

---

① 金万重：《西浦漫笔》，《韩国诗话全编校注》第三册，北京：人民文学出版社，2012年，第2262页。
② 钱谦益：《列朝诗集小传》，上海：上海古籍出版社，1983年，第437页。
③ 王世贞：《弇州山人续稿》，明刻本。
④ 许筠：《惺所覆瓿稿》卷十三，《影印标点韩国文集丛刊》第74辑，首尔：韩国古典翻译院，1991年，第247页。

的诗人与诗作也同样进行效法,并且将这些优秀诗作的风韵与词藻融为自己的创作风格,其中较有代表性的是杨慎。李德懋在《诗观小传》中言:

> 杨慎字用修,号升庵,新都人。其为诗秾丽婉至,时而汉魏,时而六朝,时而四杰,时而李杜,于才无所不备,于体无所不兼。①

李德懋认为杨慎转益多师,诗学汉魏六朝、初唐四杰、盛唐李杜。申钦(1566—1628)在《象村稿》中也赞杨慎诗:

> 欲秦汉则秦汉,欲唐宋则唐宋,间作建安六朝语,生色烨然。②

正因为杨慎兼学秦汉、建安六朝及唐宋诗,且懂得融会贯通,其诗风才丰富多样,其诗语也“生色烨然”。

总体看,朝鲜诗家以开放的眼光,看待明诗尚古的倾向,并未仅从复古派前后七子“诗必盛唐”的视角,看待其复古追求,而是从诗歌的发展脉络讨论了明诗对不同时代诗歌的取舍,更客观地看待明诗尚古的问题。

二、明诗“诗必盛唐”的复古主张

明前后七子举起复古大旗的标语是“文必秦汉,诗必盛唐”,“诗

---

① 李德懋:《青庄馆全书》卷二十四,《影印标点韩国文集丛刊》第 257 辑,首尔:韩国古典翻译院,2000 年,第 378 页。
② 申钦:《象村稿》卷二十一,《影印标点韩国文集丛刊》第 72 辑,首尔:韩国古典翻译院,1991 年,第 12 页。

必盛唐"是前后七子共同的诗歌创作取向。他们对"诗必盛唐"的选择"很明显地是对于雍容平易的'台阁体'的反动","李梦阳等提出'文必秦汉''诗必盛唐'的口号,使人家知道⋯⋯啴缓的台阁体的诗外,还有盛唐诗。正合着时代的要求,所以振臂一呼,应者四起"①。

朝鲜诗家认为明诗追求"诗必盛唐"是明智的选择,李晬光(1563—1628)在《芝峰类说》中评论:

> 王弇州云:"盛唐之于诗也,其气完,其声铿以平,其色丽以雅⋯⋯其意融而无迹。今之操觚者⋯⋯窃元和、长庆之余似而祖述之,气则漓矣,意纤然露矣,歌之无声也,目之无色也。彼犹不自悟悔,而且高举阔视曰:'吾何以盛唐为哉?'"余谓此言正中时病。②

此段话记载了王世贞师法盛唐诗歌的原因,以及李晬光对王世贞的选择所持的赞同态度。王世贞认为与唐元和、长庆时期诗漓薄、意露、歌无声、目无色相比,盛唐诗有气完、声铿、色丽以雅、意融等优点。这样的认知是对那些选择元和、长庆诗为模本,傲慢且不自悔之人的有力一击。李晬光认为王世贞的言论"正中时病",有力地回击了那些质问他为何诗必盛唐者。

王世贞主张诗学盛唐不是随意为之,而是以他为代表的明七子派的共识。清代王士祯在《四溟诗话》序中记载:

> 当"七子"结社之始,尚论有唐诸家,茫无适从。茂秦曰:

---

① 柳仁存等:《中国大文学史》下册,上海:上海书店出版社,2010 年,第 669 页。
② 李晬光:《芝峰类说》,《韩国诗话全编校注》第二册,北京:人民文学出版社,2012 年,第 1049 页。

"选李杜十四家之最佳者,熟读之以夺神气,歌咏之以求声调,玩味之以袭精华,得此三要,则造乎浑沦,不必塑谪仙而画少陵也。"①

王世贞、谢榛等人结社时,在众多唐诗中,对于选择以哪些诗家诗作为学习对象感到无所适从。最后那些熟读可夺神气、歌咏可求声调、玩味可袭精华的盛唐诗,在众多唐诗中卓然不群,成为众望所归。由此,他们坚定了"诗必盛唐"的理想,这也是他们对以李梦阳为代表的前七子倡导的"文必秦汉,诗必盛唐"复古观的再次肯定与支持。此事在王世贞的《弇州四部稿》、钱谦益的《列朝诗集小传》中均有记载。可见,他们都想力证明七子派对"诗必盛唐"的选择并非意气用事,同时也认同明七子派的选择。

李晬光记载并认同王世贞"诗必盛唐"的言论,代表朝鲜宗唐者对明七子派复古观的肯定,同时也为他们学习盛唐诗提供了理论依据。

首先,他们与明七子派做出了同样的选择——"诗必盛唐",这是他们对中国诗歌进行整体观照后的选择:

> 诗莫盛于唐,而唐亦有初晚之殊。初唐作者如王勃、卢照邻之徒,虽是善鸣,盖多浮靡卑软,六朝绮丽之习犹有存者。至如晚唐李商隐、温庭筠之辈,音韵清戛,句语妍媚,全无半点鄙野,可谓之绝唱。然而总不若盛唐李杜之雄健典重……自唐以降,濂洛之诗长于冲憺,元明之诗近于轻浅,季世音响,日就卑下而已。②

---

① 王士禛:《王渔洋序》,《四溟诗话》(万有文库本),上海:商务印书馆,1936年,第1页。

② 李遇骏:《古今诗话》,《韩国诗话全编校注》第十册,北京:人民文学出版社,2012年,第8365页。

　　这段话可以解释朝鲜诗家以盛唐诗为学习对象的原因。与初唐、晚唐及宋元明诗歌对比后，他们认为盛唐之诗是最值得学习的，因为它具有完美性，没有其他时代诗歌的不足，这为他们选择"诗必盛唐"，选择学习李杜，找到了学理依据。初唐虽有很多好的诗歌，但仍存在六朝绮靡之风。而晚唐有一些诗，音清句妍，虽为绝唱，但仍不能与盛唐李杜之雄健典重相比。唐以后诗，宋诗过于冲憺，元明之诗又近于轻浅。综之，因其他朝代诗歌都不完美，都不是最佳的学习对象，所以朝鲜诗家选择了学习盛唐诗，这也是对明诗"诗必盛唐"选择的肯定。

　　其次，他们从诗法、诗道等角度论述了选择"诗必盛唐"的正确性。按严羽"学诗者以识为主，入门须正，立志须高""为初学者之法"①，主张以"盛唐为师"，否则"路头一差，愈骛愈远"，即盛唐诗是初学诗者入门正、立志高的最佳选择。从诗道发展的角度论述："夫诗道至唐大备，而数百年间体式屡变，气格渐下，故有始盛中晚之分。所谓晚唐则众体杂出，疵病不掩，然论其品格犹不失为唐。譬之于味，始盛之诗其犹八珍胾炙，而晚唐之作亦犹禁脔之余味，其可嗜一也。但世或有嗜晚唐，而不识始盛唐之为可嗜，惑矣。""以至盛唐诸人出而诗道大成。"②盛唐诗无论与之前的初唐诗相比，还是与之后的中晚唐诗相比，都是诗道大成、大备的代表。在才气、韵格等方面盛唐诗也具有独一无二的优势："先论才气，次观韵格。不取其肉，唯取其骨。清新婉丽，奇健精密。豪而无杂，淡而不俗。有姿有味，温润典雅。顿悟而得，神妙而化。始盛为宗，晚宋为下。斯可言诗，以

---

① 严羽著，郭绍虞校释：《沧浪诗话校释》，北京：人民文学出版社，1983 年，第1 页。
② 李睟光：《芝峰杂著》，《韩国诗话全编校注》第二册，北京：人民文学出版社，2012 年，第 1349 页。

俟知者。"①

　　朝鲜诗家在关注明七子派"诗必盛唐"的前提下,论述了他们诗学盛唐以学李杜为主,因为"盛唐李杜之雄健典重,直有万丈虹焰。故以李杜为诗家之正宗"②。南龙翼(1628—1692)在《壶谷诗话》中记载王世贞对李杜的评价:

　　　　弇州评李、杜曰:"五言古、七言歌行,太白以气为主,以自然为宗,以俊逸高畅为贵。子美以意为主,以独造为宗,以奇拔沉雄为贵。味之使人飘扬欲仙者,太白也。使人慷慨激烈,嘘唏欲绝者,子美也。五言律、七言歌行,子美神矣,七言律圣矣;五、七言绝太白神矣,七言歌行圣矣,五言次之。太白之七言律,子美之七言绝,皆变体,不足多法也。"此诚不易之定论,而余犹有未释然者。③

　　王世贞选择诗学李杜的原因是李白的诗"以气为主,以自然为宗",风格上有俊逸高畅的特点,审美上"使人飘扬欲仙",有较为典型的浪漫主义诗作的特点。杜甫的诗"以意为主,以独造为宗",风格上奇拔沉雄,审美上具有慷慨激烈的特征,有现实主义诗作的特点。在诗歌体裁方面,两人之诗各有千秋:杜甫长于五七言律,李白长于五七言绝句。无论是风格还是体裁选择上,李杜之诗都是明人学习的榜样,所以他们将李杜并尊。

---

① 李晬光:《芝峰杂著》,《韩国诗话全编校注》第二册,北京:人民文学出版社,2012年,第1350页。
② 李遇骏:《古今诗话》,《韩国诗话全编校注》第十册,北京:人民文学出版社,2012年,第8365页。
③ 南龙翼:《壶谷诗话》,《韩国诗话全编校注》第三册,北京:人民文学出版社,2012年,第2191页。

南龙翼非常赞同王世贞的评论,并进而阐释道:

> 李、杜之五言古,如《古风》《纪行》可以相埒,而如杜之《石
> 壕吏》《潼关吏》《无家别》《新婚别》《遗怀》诸篇,李固不可
> 敌。《北征》《赴奉先》二长篇,又胜于《忆旧游》《王屋山人》,
> 则五言杜实优矣,而不论于神、圣之中。至若七言歌行李之《远
> 别离》《蜀道难》《天姥吟》《忆秦娥》诸篇,杜亦无可对。岂有
> 神、圣之别欤?①

在这段评论中,南龙翼认为杜甫的五言古诗与李白的七言歌行
不相上下,都为上乘之诗。在李杜并尊的情况下,朝鲜诗家认为明诗
家偏向于学杜。金万重在《西浦漫笔》中言:

> 李杜齐名,而唐以来文人之左右祖者,杜居七八。白乐天、
> 元微之、王介甫及江西一派并尊杜,欧阳永叔、朱晦庵、杨用修右
> 李,韩退之、苏子瞻并尊者也。若明弘嘉诸公,固亦并尊,而观其
> 旨意,率皆偏向少陵耳。②

金氏指出虽然"李杜齐名",唐以来文人所祖各不同,但以学杜者
居多。细究起来,白居易、元稹、王安石及江西诗派尊杜、学杜;欧阳
修、朱熹、杨慎等人崇尚李白;韩愈与苏轼则李杜兼尊,明代中期诗人
虽李杜兼尊,但是学杜甫的更多一些。

---

① 南龙翼:《壶谷诗话》,《韩国诗话全编校注》第三册,北京:人民文学出版社,
2012年,第2191—2192页。
② 金万重:《西浦漫笔》,《韩国诗话全编校注》第三册,北京:人民文学出版社,
2012年,第2247页。

南龙翼言：

> 李、杜优劣自古未定，元微之始尊杜，而韩昌黎两尊之。自宋以后，无不尊杜，敖陶孙诗评："以杜为周公制礼，不敢定议。"此言是矣。而以李比刘安鸡犬，无乃太轻且虚欤？或以杜赠李诗"重与细论文"之"细"字，谓之轻视而故下云。何其迂曲之甚欤？杨诚斋"仙翁雅士"之论，《史记》《汉书》之比，其尊李太显矣。紫阳以圣归之于李，则微意亦可知。而至明弇州有两尊之评，而少有右杜意。①

南龙翼按朝代梳理了尊李杜的不同选择。自唐元稹尊杜始，宋明两朝诗人都尊杜，唐代韩昌黎与明代王世贞则李杜并尊，但王世贞多倾向于杜甫。对他们偏尊杜甫的原因，金万重解释为："诗道至少陵而大成，古今推而为大家无异论，李固不得与也。"②

总体看，朝鲜诗家在论述明七子派"李杜并尊"时，对学李杜的态度并没有中国"扬李抑杜"或"扬杜抑李"那么激烈，而是以消融、平衡李杜优劣为主。虽然金万重对杜甫被推为大家无异论，但他接着又言："然物到极盛便有衰意。邵子曰'看花须看未开时'，李如花之始开，杜如尽开，夔后则不无离披意。"③他以花开为喻，认为李诗为花之始开，杜诗为繁花尽开之时，按物极必衰之论，杜甫夔州之后的诗如花之衰貌，不如从前。南龙翼在纵观全唐诗体的基础上评论道：

① 南龙翼：《壶谷诗话》，《韩国诗话全编校注》第三册，北京：人民文学出版社，2012 年，第 2191 页。
② 金万重：《西浦漫笔》，《韩国诗话全编校注》第三册，北京：人民文学出版社，2012 年，第 2247 页。
③ 金万重：《西浦漫笔》，《韩国诗话全编校注》第三册，北京：人民文学出版社，2012 年，第 2247 页。

"唐诗各体中压卷之作,古人各有所主……若求于李杜,则五七绝当在李,五七律当尽在杜。"①认为就唐代诗歌体式而言,李白的五七绝做得好,杜甫的五七律水平高,以李杜诗歌成就难分伯仲来消融孰优孰劣的争论。

在"诗必盛唐"的复古潮流中,"宗唐法杜"的确为明诗家学唐诗的主要倾向。许筠在《鹤山樵谈》中言:"近日中朝人,文学西京,诗祖老杜。"②道出明朝诗人"宗唐法杜"的诗学宗尚。

在诗歌体裁上,明诗家尤其是前后七子,以学杜甫律诗为主,这也是对他们"古诗尊汉魏,近体尊盛唐"主张的实践。李德懋在《诗观小传》中言何景明对杜甫的七律"无所不拟"③。李植(1584—1647)在《学诗准的》中言:"宋诗虽多大家,非学富不易学,非是正宗不必学。惟两陈后山、简斋律诗近于杜律者,时或参看。大明诗惟李崆峒梦阳善学杜诗,与杜诗参看。"④朝鲜诗家尹根寿(1537—1616)不但盛赞李梦阳学杜甫律诗功绩极大,还刊印其诗进行学习。1580年,他最先用活字刊印了李梦阳诗集,其中七言古诗六十一首、律诗一百五十首,七律占主要比例。在告之友人刊印原因时,尹根寿解释道:"诗至于杜,集厥大成,非古人语乎? 夫以有唐诗道之盛,仿佛夫杜者盖鲜。"⑤而李梦阳是学杜较为成功的代表。

---

① 南龙翼:《壶谷诗话》,《韩国诗话全编校注》第三册,北京:人民文学出版社,2012 年,第 2194 页。
② 成均馆大学校大东文化研究院编:《许筠全集》,首尔:成均馆大学校出版部,1981 年,第 358 页。
③ 李德懋:《青庄馆全书》卷二十四,《影印标点韩国文集丛刊》第 257 辑,首尔:韩国古典翻译院,2000 年,第 367 页。
④ 李植:《泽堂先生别集》卷十四,《泽堂集》,《影印标点韩国文集丛刊》第 88 辑,首尔:韩国古典翻译院,1992 年,第 518 页。
⑤ 尹根寿:《月汀集》卷四,《影印标点韩国文集丛刊》第 47 辑,首尔:韩国古典翻译院,1989 年,第 239 页。

　　朝鲜诗家对有杜诗遗韵者往往给予高度评价。明末清初的钱谦益极为推崇杜甫，不但著有《钱注杜诗》，还步和杜甫《秋兴》八首的诗韵，作了《后秋兴》一百零四首。徐宗泰在《钱牧斋集》中评价钱谦益言："闯贼邦国之忧为言，扼腕感咤，娓娓弗自已，盖积诸中而自随笔溢发也。"①而这种"触事咏物、感奋时事是杜老之遗韵"②。

　　朝鲜诗家在论明诗"宗唐法杜"中，对学杜诗的肯定主要集中于论释杜诗深得《诗经》之遗韵。《诗经》体现了儒家"文质彬彬""温柔敦厚"的诗道传统，是形式和内容完美结合的典范。因此，无论是明诗家还是朝鲜诗家都对《诗经》十分推崇，将《诗经》作为学诗准的。而杜甫又尊《诗经》为诗道之正，所以"自《雅》缺《风》亡，诗人皆推杜子美为独步"③，朝鲜诗坛又常追随中国"圣人古典范"，且"尚儒尊孔是朝鲜古代文化的基调"④，所以像主张"不爱君忧国，非诗也。不伤时愤俗，非诗也。非有美刺劝惩之意，非诗也"⑤的朝鲜诗家丁若镛等重视儒教之人，都十分推崇杜诗。

　　对于明人学杜诗，朝鲜诗家持有不同的态度，并不是一味地肯定，而是辩证地看待明人学杜的现象。一部分朝鲜诗家认为杜诗集诗道之大成，学杜诗当为首选，但对部分明人盲目学杜，只观其形未领其神的做法予以强烈批判。姜浚钦（1768—1833）在《三溟诗话》中言：

① 徐宗泰：《晚静堂集》第十一，《影印标点韩国文集丛刊》第163辑，首尔：韩国古典翻译院，1996年，第238页。
② 徐宗泰：《晚静堂集》第十一，《影印标点韩国文集丛刊》第163辑，首尔：韩国古典翻译院，1996年，第238页。
③ 金某氏：《海东诗话》，《韩国诗话全编校注》第十一册，北京：人民文学出版社，2012年，第8879页。
④ 任范松等：《朝鲜古典诗话研究》，延吉：延边大学出版社，1995年，第14页。
⑤ 丁若镛：《文集》卷二十一，《与犹堂全书》，《影印标点韩国文集丛刊》第281辑，首尔：韩国古典翻译院，2002年，第452页。

清潭（李重涣）曰："'雄健'二字，'清旷'二字之外膜也。自古诗人多被这雄健所欺，一生迷着，不能向上进一步，仍以梦死于百年中，此则宋明诸公学杜之过也。《三百篇》、《十九首》尚矣，只就少陵一部言之，古人所谓佳句，何尝不雄健中清旷也？盖杜之全体雄健，即其佳处每在清旷。雄健本色，忽与清旷境界相值，天与神授，遂成绝唱中。其本色雄健，未得境界清旷，则优者为杜之平平处，劣者斯为杜之极拙处，虽有优劣之异，概不出徒雄健未清旷者也。彼逾雄健一膜，则又到清旷层。虽老杜不可多得，况学杜者，其可易为乎！是故宋后学杜者，终不得杜之清旷，则不得不归宿于杜之拙陋，而一生到不得古人佳处者，只由杜为之岭也。学杜者犹如此，况学学杜者如苏、黄、陈、陆辈，尚何论哉！如此，强谓之曰'得杜骨，得杜髓'以相照濡，不但自欺，又欲误人。"①

姜浚钦引用了李重涣关于雄健与清旷关系的论述。李重涣认为明人学杜甫诗歌，一味追求其雄健诗风，却并未真正理解雄健之义，雄健是清旷的外膜，"旷宇已包雄健者耶！苟到清旷地位，不雄健，不足忧也"②。很多学杜诗者不明其理，不懂得"杜之全体雄健，即其佳处每在清旷"。因此，学杜诗优者学到杜诗其形，而劣者只学到杜诗极拙处，即只学其雄健不见其清旷。尤其是宋以后学杜者，终不得杜之清旷，却自以为"得杜骨，得杜髓"，实则"不但自欺，又欲误人"。李重涣将此原因归咎于"杜之拙陋"，认为杜甫本身就分辨

① 姜浚钦：《三溟诗话》，《韩国诗话全编校注》第六册，北京：人民文学出版社，2012年，第4940—4941页。

② 姜浚钦：《三溟诗话》，《韩国诗话全编校注》第六册，北京：人民文学出版社，2012年，第4940页。

不清《诗经》与《古诗十九首》的清旷之处。杜甫尚且如此,更何况宋明学杜甫之人及"学学杜者",由此,李重焕认为:"古诗亡于少陵。"①

李重焕对杜甫及学杜者的批评虽有些言过其词,但这也从侧面证实了前后七子所倡导的"古体宗汉魏"的合理性。前后七子认为杜甫等人未臻于汉魏古诗的境界,所以其古诗尤其是五言古诗无甚可取之处。李重焕、姜浚钦等朝鲜诗家认为"古诗亡于少陵",这比前后七子所言的"唐无五言古诗"否定面更广,打击程度更深,较为偏颇。

朝鲜诗家除了论述明诗家诗学李杜外,还论述了他们学习王维、高适的状况,如李德懋评何景明"五律全法右丞"②。对王世贞宗唐仅学杜诗的态度有所批评,认为王维"漠漠水田飞白鹭,阴阴夏木啭黄鹂"等诗是杜甫不擅长的。李民宬(1570—1629)将李攀龙与高适并提:"唐代诗豪高散骑,皇朝词伯李于鳞。"③两人都擅写七言律诗,诗风也都豪放。

总之,朝鲜诗家对明诗"诗必盛唐"的选择持肯定态度,且为这一选择找到了理论依据。分析了在"诗必盛唐"复古观的指导下,关于李杜究竟何者为尊的复杂争论,彰显了朝鲜诗家批评时所表现出的尊杜或李杜并尊的立场,表明其既要以李杜为尊,又应博采众家之长的诗学理念。

---

① 姜浚钦:《三溟诗话》,《韩国诗话全编校注》第六册,北京:人民文学出版社,2012 年,第 4941 页。
② 李德懋:《青庄馆全书》卷二十四,《影印标点韩国文集丛刊》第 257 辑,首尔:韩国古典翻译院,2000 年,第 367 页。
③ 李民宬:《敬亭先生集》卷六,《敬亭集》,《影印标点韩国文集丛刊》第 76 辑,首尔:韩国古典翻译院,1991 年,第 296 页。

三、明诗"唐宋之争"的取舍

明中期诗家普遍的倾向是要改变明初以来受理学风气、台阁体"冗沓肤廓,万喙一音,形模徒具,兴象不存"①等不良影响所形成的萎靡不振的文学局面,建立一个有明确诗学目标的诗学体系以振兴诗道。在这个过程中,对诗学价值的选择必然成为诗家的首要任务。他们欲在古诗中寻求答案,诚如明代李开先在《昆仑张诗人传》中所言:"人不古不名,文不古不行,诗不古不成。"②因此,在经过反复探索,全面比较唐诗、宋诗后,明中期诗家普遍倾向通过宗唐的路径来实现复古的追求,希望以此改变文坛不良之风,有明一代宗唐成为文学复古主流。明诗家之所以在唐诗和宋诗之间进行艰难选择,"是由于找不到继续前进的方向,诗歌纠缠在学唐还是学宋之争上"③。

关于唐宋诗优劣高下的争辩,在中国,自宋初就已有了端倪。宋初宗中、晚唐诗风;到南宋的张戒、叶梦得,批判江西诗派"用事"之时,显示出宗唐的倾向;对宋诗贬斥最力的是严羽,他认为诗歌的发展到宋朝"可谓一厄也",他不遗余力地抨击江西诗派,不但尊唐,而且提倡尊盛唐;金元时期的周昂、王若虚、元好问、杨维桢从诗歌内容方面反对学习宋诗,认为江西诗派的"点铁成金""夺胎换骨"是"剽窃之黠者",强调宗唐的重要性,并形成了宗唐抑宋的理论体系。至明初,力宗唐诗已成一时风气。

明代初期的高启在诗歌创作方面,推崇兼师众长的杜甫。以高棅为代表的闽中诗派,继承严羽宗唐的观点,提倡诗法盛唐,高棅还汇

----

① 永瑢等:《明诗综》提要,《四库全书总目提要》(万有文库本)第38册,上海:商务印书馆,1931年,第85页。
② 西北师范学院中文系文艺理论教研室:《简明文学知识辞典》,兰州:甘肃人民出版社,1985年,第582页。
③ 周勋初:《中国文学批评小史》,上海:复旦大学出版社,2007年,第103页。

编了唐诗选本《唐诗品汇》，收选了初、盛、中、晚四个时期的唐诗，但是
在数量上，盛唐诗歌几乎占了总选诗歌的一半，可见其宗盛唐的倾向。
高棅之后，茶陵诗派的代表人物李东阳及前后七子都秉承扬唐抑宋之
旨，力斥宋诗专作理语、以义为诗之弊，但对宋诗不再持完全否定的态
度，"虽宗唐而斥绝模拟，虽贬宋而亦有恕词"①，尤其是王世贞对早年
极度赞扬盛唐、贬斥宋诗予以反省，认为应该以"唐诗为体，宋诗为
用"②。其后的胡应麟对宋诗的态度也稍有缓和，倡"体以代变，格以时
降"，以图改变宋代"无诗""诗亡"等论断，但仍未脱离"诗法盛唐"的藩
篱。而公安派则主张"不学步于盛唐"，对宋诗如苏轼诗等也加以推
崇，这表明诗学理念不但有趋同的一面，也存在着主体性差异。

　　对于明代的"唐宋之争"，不能仅简单地以时间为序进行归类总
结，因为唐诗和宋诗各有千秋，明诗家的价值取向又不同，即便同一
时期也会有不同声音。如在明初倾向于唐音之时，方孝孺对宗唐抑
宋表示不满，发出"举世皆宗李杜诗，不知李杜更宗谁"③的疑问。而
明诗复古的中坚力量七子派对唐宋的态度也不完全相同，何景明主
张宋诗也可学，而王世贞晚年对宋诗的态度也与早期不同，推崇宋诗
的公安派也有作诗学唐的取向。因此，对明代"唐宋之争"应从当时
的文坛动向、个人喜好及唐宋诗风格等角度进行探究，方可更好地窥
见明诗家对唐诗、宋诗的取舍。

　　朝鲜诗家着眼于诗歌发展，整体来说，认为明人在"唐宋之争"
中，对宋诗的批评较多：

　　首先，从诗道的角度看，"宋诗如山谷（黄庭坚）、后山（陈师道），

---

① 齐治平：《唐宋诗之争概述》，长沙：岳麓书社，1984 年，第 41 页。
② 王运熙、顾易生主编：《中国文学批评通史》第 5 册，上海：上海古籍出版社，
　 1996 年，第 257 页。
③ 陶元藻辑，蒋寅点校：《全浙诗话（外一种）》第三册，杭州：浙江古籍出版社，
　 2015 年，第 691 页。

最为一时所宗尚。然黄之横拗生硬,陈之瘦劲严苦,既乖温厚之旨,又乏逸宕之致。于唐固远,而于杜亦不善学,空同(李梦阳)所讥不色香流动者,诚确论也……与其学山谷、后山,无宁取简斋、放翁,以其去诗道犹近尔"①。宋代黄庭坚与陈师道为江西诗派的代表人物,二人之诗虽为"一时所宗尚",但黄诗"横拗生硬"、陈诗"瘦劲严苦",既违背温厚之旨,远离诗道,又缺少逸宕之韵致,无唐调可言。明人李梦阳讥讽二人之诗不生动、无韵致。朝鲜诗家金昌协赞同李梦阳的评价。

其次,从性情兴寄的角度看,"宋人之诗以故实议论为主,此诗家大病也。明人攻之是矣"②。"唐人之诗,主于性情兴寄,而不事故实议论,此其可法也。"③宋诗因"尚故实议论"而失"性情兴寄"、病于意兴,这些都是"诗家大病",因而引起"明人攻之"。宋诗本欲在唐诗的广阔天地外,另开拓出一片生意盎然的世界,但因尚故实议论、重理,"流而为理学,流而为歌诀,流而为偈颂"④,因而常被他人所诟病。"末五子"⑤之一的屠隆曾言:"宋人之诗,尤愚之所未解。古诗多在兴趣,微辞隐义,有足感人。而宋人多好以诗议论。夫以诗议论,即奚不为文而为诗哉……宋人又好用故实,组织成诗。夫《三百篇》亦何故实之有?用故实组织成诗,即奚不为文而为诗哉?"⑥

---

① 金昌协:《农岩杂识》,《韩国诗话全编校注》第四册,北京:人民文学出版社,2012年,第2839页。
② 金昌协:《农岩杂识》,《韩国诗话全编校注》第四册,北京:人民文学出版社,2012年,第2838页。
③ 金昌协:《农岩杂识》,《韩国诗话全编校注》第四册,北京:人民文学出版社,2012年,第2838页。
④ 江盈科纂,黄仁生辑校:《江盈科集》增订本,长沙:岳麓书社,1997年,第4页。
⑤ 明代"后七子"文学复古运动中五位文学家的并称。《明史·王世贞传》中言"末五子"为李维桢、屠隆、魏允中、胡应麟、赵用贤。
⑥ 屠隆著,李亮伟等校注:《由拳集校注》,杭州:浙江大学出版社,2012年,第637—638页。

再次，从诗歌的创作实践看，"李白诗'人烟寒橘柚，秋色老梧桐。'山谷用之曰：'人家围橘柚，秋色老梧桐。'王世贞谓'此只改二字，而丑态毕具，真点金作铁手也。'斯言非过矣"①。明人王世贞在比较李白与黄庭坚的诗歌后，认为在诗歌艺术手法方面，李白要远高于黄庭坚。王世贞对李白的推崇之意极为明显，对于黄庭坚提出的"点铁成金"不屑一顾，甚至认为其实际操作是"点金成铁"，其中尊唐贬宋之意直白明显。王世贞的这种思想并不是他一家之言，而是代表了中、朝诗家对宋诗以文字为诗，过于看重琢炼字句等表示不满。

综上所述，朝鲜诗家从诗道、兴寄、诗歌创作等角度，揭示了明人对唐诗、宋诗的态度，从中也流露出朝鲜诗家宗唐的倾向。

朝鲜诗家对于明诗宗唐与宗宋之争有自己的见解，并在对明诗的批评中寻找解决本土诗歌创作之弊的有效路径。

朝鲜诗家对明人学唐诗的行为是肯定的，并且将朝鲜诗家、明诗家与唐诗家并提，既提高了明诗家的地位，又彰显了朝鲜诗家宗唐选择的正确性。申钦在《晴窗软谈》中说：

> 空同之诗："黄鹤楼前日欲低，汉阳城树乱鸦啼。孤舟夜泊东游客，恨杀长江不向西。""二月扁舟过浙西，楚云何日渡浯溪。滇南小郭青山绕，花发流莺一样啼。"置之翰林、拾遗之间，何让焉？②

> 若大复之诗，几乎唐样。大复之"章华日暮春游尽，云梦天

① 南羲采：《龟磵诗话》，《韩国诗话全编校注》第九册，北京：人民文学出版社，2012年，第7474页。
② 申钦：《象村稿》卷五十一，《影印标点韩国文集丛刊》第72辑，首尔：韩国古典翻译院，1991年，第338页。

寒夜猎多"者,虽唐人岂易及也?①

　　申钦认为李梦阳、何景明学唐诗得其神韵,其诗可与李白、杜甫并论,将李、何二人定位于中国一流诗人的行列,从侧面也肯定了其宗唐的价值意义。金瑗根(1872—?)在《诗史》中也言:

> 石洲、东岳为知己,又齐名,实难优劣。七言律权固每让于李矣。至若五言律古七言绝古,李亦不可当……我朝之有权李,如唐之李杜,明之沧(李攀龙)弇(王世贞)。而李之慕权,又如子美之于太白,元美(王世贞)之与于鳞(李攀龙)。②

　　李白、杜甫是唐代最伟大的两位诗人,而李攀龙、王世贞在明代后七子中地位极高。朝鲜诗家金瑗根将权石洲、李东岳,与明代王李及唐代李杜相提并论,说明权李、王李诗歌成就高,难分高下,而这种成就的取得正是得益于他们共同持守的宗唐原则。

　　朝鲜诗家同明人共宗唐,既与明复古思想传入朝鲜相关,更与本国诗学宗尚有关。自新罗至高丽之初,朝鲜诗坛崇尚唐诗,推崇李白、杜甫、韩愈、柳宗元等大家。高丽中叶逐渐兴起宗宋抑唐之风,至朝鲜朝前期已经蔚然大兴,朝鲜诗家尊崇苏轼、欧阳修、梅尧臣等,尤其是尚东坡之学声势浩大。他们学习宋诗,不是从其艺术精神和创作根源上出发,而多将注意力集中在效仿宋人"以文字为诗,以才学为诗,以议论为诗"的旨趣上,注重诗歌艺术技巧、创作手法、用典和

---

① 申钦:《象村稿》卷五十一,《影印标点韩国文集丛刊》第 72 辑,首尔:韩国古典翻译院,1991 年,第 335 页。
② 金瑗根:《诗史》,《韩国诗话全编校注》第十二册,北京:人民文学出版社,2012 年,第 10500 页。

遣词造句等,遂使诗歌创作流于形式追求。而且由于程朱理学的盛行,文学观念强调道统,诗学思想带有某种哲学思辨色彩。加之为应对科举考试而出现的"以诗为学"的风气,使朝鲜朝文坛呈现出严重的形式主义流弊。为了纠正宋诗余弊及形式主义之风,朝鲜朝中期开始,很多朝鲜诗家纷纷举起了宗唐的旗帜。"三唐诗人"李达、崔庆昌、白光勋由尊崇苏轼转尊杜甫,主张宗唐。关于"三唐诗人"选择学唐诗的原因及过程,许筠在《荪谷山人传》中有记载:

> 荪谷山人李达字益之……从崔孤竹庆昌、白玉峰光勋游。相得欢甚,结诗社。达方法苏长公,得其髓。一操笔辄写数百篇,皆秾赡可咏。一日,思庵相谓达曰:"诗道当以为唐为正,子瞻虽豪放,已落第二义也。"遂抽架上太白乐府歌吟、王孟近体以示之,达矍然知正法之在是。遂尽捐故学,归旧所隐荪谷之庄。取《文选》、太白及盛唐十二家、刘随州、韦左史暨伯谦《唐音》,伏而诵之。夜以继晷,膝不离坐席。凡五年,悦然若有悟。试发之诗,则语甚清切,一洗旧日态。即仿诸家体而作长短篇及律绝句,锻字声揣律摩有不当于度,则月窜而岁改之,凡著十余篇。乃出而咏之诸公间,诸公嗟异之。崔、白皆以为不可及,而霁峰、荷谷一代名为诗者,皆推以为盛唐。其诗清新雅丽,高者出入王、孟、高、岑,而下不失刘、钱之韵。自罗丽以下,为唐诗者皆莫及焉。实思庵鼓舞之力,而其陈涉之启汉高乎,达以是名动东国。①

从上述李达等人由学宋转而学唐,且因宗唐使其诗歌创作水平

---

① 许筠:《惺所覆瓿稿》卷八,《影印标点韩国文集丛刊》第74辑,首尔:韩国古典翻译院,1991年,第204—205页。

得以提升的例子看,朝鲜诗家对学唐的选择,是经过深入研究与实践考证的结果。除了"三唐诗人"学唐外,柳梦寅(1559—1623)、李睟光、许筠等也积极响应,他们认为唐诗为最上乘之诗、最近诗道之诗,李睟光曾言:"夫诗道至唐大备。"①"以至盛唐诸人出而诗道大成。"②许筠也言:"有唐三百年,作者千余家,诗道之盛,前后无两。"③且李睟光、许筠都曾出使过中国,与明人有直接的交流,对明诗坛状况了解颇多。其中许筠1614年以千秋使、1615年以陈奏副使的身份出使明朝,不但购买了很多明朝书籍,还在《己酉西行记》中记录了他在与明人的交流中,得知明王世贞为中朝文章第一。李睟光、许筠看到了明人宗唐复古的成效,因此,主张积极吸取明诗宗唐复古经验,提出了与明七子"诗必盛唐"相呼应的"尊唐"口号,希望在此主张下,扭转朝鲜诗坛不良之风。

在经过宗唐与宗宋之间的反复与交替之后,到了朝鲜朝英祖、正祖年间,朝鲜诗坛受清代乾嘉诗风影响,又转向"兼宗唐宋"。南龙翼曾具体列举宗唐宗宋诗家:"我朝诗诸名家各有所尚:四佳(徐居正)、挹翠(朴誾)、容斋(李荇)、占毕(金宗直)、湖阴(郑士龙)、苏斋(卢守慎)、芝川(黄廷彧)、简易(崔岦)、泽堂(李植)尚宋,忘轩(李胄)、冲庵(金净)、企斋(申光汉)、思庵(朴淳)、李纯仁、鹅溪(李山海)、荷谷(许篈)、兰雪(许兰雪轩)、孤竹(崔庆昌)、玉峰(白光勋)、苏谷(李达)、芝峰(李睟光)尚唐,石川(林忆龄)、霁峰(高敬命)、白湖(林悌)、石洲(权韠)、东岳(李安讷)、五峰(李好闵)、月沙(李廷

---

① 李睟光:《芝峰杂著》,《韩国诗话全编校注》第二册,北京:人民文学出版社,2012年,第1351页。
② 李睟光:《芝峰杂著》,《韩国诗话全编校注》第二册,北京:人民文学出版社,2012年,第1349页。
③ 许筠:《惺所覆瓿稿》卷四,《影印标点韩国文集丛刊》第74辑,首尔:韩国古典翻译院,1991年,第175页。

龟)、体素(李春英)、五山(车天辂)、东溟(金世濂)合取唐宋,象村(申钦)、白洲(李明汉)、观海(李敏求),合取唐明。"①

总体看,朝鲜诗坛自新罗起,大概经历了宗唐、宗宋、再宗唐、唐宋兼宗四个阶段。自朝鲜朝中期始宗唐倾向明显,且"与中朝相为表里"②。唐诗已成为中、朝诗家共认的上乘诗歌,且新罗时期入唐学习的文学大家崔致远,其诗有唐调,而他对朝鲜诗坛又有"破天荒之大功,故东方学者皆以为宗"③。可见,朝鲜诗坛宗唐传统由来已久,朝鲜诗家在心理上与明诗家有共同的慕唐基础。因此,朝鲜诗家在对明诗"唐宋之争"的评论中表现出与明人同样的宗唐倾向。

但是,朝鲜诗家对明人在宗唐中出现的问题并没有回避,而是积极指出,并给予客观批评。朝鲜诗家赞同明人对唐诗的学习,但是对其只模其像而未得其神也不遗余力地加以批判。从明诗家学唐的结果看:

　　　明人称诗,动言汉魏盛唐。汉魏固远矣,其所谓唐者,亦非唐也。余尝谓唐诗之难,不难于奇俊爽朗,而难于从容闲雅;不难于高华秀丽,而难于温厚渊澹;不难于铿锵响亮,而难于和平悠远。明人之学唐也,只学其奇俊爽朗,而不得其从容闲雅;只学其高华秀丽,而不得其温厚渊澹;只学其铿锵响亮,而不得其和平悠远。所以便成千里也。④

① 南龙翼:《壶谷诗话》,《韩国诗话全编校注》第三册,北京:人民文学出版社,2012 年,第 2199—2200 页。
② 金世濂:《东溟先生集》卷四,《东溟集》,《影印标点韩国文集丛刊》第 95 辑,首尔:韩国古典翻译院,1992 年,第 194 页。
③ 洪万宗:《诗话丛林》,《韩国诗话全编校注》第四册,北京:人民文学出版社,2012 年,第 2564 页。
④ 金昌协:《农岩杂识》,《韩国诗话全编校注》第四册,北京:人民文学出版社,2012 年,第 2838 页。

　　朝鲜诗家认为明人虽极力高喊"汉魏盛唐"的口号,但作诗过度拘泥于汉魏盛唐的诗歌形式,并未真正领悟唐诗真谛,所以明人学唐不但只学其皮毛,甚至适得其反,南辕北辙,所作诗歌越来越偏离唐音,即便是大家也很难达到盛唐诗歌的高度,如李晬光在《芝峰类说》中指出:"弇州盖以盛唐为则,而亦未至焉者也。"①

　　明人学唐诗"专欲模象声色,黾勉气格,以追踵古人"②,结果只能是"声音面貌虽或仿佛,而神情兴会都不相似"③。朝鲜诗家赞同明人及朝鲜诗人学唐,但认为不必似唐。因为"唐人自唐人,今人自今人。自今人相去千百载之间,而欲其声音气调无一不同,此理势之所必无也。强而欲似之,则亦木偶、泥塑之象人而已。其形虽俨然,其天者固不在也,又何足贵哉!"④宗唐应该是学习唐诗神韵,不能一味地追求形似,失去神韵的明诗落入僵化的套路之中,一味模仿的明诗家也同一般的匠人无异。

　　从摈宋的结果看,朝鲜诗家虽然赞同明诗家在唐宋之争中摈斥宋诗,但也看到存在贬宋却逊于宋的情况。金昌协在《农岩杂识》中论道:"宋人之诗以故实议论为主,此诗家大病也。明人攻之是矣。然其自为也未必胜之,而或反不及焉。"⑤明人因宋诗"以故实议论为主"而对其讥讽,但明诗因模拟等也未能取胜于宋诗,反不如之。

---

① 李晬光:《芝峰类说》,《韩国诗话校注》第二册,北京:人民文学出版社,2012年,第1049页。

② 金昌协:《农岩杂识》,《韩国诗话全编校注》第四册,北京:人民文学出版社,2012年,第2838页。

③ 金昌协:《农岩杂识》,《韩国诗话全编校注》第四册,北京:人民文学出版社,2012年,第2838页。

④ 金昌协:《农岩杂识》,《韩国诗话全编校注》第四册,北京:人民文学出版社,2012年,第2838页。

⑤ 金昌协:《农岩杂识》,《韩国诗话全编校注》第四册,北京:人民文学出版社,2012年,第2838页。

朝鲜诗家从尊唐黜宋角度,从文学发展的视角看,明人宗唐抑宋的风气对清诗家及朝鲜诗坛都有不良的影响,一味尊唐造成诗家对文学整体发展关注的缺失。李宜显在《陶谷杂著》中言:

> 明人卑斥宋诗,漫不事搜录。近来稍厌明人浮慕汉唐之习,乃表彰宋诗……王李波流顿无存者,矫枉过直之甚。诗文俱绵靡少骨,殊无鼓发人意处矣。康熙辛亥年间,有吴之振者就宋人诗集广取之,几录其全集……其序曰:“自嘉隆以还,言诗家尊唐而黜宋,宋人集覆瓿糊壁,弃之若不克尽。宋人之诗变化于唐,而出其所自得,皮毛落尽精神独存,不知者或以为腐。后人无识,倦于讲求,喜其说之省事,而地位高也。群奉‘腐’之一字,以废全宋之诗。故今之黜宋者皆未见宋诗者也,虽见之而不能辨其源流。此病不在黜宋,而在尊唐。盖所尊者嘉隆后之所谓唐,而非唐宋人之唐也。唐非其唐,则宋非其宋,以为腐也固宜。宋之去唐也近,而宋人之用力于唐尤精以专。今欲以鲁莽剽窃之说,凌古人而上之,是犹逐父而祢祖,固不直宋人之轩渠,亦唐之所吐而不飨非类者也。今之尊唐者目未及唐诗之全,守嘉隆间固陋之本,皆宋人已陈之刍狗,践其首脊,苏焚之久矣。顾复取而篋衍文绣之,陈陈相因,千喙一唱,乃所谓腐也。腐者以不腐为腐,此何异狂国之狂其不狂者欤?”……吴序显斥王李之论不遗余力。①

李宜显对明人一味卑斥宋诗及浮慕汉唐表示不满。他大段引用吴之振的言论,赞同吴之振对明人尊唐黜宋之弊的评价。认为从明

---

① 李宜显:《陶谷杂著》,《韩国诗话全编校注》第四册,北京:人民文学出版社,2012年,第2935—2936页。

嘉靖、隆庆以来，明七子派主张尊唐黜宋，极端到几乎将宋诗弃之殆尽。而后人又无识，不辨其源流，不懂宋诗变化于唐，虽皮毛落尽而精神独存的道理。分辨不出他们所学的唐诗已非唐人之诗，而是嘉隆之后明人所谓的唐诗，此唐诗完全不能与时间上近唐的宋诗相比，因为宋离唐近，"宋人之用力于唐尤精以专"。而宗唐的明人因离唐远，其学唐诗完全是对唐诗的鲁莽剽窃，却打着宗唐复古的旗号招摇撞骗，以腐他人耳目。可是被腐者却不辨是非，不知被腐，学着明人所谓的唐诗，"陈陈相因，千喙一唱"，陷入单纯的模拟、抄袭之境，而"此病不在黜宋，而在尊唐"。从李宜显评价"吴序显斥王李之论不遗余力"一语中，可见他对无辨识、盲目的尊唐黜宋，感到无比痛心与无奈，因为此弊已流染于朝鲜诗坛。所以，李宜显以拳拳赤诚之心，指出尊唐黜宋之弊，希望以此警醒朝鲜诗家，净化朝鲜诗坛不良之风，希望朝鲜诗家能纵观诗歌发展演化的历程，积极抵制尊唐黜宋对文学发展的不良影响。

从朝鲜诗家评论明诗学唐摈宋的创作实践结果以及尊唐黜宋的不良影响看，朝鲜诗家已学着从明诗的"唐宋之争"中总结经验，即对明诗的"唐宋之争"要有取舍，可以尊唐，但不能将唐诗神化，也不可完全摈斥宋诗，宋诗仍有可学之处。金昌协在《农岩杂识》中言：

> 简斋（陈与义）虽气稍诎，而得少陵之音节；放翁（陆游）虽格稍卑，而极诗人之风致。与其学山谷、后山，无宁取简斋、放翁，以其去诗道犹近尔。①

李宜显在《陶谷杂著》中也言：

---

① 金昌协：《农岩杂识》，《韩国诗话全编校注》第四册，北京：人民文学出版社，2012年，第2839页。

宋诗门户甚繁,而黄陈专学老杜,以苍健为主。其中简斋语深而意平,不比鲁直之峻嶒、无己之枯涩,可以学之无弊。余最喜之放翁,如唐之乐天,明之元美,真空门所谓"广大教化主",非学富不可能也。朱夫子于诗亦一意诠古,《选》体诸作俱佳。《斋居感兴》以梓潼之高调发洙泗之妙旨,诚千古所未有。余窃爱好,常吟咏焉。①

上述两段材料中,金昌协与李宜显都认为,在众多宋诗中,"得少陵之音节"且"语深意平"的陈与义之诗、"极诗人之风致"的陆游之诗,都值得学习。他们的诗与黄庭坚、陈师道的诗相比,更近诗道。李宜显称赞陆游之诗如唐白居易、明王世贞的诗一样优秀,"一意诠古"的朱熹也有"千古所未有"的绝妙佳作。

朝鲜诗家将宋诗创作以"苏黄"为界,论其诗风变化。"苏、黄以前如欧阳荆公诸人,虽不纯乎唐,而其律绝诸体,犹未大变唐调。但欧公太流畅,荆公太精切,又有议论故实之累耳。自东坡出而始一变,至山谷、后山出,则又一大变矣。"②苏黄之前,欧阳修等人的诗歌虽因议论故实等原因存在不足,但总体还未失唐调。到了苏轼,诗风一变,黄庭坚、陈师道之后的宋诗完全丧失了唐诗的风采与韵味。由此看来,朝鲜诗家认为欧阳修等人的诗歌更多地承袭了唐诗的传统。

明诗家中也确实有很多人积极努力学习欧苏,力图以学宋诗来纠尊唐黜宋带来的模拟及学识空疏之弊。在此过程中,有领会宋诗

① 李宜显:《陶谷杂著》,《韩国诗话全编校注》第四册,北京:人民文学出版社,2012 年,第 2931 页。

② 金昌协:《农岩杂识》,《韩国诗话全编校注》第四册,北京:人民文学出版社,2012 年,第 2839 页。

之阃奥者,也有未得其风神者。朝鲜诗家认为唐宋派茅坤曾力图以学宋诗来"矫王、李诸人赝剿之习"[①],但虽"慕欧公之风神纡余,而不得矩矱理致尔"[②],学欧阳修之风神,但又难以达到其境界高度。明人"如逊志(方孝孺)、阳明(王阳明)、遵岩(王慎中)、荆川(唐顺之),皆是欧苏流派。就中逊志规模宏大,笔力滂沛,而少收敛裁剪之功;阳明天才豪敏,有操纵,有阖辟,而少深淳典厚之致。此所以不及欧苏"[③],是由于学宋诗未得其阃奥。只有明末清初的钱谦益"其风神感慨,绝似欧公"[④],金昌协《农岩杂识》中评论:

> 近观牧斋《有学集》,亦明季一大家也。其取法不一,而大抵出于欧苏。其信手写去,不窘边幅,颇类苏长公。俯仰感慨,风神生色,又似乎欧公。但豪逸驰宕之过,时有侠气,亦时有冶情,少典厚严重之致。又颇杂神怪不经之说,殊为大雅累。然余犹喜其超脱自在,无砌凑捆缚,不似弇州、太函辈一味剿袭耳。[⑤]

金昌协以钱谦益学宋诗为例,证明宋诗对明人的诗歌创作起到了一定的积极作用。钱谦益是一位受到朝鲜诗家广泛好评的诗人。朝鲜诗家认为其《有学集》类苏轼、似欧公,但又"超脱自在,无砌凑

①　金昌协:《农岩杂识》,《韩国诗话全编校注》第四册,北京:人民文学出版社,2012年,第2839页。
②　金昌协:《农岩杂识》,《韩国诗话全编校注》第四册,北京:人民文学出版社,2012年,第2839页。
③　金昌协:《农岩杂识》,《韩国诗话全编校注》第四册,北京:人民文学出版社,2012年,第2839页。
④　金昌协:《农岩杂识》,《韩国诗话全编校注》第四册,北京:人民文学出版社,2012年,第2845页。
⑤　金昌协:《农岩杂识》,《韩国诗话全编校注》第四册,北京:人民文学出版社,2012年,第2845页。

捆缚",胜过王世贞、汪道坤等人的一味剿袭。朝鲜诗家从字句堆砌等方面对明诗复古之弊加以批判,也侧面反映出明末清初诗人在对明诗宗唐的反思中,对宋诗加以借鉴,而这也是朝鲜诗家对明人"唐宋之争"思考的结果。

综合各种考虑,朝鲜诗家并不赞同只宗唐,他们认为"李杜"是榜样,但不是唯一的标准,在文学复古中,宗唐也并不是唯一的路径,而是应该博采众长。仅学习一个时代的诗歌创作并不能达到最高的审美意境,要兼收并蓄各个时代的创作特色才可以创作出上乘诗歌。从他们评价"近代有《皇华集》,皆明使臣诗也……然兴象不如唐,理趣不如宋,是明人而已矣"①,可反观唐兴象、宋理趣都值得学习。而除了唐宋诗外,对其他朝代的优秀诗作也都应该积极借鉴。诚如朴汉永(1870—1948)在《石林随笔》中所言:

> 天籁人籁,虽见《庄子》,今转其语,而用义稍异。天籁者,示其神韵,纯以天行,如天花不着,如水中月镜中像者是也。人籁者,示其精工,致以人力,如登泰山,步步跻顶,一览众山小者是也……以若唐宋而抽观,李青莲、苏东坡以天行胜,杜少陵以人力胜……诗道之衰微亦如禅宗之虚伪,效颦而假衣冠者揽近殊多。故《续诗品》有曰:"抱杜尊韩,权门托足。苦守陶韦,贫贱者骄人。"岂非的中诗家之流弊欤?朝鲜近代诗家,有开城朴天游集唐诗句诗,至若数卷。以"韵府书麓"称名之朴竹尊,毕生学杜之赵秋斋等,岂非博古之名家,实窥其所作诗品,则盛唐之假衣冠,杜草堂之隙宇人而已。是以朴贞蕤有云:"近日所谓学杜者,诗之下品。学唐者,诗之次上。兼学唐宋元明者,诗之

---

① 金渐:《西京诗话》,邝健行等选编:《韩国诗话中论中国诗资料选粹》,北京:中华书局,2002年,第317页。

上品。"①

　　朴汉永认为李白、苏轼诗近于天籁,杜甫诗近于人籁,皆为典范。且学习前人之诗时不可被狭隘的观念所拘束而走向纯粹的模拟,要真切领悟其内在风神,否则诗就成了假衣冠。若要创作真正的好诗,不应被"宗唐宗宋"所囿,应该唐宋元明兼宗,天籁人籁之诗兼学。

第二节　古代朝鲜诗家论明诗的复古取向

　　朝鲜诗家认为明诗家在明确的复古观指导下,在创作实践中以"古气"为其审美理想;主张作诗要遵循正脉,以正脉为宗,才能体现其"入门正""立志高"的复古目标;以拟古来创新是他们复古的意义所在,这也是明复古派的集体诉求。对于明诗"以古气为美""诗以正脉为宗""拟议以成其变化"的复古取向,朝鲜诗家有赞誉,有指责,有吸收。

一、以"古气"为美

　　明代诗家高扬复古旗帜,以"古气"作为诗歌创作的审美追求。所谓"古气",是指诗歌所具有的古雅气质和风韵,它可以是某一时代的诗歌风尚,也可以是某一诗人之诗独有的古风古貌,因个人的性格气质、审美趣味和才情学养的不同而表现各异,如陶诗的自然、王维的禅趣、李白的飘逸、杜甫的沉郁等等,这些都是后学者所倾慕的"古气"之美。朝鲜诗家注意到明复古派的这一追求,也体悟到了明诗中的"古气"之美,李德懋在《婴处诗稿》中评曰:"双李献吉于鳞,大明

_____

① 朴汉永:《石林随笔》,《韩国诗话全编校注》第十一册,北京:人民文学出版社,2012年,第9589—9590页。

文章先辈。熊熊古气孰追,泱泱逸声难配。"①李德懋用"熊熊"来形容李梦阳、李攀龙诗中所呈现出来的浓郁的"古气"之美。这种"古之气""古之美""古之味"正是明复古派通过效仿古人而形成的一种诗美效果,也是他们对格高调古的审美追求,李梦阳在《驳何氏论文书》中言:"高古者格,宛亮者调。"②李梦阳等人将汉魏古诗与盛唐诗作为拟古对象,努力追求有汉魏遗韵与盛唐之音的诗歌风格,旨在倡扬古典的美学精神与传统,意在维护纯正的古典主义审美理想。朝鲜诗家也同样有此种审美诉求,权斗寅(1643—1719)在《荷塘先生文集》中强调:"我东诗家以百数类,未免袭宋元口气。至求其体格高古,音节华畅,杰然高踔,薄风雅而窥汉唐,则盖寥寥矣。"③金昌协也言:"诗亦出入汉魏,翼以少陵,高古雅健,不事肤革。"④权斗寅先指出朝鲜诗坛因宗宋元而导致诗歌格不高调不古的现象,继而强调近风雅和汉唐之诗才属于高古之诗。金昌协之言也表明汉魏之诗、杜诗都属于高古雅健之诗。这些与前后七子所主张的"古体学汉魏,近体学盛唐"属于同一论调。

　　明七子派在追求"古气"的过程中,强调复古首先要辨诗体。李梦阳曾说:"夫追古者,未有不先其体者也。"⑤而每一种诗体都有其不同的风格韵味,诚如王世贞所言"四言诗须本《风》《雅》","汉魏之辞,务寻古色"⑥。其弟王世懋在《艺圃撷余》中言:"作古诗先须辨

① 李德懋:《青庄馆全书》卷二,《影印标点韩国文集丛刊》第 257 辑,首尔:韩国古典翻译院,2000 年,第 37 页。
② 李梦阳:《空同集》,上海:上海古籍出版社,1991 年,第 567 页。
③ 权斗寅:《荷塘先生文集》卷四,《荷塘集》,《影印标点韩国文集丛刊》第 151 辑,首尔:韩国古典翻译院,1995 年,第 371 页。
④ 金昌协:《农岩别集》卷四,《农岩集》,《影印标点韩国文集丛刊》第 162 辑,首尔:韩国古典翻译院,1996 年,第 578 页。
⑤ 李梦阳:《空同集》,上海:上海古籍出版社,1991 年,第 476 页。
⑥ 王世贞:《艺苑卮言》,丁福保辑:《历代诗话续编》中册,北京:中华书局,1983 年,第 959 页。

体,无论两汉难至,苦心模仿,时隔一尘。即为建安,不可堕落六朝一语。为三谢,纵极排丽,不可杂入唐音。小诗欲作王、韦,长篇欲作老杜,便应全用其体。第不可羊质虎皮,虎头蛇尾。词曲家非当家本色,虽丽语博学无用,况此道乎?"①王世懋认为不同时代都有其代表的诗歌体式,有其不同的本色。胡应麟也有相似的观点:"故观古诗于六代、李唐,而知古之无出汉也;观律体于五季、宋、元,而知律之无出唐也。"②钱钟书在《中国文学小史序论》中总结:"吾国文学,横则严分体制,纵则细别品类。"③只有了解不同体式诗歌的本色,作诗才可能有其所拟之诗的古味,诚如胡应麟在《诗薮》中言:"诗五言古、七言律至难外,则五言长律、七言长歌。非博大雄深、横逸浩瀚之才,鲜克办此……学者务须寻其本色,即千言巨什,亦不使有一字离去,乃为善耳。"④在这些以"古气"为美的理论导向下,复古派或学建安诗之慷慨悲壮、或学陶诗之"质而自然"⑤、或学鲍照之"俊快矫健,骨气高强"⑥。近体或学李白之奇逸之气,或学杜甫之雄浑深厚。他们在实际创作中,其诗也确实有古气之美,李梦阳在《与徐氏论文书》中就称赞徐桢卿的诗"铿铿乎! 古之遗声耶!"⑦

　　朝鲜诗家对明诗家追求"古气"要实现"古体学汉魏,近体学盛唐"的创作实践给予高度评价。首先,朝鲜诗家从中国古典诗歌审美

① 王世懋:《艺圃撷余》,何文焕辑:《历代诗话》下册,北京:中华书局,1981 年,第 775 页。
② 胡应麟:《诗薮》,上海:上海古籍出版社,1979 年,第 206 页。
③ 钱钟书:《钱钟书散文》,杭州:浙江文艺出版社,1997 年,第 478 页。
④ 胡应麟:《诗薮》,上海:上海古籍出版社,1979 年,第 50 页。
⑤ 严羽著,郭绍虞校释:《沧浪诗话校释》,北京:人民文学出版社,1983 年,第 151 页。
⑥ 李宜显:《陶谷杂著》,《韩国诗话全编校注》第四册,北京:人民文学出版社,2012 年,第 2931 页。
⑦ 李梦阳:《空同集》,上海:上海古籍出版社,1991 年,第 563 页。

理想和古典诗歌发展的各个阶段的审美特征角度,论述明拟古诗中所呈现出来的不同时代的古风古韵。

汉魏六朝诗为明复古者所看重,且以追求其诗中有陶诗之质而自然、鲍照诗之俊逸为主。而作诗颇具陶风的当属继台阁体之后,成化至正德前期山林诗派的陈献章,其推崇宋代邵雍诗所具有的"温厚和乐"境界,而"温厚和乐"与陶诗风格相近,因此,陈献章诗更有陶诗之风。李德懋在《诗观小传》中介绍陈献章"诗虽宗《击壤》,源出柴桑"①,这与《四库全书总目·白沙集提要》中"其诗亦自《击壤集》"但也"质直"的评价基本一致,即其诗虽学邵雍的《击壤集》,但其诗风却源于陶诗。李裕元(1814—1888)在《皇明史咏》中指出陈献章诗"宗以自然忘己欲"②。"忘己欲"有陶诗"此中有真意,欲辨已忘言"之风致,陈诗承袭了陶诗质而自然的特点,此类诗陈献章有很多,如《木樨四绝寄倪麟》(其一):"正月山桃委地红,柳塘还卷落花风。木犀一树浑堪赏,尽日相看烟雨中。"③此诗语言平易清新,意境浑成,颇得陶诗风味,学陶之古气而得之。

作诗力图有唐音,成为明前后七子的共同理想。这既是对其复古实践结果的检验,又是对其审美理想的强调。李裕元在《皇明史咏》中评价王世贞诗:"文柄独操二十年,狂生去后凤洲仙。西京之体唐之韵,声价高腾四部全。"④李裕元认为王世贞诗有"唐之韵",在学

① 李德懋:《青庄馆全书》卷二十四,《影印标点韩国文集丛刊》第257辑,首尔:韩国古典翻译院,2000年,第377页。
② 李裕元:《嘉梧稿略》册三,《影印标点韩国文集丛刊》第315辑,首尔:韩国古典翻译院,2003年,第95页。
③ 陈献章著,陈永正笺校:《陈献章诗编年笺校》上册,广州:广东人民出版社,2018年,第200页。
④ 李裕元:《嘉梧稿略》册三,《影印标点韩国文集丛刊》第315辑,首尔:韩国古典翻译院,2003年,第96页。

习唐诗时,渐渐有其面貌气格。许筠在《鹤山樵谈》中说:"明人以诗鸣者:何大复景明,李崆峒梦阳,人比之李杜。"①又在《读大复集》后,盛赞何景明"才似王维亦大家,丽如崔灏更高华。舍人若出开天际,李杜齐名孰敢夸"②。在许筠看来,何景明也是和王维一样有才华的大家,其诗歌创作更胜崔灏一筹。其他朝鲜诗家也有类似评论,如"若大复之诗,几乎唐样"③;"高子业之诗隐约幽古……使在唐时,亦当不失为名家"④;"张芳洲宁诗极逼唐,如'半村半郭吴山路,轻暖轻寒上巳天。梅影过城湖曲寺,橹声归浦浙东船。旧游诗酒添新客,今日风光似去年。清赏未阑幽思发,乱峰斜日起苍烟'。可置之中唐诸子之列"⑤。

　　其次,从明诗各种体裁样式的审美特征看,其拟古诗中呈现出不同的古气之美。正祖李祘(1752—1800)评价李攀龙诗"如苍厓古壁、周鼎商彝,奇气自不可掩"⑥。李祘用"苍厓古壁""周鼎商彝"形容李攀龙诗复古功绩卓越,同时也指明其诗有厚重的"古气"之美,且这种"古气"是一种奇逸之气。这与李攀龙的复古观有极大的关系,同样强调学汉魏、学盛唐,但是李攀龙更强调诗歌创作"似古人",其古乐府严格以汉魏为限,六朝以下概不涉足,五言古诗以魏晋为限,南

---

① 许筠:《鹤山樵谈》,《韩国诗话全编校注》第二册,北京:人民文学出版社,2012 年,第 1458 页。

② 许筠:《惺所覆瓿稿》卷二,《影印标点韩国文集丛刊》第 74 辑,首尔:韩国古典翻译院,1991 年,第 137 页。

③ 申钦:《象村稿》卷五十一,《影印标点韩国文集丛刊》第 72 辑,首尔:韩国古典翻译院,1991 年,第 335 页。

④ 金昌协:《农岩杂识》,《韩国诗话全编校注》第四册,北京:人民文学出版社,2012 年,第 2840 页。

⑤ 申钦:《象村稿》卷五十一,《影印标点韩国文集丛刊》第 72 辑,首尔:韩国古典翻译院,1991 年,第 335 页。

⑥ 李祘:《弘斋全书》卷一百八十,《影印标点韩国文集丛刊》第 267 辑,首尔:韩国古典翻译院,2001 年,第 512 页。

北朝时期一律不涉及;五七言律诗主学初盛唐。正因为他苦心揣摩所拟之诗及"文无一语作汉以后,亦无一字不出汉以前"①的严格拟古精神,因此,他的诗歌比后七子中其他人更具"古气"风采。王世贞对李攀龙拟古诗之"古气"美总结为:"五言古,出西京、建安者,酷得风神……五、七言律,自是神境,无容拟议。绝句亦是太白、少伯雁行。排律比拟沈宋……。"②其学古确实达到出神入化之境,俨然古语古调,出之自然,整练流畅。这就是李祘所言的"风骨遒利,麀白战而拥赤帜"③,有"不可掩"之势,与李德懋评价的"熊熊"相呼应。

李攀龙在诗歌体式上擅长七言律,其"七言律是有明三百年来一人"④,被赞为"七言律有王维之秀雅,李颀之流丽,而又加以整练,高华沉浑,固为千古绝调"⑤。李攀龙任陕西提学副使时所作的《杪秋登太华山绝顶》四首是此方面的代表作,这四首诗深受朝鲜诗家的喜爱。徐滢修(1749—1824)在《西楼诗稿序》中言文士朴士章:

　　　　平生酷爱李于鳞诗,匠心师迹,若将朝暮遇焉。常诵其"振衣瀑布青云湿,倚剑明星白日寒"之句。⑥

① 李德懋:《青庄馆全书》卷二十四,《影印标点韩国文集丛刊》第257辑,首尔:韩国古典翻译院,2000年,第378页。
② 王世贞:《艺苑卮言》,丁福保辑:《历代诗话续编》中册,北京:中华书局,1983年,第1066页。
③ 李祘:《弘斋全书》卷一百八十,《影印标点韩国文集丛刊》第267辑,首尔:韩国古典翻译院,2001年,第512页。
④ 陈子龙著,上海文献丛书编委会编:《皇明诗选》下册,上海:上海华东师范大学,1991年,第751页。
⑤ 陈子龙著,上海文献丛书编委会编:《皇明诗选》下册,上海:上海华东师范大学,1991年,第751页。
⑥ 徐滢修:《明皋全集》卷七,《影印标点韩国文集丛刊》第261辑,首尔:韩国古典翻译院,2001年,第142页。

其中"振衣"一句出自《杪秋登太华山绝顶》(其三),全诗为"太华高临万里看,中原秋色自漫漫。振衣瀑布青云湿,倚剑明星白日寒。东走峰阴摇砥柱,西来紫气属长安。自怜彩笔惊人在,咫尺天开谒帝难"①。此诗主要描写了华山雄奇险峻的景色,作者登顶华山"俯三峰,望中原,见黄河从塞外来;下窥大壑,精气之所出入,又未尝不爽然自失也"②。意境开阔,格调雄浑。其诗既有李白诗奇逸高迈之气,又有杜甫诗雄浑流丽之貌。正因如此,朴士章才酷爱其诗到朝暮吟诵的程度。

南龙翼在《壶谷诗评》中也称赞李攀龙的七言律诗"'卧病山中生桂树,怀人江上落梅花'、'樽前病起逢寒食,客里花开别故人'等句,王亦不可及"③。南龙翼认为李攀龙的七律高于王世贞的创作水平。此外,李梦阳的七言近体"开合动荡,不拘故方,准之杜陵,几于具体。故当雄视一代,邈焉寡俦"④,对此,朝鲜诗家李植在《学诗准的》中不无歆叹:"大明诗,惟李崆峒梦阳善学杜诗,与杜诗参看。"⑤由此可见,李攀龙、李梦阳之诗有浓郁的盛唐诗风。

明代复古诗人中其律诗极具唐音风韵的还有何景明。李德懋在《诗观小传》中指出何景明诗歌体式风格多样:"孙枝蔚曰:'大复五言,句琢字炼,长歌滔滔洪远;五律全法右丞,清和雅正;七律自少陵以外,无所不拟;绝句秀峻莫比。'"⑥由此可见,何景明善于用各种诗

---

① 李攀龙著,李伯齐校点:《李攀龙集》,济南:齐鲁书社,1993年,第207页。

② 李攀龙著,李伯齐校点:《李攀龙集》,济南:齐鲁书社,1993年,第443页。

③ 南龙翼:《壶谷诗评》,邝健行等选编:《韩国诗话中论中国诗资料选粹》,北京:中华书局,2002年,第145页。

④ 沈德潜:《明诗别裁集》,上海:上海古籍出版社,1979年,第89页。

⑤ 李植:《泽堂先生别集》卷十四,《泽堂集》,《影印标点韩国文集丛刊》第88辑,首尔:韩国古典翻译院,1992年,第518页。

⑥ 李德懋:《青庄馆全书》卷二十四,《影印标点韩国文集丛刊》第257辑,首尔:韩国古典翻译院,2000年,第367页。

歌体式追求复古效果,展现诗之古美。何景明诗作模仿前人作品的情况很普遍,《大复集》第四卷都是模仿《诗经》的四言诗,第五、六卷都是模仿乐府与杂调辞的作品,第七、八、九卷都是模仿汉魏六朝的五言古诗。他的大量五言律诗,则以学初、盛唐诸家为主,又带一点齐梁五言古诗的风味。如《杂诗》(其一):

> 西陆移修暮,素节多寒阴。端居屏营虑,凄气惨人心。
> 浮飙委时卉,零露伤青林。仰见孤雌翔,玄鸟无遗音。
> 蟋蟀何愁苦,终夜长哀吟。感物兴慨叹,忧思孰能任。①

这首五言古诗既有《古诗十九首》中感慨时光易逝、生命短暂的韵味,尤其最后四句“蟋蟀何愁苦,终夜长哀吟。感物兴慨叹,忧思孰能任”,颇似唐骆宾王《在狱咏蝉》用“比兴”手法寄托遥深。“青林”“孤雌翔”等语又有王维“诗渗禅意,流动空灵”之意境。此诗有汉魏至初盛唐诗作的不同诗味,这也证实了朝鲜诗家对其拟古诗的赞誉。权斗经(1654—1726)曾言:“《古诗十九首》,浑朴宽柔,而神奇凄婉……余常怪陆平原以下诸人世所称哲匠,名为拟古,不成画虎,未尝不废读怃然。近观胡应麟《诗薮》,有言:‘拟十九首自士衡诸作,语已不伦,六朝而后徒具篇名。惟大复十八章,几欲近之。’”②认为何景明五言古诗的成就几乎达到了《古诗十九首》的高度。

乐府诗是明前后七子常作的一类拟古诗,其创作也取得了一定的成绩,李德懋评价李东阳“所为乐府,别创一格,风刺并见,涵蓄可味”③。

---

① 何景明著,李淑毅等点校:《大复集》,郑州:中州古籍出版社,1989年,第84页。
② 权斗经:《苍雪斋先生文集》卷二,《苍雪斋集》,《影印标点韩国文集丛刊》第169辑,首尔:韩国古典翻译院,1996年,第32页。
③ 李德懋:《青庄馆全书》卷二十四,《影印标点韩国文集丛刊》第257辑,首尔:韩国古典翻译院,2000年,第377页。

许筠言:"李攀龙古乐府,不免临摹,而数千年来,人无敢效者,于鳞独肖之。"①明七子中王世贞以"欲尽追古"为诗歌创作目标,在他的努力下,乐府诗也成为其拟古诗中成就最突出,也最能体现其诗"古气"之美的典范。朝鲜诗家申钦赞王世贞言:

> 弇州之诗甚大,其可咏者不可尽记,如:"细娘家在大江头,总为工欢字莫愁。月明低按关山谱,何处行人不泪流。""留君无计恨匆匆,尽酒停杯曲未终。船到西兴潮已落,明朝还起石尤风……。"皆是乐府遗响,而自令人不可及。②

申钦认为在王世贞的创作中,乐府诗成就较高。申钦所论的这首《莫愁乐》(细娘家在大江头)是王世贞拟南朝乐府所作。《莫愁乐》是《西曲歌》之一,是《西曲歌》中《石城乐》的变曲。根据有关史料记载,大致可以确定《莫愁乐》的来源:在石城西面有一位歌妓,唱着流行的《石城乐》,曲子的和声是"妾莫愁",因此人们称这位歌妓为莫愁,而且改创一种新的变曲来适应她的歌唱,这变曲即《莫愁乐》。王世贞的这首诗以女子口吻,表达了她在江头苦盼恋人回归的哀愁之绪。抒情之中夹有叙事,符合王世贞所提倡的"乐府之所贵者,事与情而已"③的创作追求。其语言简洁朴实,富有动感,民间气息浓厚,将女子等待的苦楚惟妙惟肖地展现了出来。此类诗是王世贞所言的"乐府发自性情,规沿《风》、《雅》。大篇贵朴,天然浑成;小

---

① 成均馆大学校大东文化研究院编:《许筠全集》,首尔:成均馆大学校出版部,1981 年,第 74 页。
② 申钦:《晴窗软谈》,《韩国诗话全编校注》第二册,北京:人民文学出版社,2012 年,第 1382 页。
③ 王世贞:《艺苑卮言》,丁福保辑:《历代诗话续编》中册,北京:中华书局,1983 年,第 1015 页。

语虽巧,勿离本色"①典型样式。因为此类诗极具乐府之本色,所以,申钦认为王世贞的此类诗不但是"乐府遗响",而且还"令人不可及"。除此以外,王世贞代表性的乐府诗还有《乐府变》二十二首。这二十二首诗几乎涉及到当时社会的许多重大事件,是反映社会现实的优秀作品。其《乐府变》中除了《袁江流钤山冈当庐江小吏行》和《治兵行者行》两首附了乐府旧题外,其他二十首皆为即事名篇,根据表达现实生活内容的需要加以灵活运用和自由创造。胡应麟称赞王世贞"乐府随代遣词,随题命意,词与代变,意逐题新,从心不逾,当世独步"②。可见,王世贞的乐府诗是其学古与创新成效的具体呈现。

王世贞虽然拟古,但是其拟古之作不为模仿而模仿,他曾强调乐府诗"毋亦西子之颦、邯郸之步"③。其乐府诗因不执守于格调,故出现一些新的倾向,"即向浪漫主义文学风尚靠近"④。这些多写男女情思的乐府诗因"了无一语有丈夫气"被看成是陈隋间音,申钦总结道:"弇州之诗'昏星送侬去,晨星送侬归。窗前百种鸟,为谁不安栖'、'宫中小女鬓如鸦,连臂踢足唱杨花。唱得杨花浑似雪,不知飘向阿谁家'、'塞北江南望何极,衢道藏鸦白门色。沙深日冷不得青,独抱长条三叹息'……陈隋间音也。"⑤

朝鲜诗家评论王世贞的乐府诗并未选择《乐府变》等反映社会现

---

① 王世贞:《读书后》卷四,《文渊阁四库全书》第 1285 册,台北:台湾商务印书馆,1986 年,第 54 页。
② 胡应麟:《诗薮》,上海:上海古籍出版社,1958 年,第 353 页。
③ 王世贞:《读书后》卷四,《文渊阁四库全书》第 1285 册,台北:台湾商务印书馆,1986 年,第 54 页。
④ 廖可斌:《复古派与明代文学思潮》,台北:文津出版社,1994 年,第 475 页。
⑤ 申钦:《象村稿》卷五十一,《影印标点韩国文集丛刊》第 72 辑,首尔:韩国古典翻译院,1991 年,第 335 页。

实的诗作,而是选择了更具浪漫色彩的拟南朝乐府诗,笔者认为这首先与诗歌各体的审美特征有关。胡应麟在《诗薮》中云:"四言简质,句短而调未舒;七言浮靡,文繁而声易杂。折繁简之衷,居文质之要,盖莫尚于五言。"①朝鲜诗家选的都是七言乐府,呈现出陈隋间浮靡的特点,符合其文体的审美特征。其次,还与明王世贞复古与革新的创作实践有关。胡应麟曾在《诗薮》中盛赞王世贞的乐府诗"不袭陈言,独挈心印,皆可超越唐人,追踪两汉,未可以时代论"②。朝鲜诗家面对明诗复古及朝鲜文坛复古之弊的严重后果,更倾向于认同有真性情、浪漫主义色彩的公安派诗歌,而王世贞的这些乐府诗杂入到公安派诗作中,也难以分辨。基于上述原因,朝鲜诗家与中国诗家的审美批评标准不同,选择了王世贞拟南朝乐府诗为评论对象。

明代复古派诗人极力追求以"古气"为美,这与朝鲜诗家的审美期待相切合,所以朝鲜诗家对明人复古投以极大的关注,并试图从中获得更多有益的启示。

二、诗以正脉为宗

严羽在《沧浪诗话》中强调学诗者要"以识为主,入门须正,立志须高"③。同样,明代诗歌复古也追求以正脉之诗为典范,以使诗歌回归正始之途为旨归,这是众多明诗家的普遍取向。明代诗歌复古运动可谓是声势浩大、为时漫长,参与人数众多,流派纷呈,尽管诗歌主张不尽相同,但在作诗要以正脉为宗的倾向上基本达成了共识。明七子派在对古诗的选择中,以盛唐诗为取法对象,视盛唐诗为诗家

---

① 胡应麟:《诗薮》,上海:上海古籍出版社,1979 年,第 22 页。

② 胡应麟:《诗薮》,上海:上海古籍出版社,1979 年,第 40 页。

③ 严羽著,郭绍虞校释:《沧浪诗话校释》,北京:人民文学出版社,1983 年,第1 页。

正脉，向上寻其源为汉魏古诗、先秦诗歌，甚至溯源到《诗经》。对此，朝鲜诗家李宜显在诗史中梳理了明诗复古所循之脉：

> 《诗经》三百篇，虽有正有变，大要不出"温柔敦厚"四字，此是千古论诗之标的也。屈原变而为骚，深得《三百篇》遗音。西京建安卓矣，无容议为。下及陶谢江鲍，又皆一时之杰然者。至唐益精练，众体克备，而杜陵集大成，此又诗家正脉然也。为诗而偭此规矩，不可谓之诗矣。宋人虽自出机轴，亦各不失其性情，犹有真意之洋溢者。至于明人，浮慕《三百篇》、汉魏，鄙夷唐以下……余于陶谢以后，剧喜鲍明远。盖宋齐以来骎骎过于靡丽，多姿而少骨，西京、建安之音节几乎绝矣。而明远之诗乃独俊快矫健，骨气高强，类非后来诸人所可几及，是以李杜亦极宗尚。朱夫子谓"李太白专学之"者得之。太白天仙之才虽出天授，而其奇逸之气固自有所从来矣。①

李宜显认为，明人对《诗经》、汉魏之诗以及唐诗只是表面的仰慕而未深领其旨。不论明诗"浮慕"的结果，仅从明诗的"慕"中可以肯定，其本以《诗经》、汉魏之诗以及唐诗为诗之正脉，这是明人学诗循正脉的可贵之处。明人学唐，因唐诗格调高、气魄充、众体兼备，"不失正宗矣"②，遂将唐诗视为诗家正宗。而由于唐诗是《诗经》至汉魏古诗传统的"集大成"者，才成为诗家正脉。李宜显指出《诗经》为诗之正脉之源，其后屈原继承了《诗经》遗音，建安诗歌、魏晋陶渊明、谢

---

① 李宜显：《陶谷杂著》，《韩国诗话全编校注》第四册，北京：人民文学出版社，2012年，第2930—2931页。
② 谢榛：《四溟诗话》，丁福保辑：《历代诗话续编》，北京：中华书局，1983年，第1227页。

灵运、江淹、鲍照之诗"皆一时之杰然者"。明诗追溯诗家之正脉时，应继承由《诗经》至唐诗的创作传统。唐诗中杜甫集大成，天仙之才李白具有奇逸之气，李白、杜甫等人之诗是明人所崇尚和宗法的代表，而李白、杜甫又宗尚"俊快矫健，骨气高强"的鲍照之诗。汉魏六朝除鲍照外，谢灵运力振古道，其诗歌也为正脉之传承，受明人推崇，黄景源《赐太子太保礼部尚书文渊阁大学士张治谥文毅制》中言："梦阳以为'文必先汉，诗必盛唐。'景明亦曰：'诗溺于陶，而谢力振之。'"①由此可以想见，明人提倡的"古诗学汉魏""诗必盛唐"的复古主张与其作诗要遵正脉的理念相为表里，在循正脉过程中，找寻到了诗学方向。

明人作诗以唐诗为诗家之正脉，而唐诗人也主张作诗循其正脉，杜甫在《戏为六绝句》（其六）中曾说："未及前贤更勿疑，递相祖述复先谁？别裁伪体亲风雅，转益多师是汝师！"②杜甫主张在诗歌创作中要继承前人的优秀传统，取人之长；要学习《诗经》风、雅的传统，师法多元。"亲风雅"就是以《诗经》为正脉，为作诗的学习目标，在唐人的共同努力下，一扫魏晋之后的浮华奢靡之风，努力创作自然天成、风韵宛然、词气雄健之诗，迎来唐诗的辉煌时代，成为最近古道之典范。李宜显在《陶谷杂著》中言：

> 唐以辞采为尚，而终和且平，绝无浮慢之态，所以去古最近。末流稍趋于下，则宋苏、陈诸公矫以气格，后又不免粗卤之病。而元人欲以华腴胜之，靡弱无力，愈离于古而莫可返。于是李、何诸子起而力振之。③

---

① 黄景源：《江汉集》卷二十五，《影印标点韩国文集丛刊》第 224 辑，首尔：韩国古典翻译院，1999 年，第 527 页。

② 富寿荪选注：《千首唐人绝句》，上海：上海古籍出版社，1985 年，第 248 页。

③ 李宜显：《陶谷杂著》，《韩国诗话全编校注》第四册，北京：人民文学出版社，2012 年，第 2922 页。

李宜显认为唐诗虽崇尚辞采，但气韵平和，毫不浮慢，离古最近。晚唐诗稍下，至于后来宋诗的粗卤、元诗的靡弱，都去古愈远，非诗家正脉。因此，李梦阳、何景明等七子派以唐诗为正脉，希望以此力振古道。

李宜显关于诗家正脉的议论，有两点特别值得注意：一是《诗经》有正有变，"温柔敦厚"这一准则与诗之正变有关系；二是肯定了宋诗也有抒写性情、洋溢真意的成就。由此推论，继承《诗经》吟咏性情和风、雅传统的诗都未脱离诗之正途，这些都是评判正脉之诗的原则。

首先，关于《诗经》之正、变，郑玄在《诗谱序》中认为正风正雅为："文、武之德，光熙前绪，以集大命于厥身，遂为天下父母，使民有政有居。其时诗，风有《周南》、《召南》，雅有《鹿鸣》、《文王》之属。及成王、周公致大平，制礼作乐，而有颂声兴焉，盛之至也。本之由此风、雅而来，故皆录之，谓之《诗》之正经。"[1]变风变雅为："后王稍更陵迟，懿王始受谮亨齐哀公，夷身失礼之后，邶不尊贤。自是而下，厉也、幽也，政教尤衰，周室大坏，《十月之交》、《民劳》、《板》、《荡》，勃尔俱作，众国纷然，刺怨相寻。五霸之末，上无天子，下无方伯，善者谁赏？恶者谁罚？纪纲绝矣。故孔子录懿王、夷王时诗，讫于陈灵公淫乱之事，谓之变风、变雅。"[2]

据郑玄所言，表现"治世之音"的诗歌属于"正"，表现"乱世之音"的诗歌属于"变"。而《诗经》中的变风变雅所开创的怨刺传统和现实主义诗风，无疑也被后人视为正脉。前文所说的"屈原变而为骚，深得《三百篇》遗音"，就是指此而言。关于明诗在此方面对《诗

----

[1] 毛亨传，郑玄笺，陆德明音义，孔祥军点校：《毛诗传笺》，北京：中华书局，2018年，第501页。

[2] 毛亨传，郑玄笺，陆德明音义，孔祥军点校：《毛诗传笺》，北京：中华书局，2018年，第501—502页。

经》的承继,《青邱诗评》有言:

> 风者,讽也。《三百五篇》遭秦而全者,以其风诵不独在竹
> 帛。风之讽,讽于俗而行。俗有不同,故风亦有异。盛世风和,
> 衰世风残。粹然于唐虞三代,故其风和翕;凛然于秦汉,故其风
> 难发;挠然于五季六朝,故其风未定;靡然于隋唐,故其风衰损;
> 廓然于宋明,故其风向明……"王者之迹熄,诗亡。诗亡,《春
> 秋》作。"以寓褒贬,以寓讥刺,以寓感惩。①

这段材料中,朝鲜诗家梳理了自《诗经》到宋明讽喻传统的发展
状况。宋明之诗继承了《诗经》的讽喻特点,此为明诗遵《诗经》之正
脉的表现。

其次,诗歌创作的复古,其最终目的是复古诗之道。《诗经》、唐
诗在体现诗道方面无疑是典型代表,也自然成为明代诗学复古的榜
样。朝鲜诗家河仑(1347—1416)在《惕若斋学吟集序》中言:

> 呜呼,诗之道亦难矣哉! 魏晋而上作者,去古未远,然其不
> 违于《三百篇》之遗意者,鲜矣! 诗至于唐,而唐人之音,亦有始
> 正变之异,其入于正音者,亦不为多矣。②

河仑认为《诗经》出现的时期,正值"光岳气全",人心淳朴,此时
诗歌表现的是世道、性情之"正"的治世之音。西周衰败后,人心不

---

① 佚名:《青邱诗评》,《韩国诗话全编校注》第十一册,北京:人民文学出版社,
　2012 年,第 9690 页。
② 河仑:《惕若斋学吟集》序,《影印标点韩国文集丛刊》第 6 辑,首尔:韩国古典
　翻译院,1990 年,第 3 页。

古，风教不全，表现乱世之音的变风变雅诗歌不断出现。由此到魏晋之间的诗歌，不违《诗经》之遗意、近诗道的诗歌日渐衰减。唐诗也有正变，真正能入正音的唐诗也为数不多。尽管如此，唐诗仍然最近诗道、最近《诗经》。

最近诗道、最近《诗经》的诗可以是有温柔敦厚之美的诗歌，也可以是富有性情的诗歌。无论正、变，都以"温柔敦厚"为旨归，因为变风、变雅出现之前，诗歌整体呈现出温柔敦厚的风格。变风、变雅出现之后，儒家诗论仍强调"中和"之美，强调温柔敦厚，欲将变风、变雅之类的诗歌统一到"温柔敦厚"这一原则下，即乱世之诗仍要温柔敦厚。而唐诗尤其是盛唐诗恰恰体现了温柔敦厚、文质彬彬的特质，其中杜甫之诗最具"温厚之旨"，"去诗道最近"。诚如朝鲜诗家金昌协在《农岩杂识》中评宋陈与义、明李梦阳诗因"得少陵之音节"才"去诗道犹近尔"[1]。如果不按诗家之正脉，学杜诗未深领其神，就会违背诗歌温厚之旨，离诗道越来越远。

姜朴（1690—1742）曰："诗道贵清旷。"[2]而"杜之全体雄健，即其佳处每在清旷"[3]，杜诗又是承《诗经》、《古诗十九首》之脉而来，"试看《三百篇》，但见语极清而意极旷耳……《十九首》则篇篇句句，一字一划，无不绝清而绝旷"[4]。杜甫继承了《诗经》及《古诗十九首》的"清旷"传统，取得了极高的成就，被誉为集大成者，成为明诗家学

① 金昌协：《农岩杂识》，《韩国诗话全编校注》第四册，北京：人民文学出版社，2012年，第2839页。
② 姜浚钦：《三溟诗话》，《韩国诗话全编校注》第六册，北京：人民文学出版社，2012年，第4940页。
③ 姜浚钦：《三溟诗话》，《韩国诗话全编校注》第六册，北京：人民文学出版社，2012年，第4940页。
④ 姜浚钦：《三溟诗话》，《韩国诗话全编校注》第六册，北京：人民文学出版社，2012年，第4941页。

习的榜样。但也因杜甫的诗歌成就和在中国诗史上的崇高地位,其诗是一座高峰,后人难以攀登和逾越,如果直接从学杜入手,就如同邯郸学步,失去自我,最后只会得皮毛而失其根本,势必脱离诗之正脉,步入歧途,背离了《诗经》与《古诗十九首》之旨,这也是"宋明诸公学杜之过也"①。所以劝诸君子莫不如从学杜者如陈与义、陆游等诗人入手,不要"置陈、陆不论,先从少陵撇去安下,则歧路既异,门户自别,可以直绍《三百》《十九》之旨,而纳纳乾坤,又可优游自在,各随天分,止于其止,又无向来拘束龌龊之态也。其必欲舍冠冕玉佩,而为毡笠曼缨,长枪大刀,则请置此于度外"②,这也说明继承诗家正脉应该慎重选择学诗途径。

　　所谓"清旷"是指语清而意旷、寄意深远,即《诗经》中《风》、《雅》偏重兴寄的传统。而杜甫的诗"亲风雅",使他别具忧国忧民的高尚情怀和悲天悯人的博大胸襟,因此创作出《茅屋为秋风所破歌》、"三吏三别"、《兵车行》及《自京赴奉先县咏怀五百字》等经典之作。故而朝鲜诗家云:

　　　　自《雅》缺《风》亡,诗人皆推杜子美为独步。岂唯立语精硬,刮尽天地菁华而已?虽在一饭未尝忘君,毅然忠义之节根于中而发于外,句句无非稷契口中流出,读之足以使懦夫有立志。玲珑其声,其质玉乎,盖是也。③

---

① 姜浚钦:《三溟诗话》,《韩国诗话全编校注》第六册,北京:人民文学出版社,2012 年,第 4940 页。

② 姜浚钦:《三溟诗话》,《韩国诗话全编校注》第六册,北京:人民文学出版社,2012 年,第 4941 页。

③ 金某氏:《海东诗话》,《韩国诗话全编校注》第十一册,北京:人民文学出版社,2012 年,第 8879 页。

"立语精硬,刮尽天地菁华"是指杜诗的语言风格,"玲珑其声,其质玉乎"是指杜诗的音律和谐优美,玉润珠圆。杜诗的锤炼精工之美无与伦比,堪称"独步",更可贵的是杜诗表现出来的忠义之节发自内心,拳拳忧国之诚令人感动和钦佩,这些都是直承《诗经》的。明初茶陵派李东阳说:"汉魏以前,诗格简古,世间一切细事长语皆著不得,其势必久而渐穷。赖杜诗一出,乃稍为开扩,庶几可尽天下之情事。"①明诗家不仅学杜甫"顿挫"之诗法,更学其诗"沉郁"之风,李梦阳感怀时事、不满现实的诗作,犹如杜甫以诗写史,追求"以我之情,述今之事"②,其《秋望》一诗:

> 黄河水绕汉宫墙,河上秋风雁几行。
> 客子过壕追野马,将军韬箭射天狼。
> 黄尘古渡迷飞挽,白月横空冷战场。
> 闻道朔方多勇略,只今谁是郭汾阳。③

此诗表现出诗人对大明边疆形势的担忧,慨叹国无郭子仪式的将才,与杜甫的忧心国事如出一辙,感时怀古,情感真切。用黄河水、秋雁、野马、黄尘、古渡、白月等意象烘托出激烈的战场气氛,慷慨悲凉,苍劲沉郁,颇具老杜之风。故王维桢评论言:"七言律自杜甫以后,善用顿挫倒插之法,惟梦阳一人。"④此外,何景明性情耿介,其诗常有不平之鸣,如《玄明宫行》《盘江行》《东门赋》《鲥鱼》等都是直承杜甫关怀时事、忧国忧民的悲患精神。

---

① 李东阳:《麓堂诗话》,丁福保辑:《历代诗话续编》下册,北京:中华书局,1983年,第1386页。
② 李梦阳:《空同集》,上海:上海古籍出版社,1991年,第566页。
③ 李梦阳:《空同集》,上海:上海古籍出版社,1991年,第283页。
④ 《明史》第24册,北京:中华书局,1974年,第7348页。

　　《诗经》为诗家之正脉,其"温柔敦厚"的旨趣成为千古论诗标的,其开创的怨刺传统和现实主义诗风及"清旷"的诗道,都成为后世诗人取之不尽、用之不竭的创作养料。至于作诗的技巧、规则,就要从体制、诗律、用字等方面下功夫。朝鲜诗家安肯来曾总结作诗的语类,如一字语类中的"侬","侬,吴人称我之辞,非艳词及女娘词,不当轻用","如艳词等体,不用这套,却也无味"①。二字语类如:那个、别有、无端、底事、除却、恰似……等等,"不可缕述,自古人或有用处。然晚唐以后,至宋元明清,转相仿起者,务尚姿致而然也。然以此成章,不得近《诗经》门户。是以清初圣叹编《诗选》,以杜诗不入《诗选》而另成一什者,以其诗家正经,不可并列于诸子也。细阅杜诗,曷有这等琐琐语类也"②。清初金圣叹曾选批杜诗200首,鉴于杜诗乃"诗家正经",即诗家正脉,所以另成一什。杜诗中绝无"琐琐语类",而若用此等语类,务尚姿致,转相仿效,将远离《诗经》门户,自然也就没有古气之美了。而复古大家李梦阳在赞成王叔武诗为自然之音的基础上,提出"真诗乃在民间"③之论,也因为民歌蕴含着真性情,所以他十分推崇流露真情、天真活泼的民间歌谣,这对于"出于情寡而工于词多"④的文人诗是一种补救。李梦阳本人就曾模拟六朝乐府吴声歌曲、唐代李白的乐府诗《子夜吴歌》,创作了一些富有民歌韵味的小诗,如《子夜四时歌二首》:

① 安肯来:《东诗丛话》,《韩国诗话全编校注》第十一册,北京:人民文学出版社,2012年,第9421页。
② 安肯来:《东诗丛话》,《韩国诗话全编校注》第十一册,北京:人民文学出版社,2012年,第9421页。
③ 李梦阳:《诗集自序》,《明代文论选》,北京:人民文学出版社,1999年,第102页。
④ 李梦阳:《诗集自序》,《明代文论选》,北京:人民文学出版社,1999年,第102页。

　　共欢桃下嬉,心同性不合。欢爱桃花色,妾愿桃生核。

　　柳条宛转结,蕉心日夜卷。不是无舒时,待郎手自展。①

　　这里虽使用了"欢""宛转"等词,但不称丽轻佻,反倒贴切浑融,别有情致。何景明模仿杜甫的《观打鱼歌》作有《津市打鱼歌》,调古词俊,活泼质朴。这些复古诗篇不同于那些"务尚姿致"、用"琐琐语类"的庸劣诗作。

　　后七子领袖李攀龙持论谓"诗自天宝而下,俱无足观"②。朝鲜诗家金万重对元稹、白居易的元和体诗也不以为然:

　　谢康乐推陈思以八斗、高廷礼尊子美为大家者,良以盛唐以前此道休明,一切天魔外道未行于世,故只言其富,不称其异,理固然矣。元和以还,迹径渐歧,雅俗兼陈,故元白巨秩,世所谓"广大教化主",而笃论者终不加之于王孟韦柳之上。岂不以材具虽大而声调近俗故欤? 今人论诗率以篇什富盛,酬应不窘为贵,故车天辂、柳梦寅之徒得以称雄,而崔白寂寥之篇往往见轻于人。诗道本如是,譬之一握珠玑,论其果腹诚不如困廪陈粟,若过波斯会集,则握珠可预末席,廪粟安敢通名乎?③

　　金万重认为,谢灵运推许陈思王曹植才高八斗,明代高棅尊崇杜子美为大家,这是因为曹植、杜甫都是当时的杰出诗人,其诗为诗之正脉。盛唐以前美好清明,诗界没有"天魔外道",可是中唐以后,元

---

①　李梦阳:《空同集》,上海:上海古籍出版社,1991 年,第 42 页。

②　《明史》第 24 册,北京:中华书局,1974 年,第 7378 页。

③　金万重:《西浦漫笔》,《韩国诗话全编校注》第三册,北京:人民文学出版社,2012 年,第 2260 页。

和以还,诗歌创作歧径旁出,雅俗兼陈,元、白的长篇巨秩(指新乐府诗),或者词采华丽、文字冶艳,或者浅俗直白,意在推行诗教,充当了"广大教化主",金万重批评其"材具虽大而声调近俗",无法与王维、孟浩然、韦应物、柳宗元等人的诗歌相提并论。李梦阳认为中唐以后诗不可读,也缘于此。金万重抨击了当时"论诗率以篇什富盛,酬应不窘为贵"的不良风气,他把盛唐以前的诗比作"一握珠玑",把中唐以后的诗比作"困廪陈粟",两者价值的高低则不言而喻了。金万重将明代高棅诗学盛唐赞为正道,将元稹和白居易的诗歌看作外道,也是对明七子以盛唐诗为正脉的肯定。

重性情的许筠也曾言唐诗最近《诗经》,在《惺所覆瓿稿》中他多次提及唐之绝句为"《三百篇》之遗音","其去《三百篇》为最近","唐人五七言绝句……含讽托兴,刺讥得中,读之令人三叹咨嗟,真得国风之余音",又谓"诗道大备于《三百篇》,而其优游敦厚足以感发惩创者,国风为最盛,雅颂则涉于理路,去性情为稍远矣"①。许筠在肯定性情的基础上,指出唐五七言绝句"含讽托兴,刺讥得中"的风格承袭了儒家"温柔敦厚"的诗教传统,符合唐诗之"正"的价值取向。许筠还赞扬了明代高棅、李攀龙编选唐绝句为近诗道的行为,进而阐明自己的《唐绝选删》是在二人选本中"拔绝句之妙者若干首"②而辑成的。明诗以《诗经》、唐诗为诗歌之正脉,朝鲜诗家又以明人编选的唐绝句为样本,可见朝鲜诗家对明诗家作诗循正脉的认同。

由上可知,诗家怀抱目的不同,寻找诗之正脉的角度也各有异,追求性情的诗人推崇《诗经》的《国风》,注重诗教的诗人推崇《诗经》

---

① 许筠:《惺所覆瓿稿》卷五,《影印标点韩国文集丛刊》第 74 辑,首尔:韩国古典翻译院,1991 年,第 185 页。

② 许筠:《惺所覆瓿稿》卷五,《影印标点韩国文集丛刊》第 74 辑,首尔:韩国古典翻译院,1991 年,第 185 页。

的《雅》诗。正脉之源《诗经》从各个方面泽惠后世诗人,明诗家也因此以有《诗经》之遗韵的唐诗为摹本。

李植在《学诗准的》中言:

> 余儿时无师友,先读杜诗,次及黄、陈、《瀛奎律髓》诸作。习作数千首,路脉已差……四十以后,得胡元瑞《诗薮》,然后方知学诗不必专门。先学古诗、唐诗,归宿于杜,乃是《三百篇》、《楚辞》正脉,故始为定论。①

李植强调学诗循正脉的重要性。他在接触明人胡应麟的《诗薮》之后,才意识到学习诗歌正确的路径为:学《诗经》、《楚辞》、汉魏古诗,然后再学唐诗。胡应麟是明后期文学复古运动中一员,其诗学思想与前七子一脉相承,尤为崇拜王世贞,其明确的诗学路径,既代表了前后七子的诗学路径,又成为朝鲜诗家诗学循正脉的参照。

总之,学诗、作诗要循正脉,以正脉为宗是明诗的复古取向之一,复古要有路径,而《诗经》的温柔敦厚、言清意旷、怨刺传统和现实主义精神传统等成为有益的养料,沾溉后世,影响深远,使之成为正脉之源头。汉魏古诗与盛唐诗是《诗经》余脉,是正脉的继承与发展,所以亦为明人取法和学习的榜样。朝鲜诗家对明人学诗、作诗要有正脉,欲通过学正脉之诗复古诗道的价值取向极为认同,但也指出在创作实践过程中存在未领悟古诗精神,诗歌创作与诗学理念有偏差的问题。朝鲜诗家在批评明诗家强调的作诗要有正脉的同时,反思朝鲜诗坛仿效《诗经》、唐诗与明诗的得失,目的是为了更好地指导朝鲜文坛诗歌创作。

---

① 李植:《学诗准的》,邝健行等选编:《韩国诗话中论中国诗资料选粹》,北京:中华书局,2002 年,第 127 页。

三、拟议以成其变化

朝鲜诗家在批评明诗复古时,在明确作诗要以正脉为宗的基础上,深入探究了明诗复古的最终目标——"拟议以成其变化",即通过"文必秦汉,诗学盛唐","古诗尊汉魏,近体尊盛唐"等复古路径,"扫荒芜"、"追正始"①,使明诗坛发生新变。

"批评精神与理想主义情怀构成弘治、正德至嘉靖前期社会精神生活的突出特征"②。明代中期的主流思潮是反对程朱理学,追求个性解放,而在文学领域则力图摆脱理学对文学的束缚,求得文学的独立性。在这种背景下,诗歌创作寻找新的出路,诗坛发生变化已在所难免。以李梦阳、何景明为代表的"弘正七子"充满改革热忱,他们自负才气,对"卑冗委琐"、缺乏生气的台阁体,以及含有台阁体、山林诗双重血统的茶陵派和"陈庄体"性气诗派都进行了强烈的批判,如同唐初陈子昂、北宋梅尧臣与欧阳修等借复古以革新一样,他们举起复古大旗,探求诗歌革新之路。他们向往雄浑高华的盛唐律诗和意格高峻的汉魏古诗,对执着于人文关怀的杜甫尤为敬佩。他们喊出"文必秦汉,诗必盛唐"的复古口号,其目的是要取法乎上,学习古代最优秀的作家作品,也就是要以高标准振兴文学创作,赋予新的时代新精神,以消弭当时文坛靡弱之风,冲决平庸,使文坛一新,遂倡导"拟议以成其变化"。

"拟议以成其变化"为李攀龙提出的一个诗学复古主张,他言:"《易》曰'拟议以成其变化','日新之谓盛德。'不可与言诗乎哉?"③

---

① 陈子龙著,上海文献丛书编委会编:《皇明诗选》上册,上海:华东师范大学出版社,1991 年,第 8 页。

② 陈文新:《明代诗学的逻辑进程与主要理论问题》引言,武汉大学出版社,2007 年,第 3 页。

③ 李攀龙著,李伯齐校点:《李攀龙集》,济南:齐鲁书社,1993 年,第 1 页。

诗歌创作要在创新变化中求发展。王世贞言:"模拟之妙者,分歧逞力,穷势尽态,不唯敌手,兼之无迹,方为得耳。"①主张拟古也须有妙境,要变化无痕。概而言之,在复古中求新变,进而创作出优秀诗篇,是前后七子等人的复古纲领,也是其主要的复古取向。其实,求新求变是明代甚至是各个朝代所有诗人的创作理想。

朝鲜诗家对敢于挑战世俗、傲睨当世的有改革热忱之人提出的"拟议以成其变化"的主张表示赞同,且肯定他们的创作实践。李德懋在《诗观小传》中介绍李攀龙时言:"文无一语作汉以后,亦无一字不出汉以前。其自叙乐府云:'拟议以成其变化。'又云:'日新之谓盛德。'"②他只选李攀龙"文必秦汉"及关于新变的主张,足见其对"拟议以成其变化"的认同。许筠在《明四家诗选序》中也说:"古乐府,不免临摹,而数千年来,人无敢效者,于鳞独肖之,即其所言'拟议以成变化者',为非诬矣。"③在对李攀龙复古精神认可的基础上,称其是勇于追求创新的诗人。

拟议需要有一个模仿的对象,李攀龙曾言:"胡宽营新丰,士女老幼相携路首,各知其室。放犬羊鸡鹜于通涂,亦竞识其家,此善用其拟者也。"④他借用刘邦让胡宽按照老家丰邑的模样建造新丰,住在新丰的人如住在家乡,鸡羊等都能识归途之事,意在说明胡宽善于模仿,以此引申为作诗也要有一个模拟的对象。他们选择了古乐府,希望通过古乐府这种形式"力去陈俗",在模仿乐府诗的创作中求变求

---

① 王世贞:《艺苑卮言》,丁福保辑:《历代诗话续编》中册,北京:中华书局,1983年,第1019页。

② 李德懋:《青庄馆全书》卷二十四,《影印标点韩国文集丛刊》第257辑,首尔:韩国古典翻译院,2000年,第378页。

③ 许筠:《惺所覆瓿稿》卷四,《影印标点韩国文集丛刊》第74辑,首尔:韩国古典翻译院,1991年,第176页。

④ 李攀龙著,李伯齐校点:《李攀龙集》,济南:齐鲁书社,1993年,第1页。

新。李德懋和许筠都肯定了李攀龙在古乐府方面的主张及创作成就,许筠称赞李攀龙在众多临摹者中"独肖之"。从李攀龙《古今诗删》中选取的乐府多为汉代的古辞,较少选后世的模拟作品,也足见其将汉乐府看作是最佳的模拟对象,欲借拟古乐府而求新变的理想。李圭景(1788—?)在《诗家点灯》中论李攀龙及李东阳等人的乐府创作成绩时言:

> "乐府是官署之名……后人乃以乐府所采之诗即名之曰乐府,误甚。""风雅之后有乐府,如唐诗之后有词曲,听声之变有所必趋,情辞之迁有所必至。古乐之不可复,久矣。后人之不能汉魏,犹汉魏之不能风雅,势使然也。李于鳞曰,拟议以成其变化。噫!拟,将以变化也,不能变化,而拟议奚取焉?"右公文介公萧《乐府自序》也。予尝见一江南士人拟古乐府有"妃来呼豨知"之句,而盖《乐府》"妃呼豨"皆声而无字,今误以"妃"为女,"呼"为唤,"豨"为豕,凑泊成句,是何文理!《啸虹笔记》:《稗史》论古乐府:古人师手匠心,而又情真景切,其词自佳。今人就题拟作,如画者写真,虽形色相肖,而生人之神气安可得哉?杜少陵不拟题而自作,如前后《出塞》、《新婚别》、《无家别》、《新安吏》、《玉华宫》,参之《乐府》,何啻伯仲?明李西厓(李东阳)咏古诸作,近日尤展成(尤侗)《明史一百首》,俱是异观。诸贤辨乐府乃是中流砥柱。①

李圭景在介绍什么是乐府诗后,指出李攀龙所言的"拟议以成其变化"的根本在于变化,如果不能变化,拟议就没有任何意义。基于

---

① 李圭景:《诗家点灯》,《韩国诗话全编校注》第七册,北京:人民文学出版社,2012年,第5941页。

此,认为杜甫不拟题而自作的乐府成就高。李东阳的咏古之作及明末尤侗的《明史一百首》皆为乐府佳作。李东阳的拟古诸作最有代表性的是《拟古乐府》101 首,钱谦益将其全部收录在《列朝诗集小传》中。由此可见,中、朝诗家对"拟议以成其变化"的主张都极为重视。

明诗拟古中最能突出其"变"的是不同诗体在模仿中有新变特色,此点也最为朝鲜诗家所关注,南龙翼在《壶谷诗话》中评论说:

> 《选》体、乐府至宋已扫地,而明则人人皆自以为能,此亦病也。乐府则李西涯东阳最奇,七言古弇州最胜。①

南龙翼在对明诗家皆自以为能拟古的自信提出批判之后,点明模拟中也不乏创新者,如李东阳的乐府诗最奇,是对至宋已衰落的乐府的一种挽救和突破,王世贞的七言古诗在明诗中成就突出。朝鲜诗家南克宽(1689—1714)在《谢施子》中评价徐渭的诗曰:

> 徐文长五言古诗效韩、杜变体。沉悍之才,亦自称之。七言纤靡不佳。石公古诗俱无可称,七言绝句有徐氏声调,律诗略等大较不及者多。②

南克宽认为,徐渭的五言古诗虽然效仿韩愈、杜牧的变体诗,但又有其变化,加之其有"沉悍之才",使其诗歌自具面目,"有徐氏声调"。明代袁宏道在《徐文长传》中言,当他读徐渭的《阙编》诗时,感

---

① 南龙翼:《壶谷诗话》,《韩国诗话全编校注》第三册,北京:人民文学出版社,2012 年,第 2198 页。
② 南克宽:《梦呓集》坤,《影印标点韩国文集丛刊》第 209 辑,首尔:韩国古典翻译院,1998 年,第 309 页。

慨"当诗道荒秽之时,获此奇秘,如魇得醒","先生诗文崛起,一扫近代芜秽之习"①,肯定了徐渭诗歌的独特性与突破性,在"诗道荒秽之时",徐渭的诗不被模拟所拘,能够异军突起,一扫芜秽之习,彰显明调。朝鲜诗家李圭景在《诗家点灯·徐渭逸稿》中大段引用袁宏道的《徐文长传》以表明自己的态度:

> 袁石公宏道中郎《徐文长传》曰:"……其胸中又有勃然不可磨灭之气,英雄失路,托足无门之悲。故其为诗,如嗔如笑,如水鸣峡,如种出土,如寡妇之夜哭,羁人之寒起。虽其体格时有卑者,然匠心独出,有王者气,非彼巾帼而事人者所敢望也。文有卓识,气沉而法严,不以模拟损才,不以议论伤格,韩、曾之流亚也。文长既雅不与时调合,当时所谓骚坛主盟者,文长皆叱而奴之。故其名不出于越,悲乎!喜作书,笔意奔放如其诗,苍劲中姿媚跃出……。"②

李圭景十分赞同袁宏道对徐渭诗歌的评价。袁宏道认为徐渭之诗"匠心独出,有王者气",其文"不以模拟损才,不以议论伤格",其书"笔意奔放如其诗,苍劲中姿媚跃出"③。总而言之,徐渭的诗文创作和书法作品都能独具匠心,自创一格,"不与时调合",最可贵的是"不以模拟损才",可见中朝两国诗家对徐渭诗新变的肯定与赞扬。而只有新变,诗歌才有生命力,才能传之久远。

---

① 袁宏道著,钱伯城笺校:《袁宏道集笺校》中册,上海:上海古籍出版社,2008年,第717页。
② 李圭景:《诗家点灯》,《韩国诗话全编校注》第八册,北京:人民文学出版社,2012年,第6136页。
③ 袁宏道著,钱伯城笺校:《袁宏道集笺校》中册,上海:上海古籍出版社,2008年,第716页。

明诗家虽遵循"拟议"以求"新变"的创作原则，但是在"拟议"的过程中，常囿于前人的作诗之法，而陷入模拟之怪圈。朝鲜诗家金熤（1723—1790）在《答徐生书》中言：

> 盛轴钟、谭，不复作矣。更谁有议论到者，若责之于此汉，不几为责者以评青丹耶？眼目未到而妄下唇舌，则是真不自量之甚矣。不敢不敢。然唐之诸子，间千载而始得钟、谭。亦安知不后此几年，又有如钟、谭者作乎？贤者何不少俟而若是汲汲耶。山自峨峨，水自洋洋，钟耳不在，何损于牙弦耶？况自批自评，满幅烂然，可谓自为牙弦、自为钟耳，亦何俟乎千载后钟、谭耶？①

金熤高度评价竟陵派领袖钟惺与谭元春的诗歌成就，甚至认为他们可与唐人并论。之所以如此，是因为钟惺、谭元春的诗歌不是对唐诗的复制，也不应将其诗作与汉唐相比。唐诸子之后有钟惺、谭元春，在他们之后又会有如钟、谭似的贤者出现，如清人赵翼《论诗绝句》所说的"江山代有才人出，各领风骚数百年"，所以不必拘泥模仿前人。李德懋在《青庄馆全书》中亦云："文章，喻以闺人：钟伯敬，淑女也；袁中郎，才女也。"②同为闺中人，淑女和才女各有千秋，各具面目，不同诗人的诗也各有其独特性，独创作性是诗歌的生命所在。无论娴静淑女般的竟陵派，还是性情才华兼具的公安派，都因其不同的诗歌美而备受李德懋的赞誉。

相对于重拟古的七子派，朝鲜朝后期诗家比较看重倡言创新的

---

① 金熤：《竹下集》卷十五，《影印标点韩国文集丛刊》第 240 辑，首尔：韩国古典翻译院，1999 年，第 494 页。

② 李德懋：《青庄馆全书》卷二十四，《影印标点韩国文集丛刊》第 258 辑，首尔：韩国古典翻译院，2000 年，第 398 页。

竟陵派。在他们看来，"公安、竟陵才具等耳。然论所就，钟殊胜之"①。所以竟陵派钟惺、谭元春的作品传播到朝鲜后，受到很多诗家的好评。朝鲜很多诗人通过次韵或仿效，来表达对竟陵派的青睐，如朝鲜诗家金正喜(1786—1856)的《与今轩共拈钟竟陵韵十首》，诗中称赞竟陵派"一代襟怀合爽灵，拟将禊事续兰亭"的创新精神，"因君不取今人薄，为我多教去路停"②，希望能够从竟陵派诗学思想中寻求诗歌创作的指导方法。朝鲜诗家还以竟陵派为评诗论文的标准，李德懋在《青庄馆全书》中评朋友的诗说："颇务陈言去，诗耽伯敬音。"③务去陈言是竟陵派纠明七子派之弊的一种创新，李德懋认为其朋友作诗努力去陈言，是学习钟惺诗歌的缘故，是对竟陵派创新精神领悟的结果。丁若镛(1762—1836)称赞好友李周臣的诗言："竟陵诗体少知音。"④称朋友之诗为竟陵体，并对如此好诗却缺少知音表达了遗憾之意。

　　在前后七子复古思想盛行时，公安派袁氏兄弟却不以为然。据《明史·袁宏道传》记载："先是，王、李之学盛行，袁氏兄弟独心非之。宗道在馆中，与同馆黄辉力排其说。于唐好白乐天，于宋好苏轼，名其斋曰'白苏'。至宏道，益矫以清新轻俊，学者多舍王、李而从之，目为'公安体'。"⑤公安派也提倡诗学古，但袁宗道拓展了学诗范

----

① 南克宽：《梦呓集坤》，《梦呓集》，《影印标点韩国文集丛刊》第 209 辑，首尔：韩国古典翻译院，1998 年，第 322 页。

② 金正喜：《阮堂先生全集》卷九，《阮堂全集》，《影印标点韩国文集丛刊》第301 辑，首尔：韩国古典翻译院，2003 年，第 170 页。

③ 李德懋：《青庄馆全书》卷十一，《影印标点韩国文集丛刊》第 257 辑，首尔：韩国古典翻译院，2000 年，第 187 页。

④ 丁若镛：《诗集》卷三，《与犹堂全书》，《影印标点韩国文集丛刊》第 281 辑，首尔：韩国古典翻译院，2002 年，第 51 页。

⑤ 《明史》第 24 册，北京：中华书局，1974 年，第 7398 页。

围,既学唐又学宋,学唐以白居易为主,学宋以苏轼为主,拟古的同时
又有变化。袁宏道主张"独抒性灵,不拘格套",在创作上注重有感而
发、直抒胸臆,展现个性,反对粉饰蹈袭与艰深古奥,更力矫抄袭无生
气之诗,还诗以清新轻俊,学者多弃复古派,而学习公安体。《四库全
书总目提要》卷一百七十九评价袁中郎说:"其诗文变板重为轻巧,变
粉饰为本色,致天下耳目于一新。"①公安三袁在复古的同时,更重视
革新变化,表现自我性灵,诗歌创作令人耳目一新。

　　朝鲜诗家意识到明诗家主张复古并不是以效仿古诗为目的,而
是要在效仿中寻求新变以形成自己的特色,其最终也的确创作出许
多自有明调之诗:

　　　明诗格不及于唐,情不及于宋,惟以音响自高,观者多病焉。
　　而其中亦有奇杰可取者存焉。②

　　明诗在拟古的过程中,虽在诗格、诗情上不及唐宋,可是"音响自
高"是明诗新变的成效。诗文音响高,其诗感染力就强,正所谓"神气
者,文之最精处也;音节者,文之稍粗处也;字句者,文之最粗处也。
然予谓论文而至于字句,则文之能事尽矣。盖音节者,神气之迹也;
字句者,音节之规也。神气不可见,于音节见之;音节无可准,于字句
准之"③。神气是诗歌的灵魂,音节是神气的载体,诉诸听觉,体现诗
语的音韵之美,具有音乐性的效果,所以无论为文还是作诗,都不可
忽视语言的音响效果,诗歌的音响高,读之朗朗上口,听之和谐悦耳,

① 永瑢等:《袁中郎集》提要,《四库全书总目提要》(万有文库本)第36册,上
　　海:商务印书馆,1931年,第26页。
② 南龙翼:《壶谷诗话》,《韩国诗话全编校注》第三册,北京:人民文学出版社,
　　2012年,第2196页。
③ 徐复观:《中国文学论集》,北京:九州出版社,2014年,第302页。

慷慨激昂,玉润金声,能增强诗歌的感染力,使人精神振奋,这也是朝鲜诗家从明诗的拟古局限中发现的可取之处。

明诗中不乏奇杰可取之作,南龙翼在《壶谷诗话》中记载:

> 明诗如郭子章"家在淮南青桂老,门临湖水白苹深",高太史《咏梅》"雪满山中高士卧,月明林下美人来",林员外"堤柳欲眠莺唤起,宫花乍落鸟衔来",袁海叟《白燕》"月明汉水初无影,雪满梁园尚未归",浦长源"云边路遥巴山色,树里河流汉水声",汪右丞"松下鹤眠无客到,洞中龙出有云从",陈汝言"佳人捣练秋如水,壮士吹笳月满城",李空同"日临海岳云俱色,春入楼台树自花",何大复"孤城落雁冲寒水,万树鸣蝉带夕阳",边华泉《文山祠》"花外子规燕市月,柳边精卫浙江潮",李西涯"邓城夜气问龙起,彭蠡秋风见雁来",王阳明"月遥旌旗千嶂晓,凤传铃铎九溪寒",徐迪功"褱回桂树凉风发,仰视明河秋夜长",李沧溟"海气控吴还似马,阵云含越总如龙",王弇州"关如赵璧常完月,岭似并刀欲剪云""千骑月回清啸响,一樽天豁大荒愁",吴川楼"春色渐随行旅尽,夕阳偏向逐臣多",宗方城"樽前明月双鸿暮,江上梅花一骑寒"等句,足以跨宋涉唐,而然亦自有明调。①

在这段话中,南龙翼列举了郭奎、高启、林鸿、袁凯、浦源、汪广洋、陈汝言、李梦阳、何景明、边贡、李东阳、王阳明、徐祯卿、李攀龙、王世贞、吴国伦、宗臣等十几位诗人的经典诗句,从遣词造句、对仗声律,到意境格调,都堪称优美绝伦的上乘之作,"足以跨宋涉唐,而然

---

① 南龙翼:《壶谷诗话》,《韩国诗话全编校注》第三册,北京:人民文学出版社,2012年,第2197页。

亦自有明调",“自有明调"之谓足见朝鲜诗家对明诗拟唐宋而有新
变的赞许。从以上引用的诗句来看,朝鲜诗家对明诗是潜心钻研、精
于取舍的,所以评论也令人信服。再如评价前七子中徐祯卿纵横驰
骋于汉唐之间,虽刻意复古,仍不失江左风流,诗歌自有蹊径,尤能体
现江南特色。

在声势浩大的复古运动中,虽然明诗总体成就未能达到唐诗的
高度,但是某些明诗或某类诗体要高于唐诗,这是求新求变的成果。
朝鲜诗家朴琴轩在《文章杂评》中论:

> 唐雍陶《鹧鸪》诗:“立当青草人先见,行傍白莲鱼未知。"平
> 曾《白马》诗:“雪中放去空留迹,月下牵来只见鞍。"明袁凯《白
> 燕》诗:“月明汉水初无影,雪满梁园尚未归。"汤志中诗曰:“梨
> 花院落只闻语,柳絮池塘不见飞。"此等语虽同,而工拙不掩,且
> 袁凯诗似胜。①

朴琴轩将雍陶、平曾、袁凯、汤志中四人的咏物诗句进行对比,认
为“袁凯诗似胜"。汤志中的“梨花院落只闻语,柳絮池塘不见飞"二
句诗,化用了宋代晏殊《寓意》诗中的“梨花院落溶溶月,柳絮池塘淡
淡风",意境浑融,动静结合,堪称佳句。而袁凯的《白燕》为咏物名
作,体物尽妙,使袁凯获得了“袁白燕"的美誉。“月明汉水初无影,
雪满梁园尚未归"为该诗颔联,写白燕的体态如汉水上空一轮皎洁的
明月,如隆冬梁园中随风飘舞的雪花,比喻形象,用空灵蕴藉的笔法
写出白燕的精神特质。此诗与所举唐人诗句相比,确实略胜一筹。
朝鲜诗家还把明代与唐代的禅诗加以对比,甚至认为明代禅诗

---

① 朴琴轩:《文章杂评》,《韩国诗话全编校注》第十一册,北京:人民文学出版
　社,2012年,第9057页。

高于唐代禅诗,朴汉永在《石林随笔》中评论如下:

> 盖惟佛教入中国以后,初唐则天际禅宗始建,至若中唐马祖大士唱大机大用于江西,石头大士独造玄风于衡阳。格外禅学可谓大成矣。抑于诗律,则至若开元、天宝中亦云盛矣。李杜大家以外,王孟韦柳继极澹雅合道之调,实开汴杭两宋拈颂禅家之韵格,略揭数章以明之。王右丞之"人闲桂花落,夜静春山空。月出惊山鸟,时鸣春涧中",孟襄阳之"挂席几千里,名山都未逢。泊舟浔阳郭,始见香炉峰。东林不可见,日暮但闻钟",韦苏州之"欲持一瓢酒,远慰风雨夕。落叶满空山,何处寻行迹",柳柳州之"渔翁夜傍西岩宿,晓汲清湘燃楚竹。烟消日出无人见,欸乃一声山水绿"等,天籁诗成,不谋诸禅,而允合临济门庭之四照用等法也。一夕,马祖与弟子等会于明月堂前,顾谓曰:"月正明。盍言其志?"西堂藏云:"正好供养。"百丈海云:"正好修行。"南泉愿拂袖以去。马祖曰:"经入藏,禅归海。惟普愿独超物外。"这马祖气象,不动清波意自殊,悠然合《诗品》之"不著一字,尽得风流"者非耶? 余故曰:及到上乘,诗禅一撦。及若宋元明清之代,诗或品尚小异。然上乘诗禅,何独专推于盛唐? 沧浪辈不及知之。东坡《罗汉颂》句句见谛。王阳明诗之"幽人月出每孤往,好鸟山空时一鸣。""夜静海涛三万里,月明飞锡下天风"者,得不为最上乘禅乎? 是以袁子才亦云:"江海虽大,不无潇湘也。"①

朴汉永认为诗与禅是相通的,所以说"及到上乘,诗禅一撦"。前段言论首先简单追溯了佛教传入中国以后禅宗在唐代的发展与支派

---

① 朴汉永:《石林随笔》,《韩国诗话全编校注》第十一册,北京:人民文学出版社,2012 年,第 9578 页。

情况，随后指出盛唐时王、孟、韦、柳等诗人"实开汴杭两宋拈颂禅家之韵格"，并略举四人代表诗作以明之，赞其诗如临济宗派自然照用之法，"天籁诗成，不谋诸禅"。接着从马祖道一禅师与弟子间的禅悟对话中，赞誉马祖道一"不动清波意自殊"的气象与《诗品》之"不著一字，尽得风流"相合。最后指出上乘诗禅，不仅盛唐有，自宋至清无代不有。他举出明代心学大师王阳明的两联诗"幽人月出每孤往，栖鸟山空时一鸣"；"夜静海涛三万里，月明飞锡下天风"为例。前一联诗有王维《鸟鸣涧》的意境和禅味，后一联诗豪爽洒脱，充满自信，心灵纯明，哲理深刻，被朴汉永推许为最上乘的禅诗。虽为一己之见，但由此可见朝鲜诗家对明代禅诗的推崇。

朝鲜诗家也吸取了明诗家"拟议以成其变化"的精神，"窥古人之奥"，"极诗家之变"，力图通过诗歌创作实践来确证其求变的价值、创新的意义，因而朝鲜诗坛涌现出了一批有成就的诗人，如金万重在《西浦漫笔》中所言："近代名家惟李泽堂、权石洲诗，各体俱好。东溟歌行及五律七绝最高，七律次之，而惟选体不竞。阳陵君褵号水色，五言诗清峭古雅，得《选》、唐体，一时操觚者未见敌手。"①朝鲜诗人许筠最为知诗，识见超诣，其作诗学明七子但又杂出唐宋元明之调，诗风独特。

总之，朝鲜诗家对明诗"拟议以成其变化"的结果有肯定也有质疑，肯定者如申靖夏（1681—1716）在《恕庵集》曰："仆于明人，最爱唐顺之，如'独树春深初着蕊，空山行遍不逢僧。居并野僧方结夏，身随枯叶又经秋。'其高妙殆非明人语也。"②质疑者如申钦《春城录》中

① 金万重：《西浦漫笔》，《韩国诗话全编校注》第三册，北京：人民文学出版社，2012年，第2251页。

② 申靖夏：《恕庵集》卷十六，《影印标点韩国文集丛刊》第197辑，首尔：韩国古典翻译院，1997年，第479页。

云："李攀龙之诗文,自以为跨汉越唐,而以余观之,亦自是明诗、明文尔。"①即便存在些许质疑的声音,但朝鲜诗家对明人"拟议以成其变化"的诗学主张还是普遍认可的,特别是其中蕴含的追求创新,展现自我的精神,对朝鲜诗家影响较大。

第三节　古代朝鲜诗家论明诗的复古价值

明诗复古既有"一振萎靡"之功,又存在"逐影寻响,剥皮割肉"②似的模拟剿袭之弊。但朝鲜诗家对明诗复古的肯定或质疑不是最终目的,而是从中学习,汲取诗歌创作经验,扫除朝鲜文坛蹈袭之弊。

一、赞其"一振萎靡,专务激仰"

由李东阳启迪,李梦阳、何景明、李攀龙、王世贞等力倡的"七子齐响,一振萎靡,专务激仰"③的文学复古运动,对明代诗歌及朝鲜诗坛都有极大影响。前后七子的文学复古思想传入朝鲜后,为朝鲜诗坛带来了新气息,促使朝鲜诗坛革弊创新,对朝鲜诗学的发展有积极推动作用。因此,朝鲜诗家力赞明人的复古之功。

李德懋称在李东阳倡始之下,何、李"力追正始",使诗歌创作恢复正始之道。许筠对前后七子的诗歌及复古理论理解深刻且能够融会贯通,他称赞前后七子的复古运动取得了"使鸣我明之盛"④、"足

---

① 申钦:《象村稿》卷五十五,《影印标点韩国文集丛刊》第 72 辑,首尔:韩国古典翻译院,1991 年,第 359 页。

② 张维:《谿谷先生漫笔》卷一,《谿谷集》,《影印标点韩国文集丛刊》第 92 辑,首尔:韩国古典翻译院,1992 年,第 578 页。

③ 李明汉:《白洲集》卷二十,《影印标点韩国文集丛刊》第 97 辑,首尔:韩国古典翻译院,1992 年,第 522 页。

④ 许筠:《惺所覆瓿稿》卷四,《影印标点韩国文集丛刊》第 74 辑,首尔:韩国古典翻译院,1991 年,第 176 页。

以耀后来而轶前人"①的傲人功绩,认为明诗家"文学西京,诗祖老杜"的实践,"虽不能臻其阃阈",但可以"刻鹄类鹜唐者也"②。

朝鲜诗家对明七子派的复古之功极为赞扬。南龙翼在《壶谷诗评》中称"李空同(梦阳)有大辟草莱之功"③,李圭景在《历代诗体辨证说》中赞"李梦阳出而诗学大振"④,李德懋在《诗观小传》中称王世贞"与李攀龙修复西京、大历以上之诗文,以号令一时"⑤。许筠在《读弇州四部稿》中认为王、李二人对明代诗坛有"回风起紫澜"⑥之功。李圭景在《叹沧溟后事辨证说》中甚至认为王、李二人的复古之功为"宇宙之所未有,一何壮也"⑦。许筠在《读王奉常集》中称赞王世贞的弟弟王世懋追随复古派,有"大海回风巨浪汹,群雄谁敌长王锋"⑧之势。

朝鲜诗家所言的"草莱之功"是指前后七子对明初诗坛颓风衰习的改变,使诗歌回归正途之功。"号令一时"是指前后七子倡导复古运动的极大影响力。为打破明前期诗坛沉闷的格局,适应时代求新

---

① 许筠:《惺所覆瓿稿》卷四,《影印标点韩国文集丛刊》第 74 辑,首尔:韩国古典翻译院,1991 年,第 176 页。

② 许筠:《鹤山樵谈》,《韩国诗话全编校注》第二册,北京:人民文学出版社,2012 年,第 1459 页。

③ 南龙翼:《壶谷诗评》,邝健行等选编:《韩国诗话中论中国诗资料选粹》,北京:中华书局,2002 年,第 145 页。

④ 李圭景:《论诗》,《韩国诗话全编校注》第八册,北京:人民文学出版社,2012 年,第 6 页。

⑤ 李德懋:《青庄馆全书》卷二十四,《影印标点韩国文集丛刊》第 257 辑,首尔:韩国古典翻译院,2000 年,第 378 页。

⑥ 许筠:《惺所覆瓿稿》卷二,《影印标点韩国文集丛刊》第 74 辑,首尔:韩国古典翻译院,1991 年,第 141 页。

⑦ 李圭景:《五洲衍文长笺散稿》,首尔:明文堂,1982 年,第 516 页。

⑧ 许筠:《惺所覆瓿稿》卷二,《影印标点韩国文集丛刊》第 74 辑,首尔:韩国古典翻译院,1991 年,第 147 页。

求变的诉求,前七子提出"诗必盛唐"的主张以新文坛之风,此主张一经提出,便出现了"递相唱和,导天下无读唐以后书,天下响应,文体一新,毛子之名遂竞夺长沙之坛坫"的崭新局面,他们"手辟秦汉、盛唐之派,可谓达摩西来,独辟禅教,又如曹溪卓锡,万众皈依"①。他们提出的复古之说对明代诗歌发展有极大影响,虽然公安派与竟陵派都痛斥复古之弊,但晚明复古余响仍有回应,出现了以胡应麟为代表的"末五子"。有明一代,诗文复古是明文坛的主流,而这要归功于李梦阳、何景明、王世贞与李攀龙等七子派的大力倡扬。

　　前后七子的复古运动不仅对明诗坛有"一振萎靡"之功,其复古思想传入朝鲜后,对朝鲜诗学方向的明确有积极推动作用:

　　　　盖中朝以草昧之功,归之北地(李梦阳)、信阳(何景明)。而本朝崔、白始倡三唐,苏谷起而雄鸣于一时。则诗道之变,与中朝相为表里者。②

　　　　皇朝自弘、正之际,文道再兴,北地为之首,骎骎东渐于海外。至我宣祖时,诗有芝川黄公,专学杜诗,文有月汀尹公,倡崇马史,实为同文之化。③

　　　　及至穆陵之世,文苑诸公,拟议修辞,学嘉隆诸子,一返正始。④

---

① 胡应麟:《诗薮》,《中国诗话珍本丛书》第 11 册,北京:北京图书馆出版社,2004 年,第 542 页。

② 金世濂:《东溟先生集》卷四,《东溟集》,《影印标点韩国文集丛刊》第 95 辑,首尔:韩国古典翻译院,1992 年,第 194 页。

③ 朴世采:《南溪先生朴文纯公文续集》卷二十二,《南溪集》,《影印标点韩国文集丛刊》第 142 辑,首尔:韩国古典翻译院,1995 年,第 500 页。

④ 崔锡鼎:《明谷集》卷八,《影印标点韩国文集丛刊》第 153 辑,首尔:韩国古典翻译院,1995 年,第 578 页。

　　前后七子的文道再兴之功东渐朝鲜后,促使朝鲜诗坛掀起"学嘉隆诸子,一返正始"、"文必秦汉,诗必盛唐"、"宗唐法杜"的学习热潮,与明诗坛遥相呼应,朝鲜诗家效仿前后七子,力图通过复古使诗坛回归正途。

　　出于对明诗复古价值的肯定,朝鲜诗家创作了许多次韵明七子的诗歌。次韵李梦阳的诗,如崔锡鼎(1646—1715)、李玄锡(1647—1703)等创作了《次李梦阳〈小至〉》,赵泰采(1660—1722)创作了《夜坐次李崆峒韵》、李真望(1672—1737)创作了《人日次李崆峒韵》等。次韵李攀龙的诗歌有吴亿龄(1552—1618)《次沧溟登太行绝顶》、金弘郁(1602—1654)《次于鳞凯歌韵》、崔锡鼎《次李攀龙冬日登楼》、许筠《次于鳞阁夜韵自遣》(四首)等。次韵何景明的诗有尹根寿的《客怀次何大复秋兴八首韵》等,南龙翼曾说:"途中偶吟何景明'孤槎奉使日南国,万里题诗天畔亭'之句。分以为韵,触物成吟,得十四绝。"[1]其他如李民宬(1570—1629)等也创作了许多次韵七子诗。

　　朝鲜诗家还以深得前后七子作诗之法而感到自豪。许筠赞"李达诗诸体,酷似大复(何景明)"。卢守慎的五律受王世贞影响,"深得杜法"。洪汝河(1620—1674)言"惠诗,雄浑劲迅,深得于鳞句法"[2]。申维翰(1681—1752)的诗因"以李于麟为准"[3]才"变幻绚烂"[4]的。

---

① 南龙翼:《壶谷集》卷十一,《影印标点韩国文集丛刊》第 131 辑,首尔:韩国古典翻译院,1994 年,第 242 页。
② 洪汝河:《木斋先生文集》卷四,《木斋集》,《影印标点韩国文集丛刊》第 124 辑,首尔:韩国古典翻译院,1994 年,第 399 页。
③ 申维翰:《青泉集》序,《影印标点韩国文集丛刊》第 200 辑,首尔:韩国古典翻译院,1997 年,第 215 页。
④ 申维翰:《青泉集》序,《影印标点韩国文集丛刊》第 200 辑,首尔:韩国古典翻译院,1997 年,第 216 页。

　　朝鲜诗家常将对朝鲜诗坛贡献极大的诗人与明七子相提并论，如"我朝之有权、李，如唐之李、杜，明之沧、弇"①；"我朝之有权、李，如唐之李、杜，而李之慕权，又如子美之于太白，元美之于于鳞"②。

　　综之，朝鲜诗家不仅肯定了前后七子复古运动对明诗坛的积极影响，同时，也认同其对朝鲜诗坛有积极推动作用，认为前后七子复古运动对中、朝诗坛皆有一新之功。

二、责其"屋下架屋，夸以自大"

　　明代前后七子倡导的复古，由于剽窃剿袭导致两个严重的后果，一个是模仿带来的虚假，一个是不学招致的空疏。钱谦益曾一语道破此弊，他说："诗道沦胥，浮伪并作，其大端有二：学古而赝者，影掠沧溟、弇山之剩语，尺寸比拟，此屈步之虫，寻条失枝者也；师心而妄者，惩创《品汇》《诗归》之流弊，眩运掉举，此牛羊之眼，但见方隅者也。"③阎若璩等人甚至认为明代诗风"坏于李梦阳倡复古学"④。

　　朝鲜诗家对此也有很清醒的认识，许筠在其《明四家诗选序》中一针见血地指出前后七子作诗，"辄曰吾盛唐也，吾李杜也，吾六朝也，吾汉魏也，自相标榜，皆以为可主文盟。以余观之，或剽其语，或袭其意，俱不免屋下架屋，而夸以自大，其不几于夜郎王耶"⑤。前后七子将口号喊得很高，但在实践中，一味剽窃、蹈袭，不求原本学问，

---

①　南龙翼：《壶谷诗话》，《韩国诗话全编校注》第三册，北京：人民文学出版社，2012 年，第 2206 页。

②　洪万宗：《诗话丛林》，《韩国诗话全编校注》第四册，北京：人民文学出版社，2012 年，第 2782 页。

③　王士禛：《渔洋山人精华录》序，上海：商务印书馆，1937 年，第 1 页。

④　阎若璩：《潜邱札记》卷二，《清代诗文集汇编》第 141 册，上海：上海古籍出版社，1994 年，第 768 页。

⑤　许筠：《惺所覆瓿稿》卷四，《影印标点韩国文集丛刊》第 74 辑，首尔：韩国古典翻译院，1991 年，第 176 页。

导致"一叶障目不见泰山",学识肤浅空疏,无"真伪之判"的能力,作诗也只是"屋下架屋",走入狭境还不自知。许筠毫不客气地批评他们是"夜郎自大",指责"或剽其语,或袭其意"的复古之弊,认为前后七子之所以"有体无完肤之消,是模拟者之过也"①。

朝鲜诗家还对前后七子个人存在的问题进行了具体的、有针对性的批评。李德懋言"王元美尝有'剽窃、模拟诗之大病'之语,而自家诗全犯此病"②。李晬光发现王世贞的《岳王墓》中"三殿有人朝北极,六陵无树对南枝"一句,与元人诗"孤冢有人来下马,六陵无树可栖乌","句法相似"③。认为李梦阳《送郑生南归二首(其一)》中"白日孤帆隐,青天一鸟飞"一句,"全用李白'天清一雁远,海阔孤帆迟'句语尔"④。李晬光暗讽王世贞、李梦阳字句模拟,与李德懋的看法相类。其他还有:

> 至李空同,始以先秦诸子为准则,刻意摹仿……欠平和之致。⑤
> 于鳞辈学古初无神解妙悟,徒以言语模拟。⑥
> 于鳞诗"一务生割"。⑦

---

① 许筠:《惺所覆瓿稿》卷四,《影印标点韩国文集丛刊》第 74 辑,首尔:韩国古典翻译院,1991 年,第 176 页。
② 李德懋:《青庄馆全书》卷五十三,《影印标点韩国文集丛刊》第 257 辑,首尔:韩国古典翻译院,2000 年,第 460 页。
③ 李晬光:《芝峰类说》,《韩国诗话全编校注》第四册,北京:人民文学出版社,2012 年,第 1263 页。
④ 李晬光:《芝峰类说》,《韩国诗话全编校注》第四册,北京:人民文学出版社,2012 年,第 1263 页。
⑤ 李宜显:《陶谷集》卷二十七,《影印标点韩国文集丛刊》第 181 辑,首尔:韩国古典翻译院,1997 年,第 428 页。
⑥ 金昌协:《农岩集》卷三十四,《影印标点韩国文集丛刊》第 162 辑,首尔:韩国古典翻译院,1996 年,第 376 页。
⑦ 徐宗泰:《晚静堂集》第十二,《影印标点韩国文集丛刊》第 163 辑,首尔:韩国古典翻译院,1996 年,第 249 页。

七子互相矜许,词调往往如出一手。①

前后七子"泥古、赝古和雷同使其部分诗歌空泛拗涩,不耐多读,严重影响了审美内涵的表达,僵化了创作方法,削弱了其诗歌的整体艺术价值"②。李宜显对前后七子抄袭、模拟也表示不满,他言:"古文法度甚简严,绝无浮字胜句,下至唐宋韩欧苏曾诸公,无不皆然。且韩柳以下八家,虽一意法古,只窃取意致法度而已,文字则绝不袭用,非其才不能也,薄而不为也。至皇明李王诸公,自谓高出韩欧,直与左马并驱,而造语多冗长,浮胜字句,不胜指摘,且杂取诸子左马文字,复复相仍,拾掇韩欧已弃之余,而高自称许,可谓陋矣。至诗亦然,钱牧斋已议之矣。"③评论前后七子倡言复古,却未取古诗文法度,只是袭用文字。互相夸耀作文之法胜于韩愈、欧阳修,可与左丘明、司马迁并驱,但实际多是摘抄左丘明、司马迁文字,语言冗长繁复,无实意之句,文学空疏。作文如此,作诗亦然。

有的朝鲜诗家甚至认为明代文坛之弊始于明七子的复古,金昌协在《农岩杂识》中言:"明之文弊始于李何,深于王李,转变于钟谭,而极矣。近看钱牧斋文字,论此最详。其推究源委,针砭膏肓,语多切核。诸人见之,亦当首肯。"④金昌协从整个文坛的进程看,认为明文坛的不良现象始于李梦阳、何景明,深化于王世贞、李攀龙,转变于

① 李德懋:《青庄馆全书》卷二十四,《影印标点韩国文集丛刊》第 257 辑,首尔:韩国古典翻译院,2000 年,第 378 页。
② 吴微:《李攀龙诗歌艺术散论》,《安徽师范大学学报(人文社会科学版)》,1999 年第 3 期。
③ 李宜显:《陶谷集》卷二十七,《影印标点韩国文集丛刊》第 181 辑,首尔:韩国古典翻译院,1997 年,第 428—429 页。
④ 金昌协:《农岩杂识》,《韩国诗话全编校注》第四册,北京:人民文学出版社,2012 年,第 2844 页。

钟惺、谭元春,但钟、谭又使文坛之弊走向了另一个极端,这里主要针对前后七子模拟抄袭与竟陵派使用怪字险韵的不良习气而言的。

金昌协在批评明诗时多以明末清初钱谦益评论为参照,而钱谦益主张作诗"不名一家,不拘一格",他"不喜明七子摹唐"①,极尽能事讽刺明七子的复古:"北地李梦阳,一旦崛起,侈谈复古,攻窜窃剽贼之学,诋諆先正,以劫持一世;关陇之士,坎壈失职者,群起附和,以击排长沙为能事。王、李代兴,祧少陵而祢北地,目论耳食,靡然从风。"②对李梦阳等人宗唐法杜未得其神予以批评,认为他们的复古完全是剽窃之学,金昌协对明诗复古的批评与钱谦益如出一辙。

由于过度模拟,前后七子的诗歌"正如仲默所谓'古人影子'",犹如"木偶泥塑之象人而已",诚如俞彦镐(1730—1796)在《苍厓自著序》中所言:"世之慕古尚奇者,率多舍难而趋易,自足而高世。殊不知血气知觉之为人,与土塑木偶之象人也,其真赝、死活之相去千里。此王元美、李于鳞诸子所以终归于模拟、剽窃者也。"③前后七子自以为是有性情的血气知觉之人,结果却像是土塑木偶,与所慕的古人是真、赝完全不同的两极。因慕古而自满,以为高于世人,但却被视为模拟、剽窃者,这几乎成为朝鲜诗家对明前后七子复古之弊的集体印象。

朝鲜诗家如此不遗余力地批判明前后七子的文学复古之弊,与前后七子的复古运动给朝鲜文坛带来诸多不良影响有关。朝鲜诗家张维(1587—1638)在《谿谷先生漫笔》中言:"近代文弊,皆生于明诸

① 袁行云:《清人诗集叙录》,北京:文化艺术出版社,1994 年,第 4 页。
② 钱谦益:《列朝诗集小传》,上海:上海古籍出版社,2008 年,第 245—246 页。
③ 俞彦镐:《燕石》册十一,《影印标点韩国文集丛刊》第 247 辑,首尔:韩国古典翻译院,2000 年,第 234 页。

家。明文未始不善,但学之者蔑其本而窃其末。逐影寻响,剥皮割肉,滔滔一律,不欲观诸。"①张维将朝鲜文坛之弊归因于明人,认为朝鲜模拟、剽窃的行为是受明人影响。他痛斥有些朝鲜文人在接受明诗文的过程中,舍本追末,将学习明诗文变成了简单的抄袭、剽窃行为。他认为不是明诗文不佳,也不是明人复古主张有误,而是朝鲜文人在学习明诗文时,过于附和其复古而忽视对诗文神采的追求,所以其创作往往"滔滔一律",让人不欲观。

南公辙(1760—1840)在《李君诗序》中指出朝鲜诗家过于宗法明人复古尊唐的不良后果:"既不能得其情境之真,则为一摹拟钉饾襞积,才离笔研,已成陈言死句。"②认为模拟之风的泛滥,使朝鲜诗家深刻意识到朝鲜诗坛在仿效明诗复古的过程中,逐渐形成因一味模仿导致的傀儡之象,使得朝鲜诗歌丧失了自身应有的特色。唐诗虽好,但诗人在接受的过程中,常常流于形式上的模拟而不能得其情境之真,结果只能变成词语的堆砌、罗列,诗句也成为陈言死句。

甚至有人认为明诗复古的过度执迷导致了朝鲜文坛诗道日渐衰落。申纬(1769—1845)曾言在"王(世贞)李(攀龙)颓波日渐东"的过程中,使得朝鲜诗坛"摹拟变成风"③,尤其是"宣庙朝以后……家家效颦,无复各成一家之言,自此诗道衰矣"④。王世贞、李攀龙等人

① 张维:《谿谷先生漫笔》卷一,《谿谷集》,《影印标点韩国文集丛刊》第92辑,首尔:韩国古典翻译院,1992年,第578页。
② 南公辙:《金陵集》卷十一,《影印标点韩国文集丛刊》第272辑,首尔:韩国古典翻译院,2001年,第200页。
③ 申纬:《警修堂全稿》册十七,《影印标点韩国文集丛刊》第291辑,首尔:韩国古典翻译院,2002年,第375页。
④ 申纬:《警修堂全稿》册十七,《影印标点韩国文集丛刊》第291辑,首尔:韩国古典翻译院,2002年,第375页。

的诗歌及复古思想传入朝鲜后,朝鲜诗坛深受王、李模拟之学影响,以至于蹈袭、模拟成风,诗歌面目相似,"自此诗道衰落"。

金昌协也曾言"至穆庙之世","中朝王李之诗又稍稍东来。人始希慕仿效,锻炼精工,自是以后,轨辙如一、音调相似,而天质不复存矣。是以读穆庙以前诗,则其人犹可见;而读穆庙以后诗,其人殆不可见。此诗道盛衰之辨也"①。意谓朝鲜宣祖前的诗歌还有其独创性,宣祖之后的诗多为仿作,很难体现出鲜明的创作个性。由此推论宣祖以后的诗歌与诗道渐行渐远,诗道已衰。虽然一些朝鲜诗家将诗道衰落完全归咎于前后七子的模拟有些言过其实,但是他们对前后七子模拟抄袭之弊给朝鲜诗坛带来不良影响的痛恨之心是显而易见的。

三、借其扭转朝鲜诗坛之弊

明七子复古的模拟蹈袭之风给朝鲜诗坛带来诸多不良影响,甚至严重到"人人蹈袭,家家效颦"的地步,这虽有夸张,却可见朝鲜诗家对"蹈袭"之风的强烈批判。而朝鲜诗坛也确实存在模拟蹈袭之流弊,如"李荪谷之诗多模拟"②、金章宗诗"蹈袭唐人口气"等,即便是大家也难免有蹈袭之弊,《海东诗话》中言:

> 诗忌蹈袭。古人曰:"文章当出机杼,成一家风骨,何能共人生活耶?"唐宋明人多有此病,近代洪中令子藩诗"愧将林下转经手,遮却斜阳向帝京",韩复斋宗逾诗"却将殷鼎调羹手,还把渔

---

① 金昌协:《农岩集》卷三十四,《影印标点韩国文集丛刊》第 162 辑,首尔:韩国古典翻译院,1996 年,第 373 页。

② 金锡翼:《槿域诗话》,《韩国诗话全编校注》第十二册,北京:人民文学出版社,2012 年,第 10546 页。

竿下晚沙",阳村权文忠公诗"却将润色丝纶手,能倒山村麦酒杯",李陶隐诗"如何钓竿手,策马向京都",皆不免相袭之病。杜牧诗曰:"惆怅江湖钓竿手,却遮西日向长安。"后人祖其语,致此屋下架屋也。①

这段话表明模拟蹈袭不仅是中国唐宋明诗之弊,朝鲜诗坛这种现象也很严重,即便是著名诗人也不免有相袭之病。如权近(阳村)、李崇仁(陶隐)等,朝鲜诗家蹈袭杜牧之诗,属于屋下架屋。而蹈袭为作诗大忌,因为诗歌创作都应自出机杼,为一家之言,成一家之风骨。

朝鲜诗家在接受明诗的过程中,也不可避免地学习了复古之弊。安肯来(1858—1929)在《东诗丛话》中言:

> 东诗之二百年以来,音调之古雅,虽不及二百年以前先辈,然其才调何尝不若晚明中清也。元来明清诸辈已判难侔唐人,而又不肯蹈袭宋人,全尚姿致改换门户。每专尚姿致者,多用语录文字,甚者如稗家艳文,其弊流染朝鲜,鲜人又甚一层。其恒用圈套之字,列之于左。②

安肯来认为朝鲜诗歌本来音调古雅,虽不及前人,但是可与中国晚明中清时期的诗歌相媲美。而元明清诗家不考虑时代变换,一味追求宗唐抑宋,希冀以此转变原有的诗学理念,但在实践中,他们多抄袭文字,且是不能登文学大雅之堂的稗文艳文,此弊流染朝鲜后,

---

① 金某氏:《海东诗话》,《韩国诗话全编校注》第十一册,北京:人民文学出版社,2012年,第8938页。
② 安肯来:《东诗丛话》,《韩国诗话全编校注》第十一册,北京:人民文学出版社,2012年,第9420—9421页。

使朝鲜诗人普遍模拟蹈袭圈套之语,造成朝鲜诗风大不如前。

受明诗复古的影响,不仅模拟蹈袭为朝鲜诗坛一弊,学问空疏也成为朝鲜诗坛之弊。金昌协在《农岩杂识》中言:明七子中李梦阳不但"模拟太露",还"镕炼未至",以致作诗"全篇合作者少"①。而朝鲜诗家郑东溟宗明七子所提倡的"古诗尊汉魏,近体尊盛唐",诗歌创作"模拟盛唐,不肯以晚唐苏黄作家计,亦伟矣。然其才具气力实不及挹翠诸公,又不曾细心读书,深究诗道,沈潜自得,充拓变化,徒以一时意气追逐前人影响。故其诗虽清新豪俊,无世俗龌龊庸腐之气,然其精言妙思不足以窥古人之奥;横鹜旁驱,又未能极诗家之变"②。郑氏虽模拟盛唐,但是其才气不及前人,又不细心读书,深究诗道,肤浅空疏,结果只是一时意气追逐前人影响,不能深窥古人之奥妙。

由郑东溟可观朝鲜文坛存在两个流弊,一是诗学视野狭隘,固执于模拟盛唐;一是不深究学问,学识空疏。而此种情况许筠也曾在《鹤山樵谈》中有相似的论述,他认为明人的复古虽有屋下架屋蹈袭之弊,但是其立言之作"不可胜数",其原因是"明人绩学攻苦",学养深厚。而朝鲜诗家不深入读书,学问空疏,以至于"目不辨鱼鲁"。朝鲜诗家不究学问的现象,令许筠等人对朝鲜诗坛状况忧心忡忡。申昉(1685—1736)在《屯庵诗话》中也指出朝鲜诗坛存在"肤率泛俗"之象,"只识得平仄对偶安排,得四韵八句,随意涂抹,大抵勿论善恶高下,'浅'之一字为通患故也"③。

---

① 金昌协:《农岩杂识》,《韩国诗话全编校注》第四册,北京:人民文学出版社,2012年,第2848页。
② 金昌协:《农岩杂识》,《韩国诗话全编校注》第四册,北京:人民文学出版社,2012年,第2851页。
③ 申昉:《屯庵诗话》,《韩国诗话全编校注》第五册,北京:人民文学出版社,2012年,第3432页。

对于模拟蹈袭之流弊，朝鲜诗家提出的解决之法是首先要遵循文随世变的发展规律，诚如许筠所言："左氏为左氏，庄子自为庄子，迁、固自为迁、固，愈、宗、元、修自为愈、宗、元、修。不相蹈袭，自成一家，业之所愿，愿学此焉。耻向人屋下架屋、踏窃钩之诮也。"①改掉亦步亦趋、屋下架屋的陋习，避免让人讥诮其诗为窃钩之诗，就不能一味模拟。因为一代有一代之诗歌，如果一味蹈袭，则诗作就会有傀偏之象，学古之诗也会成为赝古之作。因此，作诗应"常持五戒：毋尖巧、毋滞涩、毋剽窃、毋模拟、毋使疑事僻语"②，努力做到"模仿古作终无痕迹，真得夺胎之法，为诗者宜可戒可法"③。这样才可能避免出现"明人太拘绳墨，动涉模拟"之弊。

对于朝鲜诗坛存在的学问空疏的不良现象，许筠不仅极为关注，还分析了影响诗人肤浅少识的一个重要原因——科举。许筠生活的时期，科举是主要的仕进荣身之路，很多人尽心趋之，着力研制科举文，出现了一批"文理不足而能制文者"，"令读经史，则不能措舌，而科文极中肯綮"④。这表明很多朝鲜文人致力于写作体裁僵化、困人神智的科举文，甚至为了应举，读经史也不再以增加博识为目的，而是为了满足才庸学陋者方便法门的需求："式年讲经书者，初意欲明其义理也。近世士子只习句读，都不通晓其义。"⑤

① 许筠：《惺所覆瓿稿》卷十二，《影印标点韩国文集丛刊》第74辑，首尔：韩国古典翻译院，1991年，第238页。
② 金某氏：《海东诗话》，《韩国诗话全编校注》第十一册，北京：人民文学出版社，2012年，第8970页。
③ 洪万宗：《诗话丛林》，《韩国诗话全编校注》第四册，北京：人民文学出版社，2012年，第2827页。
④ 许筠：《惺所覆瓿稿》卷二十四，《影印标点韩国文集丛刊》第74辑，首尔：韩国古典翻译院，1991年，第348页。
⑤ 许筠：《惺所覆瓿稿》卷二十四，《影印标点韩国文集丛刊》第74辑，首尔：韩国古典翻译院，1991年，第348页。

相对于科举文来说，诗歌创作却是一件很辛苦的事情，许筠在《惺所杂稿序》中言：

> 余尝谓诗人与优人，草虫类也。诗以思鸣，优以喙鸣，虫之技，有以胆鸣者、以翼鸣者、以腹鸣者、以胸鸣者，鸣之虽异，其伎俩悦人一也。而言劳逸则虫甚逸，优次之，诗最劳。虫之鸣，时至而天机自动，非有事乎鸣也。优持酒左右，咳而终日福祝，唇焦舌强，心不与焉。其喙虽劳，其心逸。诗摇擢胃肾，口吐手写，目视耳听，而才成一句。五营六凿，劳而勤者，居三分之二焉。①

诗歌创作是一种呕心沥血、思动结合且"劳而勤"的事情，这与宋代罗大经《鹤林玉露》中"夫以诗为学，自唐以来则然，如呕出心肝，掏擢胃肾，此生精力尽于诗者，是诚弊精神于无用矣"②所言一致。因此，相对于诗歌创作的辛劳，很多人更愿意选择研制程式化的举业之文。在"见人占科举者，喜而效之，雕虫篆刻"的风行之下，很多文人只追求写作科举文。加之自高丽中叶始，宗宋、宗江西诗派，"以文字为诗""以议论为诗"等因素的影响下，朝鲜朝中期一些诗人的诗学意识仍很淡薄，诗歌创作不能扎根于深厚的学问土壤中。许筠希望朝鲜文人多读书、勤力致学，构筑深厚的学识基础。如果不勤奋读书、不考究对错，一味"斥目睹而贵耳闻"，虚浮之风只会越来越严重，离诗学之旨越来越远。很多人认为"古人不可及"，究其因是学识不够深厚，导致"不识沉珊瑚者何处，而枉自呦呦指求乎。此与耳食者

①　许筠：《惺所杂稿序》，《惺所覆瓿稿》，《影印标点韩国文集丛刊》第74辑，首尔：韩国古典翻译院，1991年，第375页。
②　罗大经撰，孙雪霄校点：《鹤林玉露》，上海：上海古籍出版社，2012年，第100页。

奚殊哉?"①流于模仿,只能拾人牙慧,相反,"凡诗积功已久,则下笔自有神"②。

　　许筠在与绩学深厚的明人对比中,对朝鲜诗学意识淡薄之象加以分析,抨击了朝鲜诗坛空疏不学的现象。从抨击中可见其担忧之情:"我东人不博古,故无学力。不就师,故无识见。不温习,故无功程。无此三者,而妄自标榜,以为可轶古人名后世,吾不敢信也。"③

　　如何解决学问空疏的问题,许筠认为除了要像明人一样"绩学用功"外,"博综该惯"也是学识积厚的重要途径。他曾言:"尝慕古之为文章者,于书无所不窥,其瑰玮巨丽之观,亦已富矣。"④不惟古书,今文也是许筠学习的对象,对明代的作品更是博览之。他阅读了很多明人的诗文书画,尤其是明七子的作品及王世懋的《奉常集》、杨慎的《升庵诗话》、何良俊的《四友斋丛说》等,而且他与中国文人见面时,都会详细询问明诗坛的发展状况,因而对明诗坛有深入了解。基于此,许筠才会对前后七子有确切的评价,如"仲默(何景明)之诗畅而丽,虽病于蹈拟,而出入六朝、李杜,藻蔼可爱。献吉(李梦阳)雄力掉阖,虽专出少陵,而滔滔莽莽,气自昌大"⑤。边贡"尚书诗好锦添花,沈宋高王尔莫夸。方信拓胡真识者,清高称艳亦名家"⑥。许筠

① 许筠:《惺所覆瓿稿》卷四,《影印标点韩国文集丛刊》第74辑,首尔:韩国古典翻译院,1991年,第174页。

② 许筠:《惺所覆瓿稿》卷二十一,《影印标点韩国文集丛刊》第74辑,首尔:韩国古典翻译院,1991年,第312页。

③ 许筠:《惺所覆瓿稿》卷十,《影印标点韩国文集丛刊》第74辑,首尔:韩国古典翻译院,1991年,第226页。

④ 许筠:《惺所覆瓿稿》卷四,《影印标点韩国文集丛刊》第74辑,首尔:韩国古典翻译院,1991年,第172页。

⑤ 许筠:《惺所覆瓿稿》卷四,《影印标点韩国文集丛刊》第74辑,首尔:韩国古典翻译院,1991年,第176页。

⑥ 许筠:《惺所覆瓿稿》卷二,《影印标点韩国文集丛刊》第74辑,首尔:韩国古典翻译院,1991年,第147页。

盛赞明七子或才雄北地、或独步中原、或才高江左、或能压济南。其文才可与司马迁、王维、崔颢、李白、杜甫等比肩。其诗风格多样，或有孟浩然之"清高"，或有可与高适、岑参媲美的"正始音"。他对"文章博达，千古所希"的王世贞抱有"虽不能至，然心向往"的崇慕之心，对王世贞"代不废人"、不拘泥于门户之见而学宋诗的行为加以肯定，并在认同王世贞的同时，也阐明了自己的立场，"章文则人人不可李于麟，先秦西京文，汉魏古诗，盛唐近体，虽不可不读，而苏长公诗文，最切近易学也"①。

　　朝鲜诗家丁若镛也强调只有读书才能"厚培根基"，"读书必须先立根基，根基谓何？非志于学，不能读书"②。读书的前提是要"志于学"。那么，"志于学"的目的是什么，他在《雅言觉非·小引》中解释为："学者何？学也者，觉也。觉者何？觉也者，觉其非也。"③其写《雅言觉非》旨在杜绝"指鹿为马"、自以为是，避免"学文皆传闻耳，多讹舛"④的空疏。自高丽时期以来，朝鲜诗家学习中国诗歌，或宗唐或宗宋，虽欲结合本国文学特色，但常常陷于模拟的形式中，尤其是受江西诗派"夺胎换骨""点铁成金"观念的影响，喜欢雕琢字句，断章取义，强搬硬套地引用，不追求字句的蕴藉之美，忽略了文学自身的生命力。针对这一情况，丁若镛认为应该扎实学问，解读字句要实事求是，不能人云亦云，如果诗人只重耳闻，会以讹传讹、理解有误，

---

① 许筠：《惺所覆瓿稿》卷十八，《影印标点韩国文集丛刊》第74辑，首尔：韩国古典翻译院，1991年，第292页。

② 丁若镛：《文集》卷二十一，《与犹堂全书》，《影印标点韩国文集丛刊》第281辑，首尔：韩国古典翻译院，2002年，第450页。

③ 丁若镛：《文集》卷十二，《与犹堂全书》，《影印标点韩国文集丛刊》第281辑，首尔：韩国古典翻译院，2002年，第269页。

④ 丁若镛：《文集》卷十二，《与犹堂全书》，《影印标点韩国文集丛刊》第281辑，首尔：韩国古典翻译院，2002年，第269页。

而《雅言觉非》可以引导诗人"举一反三""闻一知十""索言之不能穷"①,最后达到"止非"的目的。只有在牢固掌握知识,作好学识储备的基础上,诗歌创作才能"逼臻其妙,森细活动"②,形象逼真地反映出事物的本来面貌。描摹物态时,才会"毫毛纤巧,发其精神"③。

前后七子"文章学习秦汉,古诗推崇汉魏,近体宗法盛唐"的复古倾向,使他们的复古实践范围仅局限于某个时代的某种代表性文体,这不但割裂了一种文体的整体发展,而且也割裂了各种文学样式之间的关系。他们提出"文必秦汉,诗必盛唐"的文学主张,本是希望通过复古回归传统,但结果因过于强调复古而陷入了"厚古薄今"的泥潭。

许筠主张古今兼学、宗唐不黜宋。他在《宋五家诗钞序》中记载,当别人质问他为何不编选古诗而选"其去诗道,数万由句"的宋诗时,他回答"古诗揩琼彝玉瓒,只可施诸廊庙。而用之于里社宴集,则不如土簋瓷尊之为便利"。许筠将古诗比喻为不同酒具,不同场合各有用处,意在阐明不同时代的诗歌各有其价值,不能"以宋人而尽废之"④,这是许筠"不遗宋诗"的原因。

许筠主张诗学唐又不限于唐,学唐诗的范围也不局限于七言歌行、五七言律,还包括五七言绝句。不但学作古体,还要学作近体。其《与李荪谷》中言:

---

① 丁若镛:《文集》卷十二,《与犹堂全书》,《影印标点韩国文集丛刊》第281辑,首尔:韩国古典翻译院,2002年,第269页。
② 丁若镛:《文集》卷十四,《与犹堂全书》,《影印标点韩国文集丛刊》第281辑,首尔:韩国古典翻译院,2002年,第304页。
③ 丁若镛:《文集》卷十七,《与犹堂全书》,《影印标点韩国文集丛刊》第281辑,首尔:韩国古典翻译院,2002年,第375页。
④ 许筠:《惺所覆瓿稿》卷四,《影印标点韩国文集丛刊》第74辑,首尔:韩国古典翻译院,1991年,第176页。

翁以仆近体为纯熟严缜,不涉盛唐,斥而不御。独善古诗为颜、谢风格,是翁胶不知变也。古诗虽古,是临榻逼真而已,屋下架屋,何足贵乎?近体虽不逼真,自有我造化,吾则惧其似唐似宋,而欲人曰许子之诗也,毋乃滥乎。①

他认为古诗虽古,但不能因学作古诗而流于模拟,近体诗有近体诗的优势,不要一味以盛唐诗体为标准,失去自我的创作风格。任何诗歌体式都有其独特价值,要兼其所长。他用食、味作比,来说明"文章各有其味,人有尝内厨禁脔豹胎熊蹯,自以为尽天下之味,遂废黍稷脍炙而不之食,如此则不饿死者几希矣"②。如果仅局限于某一种思想、某一类文体,不求博达,文学创作之路将会越走越狭,最终走入死胡同。

许筠在揭示明人复古之弊的同时,强调诗不仅尊唐,还要宗《诗经》,学宋诗、明诗。文不仅要学汉魏,还要学"虞夏之典谟,商之训,周之三誓武成洪范"等上古至文,下鉴宋明文,诗学思想要具有开放性、流变性,才更利于扭转朝鲜诗坛之弊。

许筠之论主要解决明七子影响下朝鲜诗坛"厚古薄今"的问题,而丁若镛则对朝鲜诗坛长期"古今中国之学",一直以中国为学习对象而忽略本国文学的现象表示不满。丁若镛认为中国和朝鲜的区别只是所处的地理方位不同,朝鲜诗歌有自己独特的价值,因此他高扬民族诗学,高呼"我是朝鲜人,甘做朝鲜诗"③。许筠也称赞朝鲜不乏

① 许筠:《惺所覆瓿稿》卷二十一,《影印标点韩国文集丛刊》第74辑,首尔:韩国古典翻译院,1991年,第318页。
② 许筠:《惺所覆瓿稿》卷十三,《影印标点韩国文集丛刊》第74辑,首尔:韩国古典翻译院,1991年,第248页。
③ 丁若镛:《诗集》卷六,《与犹堂全书》,《影印标点韩国文集丛刊》第281辑,首尔:韩国古典翻译院,2002年,第124页。

优秀文人大家，他在《鹤山樵谈》中言："我国金季昷、金悦卿、朴仲说、李择之、金元冲、郑云卿、卢寡悔等制作虽不及何、李、王、李，而岂有愧于吴、徐以下人邪？然不能与七子周旋中原，是可恨也。"①认为本国诗人的创作水平甚至在中朝某些诗人之上，对这些诗人由于地域原因未能闻于天下而感到可惜。如果说许筠在纵向层面上力图改变朝鲜诗坛厚古薄今的狭隘，那么丁若镛则是在横向层面上力图改变朝鲜诗坛"古今中国之学"的偏狭。

　　综上所述，朝鲜诗家以多维视角考察了明诗"尚古之风"，其尚古的范围不仅是汉魏、盛唐，还可向上追溯到先秦，向下延展到宋。朝鲜诗家论述了明诗"诗必盛唐"的复古观，对尊李杜的问题展开了讨论，认为明诗有更推崇杜甫的倾向，朝鲜诗家则普遍认为应李杜并尊。朝鲜诗家在论述明诗"唐宋之争"的取舍中，表明其同明诗家一样倾向于宗唐，但从明诗学唐摈宋的结果看，认为应该唐宋兼宗，博采众长。明诗家追求诗歌创作以"古气"为美，朝鲜诗家认为明诗或有陶诗自然之美、或有唐之韵，明律诗、乐府诗等拟古诗古气浓郁。朝鲜诗家指出明诗以《诗经》、汉魏古诗、盛唐诗为诗之正脉。认为前后七子提出"拟议以成其变化"体现了明人积极的创新精神，对其自有明调之诗的创作持肯定态度。对明诗复古，朝鲜诗家不仅赞誉前后七子复古对明诗坛的积极影响，还赞扬其对朝鲜文坛的积极推动作用，肯定前后七子的复古对中、朝诗坛有一新之功。但对明诗复古夸以自大，实则"屋下架屋"，一味剽窃剿袭之弊也有指责。而且朝鲜诗坛也存在明诗复古带来的模拟蹈袭、学识空疏与视野狭隘之弊，朝鲜诗家希望以发展的眼光，通过明确文随世变之理来纠蹈袭之弊，希望通过绩学用功、博综该贯、厚培根基等路径，改变学识空疏、诗学意

---

① 许筠：《鹤山樵谈》，《韩国诗话全编校注》第二册，北京：人民文学出版社，2012年，第1458—1459页。

识淡薄的不良现象,力图用开放的诗学视野,兼学各代各体之长、中国与朝鲜诗学并重,以此来解决朝鲜文坛诗学观狭隘之弊,更好地推动朝鲜文坛健康发展。

第二章　古代朝鲜诗家
对明诗性情的批评

　　"性情"是关于诗歌本质的重要理论之一,也是中、朝诗家都十分关注的一个重要诗学范畴。

　　最早将"吟咏性情"引入诗学领域的是《毛诗序》:"国史明乎得失之迹,伤人伦之废,哀刑政之苛,吟咏情性,以风其上,达于事变而怀其旧俗者也。"①其后钟嵘"摇荡性情,形诸舞咏"②的"诗缘情"论、刘勰的"诗者,持也,持人情性"③、白居易的"诗者,根情、苗言、华声、实义"④、严羽的"诗者,吟咏情性也"⑤,都受到此说的影响,将性情看成是诗歌的本质,强调性情之于诗歌的重要性。宋代,性情成为理学家言说的一个重要范畴,理学家所言的"性情"带有道德伦理性质,以"义理""性理""天理"为内涵,强调以情顺性,以性节情,甚至要"存天理,灭人欲"。明代,在文人眼里"性情"常常相当于"性灵",强调自我个性的张扬,自由心性的表现。但实际上明人赋予性情以不

---

① 毛亨传,郑玄笺,孔祥军点校:《毛诗传笺》,北京:中华书局,2018年,第2页。
② 赵仲邑译注:《钟嵘诗品译注》,南宁:广西人民出版社,1987年,第1页。
③ 刘勰著,范文澜注:《文心雕龙注》,北京:人民文学出版社,1958年,第65页。
④ 白居易著,朱金城笺注:《白居易集笺校》四,上海:上海古籍出版社,2003年,第2790页。
⑤ 严羽著,郭绍虞校释:《沧浪诗话校释》,北京:人民文学出版社,1983年,第26页。

同的内涵。陈献章几乎是将"性情"等同于传统诗学中的"志",他在《批答张廷实诗笺》中阐释:"欲学古人诗,先理会古人性情是如何,有此性情,方有此声口,只看程明道、邵康节诗,真天生温厚和乐,一种好性情也。"①何景明言:"夫诗本性情之发者也。"②认为诗歌的本质在于性情的抒发。杨慎在《性情说》中云:"《尚书》而下,孟、荀、杨、韩至宋世诸子言性而不及情,言性情俱者《易》而已。《易》曰'利贞'者,性情也。庄子云:'性情不离,安用礼乐。'甚矣,庄子之言性情有合于《易》也……合之则双美,离之则两伤。举性而遗情何如?曰死灰;触情而忘性何如?曰禽兽。古今之言性情者,《易》尽之矣,庄子之言有合于《易》者也。"③强调"性"与"情"兼具,言志与抒情统一。明代比较有特色的诗学讨论就是论述与性情含义相近的"性灵",屠隆言:"夫文者,华也。有根焉,则性灵是也。"④袁宏道强调"独抒性灵,不拘格套"⑤。

　　明代的性情论尤其是复古派与公安派的性情论传到朝鲜后,朝鲜文人结合朝鲜诗坛追求性情的实际,对明诗性情进行批评。朝鲜朝初期,国家实行"斥佛扬儒"的政策,倡明理学,程朱理学为正统思想,文学上强调"文以载道",重视诗歌的社会作用。人们创作诗歌倾向于以理语入诗,过分追求文字技巧而缺乏真情实感,诗歌创作严重脱离现实,违背了文学艺术的创作规律,诗歌性情大失。朝鲜朝中

---

① 陈献章著,孙通海点校:《陈献章集》上册,北京:中华书局,1987年,第74页。
② 何景明著,李淑毅等点校:《何大复集》,郑州:中州古籍出版社,1989年,第210页。
③ 杨慎:《升庵全集》(万有文库本)第二册,上海:商务印书馆,1937年,第75—76页。
④ 屠隆:《文章》,《鸿苞节录》卷六,清咸丰七年刊本。
⑤ 袁宏道著,钱伯城笺校:《袁宏道集笺校》上册,上海:上海古籍出版社,2008年,第187页。

期,针对这些问题,一些朝鲜诗家积极倡扬诗写性情,柳梦寅提出"文者何物,出自性情"①,"诗者,出自情性虚灵之俯,先识妖贱,油然而发,不期然而然"②。李睟光强调"诗出于性情尚矣"③。许筠更是旗帜鲜明地倡导诗歌以抒发性情为本,批判朱子"存天理,灭人欲"的理论,强调"礼教任拘放,浮沉只任情"④,认为《诗经》中风最能体现性情本质,而"雅颂则涉于理路,去性情为稍远矣"⑤。强调性情诗学的李睟光、许筠对明七子派的性情论有深刻认识,七子派主张效法最具性情的唐诗,与李睟光等人的诗学理念极为契合,遂使其学习抒写性情的明诗。朝鲜朝后期的李宜显、金昌协等人,吸收了公安派"独抒性灵"的观点,强调"诗者,性情之发","夫诗之作,贵在抒写性情"⑥,力图用性情理念矫明诗复古给朝鲜文坛带来的蹈袭之弊。

　　总之,朝鲜诗家在积极吸收明代性情论的基础上,结合朝鲜诗坛的审美期待及自我的性情取向,对明诗性情有一个整体观照。他们从性情与诗道、性情与才情、性情与风韵等方面对明诗性情及相关范畴展开了批评。对明诗性情的得与失有客观的认识,赞扬"自抒性情""性情之正"的明诗,认同明人"情性之正,存忧患于敦厚之言"的

①　柳梦寅:《於于集》卷三,《影印标点韩国文集丛刊》第63辑,首尔:韩国古典翻译院,1991年,第349页。

②　柳梦寅:《於于野谈》,《韩国诗话全编校注》第二册,北京:人民文学出版社,2012年,第1029页。

③　李睟光:《芝峰类说》,《韩国诗话全编校注》第二册,北京:人民文学出版社,2012年,第1344页。

④　许筠:《惺所覆瓿稿》卷二,《影印标点韩国文集丛刊》第74辑,首尔:韩国古典翻译院,1991年,第139页。

⑤　许筠:《惺所覆瓿稿》卷五,《影印标点韩国文集丛刊》第74辑,首尔:韩国古典翻译院,1991年,第185页。

⑥　金昌协:《农岩集》卷三十四,《影印标点韩国文集丛刊》第162辑,首尔:韩国古典翻译院,1996年,第376页。

观点。对明诗因"言语模拟""鲁莽剽窃"导致的性情缺失加以批评，朝鲜诗家评论明诗性情时，多是在与唐宋诗的对比中展开的，认为明诗无唐诗之性情兴寄，存在"性情之发，天机之动"之失。朝鲜诗家在论明诗性情的基础上，强调诗以致情，应该创作禀赋君子性情、有性情之善，不拘规模、展现性情之真，余意无穷、有性情之美的诗歌。

第一节　古代朝鲜诗家对明诗性情及相关范畴的批评

朝鲜诗家通过对明诗的研究发现，明诗性情与诗道、风韵和才情有着密切的关系。恢复诗道正统是明诗倡言性情的旨归，风韵是性情的自然表达，才情则成就了明诗的独特风格。诗道、风韵、才情与性情的紧密结合，将性情置于明诗的复古框架中，使明诗有了不同于唐宋诗的美学风貌，同时也在某种程度上引发了对明诗的质疑与批判。

一、明诗性情与诗道

诗歌可以道性情，性情的传达又不可背离诗道。朝鲜诗家在论述性情与诗道时，认为《诗经》、唐诗尤其是盛唐诗最能体现诗道。因此，他们肯定明人诗学《诗经》、诗学盛唐的行为，很大程度是因为明人力图通过学习《诗经》、唐诗恢复诗道的正统。抒写性情是体现与符合诗道正统的前提，一旦稍有偏疏，或神韵未成，将使诗歌"流乎空疏与肤廓"[1]，或精工而未成，使诗歌"流乎轻俗与纤巧"[2]。因此，抒

---

① 朴汉永：《石林随笔》，《韩国诗话全编校注》第十一册，北京：人民文学出版社，2012年，第9589页。
② 朴汉永：《石林随笔》，《韩国诗话全编校注》第十一册，北京：人民文学出版社，2012年，第9589页。

写性情的诗歌应"不落左不落右,蹈大方之诗规"①,这是"诗道方圆
之要诀"②。

诗道就是作诗之道,可以从很多方面体现,但最核心的体现就是
抒写性情,李滉曾言:"窃谓诗之道,本于性情而发于词者也。"③中、
朝诗家最为看重体现诗道的性情之诗。明代"诗道之盛"的嘉隆时
期,复古以宗"诗道大成"的盛唐诗为尚,而盛唐诗又被认为是最富性
情之诗,最能体现诗道之正,李晬光在《孟浩王维诗赞》中曾言:"维
王及孟,诗道之正。发自情性,斯为最盛。"④而"李晬光所以肯定诗
歌性情,是因为性情是唐诗的精髓"⑤。因为从性情的角度看,唐诗
最能呈现《诗经》之遗韵,所以朝鲜诗家评论明诗性情与诗道时,常将
其与《诗经》、唐诗对比,许筠尝谓:"诗诗道大备于《三百篇》。""国风为
最盛,雅颂则涉于理路,去性情为稍远矣。汉魏以下为诗者,非不盛
且美矣,失之于详至宛缛,是特雅颂之流滥耳,何足与于情性之道欤?
唐之以诗名者殆数千,而大要不出于此。"⑥许筠认为《诗经》是诗道
大备的典范,尤其是国风。这一"诗道"是指以"性情"为诗歌的本质
之道。而唐诗"大要不出于此",这里的"此"指性情。他指出汉魏以
下诗虽"盛且美",但因"详至宛缛,是特雅颂之流滥耳",那些"绮丽

---

① 朴汉永:《石林随笔》,《韩国诗话全编校注》第十一册,北京:人民文学出版
　　社,2012年,第9589页。
② 朴汉永:《石林随笔》,《韩国诗话全编校注》第十一册,北京:人民文学出版
　　社,2012年,第9590页。
③ 成均馆大学校大东文化研究院编:《退溪全书》,首尔:成均馆大学校出版部,
　　1985年,第422页。
④ 李晬光:《芝峰杂著》,《韩国诗话全编校注》第二册,北京:人民文学出版社,
　　2012年,第1350页。
⑤ 任范松等:《朝鲜古典诗话研究》,延吉:延边大学出版社,1995年,第166页。
⑥ 许筠:《惺所覆瓿稿》卷五,《影印标点韩国文集丛刊》第74辑,首尔:韩国古
　　典翻译院,1991年,第185页。

风花,伤其正气,流贻教化"①之诗,使诗道有厄。这与《尧山堂外纪》中所言"王荆公以诗赋决科,而不乐诗赋。即预政,以经义取士,乃着令士庶传习诗赋者杖一百。故张舜民诗云:'酒间李杜皆投笔,地下班杨亦引车。'诗道至此一大厄矣"②相类。汉魏以下《雅》、《颂》之类的诗歌皆因涉"理路"而"陷入了排除感性的情绪情感、缺乏生气的性理之说教的泥淖"③。这里的"理路"是创作主体对诗道的理性认知,与情感相对且与性情相去甚远。许筠多次表达对"理路"的反对态度,他批评宋诗时曾言:"诗至于宋,可谓亡矣。所谓亡者,非其言之亡也,其理之亡也。诗之理,不在于详尽婉曲,而在于辞绝意续,指近趣远,不涉理路,不落言筌。"④这是对李梦阳"宋无诗"评论的应和。许筠在《石洲小稿序》中,借严羽"诗有别趣,非关理也,诗有别材,非关书也"之论,表明自己反对理路,强调诗歌创作应"唯其于弄天机、夺玄造之际,神逸响亮,格越思渊为最上"⑤,注重情感自然真实的流露。许筠所言的"情感",既不同于中国传统的儒家强调的终归"温柔敦厚"之情,也与朝鲜李洱等人强调的由和气之心表露出的敦厚之性情不同,指的是创作主体自我的"真"情。

　　上述言论说明,许筠认同明诗宗唐,主张学作有性情、符合诗道的诗歌。但是有些明诗因剿袭、模拟而失去了真性情,背离诗道越来

① 许筠:《惺所覆瓿稿》卷五,《影印标点韩国文集丛刊》第 74 辑,首尔:韩国古典翻译院,1991 年,第 185 页。

② 李晬光:《芝峰类说》,《韩国诗话全编校注》第二册,北京:人民文学出版社,2012 年,第 1337 页。

③ 蔡美花:《许筠的情感美学观研究》,《东疆学刊》,2004 年第 3 期。

④ 许筠:《惺所覆瓿稿》卷四,《影印标点韩国文集丛刊》第 74 辑,首尔:韩国古典翻译院,1991 年,第 175 页。

⑤ 许筠:《惺所覆瓿稿》卷四,《影印标点韩国文集丛刊》第 74 辑,首尔:韩国古典翻译院,1991 年,第 172 页。

越远。朝鲜诗家认为明诗因为模拟而"性情流出于何见,只好千家轨辙同"①,这对朝鲜诗坛也产生了消极影响。当"王、李摹拟之学盛行"朝鲜后,"人人蹈袭,家家效颦,无复各成一家之言。自此诗道衰矣"②。由于模拟导致众口同声、诗无性情。在诗歌体式上,李晬光言:"夫诗道至唐大备,而数百年间体式屡变,气格渐下,故有始盛中晚之分。"③盛唐诗各体兼备,为诗道大盛之表现,朝鲜诗家认为最能体现诗道的是唐人绝句。许筠言:

> 以余观之,唐人五七言绝句,梓而传凡万首,其言短而旨远,其辞藻而不靡,正言若反,卮言若率,不犯正位,不落言筌,含讽托兴,刺讥得中,读之令人三叹咨嗟,真得国风之余音。其去《三百篇》为最近,是以当世乐人采以填歌曲。如王维、李益辈之作,至以千金购入乐府。王少伯、高达夫之词,云韶诸伎皆能唱之,岂不盛欤。唐之诸家,盛而盛,至中晚而渐漓,独绝句则毋论盛晚,具得诗人之逸韵,悉可讽诵,虽间巷妇人,方外仙怪之什,亦皆超然。唐之诗到此,可谓极备矣。余于暇日,取沧溟《诗删》,徐子充《百家选》,杨伯谦《唐音》,高氏《品汇》等书,拔其绝句之妙者若干首,分为十卷,弁曰《唐绝选删》。置之案右,以朝夕讽诵焉。噫!唐之绝句,于是尽矣。而《三百篇》之遗音,亦可以此推求。则其于性情之道,或不无少补云尔。④

---

① 申纬:《警修堂全稿》册十七,《影印标点韩国文集丛刊》第 291 辑,首尔:韩国古典翻译院,2002 年,第 375 页。

② 申纬:《警修堂全稿》册十七,《影印标点韩国文集丛刊》第 291 辑,首尔:韩国古典翻译院,2002 年,第 375 页。

③ 李晬光:《芝峰杂著》,《韩国诗话全编校注》第二册,北京:人民文学出版社,2012 年,第 1351 页。

④ 许筠:《惺所覆瓿稿》卷五,《影印标点韩国文集丛刊》第 74 辑,首尔:韩国古典翻译院,1991 年,第 185 页。

　　许筠认为唐五七言绝句,言语简短但是旨意深远,辞藻丰富却不靡艳,为《诗经》中风诗之余音,与《诗经》最近,也最接近诗道。且创作五七言绝句之人可为达官贵人,也可为闾巷妇人、方外仙怪等,无论什么身份的人都可借此抒发情感,加之可入乐歌唱,遂为各代诗人所喜欢。他言明自己编写唐绝句选的目的是由此推求《诗经》之遗音,明性情之道。

　　许筠借鉴的四种诗选中,有两种是明人所编选,足见明人对最能体现性情、最近世道的绝句十分重视,周容在《春酒堂诗话》中言:"唐诗中最得风人遗意者,唯绝句耳。意近而远,词淡而浓,节短而情长。从此悟入,无论李、杜、王、孟,即苏、李、陶、谢皆是矣。"[1]杨慎在论绝句时也言:"唐人乐府多唱诗人绝句,王少伯、李太白为多……而意在言外,最得诗人之旨。"[2]这两段对绝句的解释与许筠对绝句的认识是一致的。绝句是唐代诗歌体裁中与风诗传统最为吻合的一类。所以李攀龙、王世贞推王昌龄"秦时明月汉时关"为第一,朝鲜诗家李晬光推王昌龄的七言绝句为"独至者"[3],认为孟浩然、王维"为盛唐之高手",因为他们的五言绝句成就高。对谁为七绝圣手,中、朝诗人有不同看法:

　　　　盛唐人中,贺知章、储光羲、元结之诗最奇古,视一时诸作顿异。权鞸言,唐人七言绝句以许浑"劳歌一曲解行舟"为第一,五言绝句以宋之问"卧病人事绝"为第一。余谓权生似不知唐者。

---

① 周容:《春酒堂诗话》,陈伯海主编:《唐诗论评类编》增订本,上海:上海古籍出版社,2015年,第559页。

② 杨慎:《升庵诗话》,丁福保辑:《历代诗话续编》中册,北京:中华书局,1983年,第903页。

③ 李晬光:《芝峰类说》,《韩国诗话全编校注》第二册,北京:人民文学出版社,2012年,第1070页。

夫许丁卯在晚唐非高手,之问此诗本五言律,而《唐音》截作绝句,恐气格不全。按:李沧溟、王弇州皆以王昌龄"秦时明月汉时关"为第一,必有所见耳。①

权石洲(1569—1612)认为宋之问、许浑的绝句分别为唐五、七言绝句第一,而李晬光赞同李攀龙和王世贞的说法,推王昌龄《出塞》为首。无论上述诗家谁的评价最可信,都可从中感受到他们对绝句的喜爱之情。

李瀷(1681—1763)在《星湖僿说诗文门》中解释学作绝句的原因:

> 律诗五言生于六朝,七言生于沈宋。自此诗道大变……盖诗本于《风》、《雅》,皆四字为句,字少则意或未畅,故变为五字,五字犹欠少,变为七字。今《风》诗中有此例,如"无感我帨兮","遭我乎猱之间兮"之类是也……盖《三百篇》后,先有古诗,次绝句,次双对短律。今之为律者,宜先习绝句,然后方及短律,此其路程。②

李瀷认为,从诗歌体裁的历史发展来看,绝句比律诗出现的时间早。从近古的角度来看,绝句更近"直写性情"的《诗经》,而且"七言绝句的鼎兴期在盛唐,而七律则是在盛、中唐之交的杜甫手中完全成熟的。如果要以盛唐诗作为榜样的话,榜样中的首选无疑便是七绝"③。七绝的妙处,最根本的还在于它与风诗的潜在而深刻的相

---

① 李晬光:《芝峰类说》,《韩国诗话全编校注》第二册,北京:人民文学出版社,2012年,第1072页。
② 李瀷:《星湖僿说诗文门》,《韩国诗话全编校注》第五册,北京:人民文学出版社,2012年,第3738页。
③ 陈文新:《明代诗学的逻辑进程与主要理论问题》,武汉:武汉大学出版社,2007年,第158页。

通,这也是明人重视绝句的原因所在。

朝鲜诗家认为除了绝句近诗道、最具性情外,律诗也本乎性情。正祖李祘在《弘斋日得录》中言:

> 唐之杜律,宋之陆律,即律家之大匠。况少陵稷契之志,放翁春秋之笔,千载之下,使人激仰,不可仅以诗道言。故近使臣序此两家全律,将印行之。①

> 予既编杜、陆《分韵》,复取二家近体诗,依本集序次而全录之,分上下格……亲撰引曰:《风》、《雅》变而楚人之《骚》作,词赋降而柏梁之诗兴。魏晋以还,五言浸盛。有唐之世近体出……于唐得杜甫,于宋得陆游……诗当以《三百篇》为宗,而《三百篇》取其诗中一二字以名篇,故古人有言曰"有诗而后有题者,其诗本乎情;有题而后有诗者,其诗徇乎物"。若所谓杜陆者,真有诗而后始有题者也。予之所取在于此,而不在于声病工拙之间。②

李祘命文臣刊印《杜陆律分韵》,还亲自为此律诗集作序,阐明其之所以编选杜陆律诗,是因为杜甫和陆游的律诗创作取得了极高的成就,很好地体现了诗道,最主要的是他们的律诗如《诗经》一样"先有诗后有题",这是诗本乎情的体现。李晬光在肯定孟浩然的绝句时,认为其五律也较好。南龙翼在《壶谷诗话》中将绝句和律诗并举,认为二者在唐诗中都不可替代的地位和价值:

---

① 李祘:《弘斋日得录》,《韩国诗话全编校注》第六册,北京:人民文学出版社,2012 年,第 4762 页。
② 李祘:《弘斋日得录》,《韩国诗话全编校注》第六册,北京:人民文学出版社,2012 年,第 4774 页。

　　唐诗各体中压卷之作,古人各有所主。而以余之妄见论之,
五言绝句则王右丞"人闲桂花落"、七言绝则王之涣"黄河远上
白云间"、五言律则杜隰城"独有远游人"、七言律则刘随州"建
牙吹角不闻喧"等作,似当为全篇之完备警觉者。①

　　在这段话中,南龙翼认为无论是王维的五言绝句、王之涣的七言
绝句,还是杜审言的五言律、刘长卿的七言律,都具有完备警觉的特
征,都可堪称唐诗的压卷之作。

　　总体看,朝鲜诗家肯定律诗尤其是杜甫律诗本乎性情,体现了盛
唐诗道。但从抒情的角度看,中朝诗家对杜甫律诗认识不同,价值取
向也不同,明诗家对杜甫律诗抒写性情有质疑,如杨慎言:"少陵虽大
家,不能兼善,一则拘于对偶,二则汩于典故。拘则未成之律诗,而非
绝体;汩则儒生之书袋,而乏性情。故观其全集,自'锦城丝管'之外,
咸无讥焉。近世有爱而忘其丑者,专取而效之,惑矣!"②以杜甫之才
情,也不能各体兼善,其律诗受拘于对偶,汩于典故,如此便不能直率
地抒发性情,不能自由地抒发性情。

　　朝鲜诗家探讨明诗性情与诗道时,在以性情为本,诗学唐、学《诗
经》方面与明人观点相近,但是在哪种诗歌体裁最具性情、最能体现
诗道方面,与明人看法不完全相同,明人多认为唐绝句发自情性,最
近《诗经》,为诗道之正,而朝鲜诗家认为律诗也本乎性情。

二、明诗性情与风韵

　　朝鲜诗家徐命膺(1716—1787)在其《诗史八笺序》中曾言:"凡

①　南龙翼:《壶谷诗话》,《韩国诗话全编校注》第三册,北京:人民文学出版社,
　　2012年,第2194页。
②　杨慎:《升庵全集》第一册,上海:商务印书馆,1937年,第26页。

诗文,自有一段风韵,流露于言外,类非口舌之所可形容。"①强调有风韵的诗歌,是创作主体"率乎自然"地表达其真性情的必然结果。"风韵"一词本指"不离形体而飘逸于形体之外的风度、韵味之美"②。论诗歌时,常指风格、韵味。明人常以"风韵"论诗,如屠隆论李白《古风》:"品格既高,风韵自远。"胡应麟在《诗薮》中曾言:"黄、陈律诗法杜,可也,至绝句亦用杜体,七言小诗,遂成突梯谑浪之资,唐人风韵,毫不复睹,又在近体下矣。"③他评杜甫律诗"皆雄深浑朴,意味无穷。然律以盛唐,则气骨有余,风韵稍乏"④。"性情"与"风韵"并举时,"风韵"也具有风情韵味、情态韵致之意。

朝鲜诗家在批评明诗性情与风韵时,对性情与风韵结合较好的陈献章的诗颇为关注。李德懋在《诗观小传》中曾为陈献章作传:

> 陈献章字公甫,号白沙,新会人……献章诗虽宗《击壤》,源出柴桑。其言曰:"论诗当论性情,论性情先论风韵,无风韵则无诗矣。"有《白沙集》。⑤

李德懋在此记录了陈献章关于诗、性情、风韵三者关系的论述。在陈献章诸多关于诗歌的理论中,李德懋仅选此句作为其代表言论,足以看出他对性情与风韵理论的关注。李德懋所引的性情与风韵关系的论述出自陈献章的《次王半山韵诗跋》:

---

① 徐命膺:《保晚斋集》卷七,《影印标点韩国文集丛刊》第 233 辑,首尔:韩国古典翻译院,1999 年,第 207 页。
② 成复旺:《中国古典美学范畴》,北京:中国人民大学出版社,1995 年,第 171 页。
③ 胡应麟:《诗薮》,上海:上海古籍出版社,1979 年,第 227 页。
④ 胡应麟:《诗薮》,上海:上海古籍出版社,1979 年,第 88 页。
⑤ 李德懋:《青庄馆全书》卷二十四,《影印标点韩国文集丛刊》第 257 辑,首尔:韩国古典翻译院,2000 年,第 377 页。

大抵论诗当论性情,论性情先论风韵,无风韵则无诗矣。今之言诗者异于是,篇章成即谓之诗,风韵不知,甚可笑也。情性好,风韵自好,性情不真,亦难强说。①

陈献章认为诗歌的本质在于表达性情,而诗歌风韵则是其性情的具体外化,没有风韵,就无从谈诗。可无知者以为"篇章成"就可称之为诗,殊不知无性情之真的作品自然也无风韵,也就不是真正的诗。性情真、有风韵,才能构成一首好诗。中国南朝梁时的萧子显就曾言:"文章者,盖情性之风标,神明之律吕也。蕴思含毫,游心内运,放言落纸,气韵天成。"②陈献章认为真正的好诗就应该从"自己性情上发出,不可作议论说去。离了诗之本体,便是宋头巾也"③。性情可以是"七情之发,发而为诗,虽匹夫匹妇,胸中自有全经"自然流露的"七情",也可以是"欲学古人诗",就要"先理会古人性情"的"古人性情",无论是哪种性情都外化为诗歌的风韵,性情不同,诗歌风韵也各异。

陈献章师法陶渊明,曾言魏晋以前没有什么可效仿的诗,只有"陶谢不托泥"。所以,其诗多流露出隐逸之情与自然平淡之韵:

寒 菊

菊花正开时,严霜满中野。

从来少人知,谁是陶潜者。

碧玉岁将穷,端居酒堪把。

南山对面时,不取亦不舍。④

① 陈献章著,孙通海点校:《陈献章集》上册,北京:中华书局,1987 年,第 203 页。
② 《南齐书》,北京:中华书局,1972 年,第 907 页。
③ 陈献章著,孙通海点校:《陈献章集》上册,北京:中华书局,1987 年,第 72 页。
④ 陈献章著,孙通海点校:《陈献章集》上册,北京:中华书局,1987 年,第 308 页。

　　菊花是陶渊明笔下常描写的一种植物,陶渊明借菊花表达其向往自然的隐逸之情,菊花在陶渊明诗中已成为独具风韵的意象,而陈献章在称赞"陶元亮似菊"的同时,也常借"花之美而隐者也"①的菊花,表达其山林之情。这种对自然的向往之情是在饮着菊花酒,赏着孤山梅的诗情画意之境中才得以体会到的。这首诗也正是陈献章"率吾情盎然出之,无适不可"②创作而成的,生动而形象地表现了陈献章的真性情及其对陶诗风韵的追求。

　　陈献章作为明代山林诗派的代表作家,以诗言志,借景传情,传达出欲摆脱世俗平庸的心曲,将诗歌的自然平淡之韵与对自然的向往之情很好地融为一体,这也成为中、朝诗家的一个共识。王世贞《艺苑卮言》曾摘引陈献章"竹林背水题将偏,石笋穿沙坐欲平"、"出墙老竹青千个,泛浦春鸥白一双"、"时时竹几眠看客,处处桃符写似人"、"竹径旁通沽酒寺,桃花乱点钓鱼船"③等诗句,认为这些诗皆有陶诗风韵,且进一步赞叹道:"何尝不极其致。"④杨慎也曾言:"白沙之诗,五言冲淡,有陶靖节遗意。"⑤李德懋也认为陈献章的诗"源出柴桑"。朝鲜诗家李裕元《皇明史咏四十五首》、金昌协《子益来宿有诗次之》分别言:

　　　　一谒孝陵即告归,显官难起薜萝衣。

---

① 陈献章著,孙通海点校:《陈献章集》上册,北京:中华书局,1987 年,第 59 页。

② 陈献章著,孙通海点校:《陈献章集》上册,北京:中华书局,1987 年,第 5 页。

③ 王世贞:《艺苑卮言》,丁福保辑:《历代诗话续编》中册,北京:中华书局,1983 年,第 1050 页。

④ 王世贞:《艺苑卮言》,丁福保辑:《历代诗话续编》中册,北京:中华书局,1983 年,第 1051 页。

⑤ 杨慎撰,王仲镛笺证:《升庵诗话笺证》,上海:上海古籍出版社,1987 年,第 422 页。

宗以自然忘己欲,公山落日独关扉。①

弟兄相对乐怡怡,帘阁悬灯坐夜迟。
一席讲评皆格外,梅花香韵白沙诗。②

　　李裕元诗中提及的"宗以自然忘己欲",暗指陈献章对陶诗的宗尚。陶诗平淡自然的风致与隐于山林的陈献章的心境正好吻合,所以其诗学陶,也是一种心理调剂的方式,其诗呈现出陶诗风韵的原因也正在于此。两诗中"告归""薜萝衣""一席讲评"则是指陈献章在成化十九年,被明宪宗授以翰林院检讨而放归后一直居乡讲学,屡荐不起之事。"落日独关扉","梅花香韵白沙诗"是指其在乡间的隐逸生活,悠然于山水田园之间,怡养性情。这两首诗都暗喻陈献章诗有隐逸恬淡的山林诗之韵味,其处穷而淡泊之情在对山林的陶醉中得以自由展现。由此,我们也可以理解李圭景为何说"予尝喜陈白沙诗'恰到溪穷处,山山枳壳花'"③了,因为这样的诗"堪可点缀野人庄舍闲趣者也"④。正祖李祘也称赞"陈献章殊有风韵冲淡,而兼能洒脱"⑤。
　　朝鲜诗家在探讨性情与风韵时,偏重于强调诗人主体超迈不俗的内在精神与雅致情韵之美。任埅(1640—1724)在《高崖集序》中

---

① 李裕元:《嘉梧稿略》册三,《影印标点韩国文集丛刊》第 315 辑,首尔:韩国古典翻译院,2003 年,第 95 页。
② 金昌协:《农岩集》,《影印标点韩国文集丛刊》第 161 辑,首尔:韩国古典翻译院,1996 年,第 390 页。
③ 李圭景:《诗家点灯》,《韩国诗话全编校注》第七册,北京:人民文学出版社,2012 年,第 5985 页。
④ 李圭景:《诗家点灯》,《韩国诗话全编校注》第七册,北京:人民文学出版社,2012 年,第 5985 页。
⑤ 李祘:《弘斋日得录》,《韩国诗话全编校注》第六册,北京:人民文学出版社,2012 年,第 4771 页。

言:"自古词翰之士类,多才命相仇之叹,而未有若君之甚者。古语曰'诗能穷人',君之穷,亦坐于诗者耶? 嗟乎惜哉! 君之诗清婉赡畅,多有韵致。"①许愈(1833—1904)在《南窗权公诗集跋》中言:"有处士权公讳侃者,酷慕渊明之为人也,自号南窗,又图《归去来辞》于壁上,以寓意焉。其所著诗若文无事乎雕饰,而天然有自得之妙,其亦闻渊明之韵致者欤?"②而陈献章因钦佩"未肯低头陶靖节"③,所以诗写"君子固有忧,不在贱与贫"④,"人生异出处,贫贱奈尔何?"⑤表达其自得的人格境界与淡然绝尘之志向。陈、权二人钦慕陶渊明之为人,其诗也如陶诗一样天然自得,有韵致。

　　诗人的性情与文本外现的风情韵味是一致的,所谓"文质彬彬,然后君子是也"。明人提倡复古学唐,而唐人诗中有一种平和典雅的性情,即"非只喜跌宕而已,跌宕中又要稳实乃佳"⑥的性情,与此种性情相应的诗中多有温雅的风韵。金昌协在《农岩杂识》中认为,明代高叔嗣与唐人性情十分接近,其诗"隐约幽古,冲深温雅"⑦。对此,中、朝诗家都有类似论断,王世贞评论高叔嗣的诗"如高山鼓琴,沈思忽往,木叶尽脱,石气自青……令人心折"⑧。朝鲜诗家黄景源

---

① 任埅:《水村集》,《影印标点韩国文集丛刊》第149辑,首尔:韩国古典翻译院,1995年,第185页。

② 许愈:《后山集》,《影印标点韩国文集丛刊》第327辑,首尔:韩国古典翻译院,2004年,第321页。

③ 陈献章著,孙通海点校:《陈献章集》上册,北京:中华书局,1987年,第454页。

④ 陈献章著,孙通海点校:《陈献章集》上册,北京:中华书局,1987年,第295页。

⑤ 陈献章著,孙通海点校:《陈献章集》上册,北京:中华书局,1987年,第297页。

⑥ 陈献章著,孙通海点校:《陈献章集》上册,北京:中华书局,1987年,第186页。

⑦ 金昌协:《农岩集》卷三十四,《影印标点韩国文集丛刊》第162辑,首尔:韩国古典翻译院,1996年,第373页。

⑧ 王世贞:《艺苑卮言》,丁福保辑:《历代诗话续编》中册,北京:中华书局,1983年,第1034页。

在《赐太子太保礼部尚书文渊阁大学士张治谥文毅制》中不但引用了王世贞的这个评论，还用"信矣夫"表示十分赞同。他还说"叔嗣之诗有靖节、苏州之韵"，其"为诗清新婉约"，"文亦冲澹，如其诗也"①。这与明代陈束言高叔嗣诗"有应物之冲淡，兼曲江之沉雅，体王、孟之清适，具岑、高之悲壮"②，有异曲同工之妙。

朝鲜诗家对明诗性情与风韵的讨论，主要集中在明诗的古人性情及与之相应的古韵，如陈献章宗尚陶诗，其诗显出陶诗之遗韵及自然平淡之情，高叔嗣重性情，既有陶渊明之韵，又有唐诗冲和温雅之韵致。但朝鲜诗家未能以明诗独有的性情特质为切入点，探讨明诗中性情与风韵的关系，是对明诗性情批评的一个缺憾。

朝鲜诗家以发展的眼光，从诗歌体式角度探讨作者性情与诗歌风韵的内在关系，是其对明诗性情批评的一个亮点。明人比较注重诗歌体式问题，胡应麟《诗薮》曰："文章自有体裁，凡为某体，务须寻其本色，庶几当行。"③不同诗体有不同的审美样态，作家独特的创作个性也会借其作品彰显出来。朝鲜诗家虽未对明诗家所言的各体风格进行详细探讨，却也关注了不同时代不同诗歌体式因作者性情不同而呈现出的不同风格韵味。金锡翼（1885—1956）在《槿域诗话》中言：

> 三代以后，风雅颂既亡，而一变为楚辞体，二变为西汉五七言体，三变为魏晋行歌杂体，四变为永明体诗律体。皆因时代变迁，诗体随以变动，而亦因作者之性情有差异也。建安末，始于

---

① 黄景源：《江汉集》卷二十五，《影印标点韩国文集丛刊》第224辑，首尔：韩国古典翻译院，1999年，第527页。
② 陈田辑：《明诗纪事》三，上海：上海古籍出版社，1993年，第1412页。
③ 胡应麟：《诗薮》，上海：上海古籍出版社，1979年，第21页。

曹子建父子,以刘桢、王粲等羽翼,成立悲壮慷慨之体。至东晋末期,陶渊明以闲淡古雅之调,为诗家冠冕。其后南朝诸子流于淫靡浮华,未免斯道之沉衰也。及至盛唐,文运勃兴,有旭日中天之观,于是大诗人辈出,和鸣铿锵,诸体大成,斯谓诗之最盛时代。而其中李白、杜甫,斯二人特出时期之诗圣也。然李诗不无才高难学之感,则学唐诗者宜取杜诗,实际用心也。其后至于晚唐,有一种昆体李商隐主唱出,而丽靡浮华之风盛行,诗体又一变。至宋作者甚多,然皆以散文作诗,议论释诗,虽有工妙之处,而唐人之含蓄不尽、忠厚悠远之声韵风格消尽无余矣。其中惟苏轼、黄庭坚二大家,出以禅悟驰骋之格,具备万象,而自成一家。所谓苏黄体出而诗体又一变。明清诸子之清新秀朗,颇多惊人眼目处。元气衰弱,其不及唐人之风韵远矣。①

金锡翼认为文随世变,时代变化了,诗体及其风韵亦相应随之变动,加之创作主体的性情不同,也会赋予诗歌不同的神采风韵。明清诸子虽"清新秀朗,颇多惊人眼目处",但由于元气衰弱,所以其诗风韵远不及唐人。

朝鲜诗家不但关注整个时代诗歌所呈现出来的风韵的共性特征,同时也强调由于诗人其主体性不同,诗歌体现出不同的风采神韵:

> 新罗中叶真德女王之《织锦诗》,体裁完全。及至新罗末期崔致远,诗之诸体大备,遂为东方文学之元祖。知常之清丽,李仁老之婉转,李奎报之工妙,李齐贤之老健,李穑之雄浑,郑梦周之清高,李崇仁之温藉,皆为我东诗家之冠冕。入于本朝,金宗

---

① 金锡翼:《槿域诗话》,《韩国诗话全编校注》第十二册,北京:人民文学出版社,2012年,第10503页。

直始唱之,朴訚、李荇则以其铿锵希音大鸣于文坛,崔庆昌、白光勋、李达以三唐名高一时,许篈之灿烂光彩惊人眼目,女流诗人如兰雪轩许氏之脱洒艳丽飘飘如仙人气象,其外如崔笠之矫健,车天辂之敏富,李好闵之婉丽,权韠之雅健,柳梦寅之奇崛,皆名高当世之诗家也。金尚宪之清高声律为中国诗人王渔洋叹服,中叶以后,有李德懋、柳得恭、朴斋家、李书九四家,出以奇警崭新之体,别开门庭,而申纬之清新、姜玮之隽逸风韵,各自成立大家。近世金泽荣沧江、黄铉梅泉二家作,而一则雄健,一则古雅,破诗坛之寂寞。时己巳冬,一笑道人识。①

金锡翼认为新罗时期,朝鲜诗体大备,逐渐呈现朝鲜诗歌之风韵特色,崔致远堪称始祖;到朝鲜朝,呈现出风韵样态的多样性,可谓人各其面。李德懋等四家"奇警崭新之体,别开门庭","申纬之清新、姜玮之隽逸风韵",金泽荣雄健、黄铉古雅等等,虽风韵各不相同,但并不影响其"各自成立大家"。这表明朝鲜诗家在时代性与个性之于风韵的影响中,更突出强调个人主体性在诗歌风韵形成中的重要性,可以说没有鲜明的创作个性,诗歌风韵将无从谈起,这也是文学创作规律的体现。

三、明诗性情与才情

"才情"语出刘义庆的《世说新语·赏誉》:"许玄度送母,始出都,人问刘尹:'玄度定称所闻不?'刘曰:'才情过于所闻。'"②这里

---

① 金锡翼:《槿域诗话》,《韩国诗话全编校注》第十二册,北京:人民文学出版社,2012 年,第 10503—10504 页。
② 刘义庆著,刘孝标注,余嘉锡笺疏:《世说新语笺疏》,北京:中华书局,2011年,第 416 页。

的"才情"指才思、才华。在诗学批评中常用来指称诗人的才能性情。
明人论诗常谈才情,如在强调诗人的才质资性对诗歌创作的重要性
时,王世贞言:"才生思,思生调,调生格。"①李梦阳言:"格古、调逸、
气舒、句浑、音圆、思冲,情以发之。"只有"七者备而后诗昌也"②。概
而言之,这些都是就创作主体的创作个性而言的。具体地说,即如何
组织语言,如何构筑意象,如何传达意蕴的能力。

　　朝鲜诗家在探讨明诗性情时,往往将明诗性情与才情联系在一
起进行考量。申钦在《象村稿》中,对"明代三才子"(解缙、杨慎及徐
渭)之首的杨慎盛赞不已:

　　　　杨升庵诠古人诗或记其全篇,皆集外遗什,选外余律,人罕
　　知者。而音响浏浏,譬如牛渚犀然,幽怪毕露,周厨珍设,贝柱靡
　　漏。余窃嗜其新麇,辑为秩,命曰《铁网余枝》。漓滩于溟底者讵
　　不为金谷之上宝,而然非识宝之西贾,亦何以别其品耶?升庵名
　　慎,字用修……一代伟人也,文章博赡,地负海涵,无可不可。欲
　　秦汉则秦汉,欲唐宋则唐宋,间作建安六朝语,生色烨然,一代奇
　　才也。③

　　申钦认为杨慎是一位奇才,其奇在杨慎选诗评诗的眼光与众不
同,总能选取一些被他人漏选的价值极高的作品。他不但选评作品
丰富,而且其本身诗文"栋充牛汗",极为丰赡。其作诗之法灵活自
由,摇曳多姿,不为前人诗法所拘,"欲秦汉则秦汉,欲唐宋则唐宋,间

---

① 王世贞:《艺苑卮言》,丁福保辑:《历代诗话续编》中册,北京:中华书局,1983
　　年,第964页。
② 李梦阳:《空同集》,上海:上海古籍出版社,1991年,第446页。
③ 申钦:《象村稿》卷二十一,《影印标点韩国文集丛刊》第72辑,首尔:韩国古
　　典翻译院,1991年,第12页。

作建安六朝语",而且皆能"生色烨然",不落痕迹,不愧为"一代奇才"。

但是这样"一代伟人""一代奇才"竟然成为"盛明之屈贾",备受质疑,其中最有代表性的质疑者是王世贞:

> 王司寇世贞著《艺苑卮言》,其所考据,多祖升庵而模之。言升庵者什之五,而诋其短者又过半,余恒怪其祖而模而更诋之也。盖常胜之国欲无敌,苟其敌也,必不相忘,不相忘则诋随之。昔秦国之图天下也,南忌楚、东忌齐、北忌燕、中忌三晋已矣,未闻忌卫、鲁、中山也。非敌则不忌,忌大则见其敌愈大也。若升庵者,其王司寇之不相忘者耶?为升庵者,固恐其或不诋也。其诋诗则曰:"暴富儿郎,铜山金埒,不晓着衣吃饭。"其诋文则曰:"缋彩作花,无种种生色。"其论议则曰"工于证经而疏于解经,博于稗史而忽于正史,详于诗事而不得诗旨,精于字学而拙于字法,求之宇宙之外而失之耳目之前,墨守有余,输攻未尽"云。既博既工,既详既精,而求之远大矣。赞之已侈,则复奚疏乎、忽乎、不得乎、拙乎、失乎云尔哉?其有意于诋之者皙矣,然不得终掩其真,则曰:"明兴,博学饶著述无如用修。"曰:"杨用修之《南中稿》秾丽婉至。"至曰:"杨状元慎才情盖世。"其不敢掩者且如此。其曰"不晓吃着,无种种生气"者,不其相左耶?李沧溟攀龙守顺德时,有胡提学者过之。胡,蜀士也。沧溟问升庵起居,胡云:"升庵锦心绣肠,不如陈白沙鸢飞鱼跃。"沧溟拂衣径去,口呐呐不绝。①

---

① 申钦:《象村稿》卷二十一,《影印标点韩国文集丛刊》第72辑,首尔:韩国古典翻译院,1991年,第12页。

王世贞的《艺苑卮言》模拟杨慎的诗文言论居多,但他一方面“祖而模”之,一方面又“更诋之”,贬斥杨慎的诗文侈靡艳丽、论经不懂解经、论诗不得要旨。其他批评者还将杨慎与陈献章诗文作比较,认为其靡丽之风不如陈献章的自然平淡之风。申钦认为,无论质疑者如何贬低杨慎,都无法掩盖其才情盖世、博学多著的事实。之所以有人贬损杨慎的诗文,是因为杨慎的才情高于他们,就像秦国将齐楚等国视为敌人,是因为敌人太强大了。因此,申钦感慨:

> 夫以王、李之逸韵奇气,张军振鼓,𩣡靮鞅靽,并驱中原,狎主齐盟,眼空千古,足躏当世,而犹不得不俎豆升庵,即升庵所造可见已。①

王世贞、李攀龙两人都有极高的社会地位,为文坛盟主,文学造诣颇高,两人虽不太认可杨慎的诗歌理论,但在某些方面还以杨慎为师,足见杨慎才情之高逸。申钦不甘杨慎的才情被埋没,表示其虽“顾局于褊邦,莫能尽览其籍,而间窥流传于小简者,则其论经史若诗文。有与余常日所证评者,大略符契,余幸鄙见之不爽于前觉,并书之,以诒文苑扬扢者之一脔”②。还将杨慎的诗选诗评结成集,名为《铁网余枝》,并将其奉为“上宝”。

申钦用如此大的篇幅来写杨慎的才情之高、著述之丰,固然是为其编选《铁网余枝》寻找依据,但更多的是对杨慎卓异的才情、不俗的性情表示钦佩。对此,明诗家也有很高的评论,李贽在《续焚书》中

① 申钦:《象村稿》卷二十一,《影印标点韩国文集丛刊》第72辑,首尔:韩国古典翻译院,1991年,第13页。

② 申钦:《象村稿》卷二十一,《影印标点韩国文集丛刊》第72辑,首尔:韩国古典翻译院,1991年,第13页。

言："升庵先生固是才学卓越,人品俊伟,然得弟读之,益光彩焕发,流光百世也。岷江不出人则已,一出人则为李谪仙、苏坡仙、杨戍仙,为唐代、宋代并我朝特出,可怪也哉!"赞杨慎的才华可与李白、苏轼相媲美。他在读《升庵集》时因对杨慎敬慕,故恨不能"以窃附景仰之私……俨然如游其门,蹑而从之"①。可见,申钦与李贽都是重情之人,以重"情"之心看待有"情"之作。从中亦可看出,中朝文人对才情之于诗歌价值重要作用的认知。

不惟杨慎,朝鲜诗家还高度评价了其他才情高的明人。明初"天才高逸,实据明一代诗人之上"②的高启,也颇受朝鲜诗家的好评,正祖李祘赞"高启矩矱全唐,风骨秀颖,才具赡足"③。李德懋在《诗观小传》中也言其才高:

　　　自古乐府、《文选》、《玉台》、《金楼》诸体,下至李杜、王孟、高岑、刘白、韦柳、韩张,以及苏黄、范陆、虞揭,靡所不合,此之谓大家。明初诗人,允宜首推。④

高启兼师众长、随事模拟,其创作从古乐府到元诗诸体都能灵活运用,在明初诗人中可推为首。从这段评论中可见李德懋对高启才情的推崇,且认为其才情表现为可以对各种诗体随意摹写,肯定了才情对高启诗歌创作的重要性。李德懋还引王世贞对高启的评价:"才

① 李贽:《焚书续焚书》,北京:中华书局,1975年,第207页。
② 永瑢等:《大全集》提要,《四库全书总目提要》(万有文库本)第33册,上海:商务印书馆,1931年,第19页。
③ 李祘:《弘斋日得录》,《韩国诗话全编校注》第六册,北京:人民文学出版社,2012年,第4771页。
④ 李德懋:《青庄馆全书》卷二十四,《影印标点韩国文集丛刊》第257辑,首尔:韩国古典翻译院,2000年,第376页。

情之美,无过季迪。"①

高启的才情不仅表现在诗歌各体兼会、诗歌创作亦多警句,还表现在其在诗歌批评方面也有独到见解,如李圭景在《诗家点灯》中言:

> 皇明高季迪《咏范少伯》诗云:"载去西施岂无意,恐留倾国更迷君。"又《咏白须》诗云:"虽失房中娇婢喜,还增座上老朋钦。"皆是艳绝有见解、极有理会语,足为传世名言也。②

高启与杨基、张羽、徐贲并称为"吴中四杰",但其才华"为四杰之冠"③。朴永辅借引李东阳在《麓堂诗话》中的言语称赞高启:"国初称高、杨、张、徐,高季迪才力声调过三人远甚,百余年来亦未见卓然有以过之者。"④认为其才力声调成就远在其他三人之上,且百年来未见有超过高启者,评价甚高。

朝鲜诗家对既有才情又有气度的明诗家,如李梦阳、王世贞等也颇多溢美之词。正祖李祘在其《诗观》中,称赞李梦阳"才气雄高,风骨遒利"⑤。对此,朝鲜诗家李德懋也有类似观点,他在《诗观小传》中认为李梦阳"与何景明齐名"⑥,在高扬李梦阳有复古之功后,引用

---

① 李德懋:《青庄馆全书》卷二十四,《影印标点韩国文集丛刊》第 257 辑,首尔:韩国古典翻译院,2000 年,第 376 页。

② 李圭景:《诗家点灯》,《韩国诗话全编校注》第八册,北京:人民文学出版社,2012 年,第 6118 页。

③ 李昇圭:《东洋诗学源流》,《韩国诗话全编校注》第十二册,北京:人民文学出版社,2012 年,第 9925 页。

④ 朴永辅:《缘帆诗话》,《韩国诗话全编校注》第十册,北京:人民文学出版社,2012 年,第 8668 页。

⑤ 李祘:《弘斋日得录》,《韩国诗话全编校注》第六册,北京:人民文学出版社,2012 年,第 4771 页。

⑥ 李德懋:《青庄馆全书》卷二十四,《影印标点韩国文集丛刊》第 257 辑,首尔:韩国古典翻译院,2000 年,第 377 页。

了明末陈子龙对李梦阳的评价："志意高迈,才气沉雄,有笼罩群后之怀,其源盖出于秦风。"①李德懋在《诗观小传》中介绍诗人及诗歌特点时,多引用他人论断之语作为其批评依据。此处李德懋借陈子龙的评价,赞扬李梦阳高远的复古之志、似秦士之豪情才气。正因为李梦阳才高志远,其诗才有一种"麠白战而拥赤帜"的豪迈雄勃之力量感,正是这种执着之情,使李梦阳在复古方面"能成雄霸之功"②。

才情横溢且"一生攻文章"③的王世贞是明诗家中较受朝鲜诗家青睐的代表。正祖李祘评价"王世贞著作繁富,才敏而气俊,能使一世之人流汗走僵"④。李德懋在读王世贞的《哭于鳞一百二十韵》后,评价道:

> 瑰奇谲诡,灵气蓊杂,盖大物也。而伟材欤,不让为大明文章也。顾东国无此制作,其他可类知矣。⑤

李德懋以"大物"与"伟材"称赞王世贞的诗歌可视为明诗的典范,评价不可谓不高。认为朝鲜文坛之所以没有出现类似王世贞的诗作,是因为没有像王世贞那样有才情的诗人。

许筠在谈论前后七子时,论及最多的也是王世贞,他对王世贞的

---

① 李德懋:《青庄馆全书》卷二十四,《影印标点韩国文集丛刊》第257辑,首尔:韩国古典翻译院,2000年,第377页。
② 李祘:《弘斋日得录》,《韩国诗话全编校注》第六册,北京:人民文学出版社,2012年,第4771页。
③ 李德懋:《青庄馆全书》卷二十四,《影印标点韩国文集丛刊》第257辑,首尔:韩国古典翻译院,2000年,第367页。
④ 李祘:《弘斋全书》卷一百八十,《影印标点韩国文集丛刊》第267辑,首尔:韩国古典翻译院,2001年,第513页。
⑤ 李德懋:《青庄馆全书》卷五,《影印标点韩国文集丛刊》第257辑,首尔:韩国古典翻译院,2000年,第103页。

《弇州四部稿》、王世贞汇评的《世说新语》、王世贞所辑的《列仙传》等文本都耳熟能详,并为其才情所折服。对王世贞"虽不能至,然心向往"之情萦绕其心,他曾向出使朝鲜的中国使臣朱之蕃、梁有年询问"曾见弇州否"①,对王世贞的倾慕之情跃然纸上,甚至梦见王世贞为他修改诗歌,其《续梦诗》也因此得名:

> 四月初五日,梦入大琳宫。上金殿,有僧二人曰:"何仲默、徐昌毂、王元美当来,可留待见之。"良久,少年二人据上座,紫衣玉带者次坐,而招余坐其下。三人者求书籍甚款,俄而僧取四友,各置四人前,令各赋乐府四十首。元美先成,余诗次成,元美为改数诗,即蹋铜鞮第三及上清辞第二也。二少年亦踵成,俱书于笺,似主僧。既觉,只记元美所改二篇,而题目则了然,亟燃烛补作之,未曙而悉完。疑有神助,只恨草率也,名曰《续梦录》。②

从许筠对王世贞的景仰之情中可以看出王世贞在朝鲜的影响力,之所以有如此大的影响力,主要还是缘于朝鲜诗家对王世贞才情及其成就的高度认可。

李攀龙、王世贞二人是明诗复古的倡导者与实践者,他们对中、朝文坛都有很大影响,朝鲜诗家对其十分关注。朝鲜诗家评价二人才情之时,往往以其诗歌中体现的豪迈之志、雄浑气势及才华气度为切入点,其才情气度及欲通过改革而创新的豪迈之志,正符合朝鲜文坛的审美期待。李圭景认为朝鲜无词体的原因为:"好事者或剽窃抄

---

① 许筠:《惺所覆瓿稿》卷十八,《影印标点韩国文集丛刊》第74辑,首尔:韩国古典翻译院,1991年,第292页。
② 成均馆大学校大东文化研究院编:《许筠全集》,首尔:成均馆大学校出版部,1981年,第44页。

袭,专事依样,全无腔调。且所依样者,不过《西厢记》小说杂记,或留意《草堂诗余》,才情更不及焉。"①诸多朝鲜诗家善于模拟,全无个性而言,且依样模拟的又是一些戏曲小说杂记等,才情远不及中国诗家,所以佳制乏善可陈。金春泽(1670—1717)言:"论诗且休千言万语,惟知宋之猖狂,明之假饰为尽可戒而已,此其要法。若夫性情才气,在乎其人焉耳。"②真正有才情的人应该懂得"取材富而用意新者,不妨浏览,以广其波澜,发其才气"③,且创作主体一定不是一个庸俗的人。诚所谓"性情才气,未易遽言,然自古能诗者未必皆高人达士,或多奸雄浪子,而惟庸俗之人鲜有能诗"④。

才情与格调是明代诗学中探讨较多的问题,尤其是倡言复古者,他们要以鲜明的创作个性、独特的才思,借古诗之格来抒发自我之情。在才情与格调的关系中,才情对思、格、调起主导作用,因此要"因情立格"⑤,这样才会"体益备,思益沉,才情益遒"⑥。李晬光在《诗说赞》中所言"先论才气,次观韵格"⑦,也是此意。创作主体应时刻把握好情与格的度,否则"好古太过或伤才,愤世太过或伤气,感遇

① 李圭景:《诗家点灯》,《韩国诗话全编校注》第七册,北京:人民文学出版社,2012 年,第 5866 页。
② 金春泽:《论诗文》,《韩国诗话全编校注》第四册,北京:人民文学出版社,2012 年,第 2941 页。
③ 李圭景:《诗家点灯》,《韩国诗话全编校注》第八册,北京:人民文学出版社,2012 年,第 6440 页。
④ 金春泽:《论诗文》,《韩国诗话全编校注》第四册,北京:人民文学出版社,2012 年,第 2942 页。
⑤ 袁震宇、刘明今:《明代文学批评史》,上海:上海古籍出版社,1991 年,第 171 页。
⑥ 吴国伦:《甔甀洞续稿》卷四,《续修四库全书》第 1351 册,上海:上海古籍出版社,2002 年,第 508 页。
⑦ 李晬光:《芝峰杂著》,《韩国诗话全编校注》第二册,北京:人民文学出版社,2012 年,第 1350 页。

太过或伤调"①。只有"才情融美"才能"格意朗畅"②。这里的格指体之格,即不同体式所呈现出来的风格,不同的文学体裁有不同的审美原则,由此造成了风格上的差异,这种因不同体裁而导致的不同风格,即为文体风格。文体风格与体裁有关,而对体裁的选择、应用,又与时代风气、创作主体的个性相关。

李睟光在《芝峰类说》中言:"词至宋而大盛,故明人无能及者。"③他认为出现这种现象的原因:一是因"《三百篇》亡而后有骚赋;骚赋难入乐,而后有古乐府;古乐府不入俗,而后以唐绝句为乐府;绝句少宛转,而后有词云"④。时代发生了变化,文体风格也必然随之改变,宋词是时代风格变化的产物,也最能代表宋代文学风格,因此明词不及宋词盛。二是因为不同时代的创作主体,其审美趣味也不尽相同。明代词人的才情兴趣与宋代词人相去甚远,就像"刘伯温秾纤有致,去宋尚隔一尘。夏公谨最号雄爽,比之辛稼轩觉少情思"⑤。

因才情对格调起主导作用,"才情颇裕"之人常能写出多种文体风格的诗,如高启既能创作乐府,又能创作有李杜、韩柳之风的诗歌。金昌协在阅读钱谦益《有学集》时,评价这位"明季一大家"因才情多元,诗文"取法不一","出于欧苏"又"不尽法韩欧",其诗"信手写去,不窘边幅,颇类苏长公",其文"大篇叙事议论,错综经纬,写得淋漓,要以

---

① 吴国伦:《甔甀洞稿》卷五十三,《续修四库全书》第 1350 册,上海:上海古籍出版社,2002 年,第 610 页。

② 陈田辑:《明诗纪事》一,上海:上海古籍出版社,1993 年,第 68 页。

③ 李睟光:《芝峰类说》,《韩国诗话全编校注》第二册,北京:人民文学出版社,2012 年,第 1320 页。

④ 李睟光:《芝峰类说》,《韩国诗话全编校注》第二册,北京:人民文学出版社,2012 年,第 1320 页。

⑤ 李睟光:《芝峰类说》,《韩国诗话全编校注》第二册,北京:人民文学出版社,2012 年,第 1320 页。

究极事情,模写景色。又时有六朝句语错以成文,自是一家体。如《张益之墓表》《陈愚母墓志》等数篇,其风神感慨,绝似欧公。明文中所罕得也"①。王世贞也由于才情高迈,所以其诗文才能自然地融汇各体之长,即便是他忌讳谈宋诗,主张以唐为体,以宋为用,但正如金春泽所歆叹:"然欲求明诗之最胜者,当于《弇州集》中所谓类子瞻者得之。弇州诗如:'时清转自饶封事,岁稔尤闻罢上供。'岂非宋人语?"②

第二节　古代朝鲜诗家对明诗性情得与失的批评

明诗多因复古模拟而导致性情缺失,因此公安派提出"独抒性灵,不拘格套"③的理论主张,以纠前后七子复古之弊,强调作家的个性表现和真情表露。他们主张"出自性灵者为真诗",强调直率地抒发真性情,但由于其真性情中也包含酒肉之趣等俗趣,其推重民歌小说,提倡通俗文学,使有些作品流于浅俗。之后以钟惺、谭元春为代表的竟陵派反对复古派的模拟及公安派的浅俗,提出"法不前定,以笔所至为法;趣不强括,以诣所安为趣;词不准古,以情所迫为词;才不由天,以念所冥为才"④的主张,强调在"幽情单绪,孤行静寄"⑤中寻找古人

① 金昌协:《农岩杂识》,《韩国诗话全编校注》第四册,北京:人民文学出版社,2012年,第2845页。
② 金春泽:《论诗文》,《韩国诗话全编校注》第四册,北京:人民文学出版社,2012年,第2942页。
③ 袁宏道著,钱伯城笺校:《袁宏道集笺校》上册,上海:上海古籍出版社,2008年,第187页。
④ 谭元春著,陈杏珍标校:《谭元春集》上册,上海:上海古籍出版社,1998年,第595页。
⑤ 钟惺著,李先耕、崔重庆标校:《隐秀轩集》,上海:上海古籍出版社,1992年,第236页。

真诗。明代这几个著名的诗派无论复古与反复古,实质都以追寻真性情为目标,只是有的要从《诗经》溯源而谈,将古诗作为真性情之榜样来学习,有的则从文随世变的角度,从时代风气影响下个人性情出发。无论是哪种追求,其本质都强调性情的抒发。朝鲜诗家也基于对诗歌性情的追求,在评论明诗得失时,赞扬"自抒性情""性情之正"的明诗,批评明诗无唐诗之性情兴寄以及明诗失于"性情之发,天机之动"。

一、赞扬明诗"性情之正"

朝鲜诗家尹春年(1514—1567)在《体意声三字注解》中言:

> 所谓性者,仁义礼智之谓也,是谓五性。所谓情者,喜怒哀乐之谓也,是谓七情。盖五性各有体,其不可相杂,若当仁而义,当义而仁,则失其性矣。七情各有其用,不可相乱。若当喜而哀,当哀而喜,则失其情矣。人于性情之用少失其常,则谓之愚妄。而独于作诗虽失其性情之常,而不谓之愚妄者,何也? 其意愚妄则其诗不足观矣。①

尹春年在此意在阐明性与情以及诗与性情的关系,强调以性为本,以情为用,不可混淆。性者,指仁义礼智,犹如儒家讲的"四端"。情者,指喜怒哀乐等,为儒家讲的"七情"。人如果缺少性情,可称为愚妄之人,作诗缺少性情不能算之愚妄,但是诗意愚妄,其诗也就不足为观了。这里强调了作诗要追求性与情的结合,延伸开来情与仁义等性的结合,在诗中体现为性情之正。

---

① 尹春年:《体意声三字注解》,《韩国诗话全编校注》第一册,北京:人民文学出版社,2012 年,第 521 页。

性情既含有个人一己之情，也含有关乎国、天下的大我之情，如忧国忧民、忠君爱国等，诗人将这些纯正高尚的情感寄寓在诗歌的字里行间即为性情之正。朝鲜诗家将《诗经》视为性情之正的范本：

> 《诗三百篇》皆所以模写性情……而至于《节南山》《正月》《十月之交》等篇忧国愤世，反复缠绵，辞意之悲痛有非他篇之比。余每读之，未尝不流涕。诗之感人，有如是夫！①

> 屈宋之词赋，盖自《三百篇》闾巷歌谣，而一变之为千古词家之祖。至其托寄寓兴之际，虽多荒怪不经之语，而忠愤慷慨自可见性情之正。词句铿锵炜烨，又可为诗歌之冢嫡。余少日甚喜之，颇费诵读，而以才钝终无所得。②

《诗经》为性情之诗的摹写之范，其中一些诗表达了忧国愤世之情，如《节南山》《正月》《十月之交》都出自《小雅》，属于怨刺诗。《节南山》控诉了执政者尹氏暴虐，希望周王追究尹氏罪恶，任用贤人，使万邦安居乐业。《正月》因为不满当政者在其位不谋其政，不管社稷安危，只顾中饱私囊的行为而作。《节南山》讥刺了末世昏君、得志小人。三首诗都体现了作者忧国忧民、愤世嫉俗之情及直言敢谏的精神。尤其是《十月之交》，开屈原"伏清白以死直"精神之先河。屈原与宋玉所作的辞赋继承了《诗经》的精神，虽然诗中有荒怪不经之语，但诗人对国家对君主的忠义慷慨之情感人至深。

---

① 李宜显：《陶谷集》卷二十八，《影印标点韩国文集丛刊》第 181 辑，首尔：韩国古典翻译院，1997 年，第 439 页。
② 李宜显：《陶谷杂著》，《韩国诗话全编校注》第四册，北京：人民文学出版社，2012 年，第 2934 页。

　　明人学唐诗，很大程度上是因为唐诗继承了"《三百篇》曲尽人情，旁通物理，优柔敦厚，要归于正"①的传统。诗歌情感诚挚动人，缘于诗人思想感情的纯正。性情纯正，才能外化为温柔敦厚之言，诚如李德懋评刘基诗："发感慨于情性之正，存忧患于敦厚之言。"②元末明初，战乱纷争，刘基感于时事，其诗中充满了对国家未来的忧患及对人民疾苦的关切。

　　李宜显在《陶谷集》中曾言："余素昧诗学，犹知'温柔敦厚'四字为言诗之妙……诗以道性情。"③性情纯正，其诗也必然温柔敦厚。明代诗歌中，较能集中体现敦厚之旨，心系国家政治之情的是《皇华集》。《皇华集》是将出使朝鲜的中国使臣所吟诵的诗及两国使臣互相唱和之作而结成的集子，是两国诗赋外交的文化体现。因诗赋外交"体现出的一个国家的文学素养，实际就是一个国家的文明风貌，它在很大程度上决定了一个国家能否在外交中取得受人尊敬的地位……更是一个国家文教的展示"④。所以，人们在政治、外交活动中为了更好地表达自己的意图，就要体现一定的礼节，而诗歌可以使他们含蓄地表达立身行事等合乎礼仪的诉求，即所谓"兴于诗，立于礼"⑤。中国先秦时期就已经有频繁的诗赋外交活动了，明朝延续了诗赋外交的传统，中朝两国使臣通过诗歌传达两国的友好交往之情，彰显了中国文教传统的影响力及古代朝鲜的"事大"思想。

---

① 李珥：《栗谷先生全书》卷十三，《栗谷集》，《影印标点韩国文集丛刊》第44辑，首尔：韩国古典翻译院，1989年，第271页。
② 李德懋：《青庄馆全书》卷二十四，《影印标点韩国文集丛刊》第257辑，首尔：韩国古典翻译院，2000年，第376页。
③ 李宜显：《陶谷集》卷二十六，《影印标点韩国文集丛刊》第181辑，首尔：韩国古典翻译院，1997年，第403页。
④ 杜慧月、詹杭伦：《明代金湜、张珹出使朝鲜与〈甲申皇华集〉述论》，《兰州学刊》，2008年第1期。
⑤ 杨伯峻译注：《论语译注》，北京：中华书局，2009年，第80页。

　　翰林院编修敬堂韩先生、吏科左给事中锦江陈先生,奉新皇帝登极诏若敕来……至其为诗,亦皆纯粹平澹,无非出乎性情之正,发其风教之醇。则殆将推一心之得,明大雅之作,以黼黻乎皇猷,笙镛乎治道。荐之郊庙朝廷,及于天下后世,盖可知已。况乎文章实根于经术,其有观风化成之学,明道经纶之业,亦岂外是而求之。①

　　号为《皇华集》者,凡一十有二编,间以吾东人酬和之什,实如周雅之后商鲁二颂载焉。无非发于性情之正,而举皆知道者之所为也。由是言之,皇明文教之覃远,虽周亦有所不及矣。第恨东人无禄,连遭国忧,徒以茕茕栾栾之怀,发之于疢棘之中,曷足以赞大雅之制。然观民风者若并以采录,则亦可见皇明达诗教于天下。呜呼盛哉!②

　　今皇上再膺天,复正皇储,基祚益巩,实苍生之福,四海之庆。况兹圣谕谆切,偏荷宠灵,其感激之意,汝等所知。若欲仰答皇恩之万一,唯在尽诚敬以待两公(陈鉴、高闰),而两公终不可得留。公去而所不去者,公之文章也。今虽播人耳目,久必湮没。其令书局裒集,以传永久。俾吾东人有所矜式,亦有以知中原文献之美也……噫!二公之诗,其形言而极其和平者,虽自乎性情之正,原其所感之正。则莫非圣朝积累浸渍、陶范化成之效也。诗可以观,讵不信夫。吾东方邈在海外,世受皇恩,深仁厚泽,沦肌浃骨。今圣天子,乃卷东顾,尤勤抚绥。所赐敕至曰"共

①　卢守慎:《苏斋先生文集》卷七,《苏斋集》,《影印标点韩国文集丛刊》第35辑,首尔:韩国古典翻译院,1989年,第210—211页。
②　申光汉:《企斋文集》卷一,《企斋集》,《影印标点韩国文集丛刊》第22辑,首尔:韩国古典翻译院,1988年,第485页。

享太平"。此尤一国君臣感激惊惶之无已也。我殿下拳拳哀集咳唾之余,思欲印传永久,与国人共之者。则悦二公文雅之美,而尤有感于圣天子宠绥之德之深,无所不用其极之意也。①

上述引证评价了出使朝鲜的明使臣诗歌具有或"纯粹平澹"或"极其和平"的风格特色,原因在于明使臣性情纯正,进而使其诗彰显出醇厚的风教之旨。其诗犹如《雅》诗,用华丽的语言,宣扬君王治国之道。《诗经》中的《雅》《颂》之诗有政治功用,其旨在于歌功颂德,外交使臣仿作此类诗表达政治和谐的美好愿望,这已经成为诗赋外交的传统了。明使臣赋"发于性情之正"的诗歌,表达中朝两国"共享太平"的美好愿望,使朝鲜文臣感到"圣天子宠绥之德之深"。

诗可以观风化、明道业。这个"观"是双向的,朝鲜文臣通过明使臣的诗观明朝之文教,明使臣通过朝鲜文臣的诗可观朝鲜之文风及明朝将诗教达于天下之况。朝鲜文臣感激明朝施与的恩泽,称明朝文教"虽周亦有所不及",虽有夸张,但却是藩属国借此表达的"事大"之意,彰显出他们对明朝的景仰之心。政治上"事大",在文化上也就秉有崇拜之心。他们对明使臣多以敬佩之心、恭谨之行对待,称许明使臣修养好、性情纯正,创作的诗温柔敦厚、性情平和,为雅正之作。

但同时,朝鲜文人也强烈批判那些情性不正、与诗道相悖的诗歌作品。正祖李祘在《弘斋日得录》中言:

> 诗者,言之英也;律者,诗之英也。唐取四十九人,宋取十三人,明取六人,而俱所谓杰然驰声者。若彼袁宏道何为而取之

---

① 徐居正:《东文选》三,东京:学习院东洋文化研究所,1970 年,第 429—430 页。

哉？盖亦《三百篇》之《郑》、《卫》也。诗教莫善于惩创，故桑间濮上，夫子不删。①

　　从李祘编选唐宋明律诗的数量可以看出他对明诗的态度。在仅选入的六位明诗家中，袁宏道被选中的理由是其诗犹如《诗经》中《郑》、《卫》之音。李祘仿效孔子不删《郑》、《卫》达到惩创人心之目的，将袁宏道的诗视为诗教的反面例子而录的。李祘"于朱熹之学用力最勤"，自然也深知朱熹"凡诗之言善者，可以感发人之善心。恶者，可以惩创人之逸致，其用归于使人得其情性之正而已"②的主张。

　　李祘对袁诗的批判，也从侧面反映出朝鲜诗坛对性情论的接受与批评的态度，朝鲜诗家对明诗并不是被动地全盘接受，有时其批判锋芒甚于中国：

　　　　明末文士，开口弄笔，动谈禅理，其实皆浮浪无根，于禅亦何尝有得。今读《中郎集》，一边说禅谈佛，一边耽酒恋色，此如屠沽儿诵经，直是可笑。③

　　　　袁宏道欲以千金买一舟，舟中置鼓吹细乐诸凡玩娱之物，以穷心志之所欲，虽由此败落而不悔。此狂夫荡子之所为，非余之志也。④

————————

① 李祘：《弘斋全书》卷五十六，《影印标点韩国文集丛刊》第 267 辑，首尔：韩国古典翻译院，1998 年，第 370 页。
② 朱熹：《四书集注》，南京：凤凰出版社，2005 年，第 55 页。
③ 金昌协：《农岩集》卷三十四，《影印标点韩国文集丛刊》第 162 辑，首尔：韩国古典翻译院，1996 年，第 395 页。
④ 丁若镛：《文集》卷十四，《与犹堂全书》，《影印标点韩国文集丛刊》第 281 辑，首尔：韩国古典翻译院，2002 年，第 301 页。

　　金昌协、丁若镛对袁宏道的荡子行为很不屑，南公辙更是认为袁宏道的这些行为不仅给明文坛带来不良影响，对朝鲜的负面影响也极大，他在《从氏象灵居士墓志铭》中言：

　　　　当是时，京师之诗渐降，登坛立门户者，倡为中郎、竟陵之学，号称时调，譬如吴趋少年轻衫细唾，优人才子伪笑假泣。诸贵游子弟靡然从之，而诗道几废。公独与李德辉、金履銤刚叔诸人，卓然自立，不为流俗所坏。①

　　南氏将朝鲜文人仿效袁宏道和竟陵派的风潮斥为"流俗"，认为这种流俗不仅使朝鲜诗家茫然从之，更使得朝鲜文坛"诗道几废"。
　　但在"文以载道"的儒家诗教观影响下，追求性情之正的理念始终没有被俗波埋没，朝鲜历代不乏性情之正的诗人诗作。洪万宗（1643—1725）在《小华诗评》中言：

　　　　按《占毕斋集》曰"自学诗以来，得我东诗而诗之名家者，不啻数百。由今日而上溯罗季，几一千载。其间识风教、行美刺，开阖抑扬，深得性情之正者，可以颉颃于唐宋，模范于后世"云。盖东方诗学始于三国，盛于高丽，而极于我朝。自占毕斋至于今亦数百年，文章大手相继杰出，前后作者不可胜记，虽比之中华未足多让，岂太史文明之化有以致之欤？今姑百取一二，俾后人见一树而知邓林之多材云尔。余每诵金侍中《即景》诗"惊雷盘绝壁，急雨射颓墙"，则骇其奋迅；郑学士《咏杜鹃》诗"摧声山竹裂，血染野花红"，则怪其工艳；李白云《德渊院》诗"竹虚同客

―――――――――
① 南公辙：《金陵集》卷十七，《影印标点韩国文集丛刊》第272辑，首尔：韩国古典翻译院，2001年，第329页。

性,松老等僧年",则慕其孤高;李牧隐《浮碧楼》诗"城空月一
片,石老云千秋",则服其清远;卞春亭《春事》诗"幽梦僧来解,
新诗鸟伴吟",则悦其清新;金乖崖《山寺》诗"窗虚僧结衲,塔净
客题诗",则爱其闲雅;金占毕《仙槎》诗"青山半边雨,落日上房
钟",则嗟其清亮;金冲庵《寒碧楼》诗"风生万古穴,江撼五更
楼",则喜其豪壮;李容斋《溪山即事》诗"凿泉偷岳色,移石杀溪
声",则想其奇巧;郑湖阴《感怀》诗"未得先愁失,当欢已作悲",
则觉其清切;崔东皋《除夕》诗"鸿蒙未许割,羊胛不须烹",则叹
其奇健;车五山《咏孤雁》诗"山河孤影没,天地一声悲",则畏其
透逸。①

　　洪万宗纵观朝鲜诗歌的千载历程,有名诗家极多。其中深得性
情之正的讽谏诗成就极高,有的甚至与唐宋诗歌不相上下,成为后世
的典范。创作主体的性情不同,其诗歌风韵也各异,像金富轼、郑知
常、李奎报、卞季良、金守温、金净、郑坑、车天辂等人,其诗或奋迅、或
清远、或清新、或豪壮、或奇健,可谓风格各异,但却都在一定程度上,
体现了诗歌性情之正的宗旨,都从不同侧面践行着"文以载道"的诗
教观理想。
　　洪重寅(1677—1752)曾直言希望自己所选编的《东国诗话》能
起到惩创人心的社会功用。他在《东国诗话汇成序》中言:

　　　昔季札观于周,陈列国之《风》而论其美恶。《风》之系于政
　　尚矣,而诗又《风》之所自也。东方自檀、箕以降,分而为三韩,
　　合而为罗、丽,以迄于我朝。其风之纯正雅变代各不一,而即

---

① 洪万宗:《小华诗评》,《韩国诗话全编校注》第三册,北京:人民文学出版社,
2012年,第2344页。

非史乘之所载,且无文献之足征,则后之观人风者将于何知之哉?家叔兄花隐公闲居无事,概括东国稗记,集成一部诗话。余取而览之,则因其世次,列其人物,凡山川风俗之所记述,风月楼观之所吟弄,傍罗遍剔,附录名下,合为十二编。譬如集百卉而成林,红者白者各效其妍,皆足以供吾玩赏,而前辈之流风余韵宛然如即席事。虽其悲欢之殊趣、华实之异尚,未必皆出于情性之正,然郑卫之音不见删于《国风》之列,则均乎使人感发而惩创之也。世之具眼者将按卷而尚论曰:“某代某人,中华之建安诸子也;某人某诗,唐之正始中晚也;此则宋之西昆体也;此则明之雪楼(李攀龙)调也。”历代之声律高下,自可泾渭于沿溯之中。而至于世级之升降、风教之污隆,亦可因此而概见。太史氏陈诗以观风,则必不舍是篇而他求矣。览者幸勿以卮言少之也。①

洪重寅认为《风》诗具有劝人向善或惩戒人心之功用。古代朝鲜从檀君开始至朝鲜朝,《风》诗的“纯正雅变”几经变化,但是由于史书不载,文献资料又不足,无法了解到风教的具体社会效果如何。即便有些诗话中对朝鲜之事、朝鲜诗文、朝鲜人物以及山川风俗有记载,也未必出于情性之正,就像《国风》不删《郑》、《卫》之音,是为了起到惩戒人心之用一样。但是具眼者能分辨出是某国某代某人诗,如宋西昆体,明李攀龙诗等。文随世变,风教也不断流变。

二、批评明诗无唐诗之性情兴寄

李宜显在《陶谷杂著》中论明诗性情时言:

---

① 洪重寅:《东国诗话汇成》,《韩国诗话全编校注》第四册,北京:人民文学出版社,2012 年,第 2957—2958 页。

诗以道性情……譬之，则《三百篇》、楚辞、汉魏以至盛唐李、杜诸公，其才虽有等差，而皆是玉也，玉亦有品之高下故也。宋则珉也，明则水晶琉璃之属也。①

在肯定诗道性情的前提下，李宜显认为每个时代的诗歌都有性情，但是不同时代诗歌的性情又有高下之分。从先秦《诗经》、楚辞到汉魏，再到盛唐李白、杜甫等人，他们的诗歌虽有差距，但是都称得上是玉，只是玉的品级高下不同。宋诗"自出机轴"②，创造出不同于唐诗风格的诗歌，也不失其性情，因而可以称为珉，珉是一种像玉的石头。而明诗因为浮慕《诗经》、汉魏及唐诗，终是"效颦学步"③，只能属于水晶琉璃一类。明诗相对于唐宋诗歌来说，在性情兴寄方面远逊：

唐人之诗，主于性情兴寄，而不事故实议论，此其可法也。然唐人自唐人，今人自今人。相去千百载之间，而欲其声音气调无一不同，此理势之所必无也。强而欲似之，则亦木偶泥塑之象人而已。其形虽俨然，其天者固不在也，又何足贵哉！④

唐人诗歌因主于性情兴寄，在用事及故实议论方面较少着墨，故

---

① 李宜显：《陶谷杂著》，《韩国诗话全编校注》第四册，北京：人民文学出版社，2012 年，第 2930—2931 页。
② 李宜显：《陶谷杂著》，《韩国诗话全编校注》第四册，北京：人民文学出版社，2012 年，第 2931 页。
③ 金昌协：《农岩杂识》，《韩国诗话全编校注》第四册，北京：人民文学出版社，2012 年，第 2838 页。
④ 金昌协：《农岩杂识》，《韩国诗话全编校注》第四册，北京：人民文学出版社，2012 年，第 2838 页。

成为后人学习的榜样。但学习唐诗的明诗家未真正理解"诗固当学唐,亦不必似唐"的真谛,在学唐诗的过程中未能考虑时代不同性情自不相同等因素,过分追求与唐诗声音气调同一,最后明诗只能"形虽俨然"而"神情兴会都不相似",故不足为道。这段话旨在阐明源于人的自然情性,以兴会为生发,托寄幽深,性情兴寄是唐诗的重要旨归,也是明诗家极力追求的重要方面。"兴寄"由"兴"延展而来,是指通过物的感兴寄托创作主体的情思,是诗歌创作的重要法则。"兴"最初是指一种修辞方法,"夫诗之为法也,有其说焉。赋、比、兴者,皆诗制作之法也"①。所谓"兴者,托事于物,则兴者,起也,取譬引类,起发己心。诗文诸举草木鸟兽以见意者,皆兴辞也"②。"兴",先言他物,再诉说自己要表达的思想。正如《毛诗序》中所言"情动于中而形于言",诗歌的产生是源于外物的感兴与内心情感的相契合,并借助语言外化的艺术活动。所以,源于性情的诗歌必然带有强烈的感情色彩和主体风格,正如王国维《人间词话》里所言的"以我观物,故物皆著我之色彩"。这种从《诗经》开始常用的"兴"法,在被使用的过程中逐渐倾向于展现创作主体的主观心理感受,常用以揭示文学创作发生的动因,"感物曰兴。兴者,情也。谓外感于物,内动于情。情不可遏,故兴"③。这种由外部事物引起诗人的情感波动、对人的情感产生感发作用的兴诗,寄托了诗人的个人情感或社会情感。"兴寄"由唐初陈子昂明确提出,他在《与东方左史虬修竹篇》序中言:

---

① 元载:《诗法家数》,何文焕辑:《历代诗话》下册,北京:中华书局,1981 年,第726 页。
② 孔颖达:《毛诗正义》,上海:上海古籍出版社,1997 年,第 271 页。
③ 贾岛:《二南密旨》,《唐诗学文献集粹》上册,上海:上海古籍出版社,2016 年,第 201 页。

仆尝暇时观齐梁间诗,彩丽竞繁,而兴寄都绝,每以永叹。思古人,常恐逶迤颓靡,风雅不作,以耿耿也。①

陈子昂评论齐、梁时期的诗歌,辞藻华丽繁杂,而兴情与寄托缺失,只是个人情绪咏叹的载体,缺少心物沟通、物我相契的心理内核。由于忧心于齐梁诗歌工于体物、只求形似的弊端,陈子昂希冀恢复风雅传统,以兴寄为诗。他既强调用"托事于物"的"比兴"手法写诗,更看重其触发、寄托创作主体性情的作用,正所谓"托喻不深,树义不厚,不足以言兴"②。

继陈子昂倡言"兴寄"之后,"兴寄"被其后诗家广泛使用,它已经成为唐诗的一个重要质素。与此相近的"兴趣""意兴"也成为品评诗歌性情高下的重要依据。以唐诗为学习典范的明诗家,自然也常常以此为参照,屠隆在《文论》中言:

宋人之诗,尤愚之所未解。古诗多在兴趣,微辞隐义,有足感人。而宋人多好以诗议论,夫以诗议论,即奚不为文而为诗哉?《诗三百篇》多出于忠臣孝子之什,及间阎匹夫匹妇童子之歌谣,大意主吟咏、抒性情,以风也,固非传综诠次以为篇章者也,是诗之教也。唐人诗虽非《三百篇》之音,其为主吟咏、抒性情,则均焉而已。③

屠隆以几近鄙夷的语气对"好议论"的宋诗予以批评,认为"以

① 陈子昂著,陈鹏校注:《陈子昂集》,上海:上海古籍出版社,2013 年,第 16 页。
② 陈廷焯著,杜维沫校点:《白雨斋词话》,北京:人民文学出版社,1983 年,第 158 页。
③ 屠隆:《文论》,《由拳集》下册,台北:伟文图书出版社,2012 年,第 1172—1173 页。

文为诗"的宋诗无兴趣可言。而唐诗"虽非《三百篇》之音",但其"主吟咏、抒性情",与《风》诗传统一脉相承,在性情兴趣方面几近古诗。王世贞也批判诗歌"一涉议论,便是鬼道"①。明诗家沿袭了宋末严羽将有兴趣、主意兴与好议论、以文字为诗、以才学为诗等作为评判唐宋诗歌的标准。严羽在《沧浪诗话·诗辨》中说:"夫诗有别材,非关书也;诗有别趣,非关理也。而古人未尝不读书,不穷理,所谓不涉理路,不落言筌者,上也。诗者,吟咏情性也,盛唐诗人惟在兴趣,羚羊挂角,无迹可求。"②在《沧浪诗话·诗评》中感慨道:"诗有词理意兴……本朝人尚理而病于意兴。"③明前后七子继承了严羽的理念,对宋诗的批评有过之而无不及。但在实际创作中,他们诗歌大多缺少意兴的升发,甚至不如宋诗。朝鲜诗家李晬光认识到:

　　唐人作诗,专主意兴,故用事不多。宋人作诗,专尚用事,而意兴则少。至于苏、黄,又多用佛语,务为新奇,未知于诗格如何。近世此弊益甚。一篇之中,用事过半,与剽窃古人句语者相去无几矣。④

　　罗大经曰:"古人以学为诗,今人以诗为学。"余谓以诗为学者,有意于诗者也;以学为诗者,无意于诗者也。有意无意之间,

---

① 王世贞:《艺苑卮言》,丁福保辑:《历代诗话续编》中册,北京:中华书局,1983年,第959页。
② 严羽著,郭绍虞校释:《沧浪诗话校释》,北京:人民出版社,1983年,第26页。
③ 严羽著,郭绍虞校释:《沧浪诗话校释》,北京:人民出版社,1983年,第148页。
④ 李晬光:《芝峰类说》,《韩国诗话全编校注》第二册,北京:人民文学出版社,2012年,第1047页。

优劣判矣。①

　　专主议论,其诗也文。用功虽勤,意兴不存。②

　　"意兴"与"用事"是唐诗与宋诗不同的着重点。"用事"需要诗
人熟读典籍、掌握文学典故,用此方法,作诗变成了以学问为诗、以文
为诗。诗之性情、诗意、诗兴等就不是通过感受外物而自然生发的,
是有意为诗,不是由物、境兴起的实际感受后自然流露的"无意于
诗"。"有意于诗"是为作诗而作诗,不是运用比兴的手法而成诗,而
"无意为诗"是本无作诗之意而诗自成矣。"无意为诗"与"有意于
诗"是主情还是主理的区别,唐诗以性情为诗道,宋诗涉议论、以理路
为主。"诗是情感和宇宙的拥抱,理是学与问的结晶,诗是情感的艺
术表达,理是对事物规律的认识。"③对于宋人主理的倾向,李梦阳极
为反对,他言:"宋人主理作理语,于是薄风云月露,一切铲去不为,又
作诗话教人,人不复知诗矣。诗何尝无理,若专作理语,何不作文而
诗为邪?"④"用事""主理"似乎已成为宋诗本色了。叶维廉在《中国
诗学》中说:

　　　在我们和外物接触之初,在接触之际,感知网绝对不是只有
　　知性的活动,而应该同时包括了视觉的、听觉的、触觉的、味觉
　　的、嗅觉的和无以名之的所谓超觉(或第六感)的活动,感而后

----

① 李睟光:《芝峰类说》,《韩国诗话全编校注》第二册,北京:人民文学出版社,
　2012 年,第 1048 页。
② 李睟光:《芝峰杂著》,《韩国诗话全编校注》第二册,北京:人民文学出版社,
　2012 年,第 1351 页。
③ 孙德彪:《朝鲜诗家论唐诗》,北京:民族出版社,2006 年,第 47 页。
④ 李梦阳:《空同集》,上海:上海古籍出版社,1991 年,第 477 页。

思。有人或者要说，视觉是画家的事，听觉是音乐家的事，触觉是雕刻家的事……而"思"是文学家的事。这种说法好像"思"（即如解释人与物、物与物的关系和继起的意义，如物如何影响人，或物态如何反映了人情）才是文学表现的主旨。事实上，"思"固可以成为作品其中一个终点，但绝不是全部。要呈现的应该是接触时的实况，事件发生的全面感受。①

宋代诗人追求对"全面感受"的"呈现"，总是"有意"用"理语"展现其"思"，而这也正是唐代诗人所努力回避的。"唐人以诗为诗，宋人以文为诗，唐固胜于宋"，唐诗"喜述光景，故其诗多影描"②，宋人因"喜立议论，故其诗多铺陈"③。因此，"宋故逊于唐，此以唐诗多影描，宋诗多铺陈故也"④。唐诗家在描述光景之时，这景也成为诗人情志附着之物，在情与景的交融中，诗歌具有了兴寄遥深的特质。宋诗以文为诗，铺叙多、抒情少，诗歌传达的是一种艰涩的思理哲意。宋诗在性情兴寄方面已逊于唐，而明诗不但用事更多，而且惯于抄袭、剽窃古人语句，不主意兴之弊更甚于宋诗。金昌协在《农岩杂识》中比较宋明诗歌时言："宋人之诗以故实议论为主，此诗家大病也。明人攻之是矣……明人太拘绳墨，动涉模拟……此其所以反出宋人下也欤。"⑤

---

① 叶维廉:《中国诗学》,北京:生活·读书·新知三联书店,1992年,第22页。
② 申景浚:《旅庵论诗》,《韩国诗话全编校注》第五册,北京:人民文学出版社,2012年,第3570页。
③ 申景浚:《旅庵论诗》,《韩国诗话全编校注》第五册,北京:人民文学出版社,2012年,第3570页。
④ 申景浚:《旅庵论诗》,《韩国诗话全编校注》第五册,北京:人民文学出版社,2012年,第3570页。
⑤ 金昌协:《农岩杂识》,《韩国诗话全编校注》第四册,北京:人民文学出版社,2012年,第2838页。

李晬光生活的时代是明朝时期,他所说的近世之诗当然也包括明朝之诗。而明诗也的确存在抄袭、模拟之弊。他对明诗的评价既有理论基础又有实际依据。李晬光曾三次出使明朝,1590年以书状官的身份到北京祝贺大明千秋节,李晬光接触到了许多中国诗歌及理论书籍,且对明诗宗唐的思想有所借鉴。1597年因"皇极殿灾",以进慰使身份前往北京。1611年又以副使身份到北京"奏请世子冠服"。他到中国时,明代文坛经历了前后七子"文必秦汉,诗必盛唐"的复古运动,他的中国之行加深了他对明代诗学思想的了解,这也为他客观地评价中朝文学,并能结合朝鲜文坛实际,提出宗唐理论奠定了基础。因此,他评价明诗缺少唐诗的"兴寄"与"意兴"是比较真实可信的。虽然也存在"盛唐用事处亦多,时时有类宋诗"[①]的情况,但是与宋诗、明诗相比,用事不是唐诗的主要旨趣,性情兴寄才是唐诗的重要旨归,这也是宋明诗歌无法企及的地方。

三、批评明诗失于"性情之发,天机之动"

朝鲜诗家金昌协在《农岩杂识》中言:

> 诗者,性情之发而天机之动也。唐人诗有得于此,故无论初盛中晚,大抵皆近自然。今不知此,而专欲模象声色,黾勉气格,以追踵古人,则其声音面貌虽或仿佛,而神情兴会都不相似。此明人之失也。[②]

---

① 梁庆遇:《霁湖诗话》,《韩国诗话全编校注》第二册,北京:人民文学出版社,2012年,第1409页。

② 金昌协:《农岩杂识》,《韩国诗话全编校注》第四册,北京:人民文学出版社,2012年,第2838页。

　　金昌协认为,诗歌是由性情生发、天机催动下产生的。唐诗具有
性情之发、天机之动的特点,所以诗歌有天趣自然之美,唐诗也因此
受到后来诗家的追捧与仿效。但是有些明人创作诗歌多专注摹其声
色,虽酷似唐诗,却也难以展现出唐诗内在的精神旨趣,"神情兴会都
不相似",这正是明人作诗的不足之处。

　　不惟与唐诗相比,与宋诗相比,明诗仍有"性情之发,天机之动"
之失:

　　　　宋人虽主故实议论,然其问学之所蓄积,志意之所蕴结,感
　　激触发,喷薄输写,不为格调所拘,不为涂辙所窘,故其气象豪荡
　　淋漓时,近于天机之发,而读之犹可见其性情之真也。明人……
　　效颦学步,无复天真。此其所以反出宋人下也欤。①

　　宋人虽擅于以议论为诗,但是学识的积累使他们的情志蕴结,在
外物的感发下喷薄而出。宋人作诗志不在模拟,既不受格调束缚,又
不重蹈前人作诗之辙,所以其诗"气象豪荡淋漓时,近于天机之发",
真性情展露于诗中。但明人因过度模拟而使诗歌缺少自然真情。

　　上述引文中所言的"天机"一词,出自《庄子·大宗师》:"其耆欲
深者,其天机浅。"②这里的天机指"天道机密",人禀赋了天道造化便
为"天赋灵机",即人有了智慧与灵性。"人是自然的一部分,本该与
天合一,但由于后天欲望的增多,背离天道越远,失去的灵性就越多,
即'嗜欲深者,其天机浅。'"③这里的天机是从哲学层面上讲的。庄

---

① 金昌协:《农岩杂识》,《韩国诗话全编校注》第四册,北京:人民文学出版社,
　　2012年,第2838页。
② 陈鼓应注译:《庄子今注今译》,北京:中华书局,2001年,第169页。
③ 孙德彪:《严羽"妙悟"说与许筠"天机"论之比较》,《东疆学刊》,2011年第2期。

子的天机论传入朝鲜后,朝鲜诗家不囿于哲学层面,而更多地从文学层面上进行新的阐释,如洪世泰(1653—1725)在《雪蕉诗集序》中言:

> 诗者,一小技也。然而非脱略名利,无所累于心者,不能也。蒙庄氏有言曰:"嗜欲深者,其天机浅。"历观自古以来,工诗之士,多出于山林草泽之下。而富贵势利者未必能焉。①

洪氏从审美心理角度强调欲创作有天机的诗歌,需要创作主体不嗜名利,而那些生活在"山林草泽"之人,未被仕宦名利熏心,所作诗歌更近自然,更保天真,更显真性情。

诗人天机浅,创作诗歌时往往只关注雕镂之工,导致诗歌失却本真之美,如金昌协言:

> 余谓诗者,性情之物也。惟深于天机者能之。苟以龌龊颠冥之夫,而徒区区于声病格律,掏擢胃肾,雕镂见工,而自命以诗人,此岂复有真诗也哉?②

金昌协的这段言论是对公安派"独抒性灵,不拘格套"内涵的一种延伸,将天机与性情结合并论,既赋予天机论更丰富的内涵,又强调了诗歌抒发真性情的重要价值。诗歌的创作主体深于天机是创作饱含性情之真诗的一个必要条件。那些只关注声律、注重雕镂之技、

---

① 洪世泰:《柳下集》卷九,《影印标点韩国文集丛刊》第167辑,首尔:韩国古典翻译院,1998年,第472页。
② 金昌协:《农岩集》卷二十五,《影印标点韩国文集丛刊》第162辑,首尔:韩国古典翻译院,1996年,第199—200页。

又自命不凡的诗人，其天道灵性浅，创作的诗歌自然也缺少性情之真，这也恰是很多明人存在的问题。如金昌协在《松潭集跋》中言：

> 弇州……叙事不问巨细轻重，悉书具载，烦冗猥琐，动盈篇牍。纲领眼目未能挈出点注，首尾本末全无伸缩变化。其所自以为风神景色者，不过用马字、班句缘饰附会耳，此何足与议于古人之妙哉？①

金昌协认为，王世贞的诗文在叙事安排上布局不够合理，缺乏剪裁，用语又烦冗，重点不够突出，开头结尾不能自由伸缩，读之，完全不见其风神，只有附会之感。因一味思考如何模人字句而致天机浅，也阻碍了其真性情的流露。这不仅是王世贞诗文的局限，也是复古派诗家普遍存在的不足之处，甚至也成为朝鲜诗坛普遍存在的问题：

> 世称东朝诗莫盛于穆庙之世，余谓诗道之衰实自此始。盖穆庙以前，为诗者大抵皆学宋，故格调多不雅驯，音律或未谐适，而要亦疏卤质实，不为涂泽艳冶，而各自成其为一家言。至穆庙之世，文士蔚兴，学唐者寖多，中朝王、李之诗，又稍稍东来，人皆描仿，自是以后，轨辙如一，音调相似，而天质不复存矣。是以读穆庙以前诗，则其人犹可见，而读穆庙以后诗，其人殆不可见。此诗道盛衰之辨也。②

---

① 金昌协：《农岩杂识》，《韩国诗话全编校注》第四册，北京：人民文学出版社，2012年，第2836页。
② 金昌协：《农岩集》卷三十四，《影印标点韩国文集丛刊》第162辑，首尔：韩国古典翻译院，1996年，第373页。

在宣祖以前，朝鲜诗家多学宋诗，虽然格调、音律、风格都有不完美的地方，但还算另辟蹊径，自成一家。到宣祖时，诗人们多学唐诗，王世贞、李攀龙等人的诗歌又从中国传到朝鲜，受他们宗唐、拟唐的影响，朝鲜诗家在创作诗歌时"人皆描仿"，从此以后，"轨辙如一，音调相似"，"天质不复存矣"。金昌协虽然对朝鲜诗坛状况的描述揭示了宣祖时期朝鲜诗家受学唐思想的影响，其天机浅，自然不能做到独抒性灵，诗道也逐渐走向衰落。

朝鲜诗家在批判明诗"性情之发，天机之动"之失时，强调诗歌创作要"多道虚景，多道闲事。而古人之妙，却多在此。盖虽曰虚景闲事，而天机活泼之妙。吾人性情之真，实寓于其间"①。诗歌多言的是一些虚景闲事，而这些虚景闲事与名利无所关涉，但却可以使人的性情之真、天机之妙恰好寓于其间。认为"天机"是拯救模拟之失的有效途径：

> 挹翠轩(朴訚)虽学黄、陈，而天才绝高，不为所缚，故辞致清浑，格力纵逸。至其兴会所到，天真烂漫，气机洋溢，似不犯人力，此则恐非黄、陈所得囿也⋯⋯挹翠诗虽师法黄、陈，而其神情兴象，犹唐人也。此皆天才高故耳。②

这里的"天才""兴会所到""气机洋溢""不犯人力"之谓，实际上都是"天机"的代名词，是诗人本身具备的一种潜质，是诗人个性的内驱力。金昌协认为朴訚因顺应了天机之动的创作规律，作诗才不为其师法对象所囿，虽师法宋人黄庭坚、陈师道，却也能创作出与唐

---

① 金昌协：《农岩集》卷十二，《影印标点韩国文集丛刊》第 161 辑，首尔：韩国古典翻译院，1996 年，第 539 页。
② 金昌协：《农岩杂识》，《韩国诗话全编校注》第四册，北京：人民文学出版社，2012 年，第 2842 页。

诗神情兴象相似的"气机洋溢"的诗歌。

　　朝鲜诗家对明诗天机之失的批评,是朝鲜朝后期主张性情的诗家借中国诗学中的性灵之论与复古派进行辩驳的一种表现,也是中国复古论与性灵论之辩在域外的一种再现。"在朝鲜,'性灵'这一用语散见于诸多资料中。而作为诗歌创作的核心概念,'性灵'正式出现在批评史上大致在 17 世纪以后,当时金昌协、汉诗四家(后四家)等吸取明代公安派和清代袁枚的性灵说,展开了'性灵争论'。"①以袁宏道为代表的性灵论者,主张"独抒性灵,不拘格套",反对以前后七子为代表的复古派在崇古的同时拘泥于模形,字句拼凑。认为要改变此种现象,需要创作主体自然而然地抒发其独有的性情,在此理论主张指导下进行诗歌创作。以金昌协为代表的天机论者,在肯定诗歌本质为吟咏性情的基础上,对明公安派性灵说加以吸收,进而揭露明诗复古之弊,并以此为据,强调创作主体禀赋天机的重要性。洪世泰认为"诗者,性情之发而天机之动也","诗者,出于性情……有神动天随之妙者,斯为至矣"②。性情与天机是发与动的关系,二者是一体的,不可分而论之。创作主体具备天机的特质,且能自运,作诗时又"不事沿袭,无相假贷,从容现在"③,如此才会创作出更能彰显诗歌特质的"真机"之诗,正所谓"才不才在我,用不用在人,吾且为在我者而已,岂可以在人者? 为之穷通欣戚而废我之所得于天者乎?"④

---

① 庄金:《朝鲜文人李宜显诗学思想研究》,南京师范大学硕士论文,2018 年,第 54 页。

② 洪世泰:《柳下集》序,《影印标点韩国文集丛刊》第 167 辑,首尔:韩国古典翻译院,1996 年,第 305 页。

③ 朴趾源:《燕岩集》卷七,《影印标点韩国文集丛刊》第 252 辑,首尔:韩国古典翻译院,2000 年,第 110 页。

④ 洪世泰:《柳下集》卷九,《影印标点韩国文集丛刊》第 167 辑,首尔:韩国古典翻译院,1996 年,第 475 页。

第三节　古代朝鲜诗家对明诗性情批评的价值取向

　　朝鲜朝前期由于朱子理学在朝鲜的传播,使得朝鲜社会崇儒之风大盛。在诗文创作方面,朝鲜诗家强调诗歌的教化作用,多将诗歌看成是载道、贯道之器。朝鲜朝前期的徐居正曾言"文者,贯道之器"①,并以此为基础,强调诗歌应"以维持世教为本",重视诗歌的社会功用及伦理教化作用。徐居正虽然创作了很多诗歌,有独特的诗论见解,但仍未摆脱程朱理学的影响,认为"诗者小技,然或有关于世教,君子宜有所取之"②。朝鲜朝中期诗家仍十分关注文与道的关系,强调诗道正统,追求"礼论",在当时若对朱熹观点有"一字之疑"便会被扣上"斯文乱贼"帽子的情况下,要想突破道统,让文坛归于文统是有难度的。但是李睟光、许筠、柳梦寅等人纷纷举起重寻诗歌本质的大旗,深感"以文为诗"的取向已经背离了诗歌的本质,为了恢复诗歌的本来面目,强调诗歌吟咏性情的特质。朝鲜朝后期的李宜显、金昌协等人继承前人主张,高扬性情,在对明诗性情得失认知的基础上,将他们关于性情的理论应用到诗歌创作实践中,强调有君子性情的诗人,其诗情也善。诗歌不为"规模"所拘,才能创作出有性情之真、蕴藉之美的诗歌。

一、性情之善:君子性情

　　诗为心声。内心纯善,其诗方能彰显君子性情,臻于才意高格

---

① 徐居正:《四佳文集》卷四,《四佳集》,《影印标点韩国文集丛刊》第11辑,首尔:韩国古典翻译院,1988年,第248页。

② 徐居正:《东人诗话》,《韩国诗话全编校注》第一册,北京:人民文学出版社,2012年,第218页。

高。李钰(1760—1812)在《百家诗话抄》中言:

> 言者,心之声。古今来未有心不善而诗能佳者。《三百篇》,
> 大半贤人君子之作。溯自西汉苏、李,以下至魏、晋、六朝、唐、
> 宋、元、明,所谓大家、名家者,不一而足。何一非有心胸有性情
> 之君子哉?即其人稍涉诡激,亦不过不矜细行,自损名位而已。
> 从未有阴贼险狠妨民病国之人。至若唐之苏涣作贼,刘叉攫金,
> 罗虬杀妓:须知此种无赖,诗本不佳,不过附他人以传耳。①

　　李钰认为言为心声,从古至今没有心不善却能创作出好诗的人。
先秦的《诗经》多半为贤人君子所作。自西汉到元明,创作诗歌的大
家无不借诗彰显其君子品性,所谓“诗品出于人品”。如果其人无操
持,怪异偏激,其诗自是不佳。一个真正的君子应以“穷不失义,达不
离道”②为行事准则,上要忠君爱国,下要修身养性,即所谓“忠君爱
国,不以得丧荣辱介意,自有君子之风”③。朝鲜诗家认为君子性情
的核心内涵就是其爱国之情,金㴐(1695—?)在《西京诗话》中云:

> 崇祯戊寅,上将军李时英有绵州之役。辟田西亭及许箕山,
> 以自皆称疾不起。郑译命寿讽本朝罪无赦,乃皆决狱配南汉。
> 都人嗾嗾聚观曰:“是欲殉皇明者。”越三年,则又发舟师以塞虏
> 口。而箕山又被辟,以死自誓。乃作诗有“中原父老何颜见,都
> 督监军此路来”之句。林元帅庆业为罢其从事,曰:“此天下义

① 李钰:《百家诗话抄》,《韩国诗话全编校注》第六册,北京:人民文学出版社,
　2012年,第4836页。
② 杨伯峻译注:《孟子译注》,北京:中华书局,2012年,第236页。
③ 洪翰周:《智水拈笔》,《韩国诗话全编校注》第十册,北京:人民文学出版社,
　2012年,第8320页。

士,我辈可以愧死!"①

"中原父老何颜见,都督监军此路来"道出天下志士"威武不能屈"的君子品性。以身殉国、誓死保卫君子名节的义士,令人敬佩。

"国存而天下有久安之形,国失而天下有必亡之机。"②深明此理的诗人,其诗总能展现出忠君爱国、忧国忧民的情思。成涉(1718—1788)在《笔苑散语》中感慨:

> 古人称杜甫非特圣于诗,诗皆出忧国忧民,存一饭不忘君子之心。大元至治中,忠宣王被谗窜西蕃,益斋李文忠公万里奔问,忠愤蔼然,诗曰:"寸肠冰雪乱交加,一望燕山九起嗟。谁谓鳣鲸困蝼蚁,可怜蚁虱诉虾蟆。才微杜渐颜宜赭,义重扶纲鬓已华。前古金縢遗册在,未容群叔误周家。"其忠诚愤激,杜少陵不得专美于前矣。③

成涉认为朝鲜从新罗、高丽时期始,诗人就很看重有君子性情之人,他们如杜甫一样有君子之心、爱国之志。因为禀赋君子性情,所以才有可能成为驰骋疆场、誓死不屈、具有民族气节之人,《三国史记》中就不乏其人。朝鲜诗家对这种有君子性情的人大加赞颂:

> 金文烈富轼、郑谏议知常以诗齐名一时。文烈《结绮宫》诗:

---

① 金渐:《西京诗话》,《韩国诗话全编校注》第五册,北京:人民文学出版社,2012 年,第 3519—3520 页。
② 黄景源:《江汉集》卷二十七,《影印标点韩国文集丛刊》第 225 辑,首尔:韩国古典翻译院,1999 年,第 28 页。
③ 成涉:《笔苑散语》,《韩国诗话全编校注》第五册,北京:人民文学出版社,2012 年,第 3645—3646 页。

"尧阶三尺卑,千载称其德。秦城万里长,二世失其国。隋皇何不鉴,土木竭人力。"《灯夕》诗:"华盖正高天北极,玉炉相对殿中央。君王恭默疏声色,弟子休夸百宝妆。"词意严正典实,真有德者之言也。①

金富轼是一位爱国者,其《结绮宫》诗中将尧与秦始皇及秦二世进行对比,虽然尧门前台阶仅有三尺高,而秦修筑了万里长城,但是尧因美德流芳千古,而秦却因为大兴土木、残民以逞而亡国。隋炀帝却不引以为戒,重蹈覆辙。《灯夕》意在劝谏君王要勤政,远离声色。徐居正认为金富轼是一位胸怀天下、德行高洁之人,而金富轼所创作的这首诗也恰是其君子德行的外在表现。

《皇华集》中记录了很多使臣通过吟咏诗歌,展现其温柔敦厚的君子性情。金湜有歌颂太平的《过三河县求和章》:"民无负券顽风息,吏有廉名积弊消。处处看山兼问俗,从头编作太平谣。"②李承召(1422—1484)有"四海正逢同轨日,皇恩到处沸欢声"③。王鹤有表达对箕子仰慕之情的《谒箕子墓》:"商运式微日,先生隐忍时。当年须有见,后世讵能知。教泽东人祖,书畴周武师。瞻依终万古,驻马荐清酾。"④郑士龙(1491—1570)和诗:"堂封当道左,使节驻移时。授圣书犹在,佯狂意孰知。三仁虽异迹,万古尚同师。黄卷曾相对,争如一莫酾。"⑤表达对明朝教化远播的赞颂之情。使节往往以诗为载体,传递渴望太平盛世、共修友好之情。其诗歌展现出"言温而和,

---

① 徐居正:《东人诗话》,《韩国诗话全编校注》第一册,北京:人民文学出版社,2012 年,第 163 页。

② 赵季辑校:《足本皇华集》,南京:凤凰出版社,2013 年,第 144 页。

③ 赵季辑校:《足本皇华集》,南京:凤凰出版社,2013 年,第 148 页。

④ 赵季辑校:《足本皇华集》,南京:凤凰出版社,2013 年,第 1015 页。

⑤ 赵季辑校:《足本皇华集》,南京:凤凰出版社,2013 年,第 1016 页。

风仪雅标,动合规度","以温柔敦厚之资、雄伟豪杰之才,周旋使事,从容甚度","冲澹之想,简洁之操,皆可为远人矜式"①等温润如玉之君子性情。诗以展现性情之正之善来感染人。读送别诗"水边杨柳绿烟丝,立马烦君折一枝。惟有春风最相惜,殷勤更向手中吹"时,会使人"以为杨柳既折,则已无生意。而春风披拂,如有爱惜之心。是见仁人君子以生物为心"②。

二、性情之真:不拘规模

有些明诗无性情之真,究其因,缘于明人认为"欲学唐诗,须用唐人语;欲学汉文,须用汉人字",但"若用唐以后事,则疑其语之不似唐,故相与戒禁如此。此复有真文章哉? 元美亦初守此戒,至续稿不尽然,盖由晚年识进,兼势亦不行耳"③。从认识发展的角度看,如果学作唐诗,须用唐人之语揣摩唐人之语气,那唐以后的诗歌已经不似唐人语,难道就要全部戒禁? 如若诗家过度模仿,就不会有真文章。王世贞早年坚持学唐斥宋,但到了晚年主张唐宋兼学,不仅是其知识增进了,也是诗歌自身发展之势使然。金昌协以王世贞对宋诗态度转变之事为例,强调一味形式上模仿是不可行的,违背了文学自身发展的规律性,因为"诗人之禀性殊别,或显神韵以飘逸,或显精工以深妙"④。

---

① 李廷龟:《月沙先生集》卷三十九,《月沙集》,《影印标点韩国文集丛刊》第70辑,首尔:韩国古典翻译院,1991年,第141页。

② 李遇骏:《古今诗话》,《韩国诗话全编校注》第十册,北京:人民文学出版社,2012年,第8367页。

③ 金昌协:《农岩杂识》,《韩国诗话全编校注》第四册,北京:人民文学出版社,2012年,第2840页。

④ 朴汉永:《石林随笔》,《韩国诗话全编校注》第十一册,北京:人民文学出版社,2012年,第9589页。

一味模仿，就会降低诗品，诗就会无真性情可言，就如朴汉永《石林随笔》中所云："'怪可医，俗不可医。涩可医，滑不可医。孙可之之文、卢玉川之诗，可云怪矣。樊宗师之记、王半山之歌，可云涩矣。然非余子所能及也。近时诗人喜学白香山、苏玉局，几于十人而九然。吾见其俗耳，吾见其滑耳。非二公之失，不善学者之失也。'又云'假王孟诗不看，假苏诗不看'。何则？今之心地明了而边幅稍狭者，必学假王、孟。质性开敏而才气稍裕者，必学假苏诗。若言诗，能不犯此二者，则必另具手眼，自写性情矣。是又余所急欲观者也。此皆罕见手眼而流露性情，厌看假衣冠而自大者。"①朴汉永强调作诗者不要假人衣冠，要作"自写性情之诗"，诗的字里行间都应"罕见手眼而流露性情"。明诗复古本欲"凌古人而上之，犹逐父而祢祖"，结果却是"固不直宋人之轩渠，亦唐之所吐而不飨非类者也"②，因鲁莽剽窃而失去真性情，诚如李宜显所言：

　　诗者性情之物，源源本本神明变化。不可以时代求，不可从他人贷者也。必拘拘焉规模体格，较量分寸，以是为推高一代、擅名一家之具，何其隘而自小也？自李沧溟不读唐以下，王弇州题其说，后遂无敢谈宋诗者。南渡以后又勿论。③

　　李宜显认为诗是性情的产物，一代诗歌有一代之性情，诗歌性情要随时代变化展现其时代特色，不可被模拟所拘束，不可拘泥于体式

① 朴汉永：《石林随笔》，《韩国诗话全编校注》第十一册，北京：人民文学出版社，2012年，第9590页。
② 李宜显：《陶谷杂著》，《韩国诗话全编校注》第四册，北京：人民文学出版社，2012年，第2936页。
③ 李宜显：《陶谷杂著》，《韩国诗话全编校注》第四册，北京：人民文学出版社，2012年，第2936页。

格律的模仿。一味追求模拟,自以为是推高了某一时代、某些名家之诗,而实际则是限制了诗歌的良性发展,阻碍了真性情的抒发,缩小了诗歌的表现视野。就如同李攀龙、王世贞主张不读唐以后诗,诸多诗家步其后尘,不敢谈宋诗,对南渡以后的宋诗更是避而不论。明七子派一味学唐,导致诗歌规模不开阔,又因过度模拟导致性情相类,"千家轨辙同"①。朝鲜诗家认为若要创作出"真"诗,应做到:

> 勿索古人于声音面貌之外,而必求性情之真、问学之实,勿效古人于尺寸绳墨之间,而必得其规模之大、气象之全。②

金昌协告诫那些欲求性情之真、问学之实的诗人,要尽量避免复古之弊——形式上的模拟,不能过于追求古人诗歌的音声、句法、格律等外在形式,不能受制于古人的作诗之法,必须深悟古人之诗的内蕴,不被模仿所局限,要规模渐阔,掌握诗歌内在的神情气象。具体而言,首先,诗人要权衡好复古与求真的关系。古人"第一义"的作品浑朴自然,是古人真性情的流露,但是效法古人诗作不一定能表达出自己的真性情,因为古人诗作的形式容易模拟,但精神难求,过度地模拟音律等外在形式,必然会束缚真性情的抒发。明诗坛与朝鲜朝诗坛复古的路径并不完全相同,但求真的意识却是一致的,即提倡吟咏性情,这是中朝诗家共同的诗学追求。因此,如何以复古求真,如何在复古中吟咏真性情,对创作真诗来说尤为重要。其次,若追求诗歌规模渐阔、气象全完,就不能被古人作诗的规则方法所拘束。从诗

---

① 申纬:《警修堂全稿》册十七,《影印标点韩国文集丛刊》第 291 辑,首尔:韩国古典翻译院,2002 年,第 375 页。
② 金昌协:《农岩集》卷十八,《影印标点韩国文集丛刊》第 162 辑,首尔:韩国古典翻译院,1996 年,第 85 页。

歌发展的角度来看,这个规模可以是"上自《风》《雅》,下逮宋明诸家"①,学诗不能仅局限于某一代、某一家,只有兼学各代,方可称之为"诗之上品"②。诚如正祖李祘编选《诗观》时,强调各朝各代的优秀诗作都应选录,不可偏废,因为只有"全其稿而广选",才能"浸渍颇久,规模渐阔"③。从诗意表现的角度来看,"规模"是指诗歌意境深远,给人以无限的想象空间。明诗仅模仿唐或仅效仿宋,就不能把握诗歌发展全貌,诗歌表现视野狭窄,诗意展现空间小,一味模仿古人性情,被古人作诗法则所囿,便不能传达出明人的真性情、真精神。

三、性情之美:余意无穷

严羽曾言:"诗者,吟咏情性也。盛唐诸人惟在兴趣,羚羊挂角无迹可求。故其妙处透彻玲珑不可凑泊,如空中之音、相中之色、水中之月、镜中之象,言有尽而意无穷。"④强调诗歌创作的本质是传情达意。从审美角度看,表达诗人内心情感的至高境界是"言有尽而意无穷"。余意无穷的诗令人回味,可以引发读者强烈的共鸣,诗家竭力追求这种审美效果,唐诗尤其是盛唐诗大多会产生这种审美效应。宋诗因用事过多,明诗因模拟过度,都在一定程度上削弱了诗歌含蓄蕴藉、韵味无穷的审美特性。

申钦在对比朱熹和王世贞的诗歌后,评价道:

---

① 李祘:《弘斋日得录》,《韩国诗话全编校注》第六册,北京:人民文学出版社,2012年,第4772页。
② 朴汉永:《石林随笔》,《韩国诗话全编校注》第十一册,北京:人民文学出版社,2012年,第9590页。
③ 李祘:《诗观序》,《弘斋全书》卷九,《影印标点韩国文集丛刊》第262辑,首尔:韩国古典翻译院,2001年,第150页。
④ 严羽著,郭绍虞校释:《沧浪诗话校释》,北京:人民文学出版社,1983年,第26页。

晦庵先生之诗极好，间逼《选》诗，读之有余味，实有得于《三百》之正音尔。近世王弇州者，至加嘲诮，何也？其效陶、韦之作，使王为之，十驾不及矣。具眼者自知之。嘉靖年间，王世贞称为一世雄才，其自视盖杨、马、班也，而晚境主苏诗，时有绝相类者，若见《弇州续稿》可知也。①

申钦认为王世贞对朱熹的诗持嘲讽的态度。王世贞有此态度，与其"诗学盛唐"的取向有很大关系，朱熹所师法的韦应物虽是唐代诗人，但不是盛唐诗人，从"入门须正"的取向看就已经落于第二义了。而且朱熹又是宋人，宋人好用事、以理入诗，是王世贞等宗唐者极力批判的，正如钟嵘在《诗品序》中所言"至乎吟咏情性，亦何贵于用事？"用事、重理都会影响真性情的抒发。而朱熹常以理入诗，对此，王世贞多有批评，不但认为朱诗"为道理所束"，甚至认为宋以后诗抒情不畅"为朱氏之滥觞也"。所以，即便他人认为朱诗得《诗经》之正音、有余味，王世贞也是不苟同的，这也基本代表了明复古派对宋诗的普遍认知。宋人以理入诗、以学问为诗，故而较少能创作出余味无穷的诗歌，似乎成为一种定论。但是申钦不赞同王世贞的看法，认为朱熹"效陶、韦之作"是王世贞所不能及的，还以王世贞学苏轼诗为例，说明王世贞的这类诗也很好。虽然申钦、王世贞对朱熹诗的看法不同，但创作余意无穷、性情之真的诗歌，是两人共同的诗学追求，也是中朝诗家共同的诗学取向。

虽然明诗家强调诗歌要有真性情、有韵味，但在实际创作中，"明人……不能自道出胸中事，吟咀数三，索然无意味。"②明诗常因模拟

---

① 申钦：《晴窗软谈》，《韩国诗话全编校注》第二册，北京：人民文学出版社，2012年，第1381页。

② 李宜显：《陶谷集》卷二十七，《影印标点韩国文集丛刊》第181辑，首尔：韩国古典翻译院，1997年，第429页。

等原因制约了真性情的自然流露,多次吟咏也觉索然无味,这不仅是明诗坛存在的一个问题,朝鲜诗坛也存在类似的情况,《海东诗话》中记载:"崔简易岦于诗酷好后山,常言'诗须以用意为工,我国人诗无意味,所以未善也。'"①正祖李祘在《弘斋日得录》中言:"'三十六宫帘尽卷,春风无处不扬花',金章宗诗也。""蹈袭唐人口气……无毡酪意味。"②无论模仿宋诗还是蹈袭唐诗,如果流于形式,都将导致诗歌无意味,丧失其审美特质。

关于如何使诗歌余意无穷,朝鲜诗家申景浚(1712—1781)言:"断决必简。夫言之尽则无余味,言之多则为支离。虽行文,其断语处不能简则不足观,况于诗乎? 东人之诗文大抵多枝蔓多繁之患、尾重不挠之弊。"③要言之,作诗言简意赅,不要枝蔓繁复,这样才会言尽意不尽。但言简意赅不代表直露,含蓄蕴藉才能令诗歌余味无穷:

> 楚辞"鸟飞之故乡,狐死正首丘",言不忘本也。古诗"胡马依北风,越鸟巢南枝",张景阳诗"流波恋旧浦,行云思故山",陶渊明诗"羁鸟恋旧林,池鱼思故渊",王正长诗"人情怀旧乡,客鸟思故林",皆此意,含蓄有在。韦应物诗"流水赴大壑,飞云依旧山",而又云"无情尚有归,游子不得还",则斩无余味矣。④

---

① 金某氏:《海东诗话》,《韩国诗话全编校注》第十一册,北京:人民文学出版社,2012 年,第 9019 页。

② 李祘:《弘斋日得录》,《韩国诗话全编校注》第六册,北京:人民文学出版社,2012 年,第 4756 页。

③ 申景浚:《旅庵论诗》,《韩国诗话全编校注》第五册,北京:人民文学出版社,2012 年,第 3588 页。

④ 佚名:《诗文清话》,《韩国诗话全编校注》第三册,北京:人民文学出版社,2012 年,第 2061 页。

楚辞"鸟飞之故乡,狐死正首丘"中用比兴寄托的手法,借鸟飞出后终要回到故乡,狐狸死后其头还要遥对着它所住的山丘之事,表达屈原对故土的思恋。张协、陶渊明、王赞的诗都用兴寄手法表达游子思乡之情。但是韦应物的诗却直言"游子不得还",没有比兴寄托,了无含蓄之意,诗歌言尽无余味,这也可以从侧面解释王世贞为何批评朱熹学韦应物了。

李睟光在《芝峰类说》中对比了孟郊与杨士奇及第后写的诗歌:

> 孟郊《及第》诗曰:"春风得意马蹄疾,一日看尽长安花。"人以为前途不远。皇明杨士奇少时有诗曰:"不嫌寒气侵人骨,贪看梅花过野桥。"人以为必将远到云。余谓孟诗气象太迫,无复余韵,故知其然矣。杨作颇有贪荣冒进底意,岂亦大耐官职者耶?①

唐人孟郊与明人杨士奇都在高中后,借诗歌传达其欣喜之情,但孟诗气象太迫无余韵,而杨诗更是一语道破心底事,可谓言尽意也尽。由此可见,传统的兴寄、含蓄之法对性情的表达尤为重要。

朝鲜诗坛对韵味无穷的诗歌作品充满强烈的审美期待,成涉(1718—1788)在《笔苑散语》中言:"古今咏渔翁诗甚多,惟金克己诗有无限意味,可以为法。诗曰:'天翁尚不贳渔翁,故遣江湖少顺风。人世崄巇君莫笑,自家还在急流中。'"②正祖李祘在《诗观》中,概括了明代十三位诗家的诗歌风格样态:

① 李睟光:《芝峰类说》,《韩国诗话全编校注》第二册,北京:人民文学出版社,2012 年,第 1077 页。
② 成涉:《笔苑散语》,《韩国诗话全编校注》第五册,北京:人民文学出版社,2012 年,第 3627 页。

　　　　明诗取十三人,如徐袁之尖新巧靡……刘基声容华壮,如河
　　　朔少年充悦慷健……李东阳如陂塘秋潦,渺弥澹沲,而澈见底
　　　里,高步一时,为何李倡……王守仁博学通达,诗亦秀发,如披云
　　　对月,清辉自流……吴国伦雅练流逸,情景相副。张居正华赡老
　　　练,足称词馆之能手。①

　　从李祘的评价中可以看出,这些诗风各异的明诗从不同角度展
现了明诗之美,是值得朝鲜人学习的。从其评价中也可见李祘优美
的文笔,其评语本身就蕴含着一种诗意美,如"河朔少年充悦慷健"、
"陂塘秋潦、渺弥澹沲,而澈见底里"、"披云对月,清辉自流"等评语
本身就是李祘审美趣味的外化,正所谓"文如其人"。从中亦可感受
到朝鲜文坛对诗歌含蓄之美的诉求,因为李祘的特殊身份,在一定程
度上可以左右文坛的风气走向。其对明诗的评价引导他人进一步探
析各类有余意之美的明诗,同时引导朝鲜诗家创作有余意之美的
诗歌。
　　综上所述,朝鲜诗家论明诗性情时,普遍认同明诗以性情为本,
效仿诗道正统的《诗经》与唐诗等。但与明诗家认为绝句最具性情且
最近诗道不同,朝鲜诗家认为律诗也本乎性情。在论述明诗性情与
风韵时,赞同陈献章"论性情则先论风韵,无风韵则无诗"的观点,注
重从诗人超迈不俗的精神与诗歌自然平淡韵味相结合的角度,探究
明诗所追求的古人性情与古诗之韵,并以此反观朝鲜诗坛诗人性情
不同其诗风韵也不同的状况。朝鲜诗家钦佩杨慎、王世贞等明人有
不俗的性情才能,但认为明人虽追求创作有性情之诗,却又"太拘绳
墨",过于注重模拟而使明诗缺乏唐诗性情兴寄的特色,失于"性情之

---

① 李祘:《弘斋日得录》,《韩国诗话全编校注》第六册,北京:人民文学出版社,
　2012年,第4771页。

发,天机之动"。对那些性情之正,有敦厚之言的明诗持赞扬态度。在对明诗的批评中总结经验,认为只有发性情之真,写感动之切,不为规模所拘,才能创作出感人至深的佳作,追求抒写余意无穷、有性情之美的诗歌。

第三章 古代朝鲜诗家
对明诗风格的批评

  明人热衷于用"气"来评论某一时代诗歌的特征,如冯时可《唐诗类苑序》言:"大都初唐以气驭情,情畅而气愈完。"①胡应麟评论:"盛唐前,语虽平易,而气象雍容;中唐后,语渐精工,而气象促迫,不可不知。"②朝鲜诗家也极为重"气",高丽时期崔滋就曾在《补闲集》中强调"诗文以气为主"③,这是"高丽文学审美心理结构建构"④的重要基础,他还将"气"看作诗歌的风格,主张"文以豪迈壮逸为气,劲峻清驶为骨,正直精详为意,富赡宏肆为辞"⑤,用"气"作为评论诗歌风格的依据,"夫诗评者,先以气骨意格,次以辞语声律"⑥。其后的朝鲜诗家继承了崔滋的气论理念,注重以"气"为切入点来评论诗歌,他们在大量接受明诗的基础上,评价"尚气"是明代诗歌的总体风

---

① 冯时可:《唐诗类苑》,上海:上海古籍出版社,2006 年,第 29—30 页。
② 胡应麟:《诗薮》,上海:上海古籍出版社,1979 年,第 51 页。
③ 崔滋:《补闲集》,《韩国诗话全编校注》第一册,北京:人民文学出版社,2012 年,第 111 页。
④ 蔡美花:《高丽文学审美意识研究》,延吉:延边大学出版社,2006 年,第 93 页。
⑤ 崔滋:《补闲集》,《韩国诗话全编校注》第一册,北京:人民文学出版社,2012 年,第 121 页。
⑥ 崔滋:《补闲集》,《韩国诗话全编校注》第一册,北京:人民文学出版社,2012 年,第 121 页。

格样貌,且认为"清"与"自然"也是明调的不同体现。

第一节　古代朝鲜诗家批评明诗之"气"

　　"气"是中、朝古典诗学批评体系中一个基干范畴,涵盖面极为广阔,常被视为诗歌发生的原动力。魏晋时期的钟嵘《诗品·序》言"气之动物,物之感人,故摇荡性情,形诸舞咏"①,把"气"视为艺术发生的原动力。白居易《故京兆元少尹文集序》曰:"天地间有粹灵气焉,万类皆得之,而人居多;就人中,文人得之又居多。"②这灵粹之气是上天给予的,文人接受了它,便成为自己的创作动力。朝鲜朝著名理学家宋时烈(1607—1689)曾言:"天地之间,万物之生,莫非气之所为,而唯人也得其气之秀。人之一身,五脏百骸,莫非气之所成,而唯心也尤是气之秀。是故,其为物自然、虚灵、洞澈,而于其所具之理无所蔽隔。"③基于"气"在诗学领域里的重要性,中、朝诗家都侧重从"气"的角度来批评诗歌。朝鲜诗家从"明诗尚气""浑厚有气力""明诗气象不侔"等方面,论述了明诗主气、中朝诗家对有气力之诗的审美追求、明诗丰富且不凡的气象。

一、明诗尚气

　　正祖李祘在《弘斋日得录》中言:

　　　　两汉以质胜,六朝以文胜,魏稍文而逊于两汉,唐稍质而过

---

① 赵仲邑译注:《钟嵘诗品译注》,南宁:广西人民出版社,1987年,第1页。
② 白居易著,丁如明、聂世美校点:《白居易全集》上海:上海古籍出版社,1999年,第937页。
③ 宋时烈:《宋子大全附录》卷十五,《宋子大全》,《影印标点韩国文集丛刊》第115辑,首尔:韩国古典翻译院,1993年,第502页。

于六朝，宋之谈理，明之尚气。①

李祘认为明诗的最大特点是"尚气"，"尚气"是明诗区别于其他朝代诗歌的一个重要特征。

"尚气"既是明诗的时代风格，又是不同诗人风格的共同特点，是明诗家重要的诗学追求之一。明诗家以"气完而意不尽""情真而气厚"的诗歌为学习对象，因为"尚气"，其诗歌也往往"有气"，对此类诗，朝鲜诗家十分称赞，金泽荣（1850—1927）在《韶濩堂杂言》中言：

> 世之为文者，或设心作意，强生其字，强险其句，以为有气。如此则孔、孟、太史、韩、苏文从字顺之文，不得为有气。而李梦阳、李于鳞辈……独为有气……起承转合得其序，反复出入极其变，坠抗长短激其势。如此其庶几矣。过此以往，甘苦疾徐之妙，则非言诠之所及矣。②

金氏称赞李梦阳、李攀龙等人的诗文"有气"，与那些设心作意、追求怪字险句、自以为"有气"的诗文不同。二李诗文起承转合有条理，纵横捭阖富于变化，音调高低长短配合有度，极有气势，其甘苦疾徐等各种意态极尽彰显，不是言语能诠释的。李梦阳、李攀龙是明代前后七子的代表人物，其诗可以代表明中期诗歌的主要风格，又对明后期的诗歌风格有极大影响，从李梦阳、李攀龙诗文"有气"也可观明人创作诗歌"尚气"的特点。如就"养气"而言，明七子中谢榛曾深入

① 李祘：《弘斋日得录》，《韩国诗话全编校注》第六册，北京：人民文学出版社，2012年，第4773页。
② 金泽荣：《韶濩堂杂言》，《韩国诗话全编校注》第十一册，北京：人民文学出版社，2012年，第8779页。

阐述过"养气"与风格的关系：

> 自古诗人养气，各有主焉。蕴乎内，著乎外，其隐见异同，人莫之辨也。熟读初唐、盛唐诸家所作，有雄浑如大海奔涛，秀拔如孤峰峭壁，壮丽如层楼叠阁，古雅如瑶琴朱弦，老健如朔漠横雕，清逸如九皋鸣鹤，明净如乱山积雪，高远如长安片云，芳润如露蕙春兰，奇绝如鲸波蜃气，此见诸家所养之不同也。①

谢榛认为诗人所养之气内蕴于作品中，而以风格样态外显于作品，诗人所养之气不同，其作品风格也各异，如初唐、盛唐诗风，既有雄浑老健之气，又有清逸古雅之气等。

竟陵派也注重"养气"，钟惺曾言在保持灵心的前提下"方可读书养气，以求其厚"②。从"养气"与"灵厚"的关系看，他认为读书养气是避免顽冥不化、保持灵心的重要条件，而有灵心者，其诗才能浑厚有意蕴，不会流于直率浅俗。

无论是明中期以七子为代表的复古派，还是明后期抨击复古的竟陵派等，都阐述了"气"与风格的重要关系、"气"对风格的主导作用，他们将其理论应用到诗歌创作实践中，从各个角度彰显诗中的气韵。朝鲜诗家对此也十分关注，认为杨慎的诗"奇气蓬勃"③，称赞李攀龙的诗"奇气自不可掩"④，评价王世贞的诗"气俊"

---

① 谢榛：《四溟诗话》，丁福保辑：《历代诗话续编》下册，北京：中华书局，1983年，第1180页。

② 钟惺著，李先耕、崔重庆标校：《隐秀轩集》，上海：上海古籍出版社，1992年，第474页。

③ 李德懋：《清脾录》，《韩国诗话全编校注》第五册，北京：人民文学出版社，2012年，第4023页。

④ 李祘：《弘斋全书》卷一百八十，《影印标点韩国文集丛刊》第267辑，首尔：韩国古典翻译院，2001年，第512页。

"灵气蓊杂"①,赞许李攀龙、王世贞的诗有"逸韵奇气"。金万重在《西浦漫笔》中言:

> 李沧溟赠王弇州诗曰:"我昔朝天日,君乘使者轩。并驱皆上驷,相遇复中原。草昧词人起,风尘国士恩。别来春色满,无处不销魂。"弇州诗曰:"赤日浴沧海,青天横岱宗。汉家两司马,吾代一攀龙。病起千年态,徘徊绝世容。齐称君误矣,寥落或云从。"其傲睨飞扬之气可想。②

李攀龙与王世贞以诗互赞对方,王世贞将李攀龙与"汉家两司马"并提,夸赞其诗文采可与司马迁、司马相如比肩,赞其诗一新文坛之面目,是千年病态文坛中的"绝世容"。而李攀龙则以"并驱皆上驷,相遇复中原"凸显其欲与王世贞并驾齐驱共同改革文坛之志,两诗充满傲睨飞扬之气。李、王二人主张学汉魏古诗,一是因为汉魏古诗富有"风骨",而"风骨"就是指一种充溢在诗中的强盛的生命力、健朗的风格,也就是"气"。二是与汉魏文人精神有关,汉魏文人"不再是礼教俘虏下的孝廉与贤良方正,也不再重视那些五经博士所保存的先师遗训,汉魏文人大都是要凭自己清醒的智慧对具体的问题提出意见"③。李、王继承了汉魏文人的改革精神,欲新文坛,欲以慷慨尚气的诗风振奋萎靡卑弱的诗坛,所以其诗常彰显出改革雄心,有睥睨一切之气势。从朝鲜诗家重点论述李、王诗之"气"看,朝鲜诗家

---

① 李德懋:《青庄馆全书》卷五,《影印标点韩国文集丛刊》第257辑,首尔:韩国古典翻译院,2000年,第103页。
② 金万重:《西浦漫笔》,《韩国诗话全编校注》第三册,北京:人民文学出版社,2012年,第2261页。
③ 林庚:《中国文学简史》,北京:北京大学出版社,1995年,第103页。

比较看重有雄峻之气的明诗。明诗之"气"体现出不同的风格美,是明诗"尚气"的结果,朝鲜诗家对明诗"尚气"的评论,反映了他们对明诗以气为主的认知。

朝鲜诗家认同明诗"尚气"的创作取向,赞许"有气"的明诗,但是对"拘于气"、过度使气、"气短"的现象又有所批判。任璟(1667—?)在《玄湖琐谈》中言:

> 宋人滞于理,明人拘于气,难有清浊虚实之分,而均之有失也。评者曰:"开元之诗,雍容君子端委厅堂也;宋人之诗,委巷腐儒攀踽曲拳也;明人诗,少年侠客驰马章台也。"亦可谓善喻也。①

李宜显在《陶谷杂著》中也言:

> 明诗虽众体迭出,要其格律无甚迥绝。称大家者有四:信阳温雅美好,有姑射仙人之姿,而气短神弱,无耸健之格;北地沉鸷雄拔,有山西老将之风,而心粗材驳,欠平和之致;大仓极富博,而有患多之病;历下极轩爽,而有使气之累。一变而为徐袁,再变而为钟谭,转入于鼠穴蚓窍。而国运随之,无可论矣。②

任璟指出宋明诗歌均有失,宋诗过度重理而滞于理,明诗过于重气而拘于气。明人对宋诗"滞于理"是批判的,如李梦阳在《空同子》中言:"宋人不言理外之事,故其说拘而泥。"③明诗在处理"理与气"

---

① 任璟:《玄湖琐谈》,《韩国诗话全编校注》第四册,北京:人民文学出版社,2012年,第2902页。
② 李宜显:《陶谷杂著》,《韩国诗话全编校注》第四册,北京:人民文学出版社,2012年,第2932页。
③ 李梦阳著,郝润华校笺:《李梦阳集校笺》,北京:中华书局,2012年,第1979页。

的关系中,虽避免过于重理,但又拘泥于过度尚气中。任璟认为评者
所言明诗如"少年驰马章台",可谓善喻。评者既指出明诗主气、气盛
的特点,将其视为明诗的时代风格特征,又暗含明诗因气盛、任气而
使诗歌缺少含蓄之意。李宜显总体肯定了明诗四大家各有特色,但
又批评何景明的诗歌"气短神弱",缺乏雄健风格;李攀龙诗显豁明
快,但又受过度使气所累,缺少含蓄蕴藉。

　　朝鲜诗家肯定明诗"尚气"的追求,称赞明诗因有气而能诗展现
出多样的诗歌风韵,但对明诗过于"黾勉气格"①使诗歌缺少含蓄之
美,则加以批判。由此看,诗歌创作不可过于任气,也不可拘于气。
朝鲜诗家认为在"不脱明人气习"的基础上,学习气格高的明诗,才能
创作出"有气""气完"的诗歌。

二、明诗浑厚有气力

　　"气力"既可以指诗文中体现出的创作主体的才气、才力,也可以
是文本的一种气势。它既能展现创作主体的主观精神,又能彰显诗
文的气势。朝鲜诗家将诗歌有无"气力"作为评判诗歌价值高下的一
个主要标准。如:

> 　　自古歌行长篇,必有气力,然后能之。如孟襄阳辈自是唐家
> 高手,而至于歌行长篇无复佳者。近世东溟郑老得杜之骨格,挟
> 李之风神,词气跌宕,笔力逸横,杰然为东方大家,百代以下当无
> 继者。②

---

① 金昌协:《农岩杂识》,《韩国诗话全编校注》第四册,北京:人民文学出版社,
2012年,第2846页。
② 洪万宗:《诗评补遗》,《韩国诗话全编校注》第三册,北京:人民文学出版社,
2012年,第2448页。

　　洪德公《蓬莱枫岳歌》，仲氏晨夕吟一遍，击节叹赏，其诗从太白《天姥吟》中来，而纵横抑扬，无一字尘垢态。《饭筒投水词》、《沂泽吟》等作，皆豪放有气力，而律绝差不及长篇，文亦简严。①

　　李芝峰一生攻唐，闲淡温雅，多有警句，而所乏者气力。②

　　东淮父子诗才皆劣，季良诗尤不佳，既乏声调，又无气力。集中古律绝无佳者。东淮差胜，而亦不及象村也。③

　　昔有检律咸子乂者《题矗石楼》诗曰："山自盘桓水自流，几年兴废此江头。彷徨更惜曾游处，昨是春风今是秋。"钉于壁上，脍炙人口。第三句尤无气力，而皆称绝唱，何欤？无乃以贱者而有此作为多欤？④

　　小家之作虽一篇一句可咏，掇拾纤碎，索无气力，至于苏斋之作，有万钧之势，安敢与之争衡也。⑤

① 许筠:《鹤山樵谈》,《韩国诗话全编校注》第二册,北京:人民文学出版社,2012年,第1444页。
② 南龙翼:《壶谷诗话》,《韩国诗话全编校注》第三册,北京:人民文学出版社,2012年,第2207页。
③ 金昌协:《农岩杂识》,《韩国诗话全编校注》第四册,北京:人民文学出版社,2012年,第2851页。
④ 洪万宗:《诗话丛林》,《韩国诗话全编校注》第四册,北京:人民文学出版社,2012年,第2645页。
⑤ 梁庆遇:《霁湖集》卷九,《影印标点韩国文集丛刊》第73辑,首尔:韩国古典翻译院,1991年,第502页。

　　上述引证或从诗人整体诗风,或以具体诗作等为例,阐明"气力"对诗歌优劣的影响。无论是中国诗家还是朝鲜诗家,如"唐家高手"孟浩然、对朝鲜诗坛由宗宋转为宗唐有重要影响的李睟光(芝峰)、"学明一派"的申翊圣(东淮)、申最(季良)父子等,其诗皆存在因缺乏气力而不能成为佳作的问题。而学李白的名家洪庆臣(德公),其诗因豪放有气力而受人称赞。"豪放有力气""所乏者气力""尤无气力""索无气力"等,成为朝鲜诗家评价诗歌优劣的主要标准,有无气力成为区分大家与小家之作的重要评判依据。朝鲜诗家认为学诗应"壮其气力",诗歌有气力,才会呈现出"万钧之势"。

　　朝鲜诗家屡屡赞誉有"气力"的明诗,李睟光言:

　　　　明人兰廷瑞《冬夜》诗曰:"枕上诗成喜不睡,起寻笔砚旋呼灯。银瓶取浸梅花水,已被霜风冻作冰。"虽非唐调,亦有气力。①

　　明诗的格调虽不如唐,但是文章的态势与张力却尽显气力。在前后七子中李梦阳诗歌气力是最突出的。南龙翼高度赞扬说:

　　　　李空同梦阳有大辟草莱之功,后来诗人皆以此为宗。而其前高太史启、杨按察、林员外鸿、袁海叟凯、汪右丞广洋、浦长源源、庄定山昶,亦多警句矣。何大复景明与空同齐名,欲以风调埒之,而气力大不及焉。②

---

① 李睟光:《芝峰类说》,《韩国诗话全编校注》第二册,北京:人民文学出版社,2012年,第1261页。
② 南龙翼:《壶谷诗话》,《韩国诗话全编校注》第三册,北京:人民文学出版社,2012年,第2196页。

南龙翼肯定了何景明与李梦阳同为明诗坛两位宗匠,对明代诗坛贡献极大,两人诗歌也备受赞誉,但就气力而言,他认为李梦阳诗歌更胜一筹。关于李梦阳诗歌的气力,《四库全书总目提要》评陈维崧诗"气脉雄厚如李梦阳之学杜"①,言外之意李梦阳学杜甫,其诗气脉雄厚。李梦阳与何景明诗风最大的区别是一个有"雄迈之气",一个为"谐雅之音"。朝鲜诗家比较了近盛唐的李梦阳与近中唐的何景明,认为在气力雄厚方面,李梦阳胜于何景明,而且与其他诗家相比,李梦阳的气力仍占上风。《空同集》提要中言李梦阳"诗才力富健",因此在文坛上可以"笼罩一时"。明末陈子龙也在《明诗选》中评边贡的诗"才力雄健不及李梦阳"。不惟李梦阳,李晬光在《芝峰类说》中比较了李攀龙与王世贞的诗:

> 李攀龙《咏新河》一联曰:"春流无恙桃花水,秋色依然瓠子宫。"王世贞极称之,以为不可及。而世贞亦有诗曰:"连山尽压支祁锁,逼汉疑穿织女机。"《尧山堂纪》以为此联在沧溟之上。余谓王诗气力固健。然句法未免矜持,恐不如李之全完也。②

李晬光将李、王诗各拈出一联做比较,肯定两诗都有气力,但又各有不同。两诗都赞颂朱公衡平水患功绩大。李攀龙诗化用元代张翥"旧河通瓠子,新浪涨桃花"句,言治平水患后,人们生活安定。王世贞诗言治河功绩卓越,其中"连山""尽压""逼汉"等语,充满神话色彩,想象奇特,且由地至天,境界开阔,气势磅礴,气力雄健。但李

---

① 永瑢等:《陈检讨四六》提要,《四库全书总目提要》(万有文库本)第34册,上海:商务印书馆,1931年,第15页。

② 李晬光:《芝峰类说》,《韩国诗话全编校注》第二册,北京:人民文学出版社,2012年,第1096页。

睟光认为王世贞诗"句法矜持",不如李攀龙诗化用无痕、自然流畅、气力"全完"。

朝鲜诗家论明诗"气力"时,常与"厚"并论,认为诗歌不仅要有气力,而且这种气力还需是浑厚的、雄厚的,才能彰显诗歌之气势。正祖李祘《诗观》中说:

> 李梦阳才气雄高……莽苍劲浑、倔强疏卤……盖梦阳之雄厚,景明之逸健,宜学者之尊为宗匠。①

李祘认为李梦阳诗歌极有气势,其志意高迈,才气沉雄,其诗也彰显出"麾白战而拥赤帜"之势,苍劲浑厚、气力雄厚是其诗歌的主要特点。

许筠在《鹤山樵谈》中言:

> 盖明人绩学攻苦,登文陛者燃膏达晓,守萤窗者映雪穷年,故发为诗文皆浑厚有气力。我国则组织缔章以占科第,及登科第则弃书册如仇。东方古称文献,今何泯泯如此邪?岂上之人不能奖率而成就之邪?抑亦世降俗末而人才不逮古邪?然人可皆为尧舜者,一小技岂可自画而不尽力邪?绩学用功则古人不难到,况七子与申许辈乎?姑书此以自警焉。②

许筠高度赞扬明诗"浑厚有气力"。而明诗之所以"浑厚有气力",与明人"绩学攻苦"、"燃膏达晓"、"映雪穷年"的努力分不开。

---

① 李祘:《弘斋日得录》,《韩国诗话全编校注》第六册,北京:人民文学出版社,2012年,第4771页。
② 许筠:《鹤山樵谈》,《韩国诗话全编校注》第二册,北京:人民文学出版社,2012年,第1459页。

明人通宵达旦地学习、寒窗苦读,学识的积累使其诗文厚重有力。而朝鲜诗家却秉着应付的态度,作诗文只为科举,一旦登科后便弃书不观。许筠对此现象深感担忧,以拳拳赤诚之心,提醒那些学问浅薄且不努力之人,同时也不忘鼓励他们,如果"绩学用功",学问达到古人的高度不是难事,完全可以追赶上明七子和申时行、许国等人。许筠这段话重点阐释了积学深厚与气力浑厚的关系。

浑厚而有气力,强调"厚"对彰显诗之"气力"的重要性。"厚"在《说文解字》中为"山陵之厚也",引申于诗歌中则为含蓄蕴藉、朴实雄厚之意。明代竟陵派既继承公安派的独抒性灵,又纠其言语浅俗之弊,主张作诗以"灵""厚"为主。钟惺在《与高孩之观察》中阐述:

> 诗至于厚而无余事矣。然从古未有无灵心而能为诗者,厚出于灵,而灵者不即能厚。弟尝谓古人诗有两派难入手处:有如元气大化,声臭已绝,此以平而厚者也,《古诗十九首》、苏李是也。有如高岩峻壑,岸壁无阶,此以险而厚者也,汉郊祀、铙歌、魏武帝乐府是也。非不灵也,厚之极,灵不足以言之也。然必保此灵心,方可读书养气,以求其厚。若夫以顽冥不灵为厚,又岂吾孩之所谓厚哉!①

钟惺强调"厚"为诗歌至高的审美准则,诗歌要达到"厚"的境界,就必须出于灵心。只有保持灵心,读书养气才可能获取"厚"的品味。

竟陵派在其诗论中突出强调"厚","钟谭《诗归》大体不出厚字"②,而"所谓厚者,以其神厚也,气厚也,味厚也。即如李太白诗

---

① 钟惺著,李先耕、崔重庆标校:《隐秀轩集》,上海:上海古籍出版社,1992年,第474页。

② 郭绍虞主编:《中国历代文论选》,上海:上海古籍出版社,1980年,第220页。

歌,其神气与味皆厚,不独少陵也。他人学少陵者,形状庞然,自谓厚矣,及细测之,其神浮,其气嚣,其味短"①。"气厚"是诗歌雄浑不可或缺的因素,"诗之厚在意不在辞,诗之雄在气不在直"②。后七子中谢榛批评"体轻气薄,如叶子金,非铤子金"③的诗歌,肯定有雄浑之气的诗歌,赞同《余师录》中"文不可无者有四:曰体,曰志,曰气,曰韵"的观点,认为"作诗亦然。体贵正大,志贵高远,气贵雄浑,韵贵隽永。四者之本,非养无以发其真,非悟无以入其妙"④。明代前后七子诗学盛唐,以学杜为主,因杜诗"气厚":

> 夫宋诗厌唐音之靡曼,从事真率,此自宋中叶以来,一二主持风气者为之。其初竞尚西昆体,纤艳已甚,于是尽黜之,而以杜少陵为宗。其过于真率者,非矫唐也,以矫宋初之弊也;亦犹韩退之以孟郊、樊宗师辈幽僻盘纡之句,矫唐时秾丽软美之习也,而韩子亦宗少陵。盖少陵诗,凡诗家所各有之长无不具有,唐者得之,足以矫唐;宋者得之,足以矫宋,惟其情真而其气厚也。⑤

"气"以雄浑之气为贵,由"气"衍生出的"气力",也以雄浑、浑厚为贵。何为浑厚,清代孙麟趾在《词径》中言:"如'泪眼问花花不语,乱红飞过秋千去''江上柳如烟,雁飞残日天''西风残照,汉家陵

① 贺贻孙:《诗筏》,郭绍虞编选,富寿荪校点:《清诗话续编》第1册,上海:上海古籍出版社,1983年,第136页。
② 陶元藻辑,蒋寅点校:《全浙诗话(外一种)》第三册,杭州:浙江古籍出版社,2015年,第1109页。
③ 谢榛:《四溟诗话》(万有文库本),上海:商务印书馆,1936年,第44页。
④ 谢榛:《四溟诗话》(万有文库本),上海:商务印书馆,1936年,第4页。
⑤ 钱澄之撰,彭君华校点:《秀野堂集引》,《田间文集》卷十六,合肥:黄山书社,1998年,第307页。

阙',皆以浑厚见长者也。"①"浑厚"指意蕴深厚、境界浑成与韵味悠
长。为矫宋诗尤其是江西诗派作诗直露好尽之弊,明七子等主张向
气力浑厚的盛唐诗学习,他们认为"看盛唐诗,当从其气格浑老、神韵
生动处赏之,字句之奇,特其余耳……于麟辈论诗,专尚气格……皆
以'浑老'二字论气格"②。这里的"浑老"为浑厚老成之意,创作浑
厚有气力的诗歌是明诗家的写作追求。

　　朝鲜诗家称赞明诗"浑厚有气力",既有李晬光等人希望像明诗
家一样,通过学唐恢复诗道之正的传统,又有许筠似的诗家以明人积
学用功可创作"浑厚有气力"的诗歌为榜样,激励朝鲜诗人努力学习,
创作意蕴深厚之诗。

三、明诗气象不侔

　　"气象"本义是指自然界的景象。"在诗学批评语境中,'气象'常
常指主体的创作个性通过话语组织形式呈现出来的文本情态与景况等
总体样貌,以及由审美形象显示出来的神韵与气概等。"③朝鲜诗家常
将"气象"作为观诗的一个直接因素,强调"观诗必先观气象"④,因为
"穷山川之态、极人鬼之情,然凄怨飒沓、音节幽咽,使人不暇曼声而
咏者,工则有之,要不掩乎其出于放臣、羁长人、穷饿山泽者之口吻

---

① 孙麟趾:《词径》,唐圭璋编《词话丛编》第三册,北京:中华书局,1986 年,第
　2556 页。
② 贺贻孙:《诗筏》,郭绍虞编选,富寿荪校点:《清诗话续编》第 1 册,上海:上海
　古籍出版社,1983 年,第 174—175 页。
③ 张振亭:《朝鲜古典诗学范畴及其批评体系》,北京:人民出版社,2018 年,第
　101—102 页。
④ 蔡彭胤:《希庵先生集》卷二十二,《希庵集》,《影印标点韩国文集丛刊》第
　182 辑,首尔:韩国古典翻译院,1997 年,第 412 页。

耳"①等,各种意态或风貌都可以通过诗歌显现,且具眼者能辨之。

明诗中"气象"十分丰富,朝鲜诗家从不同角度对明诗"气象"进行了批评。有些诗家认为明诗"气象"总体来说不如宋诗:"宋人虽主故实议论",然"不为格调所拘,不为涂辙所窘。故其气象豪荡淋漓",而"明人太拘绳墨","反出宋人下"②。

从诗歌形态的"气象"观察作诗者的志向,即"以诗观人",是朝鲜诗家惯用的批评取向。谈及"气象"与"志向"关系时,朝鲜诗家比较钟情于有帝王气象的诗歌:

> 按明太祖《咏雪》诗曰:"腊前三白浩无涯,知是天公降六花。九曲河深凝处冻,张骞无处再乘槎。"我太祖又有《咏雪》诗曰:"上帝前霄御紫宫,四溟鞭策起群龙。应怜白屋寒无食,遍洒琼糜满海东。"古人谓明太祖有统一洪基之气象,余观我太祖诗有济群生之大意。帝王规模度量,信乎同揆也。③

> 宋太祖《咏日》诗、明太祖《咏雪》诗,其弘量大度,皆有不可以言语形容者。按《舆志胜览》载:"高丽太祖尝巡到镜城龙城县,有诗一绝曰:'龙城秋日晚,古戍寒烟生。万里无金革,胡儿贺太平。'意格豪雄,音律和畅,其一统三韩之气象于此可见。"④

---

① 蔡彭胤:《希庵先生集》卷二十二,《希庵集》,《影印标点韩国文集丛刊》第182辑,首尔:韩国古典翻译院,1997年,第412页。

② 金昌协:《农岩集》卷三十四,《影印标点韩国文集丛刊》第162辑,首尔:韩国古典翻译院,1996年,第375页。

③ 洪万宗:《诗评补遗》,《韩国诗话全编校注》第三册,北京:人民文学出版社,2012年,第2396页。

④ 洪万宗:《小华诗评》,《韩国诗话全编校注》第三册,北京:人民文学出版社,2012年,第2307—2308页。

太祖高皇帝御制《鸭绿江》诗云："鸭绿江清界古封,强无诈息乐时雍。逋逃不纳千年祚,礼仪咸修百世功。汉伐可稽明载册,辽征须考照遗踪。情怀迭到天心处,水势无波伐不攻。"又《高丽古京》诗云："迁移井邑市荒凉,苍茫盈眸过客伤。园苑有花蜂酿蜜,殿台无主鬼为乡。行商枉道从新郭,坐贾移居慕旧坊。此是昔时王氏业,檀君逝久几更张。"又《使经辽左时》诗云："入境闻耕满野讴,罢兵耰种几经秋。楼悬边铎生铜绿,堠积烟薪化土邱。驿吏喜迎安远至,驵夫欣送稳长游。际天极地中华界,禾黍盈畴岁岁收。"①

大明仁宗皇帝《观象弈》诗曰："二国争强各用兵,摆排队伍定输赢。马行曲路当先道,将守深宫戒远征。乘险出车收败卒,隔河飞炮下重城。等闲识得军情事,一着功成见太平。"帝王家气象可见。②

在上述几则材料中,朝鲜诗家主要论述了明太祖、明仁宗以及高丽太祖等人的诗歌。这些帝王诗歌展现了其统一天下、安邦定国等志向,从多个维度展现了不同样态的帝王气象。高丽太祖"万里无金革,胡儿贺太平"有"一统三韩之气象"。明太祖《咏雪》诗意境开阔,气势雄浑,壮阔的景象中寄托了其统一天下的豪情壮志,"有统一洪基之气象"。

有宏图大志的君王,"发明圣人之微旨",统一天下"以维持世教

---

① 洪重寅:《东国诗话汇成》,《韩国诗话全编校注》第四册,北京:人民文学出版社,2012年,第3083页。
② 李晬光:《芝峰类说》,《韩国诗话全编校注》第二册,北京:人民文学出版社,2012年,第1113页。

为本",让百姓安居乐业是其职责所在。中朝两国帝王都在诗歌中表达了其对国泰民安的渴望。朝鲜朝太祖在《咏雪》诗中,传达其希望通过君臣的励精图治改变"白屋寒无食"之困境,实现"遍洒琼糜满海东"的目标,展现了济群生的志向。明太祖《高丽古京》等诗作,直言战争给人民带来许多灾难,原本繁华的城市也变得极度荒凉,昔日辉煌的殿台如今被毁成鬼乡。园苑野花丛生,成为蜜蜂酿蜜之所,人们向往以礼仪的方式化干戈为玉帛,期盼"际天极地中华界,禾黍盈畴岁岁收"的祥和景象。

能安邦定国者必有卓尔不凡的帝王风范,明仁宗诗中"乘险出车收败卒,隔河飞炮下重城。等闲识得军情事,一着功成见太平"等语,传神地刻画出睿智、英勇,集凛然不可侵犯的霸气与安定天下的正气于一身的帝王形象。尽管语句平常,但诗意不凡,"帝王气象可见"。

总之,明太祖与高丽太祖等帝王志于治国,其诗歌展现出他们远大的志向与弘量大度的品性,尽显帝王气象。徐居正在《东人诗话》中也称赞"凡帝王文章气象,必有大异于人者……不可以言语形容"①,李瀷在《星湖僿说诗文门》中言"古之帝王虽或威武御世,亦多有豪气发露为诗章,往往可观"②。

朝鲜诗家对明诗帝王气象的关注与"文以贯道"的思想有很大关系。帝王之道是其志向的内核,这些"道"通过诗文作品呈现出来,使诗歌具有帝王气象、君子气象等品格,而这一点与朱熹的"气象近道"观点极为相似。

"气象"是"德"的符号表现,所以,诗歌所呈现出来的"气象"往

① 徐居正:《东人诗话》,《韩国诗话全编校注》第一册,北京:人民文学出版社,2012年,第162页。
② 李瀷:《星湖僿说诗文门》,《韩国诗话全编校注》第五册,北京:人民文学出版社,2012年,第3823页。

往是人的品性道德的外在表现,甚至可以说,"气象"就是人心的映像。朝鲜诗家认为如要品评一个人,就必须"观其气象",因为个人的人格气象也在一定程度上潜在地规约着其诗歌的风格气象,故金昌翕(1653—1722)言:

> 凡天下事,苟为大矣! 不患乎不兼精微,而自其纤碎而入,未闻其能造大也。是以论人,当观其气象;论文章,当观其地步。①

朝鲜诗家在品评明诗"气象"内涵时,常常将其与对应的主体及主体的品性、气质等结合在一起进行综合考虑:

> 何大复天才温雅,故虽以学古自命,而不至如后来诸人之矫激。其诗虽少真至警绝,然宽平和雅,犹有诗人之度。②

> 陈给事嘉猷宽平正大,观其气象,知其为大人君子,文章亦平淡。张给事宁,其文章可伯仲于陈,而言行颇有强作处,然亦君子人也。金舍人湜工于七言四韵,笔法画格亦高妙,但节行扫地。张舍人珹有温雅气象,而无奇节。姜行人浩有宽大之量,而少文行。祈户部顺笃实有节行,文词亦醇正,其陈、张两给事之俦乎。③

---

① 金昌翕:《三渊集》,《影印标点韩国文集丛刊》第 165 辑,首尔:韩国古典翻译院,1996 年,第 484 页。
② 金昌协:《农岩杂识》,《韩国诗话全编校注》第四册,北京:人民文学出版社,2012 年,第 2840 页。
③ 徐居正:《笔苑杂记》,《韩国诗话全编校注》第一册,北京:人民文学出版社,2012 年,第 241 页。

　　无论是诗人何景明，还是陈嘉猷、张宁、张珹、祈顺等出使朝鲜的明使臣，他们或因性格温雅，其诗宽平和雅，有诗人气象；或因有宽平正大、宽大之量等君子德行，其诗显出君子气象。用"气象"来评论创作主体的道德与人格的观点与朱熹的"气象"理念颇为相似：

　　　　要看圣贤气象则甚？且如看子路气象，见其轻财重义如此，则其胸中鄙吝消了几多。看颜子气象，见其"无伐善，无施劳"。如此，则其胸中好施之心消了几多。此二事，谁人胸中无。虽颜子亦只愿无，则其胸中亦尚有之。圣人气象虽非常人之所可能，然其如天底气象，亦须知常以是涵养于胸中。①

　　朱熹论气象主要从人的行事之中考察其品性道德，朝鲜诗家在继承朱熹气象论的基础上，往往强调以文学作品的"性情淳化"，展现儒家的诗教风范，通过审视作品气象，体悟创作主体道德境界的高下。

　　作为创作主体性情和修养的"气"，通过文学作品外现为一种"气象"，读其作品可以感受到创作主体的人格魅力。朝鲜诗家常常将这种"气象"与"气节"结合起来论释，甚至将两词等同，十分重视"气节"，认为"诗当先气节而后文藻"②。朝鲜诗家对有忠臣气节的诗较为关注，李圭景在《诗家点灯》中记载：

　　　　黄淳耀，初名金耀，字苏生，嘉定人。崇祯癸未进士。乙酉，城破自缢。其诗抗直，有不可犯之气，真骨鲠之臣。诗曰："野人

① 朱熹：《朱子全书》卷二十九，上海：上海古籍出版社，2002年，第1076页。
② 金某氏：《海东诗话》，《韩国诗话全编校注》第十一册，北京：人民文学出版社，2012年，第8925页。

叹息朝无人，朝中朋党如鱼鳞。十官召对九官默，匍伏苟且容一身。庙堂何不理阴阳，频年日食四海荒。吾欲上书问朝士，却恐人诃妄男子。"其辞令人掩抑哽塞。①

黄淳耀忠于明，当嘉定被清兵攻破时，他选择自尽。有僧人劝他："公未服官，可无死。"可他却认为："城亡与亡，岂以出处贰心。"②其言刚直不屈。正因为他是骨鲠之臣，其诗才有凛然不可犯的气象。他的刚直不仅体现在他与明廷共存亡，更体现在其诗中传达出抗直的品性，其《野人叹息朝无人》一诗揭露了朝廷朋党多，大臣们平时山呼万岁，一到国家需要他们之时，一个个便如剑封口一般沉默，乃至出现"十官召对九官默，匍伏苟且容一身"的尴尬局面，刚直不群的诗人"欲上书问朝士，却恐人诃妄男子"。他对朝廷大臣的失望，对国家的担忧，使其浓浓的爱国之情跃然纸上。这与其"耿耿不寐，此心而已"③相印证。正因其道德忠节、诗骨坚直，其诗才气象深博。此诗结志刚凝，感时悱恻，朝鲜诗家李圭景深感其诗充满了刚强正直之气象，读之令人"掩抑哽塞"。

《诗文清话》中记载了景清的忠义气节：

景清自少有志操，尝吟石灰诗曰："千椎万凿出名山，烈火丛中走一番。碎骨粉身都不顾，只留清白在人间。"建文末，与方逊志、周是修等议同死难。后诸公尽节，清独入朝。一夕成祖梦着绯衣人直入殿内为变。及视朝，清独着绯，上疑之，命搜其衣，果

① 李圭景：《诗家点灯》，《韩国诗话全编校注》第八册，北京：人民文学出版社，2012年，第6372页。
②《明史》第24册，北京：中华书局，1974年，第7258页。
③《明史》第24册，北京：中华书局，1974年，第7258页。

得剑。震怒,即剥皮,竟焚而扬之。①

景清是建文帝旧臣,忠贞不二,性烈如火,金陵城破后,建文帝去向未明,景清假意归顺朱棣,实则欲效仿荆轲刺秦之举,借献宝之名行刺杀之实,不料刺杀未遂,朱棣震怒,将其打入死牢、剥皮,焚烧至死。景清少年时就有志操,其吟诵《石灰吟》已展现其正直不群的性格,忠心为主的志向,借"碎骨粉身都不顾",表达其不畏强暴、刚正不阿、忠君为国、至死方休的气节。他虽然没有与拒不投降的方孝孺及以身殉帝的周是修同死难,但是他却与气贯长虹的荆轲一样,拼尽自己最后一丝力气,以刺杀朱棣的方式展现其忠义气节。

朝鲜诗人也常赞颂气节磊落的明人于谦,《诗文清话》中记载:

> 于肃愍公为兵部侍郎,巡抚河南、山西。及还朝,无一物馈送,自作一诗云:"手帕麻菇与线香,本资民用反为殃。清风两袖朝天去,免得闾阎话短长。"公之清节,良可概见。②

于谦生活的时代,朝政腐败,贪污成风,贿赂公行,尤其是明英宗时,宦官王振把持朝政,勾结内外贪官污吏,作威作福,大臣进京,多带当地名产作为打通关节乃至献媚取宠的礼物。而于谦为官清廉,不与之同流合污,只带"两袖清风",他认为手帕、麻菇与线香等土特产本应该是百姓自己享用的,却被官员们统统搜刮走。他不想搜刮百姓,为"免得闾阎话短长",所以两手空空进京。这首《入京》抨击

---

① 佚名:《诗文清话》,《韩国诗话全编校注》第三册,北京:人民文学出版社,2012年,第1864页。
② 佚名:《诗文清话》,《韩国诗话全编校注》第三册,北京:人民文学出版社,2012年,第2103页。

了当时进贡的歪风,同时表现出诗人铁骨铮铮,不愿同流合污的志向和品质,通过此首诗可见于谦为人正直清廉的节操与品德。《明史》记载于谦被冤杀后,当抄其家时,竟"家无余资"。于谦因有"清风两袖朝天去"慷慨不群的品格,才会有可与日月争辉的气节,其"气节磊落可见于诗矣"①。

李德懋《清脾录》中记载了一些明末遗民的气节:

> 明黎遂球《花下歌》:"生平不事求神仙,愿上东海求仙船。童男童女各三千,教之歌舞及管弦。逍遥行乐二十年,遂令婚配同力田。可得万人驰九边,大雪国耻铭燕然,老夫须看图凌烟。结屋花国临酒泉,名儒侠客列四筵。等闲诗赋人争传,乞得一字十万钱。"黄周星诗:"高山流水诗千轴,明月清风酒一船。借问阿谁堪作伴,美人才子与神仙。"黄之所欲犹不可求,况黎之所欲甚大乎?二人皆明末死节。人负气,故其发言放宕,终古忠臣烈士往往多豪举。楚亭有《书怀》诗曰:"不愿功名不愿仙,治生端悔失青年。执筹休怪王戎鄙,问舍方知许汜贤。子母青钱通亥市,弟兄红稻接秋田。他年置屋沧江上,修竹千竿月一船。"此措大眼孔甚小,然亦不易辨。②

黎遂球与黄周星都是明末遗民,其诗多表达与世无争之意,欲乘仙船去仙地与神仙共酒,诗歌有豪放之气,他们虽未以身殉明,但是却以隐居之志表明其不愿与清廷为伍的气节。

---

① 洪万宗:《诗评补遗》,《韩国诗话全编校注》第三册,北京:人民文学出版社,2012年,第2416页。
② 李德懋:《清脾录》,《韩国诗话全编校注》第五册,北京:人民文学出版社,2012年,第3928页。

由上述例证可看出，朝鲜诗家在论明诗气象时，多强调要涵养仁义之气与忠君爱国之志，重视诗歌的浩然之气。

综上所述，朝鲜诗家认为"尚气"是明诗与唐宋诗最大的区别。他们阐释了明诗"气力"与"厚"的关系，高度赞扬李梦阳、王世贞等人的诗歌"浑厚而有气力"，并以此反观朝鲜文坛诗歌创作的不足之处。从志向、品性道德、气节等角度论述了明诗各不相侔的丰富气象，其中对有载道色彩的帝王气象最为关注。

第二节　古代朝鲜诗家批评明诗之"清"

"诗，清物也。"[①]"清"是诗歌的重要风格之一，形式多样，有清新、清远、清艳、清雅、清壮、清丽、清奇等，其内涵也十分丰富。明诗家的诗学追求不同，对"清"的意指所取也各异。朝鲜诗家主要从"清雅""清壮""清远"三个方面对明诗之"清"美展开了批评。"清雅""清壮""清远"基本涵盖了有明一代诗之"清"的风格，"清雅"与"清壮"主要是明七子派的诗学追求，只是"清雅"偏于吸收汉魏古诗及杜诗之古雅，"清壮"则偏于吸收李白诗歌之雄浑奔放。而"清远"则是山林诗派与竟陵派之"清"风的主要样态。通过梳理朝鲜诗家对明诗"清"的批评，有助于厘清明代诗学流派对"清"的选择，以及朝鲜诗家对"清"的诗学价值追求。

一、明诗之"清雅"

朝鲜诗家用"清"与"雅"来评价明诗或明诗家。这里的"雅"为古雅之意，而"古雅是不太容易在人们对清的感觉或联想中出现的要

---

① 钟惺著，李先耕、崔重庆标校：《隐秀轩集》，上海：上海古籍出版社，1992年，第249页。

素,通常人们对清的感觉印象最容易倾向于鲜洁明丽,很少会意识到古雅的趣味"①。但如果从"清"含有绝世超俗之意看,便可以对"清雅"有进一步理解。胡应麟《诗薮》中言:"清者,超凡绝俗之谓。"②而这种超凡绝俗之清表现为:"绝涧孤峰,长松怪石,竹篱茅舍,老鹤疏梅,一种清气,固自迥绝尘嚣。至于龙宫海藏,万宝具陈,钧天帝廷,百乐偕奏,金关玉楼,群真毕集,入其中,使人神骨泠然,脏腑变易,不谓之清可乎!"③颇有道家清风仙骨之人遁世之意,此层面的"清"已经蕴含了"古雅"之意。朝鲜诗家评价明诗"清"与"雅"结合,主要与明诗家尤其是明七子复古有关。明七子主张"诗必盛唐",而且主要学习盛唐诗人诗作,仿效盛唐诗人的作诗风格,其中"宗唐法杜"是明七子复古的核心,而杜甫也的确重视诗歌的"清雅"特点。明末清初的李因笃在《曹季子苏亭集序》中评论说:"少陵云'更得清新否',又'清新庾开府'、'清词丽句必为邻',是清尤称要。然未有不古而清者,欲诗之古,舍汉魏盛唐何遵焉? 古则清,清则雅。"④李因笃从"清"与"古"的关系论杜甫的诗歌,认为杜诗具有"清雅"的特点。这里,他不仅看到以杜甫为代表的盛唐诗有此特点,向上追溯到汉魏之诗,认为学诗者"欲诗之古,舍汉魏盛唐何遵焉?"而"古则清,清则雅"。"清"向"古雅"延伸就升华出"清雅"的审美蕴含。

　　欲诗之古,就要遵汉魏盛唐,这与明人学古诗的旨趣一致。明人学古诗,不仅要诗学盛唐,还向上追溯到汉魏,甚至追溯到《诗经》。明初的高启就主张取法于汉魏晋唐各代诗,要"兼师众长,随事摹拟,

---

① 蒋寅:《古典诗学中"清"的概念》,《中国社会科学》,2000年第1期。

② 胡应麟:《诗薮》,上海:上海古籍出版社,1979年,第185页。

③ 胡应麟:《诗薮》,上海:上海古籍出版社,1979年,第185页。

④ 李因笃:《续刻受祺堂文集》,清道光十年刻本。

待其时至心融,浑然自成,始可以名大方而免夫偏执之弊矣"①。这
其中自然包括对汉魏古诗及杜甫诗的模拟,对诗中蕴含的"清雅"也
有所领悟。其诗歌创作也"首开大雅,卓乎冠矣"。朝鲜诗家也从不
同角度阐释高启诗歌的"清雅":

> 高启字季迪,号青丘子,长洲人……其为诗发端沉郁,入趣
> 幽远。自古乐府、《文选》、《玉台》、《金楼》诸体,下至李杜、王
> 孟、高岑、刘白、韦柳、韩张,以及苏黄、范陆、虞揭,靡所不合,此
> 之谓大家。明初诗人,允宜首推。有《缶鸣集》十八卷。②

> 诗虽小道乎,不专且一,不勇且敢,则用力不深、中道而废
> 已。吾于郑求仲知之矣……求仲初不知为诗,从我游数年,得见
> 唐、宋、元、明诸家诗集,心窃喜之,借而钞之。蓬首流汗,昼夜不
> 已,既而发之于吟咏。清远韶雅,酷类高启迪,遂噪名一时。自
> 叹所好之在此,使求仲见而慕之、慕而学之。③

李德懋与柳得恭(1749—1807)的论述,都谈到了高启诗歌有宗
唐尚雅的特点。"发端沉郁"是杜诗"沉郁顿挫"风格的衍生,讲求兴
寄幽远。"入趣幽远"意谓古雅深幽。而"清远韶雅"中"清远"侧重指
高诗有超俗高蹈的"托喻清远"之风格。"韶雅"意谓高启诗歌优美典
雅,这种雅之美犹如"玉壶买春,赏雨茅屋。坐中佳士,左右修竹。白云

---

① 高启著,金檀辑注,徐澄宇等校点:《高青丘集》下册,上海:上海古籍出版社,
1985年,第885页。
② 李德懋:《青庄馆全书》卷二十四,《影印标点韩国文集丛刊》第257辑,首尔:
韩国古典翻译院,2000年,第377页。
③ 柳得恭:《泠斋集》卷七,《影印标点韩国文集丛刊》第260辑,首尔:韩国古典
翻译院,2000年,第116页。

初晴,幽鸟相逐。眠琴绿阴,上有飞瀑。落花无言,人淡如菊"①。

高启诗歌呈现出"清""雅"的特点与他久居乡间的生活经历有一定关系,他曾隐居于吴淞江畔的青丘,其写山林之诗清新超拔,传达出寄托幽远的雅人深致之情。以其诗为例:

陈氏愁容轩

西郊莽迢递,川树凝烟景。雨过落红蕖,斜阳半江冷。

蝉鸣山欲暗,雁去天逾永。孤客对萧条,应知镜中影。②

春日怀江上（其二）

新蒲正绿乳凫鸣,水没渔梁宿雨晴。

看近清明沉种日,野人何事不归耕?③

第一首诗写了乡间"川树凝烟""斜阳半江"的清幽,山间蝉鸣、大雁远去衬托了作者的孤高清雅。此景此境中的诗人如朝鲜诗家徐荣辅(1759—1816)所评"本是清高绝俗姿"④。第二首诗"新蒲绿""乳凫鸣"充满春日气息,表露其托身自然的情怀。进而诗人感慨"野人何事不归耕",表现出超凡脱俗、清雅绝尘之志。

"清"与"雅"不仅是明诗家对诗歌审美风格的追求,也是朝鲜诗家努力追求的作诗境界,因此,他们对有清、雅之风的诗人诗作也极

---

① 司空图:《诗品二十四则》,上海:商务印书馆,1939 年,第 4 页。

② 高启著,金檀辑注,徐澄宇等校点:《高青丘集》下册,上海:上海古籍出版社,1985 年,第 242 页。

③ 高启著,金檀辑注,徐澄宇等校点:《高青丘集》下册,上海:上海古籍出版社,1985 年,第 733 页。

④ 徐荣辅:《竹石馆遗集》册二,《影印标点韩国文集丛刊》第 269 辑,首尔:韩国古典翻译院,2001 年,第 357 页。

为称赞。正祖李祘在《弘斋全书》中评价何景明之诗:"清藻秀润,丰容雅泽,不作怒张之态。"①李德懋在《诗观小传》中评:

> 何景明,字仲默,号大复山人,信阳人……景明恬澹温逊,不露才美……孙枝蔚曰:"大复五言,句琢字炼,长歌滔滔洪远;五律全法右丞,清和雅正。"②

李德懋赞同孙枝蔚从诗体风格层面论述何景明诗之清雅。王维诗歌的特点,胡应麟在《诗薮》外编中评为"清而秀"。何景明五律诗学王维,呈现出"清和雅正"的风格样态。许筠在《读大复集》中赞誉何景明"才似王维亦大家,丽如崔灏更高华。舍人若出开天际,李杜齐名孰敢夸"③。高度概括了何景明的文学地位及诗学取向。

朝鲜诗家对何景明诗风的评价更侧重其"雅"的一面,在"清雅"中,"雅"除了典雅之意,很多时候也含有温雅之意。李宜显言:

> 信阳温雅美好,有姑射仙人之姿。④

金昌协评价言:

> 何大复天才温雅,故虽以学古自命,而不至如后来诸人之矫

① 李祘:《弘斋全书》卷一百八十,《影印标点韩国文集丛刊》第 267 辑,首尔:韩国古典翻译院,2001 年,第 509 页。
② 李德懋:《青庄馆全书》卷二十四,《影印标点韩国文集丛刊》第 257 辑,首尔:韩国古典翻译院,2000 年,第 367 页。
③ 许筠:《惺所覆瓿稿》卷二,《影印标点韩国文集丛刊》第 74 辑,首尔:韩国古典翻译院,1991 年,第 137 页。
④ 李宜显:《陶谷集》卷二十七,《影印标点韩国文集丛刊》第 181 辑,首尔:韩国古典翻译院,1997 年,第 418 页。

激。其诗虽少真至警绝,然宽平和雅,犹有诗人之度。①

李宜显、金昌协都肯定何景明温雅之品格,其诗也体现出"宽平和雅""温雅美好"之风格,何诗之"雅"是二人的共识。

金昌协不仅欣赏何景明的"雅",对其他明诗家的"雅"诗也很欣赏:

> 高子业之诗隐约幽古,冲深温雅。虽语气似简短而旨味实隽永。其光黯然,其声潏然,使读者反复吟咀而不能已。使在唐时,亦当不失为名家。尝见其自序数篇,亦大类其诗。甚爱之,惜不多得耳。②

> 明诗如徐昌谷、高子业……徐以神秀胜,高以幽澹胜,而子业于性情尤近。此外如唐应德、蔡子木诸人皆学唐,而其诗冲和闲艳,无叫呼激诡之习。③

高叔嗣诗温雅、幽澹,更接近唐诗。唐顺之、蔡汝南等人诗歌冲和静雅,这与许筠评价唐顺之典实古雅的观点相近。由此看,金昌协在诗学理念上也宗唐尚雅。

朝鲜诗家不仅从唐诗还从明诗中找到"清雅"的范本,揣摩学习。南龙翼在《壶谷诗话》中赞同王世贞评价:皇甫涍诗"如玉盘露屑,清

---

① 金昌协:《农岩集》卷三十四,《影印标点韩国文集丛刊》第162辑,首尔:韩国古典翻译院,1996年,第373页。

② 金昌协:《农岩杂识》,《韩国诗话全编校注》第四册,北京:人民文学出版社,2012年,第2840页。

③ 金昌协:《农岩杂识》,《韩国诗话全编校注》第四册,北京:人民文学出版社,2012年,第2839—2840页。

雅绝人”、高叔嗣诗“如高山鼓琴,沉思忽往,木叶尽脱,石气自青”①。

许筠在《鹤山樵谈》中记载:

益之尝出一律示之曰:“此仲默之逸诗。”初不觉真赝,则曰:“此诗清绝,选律者不当遗之,必君之拟作。”益之不觉卢胡。诗曰:“客衾秋气夜迢迢,深屋疏萤度寂寥。明月满庭凉露湿,碧天如水绛河遥。离人梦断千重岭,梦漏声残十二桥。咫尺更怀东阁老,贵门行马隔云霄。”间架句语,酷似大复,具眼者亦未易辨也。诗乃上月汀相公之作也。②

高叔嗣、皇甫涍、何景明都是朝鲜诗家学创“清雅”之诗的榜样。且朝鲜诗家对他们的诗作不断揣摩学习,许筠记载李益之曾出示一首律诗,从“清绝”风格来看,众人断定应为何景明之逸诗,接着又从诗歌的结构与诗句用语方面酷似何景明,判断这首诗为何景明所作,而实际此律诗的作者为朝鲜诗家尹根寿。诗虽非何景明所作,但是从朝鲜诗家对其诗的研磨学习中,可见朝鲜诗家对诗之“清雅”的追求,且将其积极应用到诗歌创作实践中。

朝鲜诗家对本国“清雅”之诗也极为赞赏:

阳陵君禴号水色,五言诗清峭古雅,得《选》、唐体,一时操觚者未见敌手。方之洲岳,盖犹中朝何李之有苏门也。而到今声名不甚赫奕者,以世人专习七言律诗故也,独其宗人许筠

---

① 南龙翼:《壶谷诗话》,《韩国诗话全编校注》第三册,北京:人民文学出版社,2012年,第2241页。

② 许筠:《鹤山樵谈》,《韩国诗话全编校注》第二册,北京:人民文学出版社,2012年,第1444页。

盛推之。①

　　权习斋讳擘,余祖母外王考也。为文长于诗,清深典雅,自成一家。②

　　申都事号春沼,自其祖玄翁,文章相继,长于词赋,而诗亦清雅。③

　　许裪、权擘、申春沼等人都是古代朝鲜以"清雅"之美而闻名于世的诗家。要之,朝鲜诗家对明诗"清雅"的批评,表明朝鲜诗家与明诗家同样追求宗唐尚雅的创作理想,都十分看重诗歌"清"之美的呈现。

二、明诗之"清壮"

　　除了清雅,朝鲜诗家对明诗之"清壮"风格也予以极大关注。许筠在《明四家诗选序》中论述李攀龙之清风:

　　于鳞峭拔清壮,论者以岷、峨积雪方之,殆足当矣。古乐府,不免临摹,而数千年来,人无敢效者,于鳞独肖之,即其所言"拟议以成变化者",为非诬矣。五言破的,真沈、宋之清劲者也。④

---

① 金万重:《西浦漫笔》,《韩国诗话全编校注》第三册,北京:人民文学出版社,2012年,第2251页。
② 洪万宗:《小华诗评》,《韩国诗话全编校注》第三册,北京:人民文学出版社,2012年,第2337页。
③ 洪万宗:《小华诗评》,《韩国诗话全编校注》第三册,北京:人民文学出版社,2012年,第2371页。
④ 许筠:《惺所覆瓿稿》卷四,《影印标点韩国文集丛刊》第74辑,首尔:韩国古典翻译院,1991年,第176页。

此段话中许筠将李攀龙的诗风概括为"清壮""清劲"。对李攀龙诗如"岷、峨积雪"的评价，既含有对李攀龙品格的称许，又有对其诗"清"美韵味的赞颂。其五言诗独具特色，有沈佺期、宋之问诗歌的清劲韵味。

中、朝诗家对李攀龙诗如峨眉积雪般"峭拔清壮"几成共识：

徐宗泰《题于鳞诗卷》

自从长庆日卑卑，千载于鳞力挽之。

始信王生能隽语，恍看春雪照峨眉。①

许筠《大官稿·读沧溟集》

晨霞初绚阆风明，天半峨眉积雪晴。

试向汉庭司马道，几人能压济南生。②

两首论诗绝句均论述了李攀龙诗清壮峻洁，犹如巍峨山上的春雪、积雪，给人以冷峭高洁、气韵宏大之感，"晨霞""阆风"有空明清爽之气，这也是文人内在清、朗品性的一种外在辐射。王世贞也曾评价李攀龙诗"如峨眉积雪，阆风蒸霞，高华气色，罕见其比；又如大商舶，明珠异宝，贵堪敌国，下者亦是木难、火齐"③。盛赞其诗清刚劲拔，气韵高清，有高华宏伟之气势。用"木难""火齐"等珍贵珠宝形容其诗内容丰富，成就极高。朝鲜诗家李晬光在《芝峰类说》中也记

---

① 徐宗泰：《晚静堂集》第一，《影印标点韩国文集丛刊》第 163 辑，首尔：韩国古典翻译院，1996 年，第 15 页。

② 许筠：《惺所覆瓿稿》卷二，《影印标点韩国文集丛刊》第 74 辑，首尔：韩国古典翻译院，1991 年，第 141 页。

③ 王世贞：《艺苑卮言》，丁福保辑：《历代诗话续编》中册，北京：中华书局，1983 年，第 1036 页。

载："王弇州《赠李沧溟》诗曰：'野夫兴到不复删，大海回风生紫澜。
欲识济南奇绝处，峨眉天半雪中看。'济南指沧溟。结句盖属沧溟，而
其自许亦太高。"①认为李攀龙诗的奇绝处为"峨眉天半雪中看"呈现
出的峭拔清壮之美，李晬光认为最后一句则是王世贞的自许，由此
看，王世贞、李攀龙、李晬光等都重视诗歌的"峭拔清壮"之美。

　　李攀龙在朝鲜诗家心目中地位很高，李裕元称他可与王维、李白
比肩，赞其为"一代词宗泣鬼神"②。李民宬在《舟中次石楼台韵兼呈
白沙》中称唐有诗豪高适，明有"词伯李于鳞"③。"词伯"这一称谓
肯定了李攀龙在明诗坛极高的地位，对此，许筠也有类似的评论："试
问汉庭司马道，几人能压济南生。"④将李攀龙与高适并称，不仅言两
人诗坛地位高，还含有两人诗风相近之意。高适之诗尤其是其边塞
诗笔力雄健，气势奔放，所以被李民宬称为诗豪，而李攀龙之诗也有
清雄奔放之势。朝鲜诗家对李攀龙诗坛地位的认可，也表明他们对
其诗风为明诗主流诗风的认可，以李攀龙为代表的复古派追求"诗必
盛唐"，尤其是"弘正之间，光岳气全，俊民蔚兴……殆与李唐之盛，争
其铢累，讵不韪哉，流风相尚，天下靡然"⑤。

　　明弘正之间，诗人积极学习盛唐诗歌，且"流风相尚，天下靡然"。
明七子对唐诗的学习以李杜为主，而李白清雄奔放的诗风也是明七

① 李晬光：《芝峰类说》，《韩国诗话全编校注》第二册，北京：人民文学出版社，
　　2012年，第1263页。
② 李裕元：《嘉梧稿略》册三，《影印标点韩国文集丛刊》第315辑，首尔：韩国古
　　典翻译院，2003年，第96页。
③ 李民宬：《敬亭集》卷六，《影印标点韩国文集丛刊》第76辑，首尔：韩国古典
　　翻译院，1991年，第296页。
④ 许筠：《惺所覆瓿稿》卷二，《影印标点韩国文集丛刊》第74辑，首尔：韩国古
　　典翻译院，1991年，第141页。
⑤ 成均馆大学校大东文化研究院编：《许筠全集》，首尔：成均馆大学校出版部，
　　1981年，第74页。

子"诗学盛唐"的重要内容之一。李白曾言："圣代复元古,垂衣贵清真。""蓬莱文章建安骨,中间小谢又清发。"李白所说的"清",是与劲健的骨力和飘逸的才情联系在一起的,是一种"清壮""清雄奔放"之美。后七子领袖李攀龙诗学李白,其诗显著的特点也是"清壮"。而王世贞"傲睨千古,直与汉两司马争衡于百代之下"①的气势,犹如李白"长风破浪会有时,直挂云帆济沧海"之豪迈,勇往直前,不可睥睨,其诗也如李诗一样气力雄健。

　　李攀龙的"清壮""清劲""清健"之风以及王世贞的气力之健都与其改革之宏图大志有关,从他们文学复古的行动看,"嘉隆间李攀龙出,王世贞和之"②,"自李空同(梦阳)有大辟草莱之功,后来诗人皆以此为宗……至李沧溟(攀龙)、王弇州(世贞)而大振焉。从而游者,如吴川楼(国伦)、宗方城(臣)、王麟州(世懋)、徐龙湾(中行)、梁兰汀(有誉)等亦皆高蹈"③。复古文学运动在李攀龙、王世贞等人的带领下有大振之势,尤其是李攀龙主持文坛的二十年,也是历下诗派繁盛的时期,且追随相应者众多,为了一洗诗坛"平正纡徐"之风,"清壮"成为复古派变革的主要价值取向。追求"清壮"的诗风是他们不畏艰险,勇于变革之志的外在显现。

　　从李攀龙、王世贞为代表的复古派对"清壮""清健"的追求看,明代诗人对"清"的追求已经不再是清丽柔靡,抑或是单一的清逸。中国古代诗学中有两种主要诗风:一是以杜甫为代表的体现入世精神的诗风,以雄浑见长;一是以王维为代表的体现出世精神的诗风,

---

① 成均馆大学校大东文化研究院编:《许筠全集》,首尔:成均馆大学校出版部,1981年,第74页。

② 李圭景:《论诗》,《韩国诗话全编校注》第八册,北京:人民文学出版社,2012年,第6604页。

③ 南龙翼:《壶谷诗话》,《韩国诗话全编校注》第三册,北京:人民文学出版社,2012年,第2196页。

以清逸为主。明诗努力将两种诗风融合,在"清"之外给雄浑刚健留一席之地。胡应麟《诗薮》中言:

> 诗最可贵者清,然有格清,有调清,有思清,有才清。才清者,王、孟、储、韦之类是也。若格不清则凡,调不清则冗,思不清则俗,王、杨之流丽,沈、宋之丰蔚,高、岑之悲壮,李、杜之雄大,其才不可概以清言,其格与调与思,则无不清者。①

胡应麟所言的"清"包括李、杜之雄放。明初贝琼在《乾坤清气序》中言:"诗盛于唐,尚矣。盛唐之诗,称李太白、杜少陵而止。乾坤清气,常靳于人,二子得所靳而形之诗。潇湘洞庭,不足喻其广;龙门剑阁,不足喻其峻;西施南威,不足喻其态;千兵万马,不足喻其气。"②他用"潇湘洞庭""龙门剑阁""千兵万马"为喻,形容李白、杜甫诗之雄浑、壮阔、奔放等种种风格,这些都是"乾坤清气"的具体呈现。

以李攀龙、王世贞为代表的复古派古诗尊汉魏、律诗尊盛唐,向前代大家学习。这也是明代主流诗人的普遍追求,这些主流诗人身上有解不开的"大家情结",他们若想成为"大家",就不能一味追求"优游不迫"的"清逸"之风,还要从古典诗歌尤其是唐诗中选出那些或是"清雄"、或是"清刚"、或是"清壮"、或是"清劲"之诗作为典范去学习,并力图创作有此风格的诗歌,又以此作为评诗的标准。他们不追求清柔,而是追求清拔之气等,这也是复古派反对富贵福泽之气浓郁的台阁体的举措,使文坛一新。

朝鲜诗家同明诗家一样,都是为了使诗歌回归正脉而学习唐诗,

---

① 胡应麟:《诗薮》,上海:上海古籍出版社,1979年,第185页。
② 贝琼著,李鸣校点:《贝琼集》,长春:吉林文史出版社,2010年,第6—7页。

希望通过追求"清劲"的诗风,以改变诗坛或柔弱萎靡、或重理失趣
之象。

　　崔、白、李三人诗皆法正音。崔之清劲,白之枯淡,皆可贵
重,然气力不逮,稍失浑厚。李则富艳,比二氏家数颇大,皆不出
郊、岛之藩篱。崔、白早世,李晚年文章大进,自成一家,敛其绮
丽归于平实。仲氏(许荙)亟称曰:"可与随州比肩,亦不多让。"
余曰:"文章与世升降,宋不及唐,元不及宋,势使然也。安有度
越二代与作家争衡之理乎?"仲氏曰:"退之,唐人也,子厚以为直
须与子长驰骋。子厚岂徒言之士乎? 益之亦若是也?"余终不以
为然。①

　　仲氏诗初学东坡,故典实稳熟。及选湖堂,熟读《唐诗品
汇》,诗始清健。晚年谪甲山,持李白诗一部以自随,故谪还之
诗,深得天仙之语。长篇短韵驱驾气势。李益之尝曰:"读美叔
学士诗,若见空中散花。"仲氏不幸早世,未施长辔,遗文散落不
能收拾。及壬辰之变,无暇搜出,并付之兵火。终天之恸,曷有
其极! 余卜居镜湖,惊悸初定,试忆所尝诵念,则仅五百余篇。
欲写以传世,以期不朽。然亦泰山之一毫芒尔。②

　　朝鲜"三唐诗人"崔庆昌、白光勋、李达诗学盛唐,就是为了扭转
朝鲜诗坛学宋,以文字为诗,重理失趣的状况,因此三人诗学盛唐被

---

① 许筠:《鹤山樵谈》,《韩国诗话全编校注》第二册,北京:人民文学出版社,
　2012年,第1436页。
② 许筠:《鹤山樵谈》,《韩国诗话全编校注》第二册,北京:人民文学出版社,
　2012年,第1436页。

看作是"法正音"。三人学唐,呈现出不同的诗歌风格:崔诗清劲,白诗枯淡,李诗富艳。许篈受明代高棅《唐诗品汇》的影响,其诗才开始清健,晚年学李白,其"长篇短韵"才有驱驾气势。朝鲜诗家与明复古派一样诗学盛唐,一样追求清劲、清健之风。

朝鲜诗家十分推崇本国"清壮""清劲""清健"之诗:

有李玉峰者,即赵伯玉之妾也。诗亦清壮无脂粉态。①

李玉峰,赵斯文瑗之妾也。诗甚清健,殆非妇人脂粉语也。②

许草堂之女,金正字诚立之妻,自号景樊堂,诗集刊行于世,篇篇警绝……瑰丽清健,有似四杰之作。③

姜景醇《养蕉赋》极好,诗亦清劲,其《病余吟》曰:"南窗终日坐忘机,庭院无人鸟学飞。细草暗香难觅处,淡烟残照雨霏霏。"闲雅可诵。④

金三渊昌翕诗甚清劲。⑤

---

① 许筠:《惺所覆瓿稿》卷二十五,《影印标点韩国文集丛刊》第 74 辑,首尔:韩国古典翻译院,1991 年,第 367 页。
② 许筠:《鹤山樵谈》,《韩国诗话全编校注》第二册,北京:人民文学出版社,2012 年,第 1441 页。
③ 申钦:《象村稿》卷五十二,《影印标点韩国文集丛刊》第 72 辑,首尔:韩国古典翻译院,1991 年,第 345 页。
④ 许筠:《惺叟诗话》,《韩国诗话全编校注》第二册,北京:人民文学出版社,2012 年,第 1481 页。
⑤ 赵德润:《别本东人诗话》,《韩国诗话全编校注》第五册,北京:人民文学出版社,2012 年,第 4193 页。

从上述诗评可见,朝鲜诗坛也注重追求"清"风。朝鲜诗家多注重创作气力清健之诗,如郑斗卿得杜之骨格,挟李之风神,"气力清健",被称为"东方大家",其诗"旷数百年无此气格","百代以下当无继者"①。

总之,"清壮"是明诗坛主流诗风之一。朝鲜诗家在批评明诗"清壮"之时,重点论述了"清壮"风格明显的李攀龙诗歌,他们高扬李攀龙在诗坛的地位,以此引起朝鲜诗坛对"清壮"之诗的重视。朝鲜诗家同明诗家一样,主张诗学盛唐,尤其学李白等清健之诗,积极创作"清壮""清劲""清健"之诗,对扭转朝鲜诗坛之弊起到了一定的积极作用。

三、明诗之"清远"

"清远"一词内涵十分丰富,或指清明高远、或指清美幽远、或指清逸淡远、或指清深幽远。如果从"清逸淡远"的角度看,明初以陈献章为代表的山林派诗人亲近自然,追求高情远致及超凡脱俗的"抗怀物外"之精神,其诗多呈现出"清逸淡远"之风格。诚如当代学者陈文新所言:"山林诗则明晰地通向从陶渊明到王、孟、韦、柳的一脉,其风格指向是清逸淡远。"②朝鲜诗家对陈献章"清逸淡远"诗风十分关注。李圭景在《诗家点灯》中列举了陈献章的此类诗:

> 《歇马犬径山》:"数家烟火隔林塘,一树寒花晚自香。黄叶冢头聊歇马,鹧鸪声里近斜阳。"《东轩独坐》:"桃花寂寞梨花

---

① 洪万宗:《诗评补遗》,《韩国诗话全编校注》第三册,北京:人民文学出版社,2012年,第2448页。

② 陈文新:《从台阁体到茶陵派——论山林诗的特征及其在明诗发展史上的意义》,《文学遗产》,2008年第3期。

开,山中薄酒三五杯。村西有客可人意,风雨今朝期不来。"……
《留姜仁夫》:"云去云来等是浮,独凭高阁看江流。南风莫送东
归客,更共江门一日游。"《落花》:"落花半落流水香,鸣鸠互鸣
春日长。美人别我隔江浦,欲来不来空断肠。"①

　　陈献章的这些诗都以山林为依托,寄寓其淡泊之志。《歇马犬径
山》中"烟火""寒花""冢头""鹧鸪"统一在斜阳下,颇有陶渊明《归园
田居》中的闲适情致。《东轩独坐》写在桃花开尽梨花又开的山间,诗
人期盼的客人未至,只好举杯独酌,颇有李白《独坐敬亭山》之意绪。

　　陈献章诗以自然为宗,他认为"自然之乐,乃真乐也,宇宙间复有
何事"②。前两首诗都彰显出"其性本爱丘山"之志。但其诗与陶诗
有不同之处,陶诗多以望山为主,而陈诗以入山为主,在山林之境中
体悟自然之清幽。且陈献章的山林诗也受明代心学影响,他曾在《复
赵提学金宪》中言其"比归白沙,杜门不出",在山林间静坐,体悟"此
心与此理凑泊吻合处"③。其诗中常出现"坐山观流水,闲看云去来"
的清逸淡远之幽美境界。这些诗不仅仅写出清美幽远之景,更重要
的是在托喻清远中,传达出诗人超凡脱俗的淡泊之志。朝鲜诗家任
守干(1665—1721)曾言:"士有迹近而心远者,心苟远矣,则地自偏
矣。虽处薮泽之下,心慕荣进,则不可谓之遁也。虽处朝市之间,志
在沉冥,则不可不谓之遁也。"④无论陶渊明还是陈献章,都是既有

① 李圭景:《诗家点灯》,邝健行等选编:《韩国诗话中论中国诗资料选粹》,北
　　京:中华书局,2002 年,第 310 页。
② 陈献章著,孙通海点校:《陈献章集》上册,北京:中华书局,1987 年,第 192—
　　193 页。
③ 陈献章著,孙通海点校:《陈献章集》上册,北京:中华书局,1987 年,第 145 页。
④ 任守干:《遁窝遗稿》卷三,《影印标点韩国文集丛刊》第 180 辑,首尔:韩国古
　　典翻译院,1996 年,第 297 页。

"行迹之远"又有"心虑之远",其旨在追求一种诗意栖居之境。许筠在《闲情录》中引用陈献章之语:

> 当其境与心融,时与意会,悠然而适,泰然而安。物我于是乎两忘,死生焉得而相干……灵台洞虚,一尘不染,浮华尽剥,真实乃见;鼓瑟鸣琴,一回一点。气蕴春风之和,心游太古之面。其自得之乐亦无涯也。[①]

春风和暖,身居清幽山林,鼓瑟鸣琴。在此景此境中,幽美之境与淡泊致远之心相融,悠然而适,诠释了诗美之境界,传达出那种超尘脱俗雅人深致的"清远"之趣。洪直弼(1776—1852)也曾引用陈献章关于境与心的言论,他在《梅山集》中写其"东峰寻真"时,山间环境清幽,"当其境与心融,时与意会,悠然而适,陶然而乐,若将物我之两忘,亦近日之胜会也。彼自谓游云梦陟高丘,耳听九韶六蘏,口味煎熬芬芳,驰骋夷道,钓射鹈鹕者,皆虚夸耳"[②]。在这空灵清远的意境中,令人物我两忘。

李圭景、许筠、洪直弼或引用陈献章诗歌,或引用其诗论,都是对明诗"清远"的一种解读。虽然李圭景只简单评论陈献章诗"平淡多奇句",并未深入阐释其"奇"处,但这是基于他对明初山林诗与众不同之处的理解。许筠的言论与其倡导的性情诗学有很大关系,许筠笔下的性情既有"非欲独善其身"[③]而兼济天下的儒家情怀,又有"心

① 成均馆大学校大东文化研究院编:《许筠全集》,首尔:成均馆大学校出版部,1981年,第266页。
② 洪直弼:《梅山先生文集》卷九,《梅山集》,《影印标点韩国文集丛刊》第295辑,首尔:韩国古典翻译院,2002年,第240页。
③ 许筠:《惺所覆瓿稿》卷十一,《影印标点韩国文集丛刊》第74辑,首尔:韩国古典翻译院,1991年,第228页。

之本体,湛然常清。方其不动,水澄鉴明,至虚至灵,至神至精"①的
道家旨趣,还有"气宇清明,心神虚朗"②至悟法义的佛性自明。这与
陈献章"物我于是乎两忘,死生焉得而相干……灵台洞虚,一尘不染,
浮华尽剥,真实乃见"③的心境十分相似。基于此,许筠对山林诗之
"清远"有至深体悟。

　　明代后期竟陵派也追求"清远",但与山林诗人追求"清逸淡远"
不同,主要意在"清远幽深"。竟陵派十分重视诗之"清","诗,清物
也"是其诗学的核心观念之一,经常被提及。钟惺在《简远堂近诗
序》中言:"诗,清物也。其体好逸,劳则否;其地喜净,秽则否。"④"夫
诗,清物也。才士为之,或近薄而取忌。违心漫世,薄道也。"⑤竟陵
派对"清远"的追求,既是为了规范公安派的"性灵",又是为了避免
明七子派过分执守雄浑之失。钟惺在《陪郎草序》中言:

　　　　夫诗,以静好柔厚为教者也……豪则喧,俊则薄;喧不如静,
薄不如厚。⑥

　　"豪则喧"指前后七子过分执守雄浑奔放。朝鲜诗家也赞同钟惺

① 许筠:《惺所覆瓿稿》卷十四,《影印标点韩国文集丛刊》第 74 辑,首尔:韩国
　古典翻译院,1991 年,第 254 页。
② 许筠:《惺所覆瓿稿》卷十四,《影印标点韩国文集丛刊》第 74 辑,首尔:韩国
　古典翻译院,1991 年,第 254 页。
③ 陈献章著,孙通海点校:《陈献章集》上册,北京:中华书局,1987 年,第
　275 页。
④ 钟惺著,李先耕、崔重庆标校:《隐秀轩集》,上海:上海古籍出版社,1992 年,
　第 249 页。
⑤ 钟惺著,李先耕、崔重庆标校:《隐秀轩集》,上海:上海古籍出版社,1992 年,
　第 250 页。
⑥ 钟惺著,李先耕、崔重庆标校:《隐秀轩集》,上海:上海古籍出版社,1992 年,
　第 276 页。

此论。《东洋诗学源流》中记载,钟惺读李白《经下邳圯桥怀张子房》感慨道:"读太白诗当于雄快中察其静远,精出处有斤两,有脉理。"①钟惺对李白的这个评价可谓独具慧眼,他认为读李白的诗不能仅以雄快观之,还要看到其中的清幽深远之处。因为"古人虽气极逸,才极雄,未有不具深心幽致而可入诗者"②,但是"今人把太白只作一粗人看矣,恐太白不粗于今之诗人也"③。"今人"主要指前后七子,他们忽略了诗中的"深心幽致"。李白诗虽以雄浑为主,但也有托意清远、清深幽远之处,不可仅以奔放来评论,这也印证了钱谦益对竟陵派"别出手眼,另立幽深孤峭之宗"④的评价。

明前后七子对"清远"的忽略,还可从王世贞对王维诗的态度中得以佐证。朝鲜诗家金万重在《西浦漫笔》中言:

> 有人诗尚王右丞,不喜老杜。王弇州曰:"公若熟读杜诗,其中自有右丞。"弇州此言,不敢以为然。文章如金石丝竹,其声不能相兼而各有所至,苟欲兼之,则亦未少成声也。千石之钟,万石之簴,声满天地,众乐皆废,老杜之于诗是也。然泗滨峄阳之清远幽冥,亦不可不还他所长。如右丞之"行到水穷处,坐看云起时"、"漠漠水田飞白鹭,阴阴夏木啭黄鹂",杜集何尝有此语?⑤

---

① 李昇圭:《东洋诗学源流》,《韩国诗话全编校注》第十二册,北京:人民文学出版社,2012 年,第 9953 页。
② 钟惺,谭元春:《诗归》,《四库全书本存目丛书》第 338 册,济南:齐鲁书社,1996 年,第 260 页。
③ 钟惺,谭元春:《诗归》,《四库全书本存目丛书》第 338 册,济南:齐鲁书社,1996 年,第 260 页。
④ 钱谦益:《列朝诗集小传》,上海:上海古籍出版社,1983 年,第 570 页。
⑤ 金万重:《西浦漫笔》,《韩国诗话全编校注》第三册,北京:人民文学出版社,2012 年,第 2258 页。

　　金万重不认同王世贞所说的杜甫诗中自有王维的说法。他认为王维"行到水穷处,坐看云起时"等清远幽深之诗,是杜甫所没有的。金万重与钟惺都注意到明七子派对"清远"的忽视,这也表明金、钟对"清远"的重视。

　　"俊则薄"指公安派的创作缺少深厚的内涵。针对公安派的浅俗,钟惺给出矫正方法:既要"读书养气,以求其厚",还要"诗之为教,和平冲澹,使人有一唱三叹,深永不尽之趣……寄情闲远,托旨清深"①。意思是作诗既可通过多读书养才气,使诗歌有深厚的韵味,又要寄情闲远,托旨清深,不可过于率意浅俗。"清远"之诗韵味才深,徐复观在《中国艺术精神》中言:"所谓韵……必以超俗的纯洁性为基柢,所以是以'清''远'等观念为其内容。"②这也是朝鲜诗家所重视的。柳成龙在《西厓先生文集》中说:

> 诗当以清远冲澹、寄意于言外为贵,不然则只是陈腐语耳。古今绝句中,如李白"洞庭西望楚江分,水尽南天不见云。日落长沙秋色远,不知何处吊湘君"。③

　　柳成龙认为"清远"与寄意深远、意在言外同样重要,都有含蓄之美,这与竟陵派强调"寄情闲远,托旨清深"的意旨相类。他论李白诗有清远冲澹之美、"千万里不尽之意",这既与竟陵派独具慧眼观李白诗有"清远"之风一致,又与钟惺反对公安派庸俗低落之诗风、追求托旨清深一致。正如朝鲜诗家河受一(1553—1612)在《松亭先生文集

---

① 钟惺著,李先耕、崔重庆标校:《隐秀轩集》,上海:上海古籍出版社,1992年,第281—282页。
② 徐复观:《中国艺术精神》,沈阳:春风文艺出版社,1987年,第154页。
③ 柳成龙:《西厓先生文集》卷十五,《西厓集》,《影印标点韩国文集丛刊》第52辑,首尔:韩国古典翻译院,1990年,第299页。

附录·墓碣铭并叙》中所言:"文章亦雄浑有典则,诗亦闲淡清远,陶写性灵,不止为吟风弄月而已。"①李匡吕(1720—1783)《李参奉集序》中亦言:"发挥性灵,理致清远。"②这与竟陵派"遂揭'性灵'二字以哗世率众"③,不满公安派将饮酒、狎妓等庸俗之趣当成独抒性灵的偏执相一致。

从朝鲜诗家对明诗"清远"的批评看,他们比明诗家更加看重"清远"这一古典诗学批评范畴。他们关于"清远"的观点多与明诗坛的山林派、竟陵派一致,而这与明诗坛重前后七子的"清雅""清壮"不同。

第三节　古代朝鲜诗家批评明诗之"自然"

在中国古代,"自然"是道家思想的核心内容。《老子》中言:"人法地,地法天,天法道,道法自然。"④这里的"自然"是与"道"合一的,是指无所欲求的自然而然的状态,即自然法则。先秦至魏晋时期,虽然人们常将"自然"与审美结合论述,但这些"自然论"还没有进入文艺美学的领域。自唐代始,"自然"成为一种普遍认可的审美风尚,司空图在其《二十四品》中,将"自然"列为第二,视之为一种审美境界。在朝鲜,因中、朝文学交流及朝鲜文学自身的发展,"自然"也成为文人追求的至高审美理想。高丽时期的李仁老赞赏"如风吹

---

① 河受一:《松亭先生文集附录》,《松亭集》,《影印标点韩国文集丛刊》第 61辑,首尔:韩国古典翻译院,1991 年,第 152 页。
② 李匡吕:《李参奉集》序,《影印标点韩国文集丛刊》第 237 辑,首尔:韩国古典翻译院,1999 年,第 231 页。
③ 李宜显:《陶谷杂著》,《韩国诗话全编校注》第四册,北京:人民文学出版社,2012 年,第 2922 页。
④ 陈鼓应注译:《老子今注今译》,北京:商务印书馆,2004 年,第 169 页。

水,自然成文"①的天趣自然之诗,李奎报高度评价陶潜诗"天然奇趣",以天然为其诗歌创作准则,他的诗也呈现出"其辞自然富艳,虽新意至微难状处,曲尽其言而皆精熟"②的特点。李穑以"自得天趣"为诗法准则。朝鲜朝前期,随着性理学的引入、吸收及崇儒抑佛思想的播扬,人们的审美意识渐渐由高丽时期追求"刚健豪放"转向追求"自然清新",徐居正追求"盖天地有自然之文,故圣人法天地之文"③的自然美。朝鲜朝后期金昌协追求"性情之发而天机之动"的自然之诗。"自然在古代朝鲜,已深深地积淀为整个民族文化的一种集体无意识式的审美诉求。"④在重自然的基础上,朝鲜诗家从真、趣、切三个维度论述了明诗的"自然"之美。明诗家中对"自然"议论最多的是公安派。在"独抒性灵"诉求的主导下,公安派主张创作"出自灵窍,吐于慧舌,写于铦颖"⑤之诗。朝鲜诗家赞同公安派诗歌皆出肺腑的"自然之真"的主张,高度评价山林派及公安派追求天趣自得、自成规矩的"自然之趣",在比较公安派与竟陵派之诗后,提倡创作情真语切、语意天成的自然之诗。

一、明诗自然之真:皆出肺腑

朝鲜诗家认为诗之妙在于皆出肺腑,自在流出,"凡诗有意而作,

---

① 李仁老:《破闲集》,《韩国诗话全编校注》第一册,北京:人民文学出版社,2012 年,第 20 页。

② 李奎报:《白云小说》,《韩国诗话全编校注》第一册,北京:人民文学出版社,2012 年,第 111 页。

③ 徐居正:《四佳文集》卷四,《四佳集》,《影印标点韩国文集丛刊》第 11 辑,首尔:韩国古典翻译院,1988 年,第 248 页。

④ 张振亭:《朝鲜古典诗学范畴及其批评体系》,北京:人民出版社,2018 年,第 114 页。

⑤ 袁中道著,钱伯城点校:《珂雪斋集》上册,上海:上海古籍出版社,1989 年,第 521 页。

不若得之于自然，则可入妙境"①。而公安派主张作诗要"出自灵窍"，"信心而出，信口而谈"②，符合朝鲜诗家对自然之真的审美期待。

金锡胄（1634—1684）在《锦帆集序》中感慨：

> 昔袁小修（袁中道）尝序中郎诗曰："《锦帆》、《解脱》诸集，意在破人执缚，间有率易游戏之语。或快爽之极，浮而不沉，情景太真，近而不远。要亦出自灵窍，吐于慧舌，写于铦颖。足以荡涤尘坌，消除热恼。"……噫！彼小修、中郎兄弟，固自相为知己，若田水之沉沦销落。苟非袁生之能具只眼，其孰能拔之于醋妇酒媪之手，表彰之至于此耶？③

袁中道在为袁宏道诗集作序时，从师心的角度评论袁宏道的《锦帆》、《解脱》等集子中的诗"出自灵窍，吐于慧舌，写于铦颖"。这些诗是自然性灵的抒发，由于是直抒胸臆，所以语言也是自然流畅，一气呵成，快爽之极。这些率意之诗有"足以荡涤尘坌，消除热恼"之功效。金锡胄认为袁中道与袁宏道是兄弟，所以"自相为知己"，基于此，袁中道对袁宏道诗风的评价极高。袁中道也是公安派的中坚人物，其文学主张要旨是反对蹈袭，主张变通，认为文学随时代的变化而变化，"天下无百年不变之文章"④。既然诗歌随时代发展而变化，

① 洪万宗：《诗评补遗》，《韩国诗话全编校注》第三册，北京：人民文学出版社，2012 年，第 2408 页。
② 袁宏道著，钱伯城笺校：《袁宏道集笺校》上册，上海：上海古籍出版社，2008 年，第 501 页。
③ 金锡胄：《息庵遗稿》卷八，《影印标点韩国文集丛刊》第 145 辑，首尔：韩国古典翻译院，1995 年，第 248 页。
④ 袁中道著，钱伯城点校：《珂雪斋集》上册，上海：上海古籍出版社，1989 年，第 459 页。

那就不应该像有些复古者那样死守"尺寸古法",而且作家的才情不同、心境不同,表达的情感也不相同。朝鲜诗家南克宽在《谢施子》中对公安派的这些论调持认同态度,认为公安派所言的"诗之无所不极,一代盛一代,故古有不尽之情,今无不写之景……出己胸臆,才肯下笔……亦是至论"①。

那么,如何做到不厚古薄今、创作自然之真诗呢?从袁宏道《与张幼于》中可以找到答案,他说"近日湖上诸作,尤觉秽杂,去唐愈远,然愈自得意。"②他还提出诗"非从自己胸臆流出,不肯下笔,有时情与境会,顷刻千言,如水东注,令人夺魄"③。提倡诗要直率,抒写性灵,才能使文章有趣有韵,"无心""无意"为诗,方能彰显诗歌自然之真。

朝鲜诗家李圭景认同袁宏道作诗要皆出肺腑的主张:

> 袁中郎石公有诗曰:"好梦因凉得,闲愁到水忘。"《读书》诗曰:"拭却韦编尘,衣冠对古人。著来皆肺腑,道破益精神。把斧樵珠玉,恢纲网凤麟。拟将半尺帚,匝地扫荆榛。"此真个道得读书法也,是非名句乎? 世之骂中郎者多,至中郎者少,何也?④

袁宏道认为古人作诗好,因为其诗发自肺腑,也因此会"道破益精神",读书者只有领会古人作诗的精神,才能读懂古人诗意。这既

① 南克宽:《梦呓集》坤,《影印标点韩国文集丛刊》第 209 辑,首尔:韩国古典翻译院,1998 年,第 321 页。
② 袁宏道著,钱伯城笺校:《袁宏道集笺校》上册,上海:上海古籍出版社,2008年,第 502 页。
③ 袁宏道著,钱伯城笺校:《袁宏道集笺校》上册,上海:上海古籍出版社,2008年,第 187 页。
④ 李圭景:《诗家点灯》,邝健行等选编:《韩国诗话中论中国诗资料选粹》,北京:中华书局,2002 年,第 303 页。

是读书之法，又是作诗之法。李圭景认为袁宏道的读书法十分有道理，并以此来反驳那些"骂中郎者"。

　　袁氏兄弟的这些文学主张主要是针对明诗坛拟古之弊而提出的。明诗由于"动涉模拟"而无复自然、"无复天真"①，犹如"弇州辈虽宗尚空同，而其论常若有所不满，盖以其淘洗刻削之功未尽也。然今观空同之长，在于莽苍劲浑，倔强疏卤。正以其淘洗刻削之功未尽，而真气犹不丧耳。至弇州诸人揣摩愈工，锻炼愈精，而真气则已丧。此所以反逊于空同也"②。如果"务奇巧为险涩语，以人所难解为工"，是绝不会创作出"出于性情，达乎声音，讽之自然"之诗的。当然，明复古派不是反对自然，他们诗学盛唐的初心是要创作自然之诗，王世贞曾表示五言古诗、七言歌行的创作要向"以自然为宗，以俊逸高畅为贵"③的李白学习。谢榛以"因字得句，由句发兴，顺流直下，浑成无迹"为作诗窍诀，主张学作自然朴拙的古诗，他认为古诗不加形容，自在流出，情理自见，不泥于音律而调自高、韵自叶，这是诗之自然的最高境界。正所谓"千拙养气根，一巧丧心萌"④。朝鲜诗家亦追求返朴复拙，以全其真。但是，一些朝鲜诗家在学习的过程中，因过于揣摩求工，而失于自然之真，"其意非不美矣，摹拟之甚，殆同优人假面，无复天真之可见"⑤。

---

① 金昌协：《农岩杂识》，《韩国诗话全编校注》第四册，北京：人民文学出版社，2012年，第2838页。
② 金昌协：《农岩杂识》，《韩国诗话全编校注》第四册，北京：人民文学出版社，2012年，第2840页。
③ 南龙翼：《壶谷诗话》，《韩国诗话全编校注》第三册，北京：人民文学出版社，2012年，第2191页。
④ 谢榛：《四溟诗话》，丁福保辑：《历代诗话续编》下册，北京：中华书局，1983年，第1229页。
⑤ 李宜显：《陶谷杂著》，《韩国诗话全编校注》第四册，北京：人民文学出版社，2012年，第2922页。

　　公安派尚自然之真的诗学追求,使晚明文坛为之一新,也给朝鲜诗坛带来了新的文学气息。钱谦益在《列朝诗集小传》中言"中郎之论出,王、李之云雾一扫,天下之文人才士始知疏瀹心灵,搜剔慧性,以荡涤摹拟涂泽之病,其功伟矣"①。《四库全书总目提要》中同样记载袁宏道"诗文变板重为轻巧,变粉饰为本色,致天下耳目于一新"②。在袁宏道"独抒性灵"的影响下,明代很多文人主张作诗要尊心灵,发挥慧性。强调作"真"诗,对诗坛模拟之风无疑是有力的打击。公安派作诗力求自然本真的思想,对朝鲜诗坛有极大的影响,他们的作品传到朝鲜后,受到朝鲜诗人的喜爱与关注。朝鲜诗家任埅回忆其亡友赵长卿曾称赞《袁中郎集》可观,在好友的力荐之下,任埅"借得于农岩阅之"③。他不但仔细阅读了《袁中郎集》,还将袁宏道的诗文"手录一小册,以为欹枕御睡之资"④,在时常翻看领会后,总结袁宏道"其学宗瞿昙氏,其文原庄周氏,大抵非吾儒从六艺中来者也"⑤。认为袁宏道追求自然的诗学源于佛道提倡的自然。因"其匠心铸辞,要自胸中流出,笔端鼓舞,不沿袭故套陈语,往往有脱洒可喜者"⑥,而感到耳目一新,赞其为"艺苑之一豪"⑦。

————————

① 钱谦益:《列朝诗集小传》,上海:上海古籍出版社,1983年,第567页。

② 永瑢等:《袁中郎集》提要,《四库全书总目提要》(万有文库本)第36册,上海:商务印书馆,1931年,第26页。

③ 任埅:《水村集》卷九,《影印标点韩国文集丛刊》第149辑,首尔:韩国古典翻译院,1995年,第195页。

④ 任埅:《水村集》卷九,《影印标点韩国文集丛刊》第149辑,首尔:韩国古典翻译院,1995年,第195页。

⑤ 任埅:《水村集》卷九,《影印标点韩国文集丛刊》第149辑,首尔:韩国古典翻译院,1995年,第195页。

⑥ 任埅:《水村集》卷九,《影印标点韩国文集丛刊》第149辑,首尔:韩国古典翻译院,1995年,第195页。

⑦ 任埅:《水村集》卷九,《影印标点韩国文集丛刊》第149辑,首尔:韩国古典翻译院,1995年,第195页。

　　朝鲜朝后期的诗家如金昌协、丁若镛等也主张创作自然之诗。丁若镛在《泛斋集》序中说:"诗有二难,非琢字炼句之精熟之难,非体物写情之微妙之难,唯自然一难也,浏然其有余韵二难也。"①其作诗追求自然,诗歌也多描写山中林间、海岛渔船等自然之景,展现诗人在自然之中天人合一的创作状态,表现了诗人对"自然"与"真"的志趣追求。因此,当他阅读了公安派的作品、了解其诗论后,曾作诗:

《古诗二十七首》其十二

　　异哉隆万诗,枯涩如槁木。袁徐铄雪楼,骂詈如奴仆。②

《松坡酬酢》其五

　　老人一快事,纵笔写狂词。竞病不必拘,推敲不必迟。
　　兴到即运意,意到即写之。我是朝鲜人,甘作朝鲜诗。
　　卿当用卿法,迂哉议者谁? 区区格与律,远人何得知?
　　凌凌李攀龙,嘲我为东夷。袁尤槌雪楼,海内无异辞。
　　背有挟弹子,奚暇枯蝉窥? 我慕《山石》句,恐受女郎嗤。
　　焉能饰凄黯,辛苦断肠为? 梨橘各殊味,嗜好唯其宜。③

　　丁若镛认为明朝隆庆与万历诗歌"枯涩如槁木",言袁宏道与徐渭对以李攀龙为代表的复古派的批判犹如主子谩骂奴仆,用语之切

---

①　丁若镛:《文集》卷十三,《与犹堂全书》,《影印标点韩国文集丛刊》第 281 辑,首尔:韩国古典翻译院,2002 年,第 278 页。
②　丁若镛:《诗集》卷四,《与犹堂全书》,《影印标点韩国文集丛刊》第 281 辑,首尔:韩国古典翻译院,2002 年,第 73 页。
③　丁若镛:《诗集》卷六,《与犹堂全书》,《影印标点韩国文集丛刊》第 281 辑,首尔:韩国古典翻译院,2002 年,第 124 页。

达到"海内无异辞"的程度。袁宏道也的确把死学古人的做法斥之为
"粪里嚼渣""顺口接屁"①。丁若镛对袁宏道等人对李攀龙的批判持
赞同态度,这固然与李攀龙嘲笑朝鲜诗人有关,但更主要的原因是袁
宏道提出直抒胸臆、自创新格的主张,与丁若镛所言"竞病不必拘,推
敲不必迟。兴到即运意,意到即写之"②的主张相类。可以说公安派
的诗学理论成为丁若镛大胆追求自然之诗的理论支撑。

　　综上所述,朝鲜诗家在论述明代诗歌自然之真时,常以论述公安
派尤其是袁宏道的自然诗学理论为参照,高度赞扬其提倡的诗出性
灵、不加形容、笔端鼓舞、自在流出、创作自然等诗论。这种"自然"与
佛道师法自然的理念很接近,既是自然的创作风格,又体现了自然之
真的审美意味。这与谢榛"诗有天机,待时而发,触物而成,虽幽寻苦
索,不易得也"③、王世贞"至所结撰,必匠心缔而发性灵"④的论调相
近。发自肺腑之诗,一旦情与境遇,诗人之性情就会自然真实地展现
出来。

　　明诗虽然在前中期由复古派主盟,但是复古派中的一些诗人,如
谢榛、王世贞在拟古的同时也强调诗的自然之美。公安派在对抗复
古派僵化的拟古思想中,积极创作不袭陈语、皆出肺腑、自然洒脱的
诗歌。竟陵派也主张"求古人真诗所在"⑤。有明一代,虽然诗坛几
乎都被复古与反复古的争斗所笼罩,但是明诗家追求诗歌自然之真

---

① 袁宏道著,钱伯城笺校:《袁宏道集笺校》上册,上海:上海古籍出版社,2008
　　年,第502页。
② 丁若镛:《诗集》卷六,《与犹堂全书》,《影印标点韩国文集丛刊》第281辑,首
　　尔:韩国古典翻译院,2002年,第124页。
③ 谢榛:《四溟诗话》(万有文库本),上海:商务印书馆,1936年,第23页。
④ 王世贞:《弇州续稿》卷三五,《文渊阁四库全书》第1282册,台北:台湾商务
　　印书馆,1986年,第467页。
⑤ 钟惺著,李先耕、崔重庆标校:《隐秀轩集》,上海:上海古籍出版社,1992年,
　　第236页。

与自然之美的步伐不曾中断。而朝鲜诗家结合本国诗学中的自然观，对明代诗歌中的"自然"展开批评，表明其诗歌创作追求自然之意，进而展现诗歌的自然之真、自然之美。

二、明诗自然之趣:天趣自得

"自然之趣"是朝鲜诗家对自然风格的一种审美诉求。"趣"在诗学中是一个很重要的审美范畴。朝鲜诗家对明诗中的"趣"以及由"趣"延展而来的意趣、旨趣、志趣、情趣、兴趣、趣味等十分关注，对明诗自然之趣的生成条件，寄情山水的自得之趣等加以评论，以助益朝鲜文坛创作更多有自然之趣的诗歌。

中、朝诗家都将"趣"看成诗歌的一个重要质素，明高启云:"诗之要，有曰格、曰意、曰趣而已。格以辨其体，意以达其情，趣以臻其妙也。"①谢榛言:"诗有四格:曰兴、曰趣、曰意、曰理。"②朝鲜诗家许筠曾在《诗辨》中言:"先趣立意，次格命语，句活字圆，音亮节紧，而取材以纬之，不犯正位，不著色相。叩之铿如，即之绚如。抑之而渊深，高之而腾踔。阖而雅健，辟而豪纵，放之而淋漓鼓舞。用铁如金，化腐为鲜。平淡不流于浅俗，奇古不邻于怪癖。咏象不离于物类，铺叙不病于声律。绮丽不伤理，论议不粘皮。比兴深者通物理，用事工者如己出。格见于篇成，浑然不可镌;气出于言外，浩然不可屈。尽是而出之，则可谓之诗也。彼汉魏以下诸公，皆悟此而力守者也。不然，则虽汉趋魏步，六朝服，而唐言动，御苏陈以驰，只自行其秽而已，吁其非矣!"③许筠这段话论述了创作诗歌的过程及方法，强调诗歌

---

① 高启著，金檀辑注，徐澄宇等校点:《高青丘集》下册，上海:上海古籍出版社，1985 年，第 885 页。

② 谢臻:《四溟诗话》(万有文库本)，上海:商务印书馆，1936 年，第 25 页。

③ 许筠:《惺所覆瓿稿》卷十二，《影印标点韩国文集丛刊》第 74 辑，首尔:韩国古典翻译院，1991 年，第 241 页。

创作应以自然为宗,不能流于浅俗或怪癖,要浑然浩然,不见雕琢之痕,方得自然之趣。若对前人亦步亦趋,只能"自行其秽"。李圭景指出:"皇明竟陵钟惺伯敬《语石斋私印谱序》曰:'雅俗关识,妍丑关趣,健弱关力,偏该关学,正旁关派。'"①雅俗与学识有关,而趣与诗文之美丑相关,这与高启的理念相近。

在肯定诗要有"趣"的基础上,朝鲜诗家比较注重自然天趣,并以此作为观照诗歌价值的一个审美原则,李建昌言:"余游邀与姜古欢同车,日课吟酬,自此微有所见于诗,故余当自署为古欢诗弟子。古欢之诗于天趣则少逊,而此行颇有自然之句。如'寒星皆在水,宿雾欲沉城',则虽唐人何以过之。"②金锡翼言:"诗格平淡典雅,有天然之趣。"③用"天趣"来衡量诗歌风格。朝鲜诗家对有"天趣"的明诗加以赞扬,朴永辅(1808—?)在《绿帆诗话》中言:

> 江盈科《雪涛诗评》:姑苏唐寅字伯虎,发解南畿,旋被诟、削籍,放浪丹青山水间,尝题一钓翁画云:"直插渔竿斜系艇,夜深月上当竿顶。老渔烂醉唤不醒,满船霜印蓑衣影。"此等语皆大有天趣。④

江盈科是晚明公安派代表人物之一,在其《雪涛诗评》中收录了

① 李圭景:《诗家点灯》,《韩国诗话全编校注》第八册,北京:人民文学出版社,2012年,第6437页。
② 李建昌:《宁斋诗话》,《韩国诗话全编校注》第十一册,北京:人民文学出版社,2012年,第8792页。
③ 金锡翼:《槿域诗话》,《韩国诗话全编校注》第十二册,北京:人民文学出版社,2012年,第10556页。
④ 朴永辅:《绿帆诗话》,《韩国诗话全编校注》第十册,北京:人民文学出版社,2012年,第8659页。

唐寅的题画诗,其诗再现了月夜钓翁图的画面:夜月当空,渔翁将鱼竿斜系船上,醉酒不醒,满船都是月夜风霜中渔翁的蓑衣影。富有画面感的词语展现了月夜渔钓的自然情趣,该诗天趣悠然。朴永辅对江盈科诗评的关注,表明朝鲜诗家对性灵论的一种变相接受,在性灵论的影响下,中、朝诗家重视直抒性灵之诗的自然之趣,宗尚"趣本于天得"之诗。

　　自然之趣的生发,往往是在遇景写兴或景境感发下,诗语自得,诗歌趣真自然,是"诗人的心灵宛如贮藏器,它收藏着许多感觉、词句、意象,搁在那儿,一旦机遇来了,就富于魅力地表现出来"①的即景妙悟或涉笔成趣,即所谓"混元运物,流而不注。迎之未来,揽之已去。诗如化工,即景成趣"②,"由润而枯,将纵故涉。涉笔成趣,惟意所及"③。李圭景阐释境与趣:

　　　　真诗触境流出,释氏所谓"信手拈来",庄子所谓"蝼蚁、稊稗、瓦砾,无所不在",此之谓悟复境,悟则随吾兴会所之,汉魏亦可,唐亦可,宋亦可,不汉魏不唐不宋亦可。无暇模古人,亦无暇避古人,而诗侯熟矣。明自嘉隆以后,称诗家皆讳言宋,宋人诗集庋阁不行。近二十年来,专尚宋诗。至余友吴孟举《宋诗抄》出,几于家有其书矣。孟举序云:"黜宋者曰腐,此未见宋诗也。今之尊唐者,目未及唐诗之全,守嘉隆间固陋之本,陈陈相因,千啄一唱,乃所谓腐也。"又曰:"嘉隆之谓唐,唐之臭腐也。宋人化

① 陈文新:《明代诗学的逻辑进程与主要理论问题》,武汉:武汉大学出版社,2012年,第260页。
② 安肯来:《东诗丛话》,《韩国诗话全编校注》第十一册,北京:人民文学出版社,2012年,第9438页。
③ 安肯来:《东诗丛话》,《韩国诗话全编校注》第十一册,北京:人民文学出版社,2012年,第9441页。

之斯神奇矣。"余以为谚曰"水复古途",佛曰"轮回古今",诗文世代变遷,亦犹斯欤？何必苛刻,论某代某人耶？自然随世随人,不劝不令,而自趣所向而已。①

李圭景认为,真诗触境流出,如佛家所谓的"信手拈来"。而境悟随兴会所至,诗文随世代变迁,虽然"今人诗变异于古人"②,但不必刻意模拟某代文学或某人之作。每一时代对诗趣的追求不同,要随时代之境的变化"善变而自成一家"③,诗趣自会展现出来。于景来说,"趣与境会,写出真景也"④。与之相应,在山林之境、花草之景中也可以展现出诗歌的自然之趣,李圭景言：

> 陈白沙诗"恰到溪穷处,山山枳壳花",杨梦山诗"常记任家亭子上,连翘花发共含杯",皆未经前人道及……此等诗堪可点缀野人庄舍闲趣者也。⑤

明人陈献章(陈白沙)与杨巍(杨梦山)的诗都突显了山间幽趣。陈献章的诗出自《访客舟中》,全诗为："船中酒多少,船尾阁春沙。恰到溪穷处,山山枳壳花。"首句交代了地点为舟中,"酒多少"暗寓

① 李圭景：《诗家点灯》,《韩国诗话全编校注》第八册,北京：人民文学出版社,2012年,第6440页。

② 安肯来：《东诗丛话》,《韩国诗话全编校注》第十一册,北京：人民文学出版社,2012年,第9285页。

③ 安肯来：《东诗丛话》,《韩国诗话全编校注》第十一册,北京：人民文学出版社,2012年,第9285页。

④ 任璟：《玄湖琐谈》,《韩国诗话全编校注》第四册,北京：人民文学出版社,2012年,第2903页。

⑤ 李圭景：《诗家点灯》,《韩国诗话全编校注》第七册,北京：人民文学出版社,2012年,第5985页。

主客饮酒甚欢,已不知喝了多少杯。因把酒畅谈,忘怀一切,以致船尾撞到沙滩上搁浅而不觉,而此时从舟中向外一望,此处恰是山间溪水的尽头,漫山枳壳花开。人在舟中,舟在溪间,溪在山间,花开满山,犹如一幅山林之趣图。最后两句颇有陶渊明"采菊东篱下,悠然见南山"之境趣。陈献章无意进取,作诗以寄优游自适之趣。而李圭景记载的杨巍《平定李侍御应时予之同年友也曾视予病感之寄此》为:"前年视我山中病,落日独骑骢马来。记得任家亭子上,连翘花发共衔杯。"简短的七言绝句却写出与友人亭中赏花、饮酒,闲看山间风景的闲逸之趣。在天籁自鸣的情境中,寄寓了萧疏淡泊者的尘外之趣。

不仅山中之景寄寓山林之趣,萧疏淡泊的心境同样可观尘外之趣:

> 皇明吴与弼,字子傅,号康斋。讲学聘君,守分安贫,故其诗澹如秋水,贫中味和似春风静后功。尝语曰:"南轩读《孟子》甚乐,湛然虚明,平朝之气略无所挠。绿阴昼清,熏风徐来,而山林阒寂,天地自阔,日月自长。邵子所谓'心静方能知白日,眼明始会识青天',于斯可验。夜坐思一身一家苟得平安,深以为幸。虽贫窭太甚,亦得随分耳。夫子曰:'不知天命,无以为君子。'夜观《晦庵文集》,累夜乏油,贫妇烧薪为光,诵读甚好。为诸生授《孟子》卒章,不胜感激。十一月单衾,彻夜寒甚,腹痛以夏布帐加覆,略无厌贫之意云。"贤哉!先生圣于安贫乐道者乎?①

吴与弼安于守贫,其诗澹如秋水。秋水澹而远,更觉天地辽阔,贫中作乐的滋味大致如此,因为本无所有,于万物不起执着贪爱,心

① 李圭景:《诗家点灯》,《韩国诗话全编校注》第八册,北京:人民文学出版社,2012 年,第 6373—6374 页。

境自然平坦。他的诗文字里行间透露着自然平淡的清贫之趣。

　　诗歌的自然之趣,不仅在景、境中可以体悟,在言有尽而意无穷的含蓄之美中仍可领悟,而直白之语则会使诗歌失去趣味。李晬光《芝峰类说》中记载了王世贞对王籍、王安石诗的评论:

> 　　王弇州言:"王籍'鸟鸣山更幽'是隽语。第合上句'蝉噪林逾静'读之,遂不成章耳。'鸟鸣山更幽',本是反不鸣山幽之意,王介甫复取其本意而反之曰'一鸟不鸣山更幽',有何趣味?宋人可笑,大概如此。"又古人谓"风定花犹落"静中有动,"鸟鸣山更幽"动中有静为佳。此言是。按:王籍,萧梁时人。"风定花犹落"亦梁谢贞诗也。①

　　李晬光赞同王世贞的评价。王籍的"鸟鸣山更幽"是动中有静,以鸟的鸣叫来衬托山之幽静,颇有空寂悠远之感。而王安石为了使诗意更明确,改为"一鸟不鸣山更幽",过于直白,无兴寄、无趣味可言,正所谓"凡情留不尽之意则味深,凡兴留不尽之意则趣多"②。

　　从王世贞对王安石的态度来看,他对宋人作诗重理失趣颇为不屑,但是明人也有其弊。明人学六朝诗及唐诗,衷情于"取诗目前,不雕琢而自工"成"天然之句"的诗歌,可是他们却在"知学六朝、初唐"的过程中,"以饾饤生涩为工,渐流于不通"。有人"改'莺啼'曰'莺呼',易'猿啸'曰'猿嗅',为士林传笑。安知此趣耶?"③重丁模拟,

① 李晬光:《芝峰类说》,《韩国诗话全编校注》第二册,北京:人民文学出版社,2012年,第1063页。
② 俞棨:《市南先生别集》卷七,《市南集》,《影印标点韩国文集丛刊》第117辑,首尔:韩国古典翻译院,1993年,第515页。
③ 佚名:《诗文清话》,《韩国诗话全编校注》第三册,北京:人民文学出版社,2012年,第2062页。

即便用意义相近之词进行替换,诗歌仍无新意,缺乏天然之趣。

即便是讥笑宋诗的王世贞也未免此弊,金昌协批评道:"弇州不知古人提掣错综之妙,而只欲以句字步趣模拟。"①王世贞忽略了古诗以韵胜、以趣胜,"不以钉餖为工",他却追求字句模拟,不懂诗歌之自然妙趣。所以,王世贞晚年由主张"人巧夺天致"转而追求不可"刓损天趣以就人巧"②。

总之,作诗追求"造语有趣、有理,汰俗情"③,方能彰显诗之趣,但此"理"并非宋人在写景抒怀中寄寓的对历史、社会、人生、政治等问题的种种见解,不是议论之理,而是诗歌本身自有的情理。用事理之语将诗意表露得太切,或者一味模拟求意似,既无诗趣之美,又破坏了诗意的完整性,因为诗歌中的时间、空间、人物、背景等是浑然一体的,只有在这样的意境中才能体悟到诗的意趣与自然之美:

> 唐人诗:"春眠不觉晓,处处闻啼鸟。"趣真而语得,自成规格,诗当如此矣。大抵泥于意趣,坠失格律,诗家之禁;而专务格律,失其意趣,尤不可也。趣属乎理,格属乎气。理为之主,气为之使,从容乎理法之场。开元之际,其庶几乎此。宋诗泥于理,明诗使于气。④

---

① 金昌协:《农岩杂识》,《韩国诗话全编校注》第四册,北京:人民文学出版社,2012 年,第 2836 页。

② 王世贞:《游摄山栖霞寺记》,《中国古代散文精粹类编》下册,上海:上海文艺出版社,1997 年,第 1592 页。

③ 李圭景:《诗家点灯》,《韩国诗话全编校注》第八册,北京:人民文学出版社,2012 年,第 6179 页。

④ 任璟:《玄湖琐谈》,《韩国诗话全编校注》第四册,北京:人民文学出版社,2012 年,第 2902 页。

尝阅古人诗评,任玄湖璟以为宋诗泥于理,明诗使于气。虽有清浊之分,而均归于失也……此说容或近之。而昔王弇州以为晦翁之诗如老槐带烟,言其萧索无趣也。①

唐以上人意趣自高,欲卑不得;宋以下人气格自卑,欲高不得。②

这几段引文旨在阐释好诗应如唐诗《春晓》一样"趣真而语得,自成规格",但是诗人作诗时常会出现过分讲求意趣而失于格律或专注格律而全无意趣的现象。只有处理好趣与格的关系,其诗才会自有真趣。宋诗与明诗,一个过于重理趣,一个过于重气格,用语皆有"痕迹",都不如唐诗意趣高。只有"无雕饰痕"才"可谓得唐人之意趣"③。

那么,如何才能可以创作出意趣高的诗歌呢?金得臣(1604—1684)曰:

凡诗得于天机、自运造化之功者为上,此则世不多有。其次学唐学宋者,各得其体则,俱有可取。至于近世,不无数三以诗称者,而无论体格之高下,能得诗家之意趣者绝少,奚暇更论唐与宋之近不近乎?世传一诗曰:"我生后彭祖,彭祖不如余。蜉蝣出我后,我生犹不如。往古不必羡,来短方有余。"未知谁氏作,而辞理俱到,有无限趣味。虽在唐宋间,而若非自运造化者

---

① 安肯来:《东诗丛话》,《韩国诗话全编校注》第十一册,北京:人民文学出版社,2012 年,第 9383—9384 页。
② 李睟光:《芝峰类说》,《韩国诗话全编校注》第二册,北京:人民文学出版社,2012 年,第 1061 页。
③ 成涉:《笔苑散语》,《韩国诗话全编校注》第五册,北京:人民文学出版社,2012 年,第 3632 页。

安能及此？①

这段话阐释了得于天机，加之诗人的自运造化之功，才能创造出有意趣的诗，这样的诗为上乘之诗，但世上并不多。近世很多人学唐学宋，虽有可取之处，但是能得诗家之意趣者少。金得臣强调天机自运之意趣为诗歌不可缺少的质素，认为一首真正的好诗辞理俱到，即内容与形式统一，才会有无限趣味。只有如此，才能在学唐学宋中，"可方于盛唐诸子"，甚至"超越前代"②。

朝鲜诗家力证朝鲜文坛有别材、别趣的作品极多，洪万宗说：

> 余尝纂集我东古今人诗，著《小华诗评》。其旁搜博考，非不勤矣，尚虑夫世之文人才子、名章秀句或有所阙遗，遂更加采录，名之曰《诗评补遗》。曾闻严沧浪之言曰："诗有别趣，非关理也；诗有别材，非关书也。"窃觏前辈固多佳咏，而或为瞽眼所弃；琐儒不无警作，而乃以人微见损。自古以然，不独今日。若此类并湮灭而不称，信乎诗有别趣、别材，而世莫得以知之也。余为此惜。兹以耳目所及，掇拾而补之，譬犹成大濩之乐，而不可废管钥之音；漉沧海之珠，而不可漏蚌胎之珍。岂可偏取于供奉天仙之语、龙标玉映之词。而或遗于杜常之作雨、方泽之飞花耶？昔高棅撰《品汇》有"拾遗"，杨伯谦选《唐音》有"遗响"，今余补遗之作，盖亦窃附是义云。③

---

① 金得臣：《终南丛志》，《韩国诗话全编校注》第三册，北京：人民文学出版社，2012年，第2115页。

② 金得臣：《终南丛志》，《韩国诗话全编校注》第三册，北京：人民文学出版社，2012年，第2112页。

③ 洪万宗：《诗评补遗》，《韩国诗话全编校注》第三册，北京：人民文学出版社，2012年，第2395页。

洪万宗此序说明其编纂《诗评补遗》的目的是把朝鲜古今有别材、别趣的诗汇编在一起。作者本着不漏沧海之珠、蚌胎之珍的原则,仿照元杨士弘《唐音》有"遗响"、明高棅《唐音品汇》有"拾遗"的体例,将并不为人所知的有别材、别趣的诗进行整理编辑,证明朝鲜自古就不乏有自然之趣的诗歌,激励后人创作天趣自得之美诗。

三、明诗自然之切:语意天成

发自肺腑、天趣自得的自然之诗,其语言要自然真切地表达诗意,语意天成。对此,朝鲜诗家多有论述。任璟在《玄湖琐谈》中谈作诗:

> 自古诗家以题咏为难,非作句难,难其相称也。"树影中流见,钟声两岸闻",为金山寺之名句;"楼观沧海日,门对浙江潮",为灵隐寺之绝唱。盖趣与境会,写出真景也。金黄元《浮碧楼》诗云:"长城一面溶溶水,大野东头点点山。"徐四佳尝歇看。然登斯楼咏斯作,则始觉其模写如画。郑松江《统军亭》诗:"我欲过江去,直登松鹤山。西招华表鹤,相与戏云间。"这二句未尝道得统军亭一语,而世以为古今绝作,何也? 盖是亭也,远临辽碣,气象旷邈,松翁乃托兴于意想之表,趣格飘逸,与兹亭相侔也。[1]

任璟认为作诗之难不在于创作诗句,而是难在诗句要切合诗意、符合作者要传达的情感。如写金山寺,诗中"树影""钟声"突出了金山寺的环境,而"中流见""两岸闻"则展现了江面的宽阔,此联准确

① 任璟:《玄湖琐谈》,《韩国诗话全编校注》第四册,北京:人民文学出版社,2012年,第2903页。

地描述了金山寺独有的地理位置，彰显了寺庙的宏阔。写灵隐寺，
"楼观"一句写远景，而"门对"一句写近景，一远一近皆写灵隐寺入
胜境可观佳处，这样的景色能开人胸怀，壮人豪情，怡人心境。任璟
用所举之例阐释了作诗者的"肺腑之言"要"精切简妙"、触境流出，
才能诰意天成，自然地展现情境之真、心境之真。

　　朝鲜诗家欣赏自出人意、有切确之语的明诗，李圭景论高启
诗言：

　　　　皇明高季迪《咏范少伯》诗云："载去西施岂无意，恐留倾国
　　更迷君。"又《咏白须》诗云："虽失房中娇婢喜，还增座上老朋
　　钦。"皆是艳绝有见解，极有理会语，足为传世名言也……谓是最
　　切确诗，观此可为参看，自得出人意。①

　　自然之真情的传达要得益于自然真切之语。高启诗歌因为语意
天成、用语确切，而成为传世名作。
　　李睟光在《芝峰类说》中言：

　　　　李白诗曰："谁家玉笛暗飞声，散入春风满洛城。"唐汝询言，
　　不见其人而闻其声，故曰"暗"。"满洛城"，言其声之远也……
　　其曰"不见而闻其声"者，真自得之言也。②

　　李白《春夜洛阳城闻笛》一诗由闻笛声而感发。全诗扣紧一个

---

① 李圭景：《诗家点灯》，《韩国诗话全编校注》第八册，北京：人民文学出版社，
　　2012年，第6118页。
② 李睟光：《芝峰类说》，《韩国诗话全编校注》第二册，北京：人民文学出版社，
　　2012年，第1152页。

"闻"字,抒写自己闻笛的感受。"谁家玉笛暗飞声,散入春风满洛城",道出那未曾露面的吹笛人虽自吹自娱,却不期然而然地打动了许多听众。唐汝询评价此诗有"不见其人而闻其声"之效,解释这就是"暗满洛城"的审美效果。而朝鲜诗家李睟光又高度评价了唐汝询的这句评语,认为唐汝询的"不见而闻其声",完全是身临其境、自得体会之语,真实自然又贴切自如。

朝鲜诗家赞同公安派信手而成、随意而出的写作态度,欣赏其用自然真切之语,直率传达其真实情感的创作技巧。金锡胄《读〈袁中郎集〉,仍用其体却赋二绝》云:

> 千秋玉局圣于文,才调中郎足继云。快活心肠飞动语,展来诗卷欲凌云。
> 豪情矫矫凌空翩,秀色盈盈出水花。尺牍几行诗几首,无人知道自南华。①

金锡胄称赞袁宏道的诗歌语言是"快活心肠飞动语",呈现出"展来诗卷欲凌云"之气势。由于袁宏道的"快活心肠",其作诗率意而为,直抒胸臆,其诗语使诗歌有灵动之感。"豪情矫矫凌空翩,秀色盈盈出水花",是对袁宏道两种不同诗歌风格的概括,其诗歌或是豪情奔放,有凌空振翩之雄奇;或是清新秀奇,犹如"盈盈出水花"。"尺牍几行诗几首,无人知道自南华",是金锡胄对袁宏道诗歌特点的总结,表明袁宏道诗学深受《庄子》影响。袁宏道曾仿写过《广庄》,其中《逍遥游》是仿庄子的《逍遥游》而作。庄子追求自然,袁宏道受其影响,作灵动自然之诗。朝鲜诗家学习袁宏道作诗用自然自得之

---

① 金锡胄:《息庵先生遗稿》卷五,《息庵遗稿》,《影印标点韩国文集丛刊》第145辑,首尔:韩国古典翻译院,1995年,第184页。

语,在创作实践中还化用其诗,如柳得恭有"蝶光依草醉,蜂态趁花
颠"一句,"本于袁宏道《牡丹》诗'蝶醉轻绡日,莺梢乱絮风'"①。

　　诗歌自然之美基于"语意天然浑成,无一字勉强处"②。朝鲜诗
家高度评价出使朝鲜的明朝使臣们诗作有自然之美,短律如陈鉴的
《浮碧楼》:"熏风徙倚夕阳楼,水浸岚光带翠流。草木都令天地泽,
江山不尽古今愁。心悬上国劳清梦,身在他乡说壮游。回首明朝便
陈迹,云韶无惜重淹留。"王敞的《百祥楼》:"江云水影共悠悠,万里
风烟豁壮眸。紫禁远连天畔极,夕阳闲倚郭西楼。微茫弱水通玄圃,
咫尺扶桑隔凤州。我欲天涯穷胜概,一杯消尽古今愁。"祁顺的《万景
楼》:"层栏徙倚望皇畿,山翠飞来点客衣。百啭黄莺花外缓,万家春
树雨中微。风传野曲樵人渡,梁坠泥香燕子归。自是君亲常在念,乡
心一片逐云飞。"倪谦"飞栋入云星可摘,虚窗近水月先来"、张宁"风
云丘壑高低见,草树人家远近分"、熊化"积水通鳌极,晴云结蜃楼"、
王梦尹"王伯千秋尽,乾坤一雁孤"等。绝句如唐皋《锦绣山》云:"布
帛已足贵,文彩归锦绣。东风作春妍,郊行亦明昼。"梁有年则云:"荷
香暗递风多力,酒盏明催月有功。贮得楼头风月满,城闉疑是蕊珠
宫"等。朝鲜诗家认为这些诗歌都属于天然浑成之作,且"置长庆有
余"③。虽然朝鲜诗家对明使臣的评价在很大程度上基于维护与明
朝的稳定关系,是对明"事大"思想在文学上的体现,但是从他们的肯
定中,可看出他们对情真语切、语意天成的自然之诗十分推崇。

　　浑然天成之诗虽"无一字勉强处",但直白浅露之言不可取。金

―――――――――

① 李德懋:《青庄馆全书》卷三十二,《影印标点韩国文集丛刊》第258辑,首尔:
　韩国古典翻译院,2000年,第9页。
② 金淰:《西京诗话》,《韩国诗话全编校注》第五册,北京:人民文学出版社,
　2012年,第3515页。
③ 金淰:《西京诗话》,《韩国诗话全编校注》第五册,北京:人民文学出版社,
　2012年,第3516页。

锡胄言袁宏道之诗"有率易游戏之语。或快爽之极,浮而不沉,情景太真,近而不远",指出袁宏道诗歌有俚俗之弊,其语虽快爽,但也显得轻浮不稳重,其写情绘景之语很真,但同时又少了些许含蓄蕴藉之美,给人一种"近而不远"之感。这也是袁宏道提倡作诗"宁今宁俗,不肯拾人一字"①的结果。其诗"西家有个如花女,可得将来侑远人","谁家门前无鹞子,归去且自看家鸡"②颇有民歌之真,但又过于浅俗。钱谦益也因此评价公安派"机锋侧出,矫枉过正,于是狂瞽交扇,鄙俚公行,雅故灭裂,风华扫地"③。

作诗要直抒胸臆,不袭故常,可有些诗人企图通过学古人之诗、袭古人之语来走捷径,都非正途,更有甚者剽窃稗官小说之字句、摘取新异之奇字琐语、蹈袭奇僻,还自以为是,实际用语不切,与自然之美背道而驰。朝鲜诗家认为有些明清诸子便如此,尤其是"明季徐、袁、钟、谭、汤显祖、陶望龄辈"④之作,"衰飒鬼琐,骎骎乎亡国"。所以正祖李祘未选其诗,多次强调"如徐袁之尖新巧靡,钟谭之牛鬼蛇神,固所显黜而痛排"⑤。朝鲜诗家也不欣赏钟惺、谭元春擅用"幽险奇巧"之语作诗的行为,认为一味追求奇语,就会务于雕镂之工,而背离自然之美。对此,朝鲜诗家论述了奇语与自然的关系:

文章好作奇语,自是一病。盖大手之文不为说异之体,而自

---

① 袁宏道著,钱伯城笺校:《袁宏道集笺校》中册,上海:上海古籍出版社,2008年,第781—782页。
② 袁宏道著,钱伯城笺校:《袁宏道集笺校》上册,上海:上海古籍出版社,2008年,第325页。
③ 钱谦益:《列朝诗集小传》,上海:上海古籍出版社,1983年,第567页。
④ 洪翰周:《智水拈笔》,《韩国诗话全编校注》第十册,北京:人民文学出版社,2012年,第8310页。
⑤ 李祘:《弘斋日得录》,《韩国诗话全编校注》第六册,北京:人民文学出版社,2012年,第4771页。

然宏富;不为险怪之辞,而自然典丽。奇寓于纯粹之中,巧藏于和易之内。理到意到,自然文从字顺。虽不求过人,而亦不能不超众矣。其有时而奇,忽焉而巧,则因事感触,遇物发越。比之长江大河,浩漫千里,而因风触石,则回波伏流,变态百出。久之而澄净宁贴,亦复平正。此天下之至文也。不善作者理既晦背,意亦浅狭,而务求美于文彩辞句之间。犹潢潦无根之源,而欲其泻千里,极变态,多见其窘陋矣。①

这段话与高丽时期李仁老所言"得道者之辞,优游闲谈而理致深远。虽禅月之高逸,参寥之清婉,岂是过哉? 此古人所谓'如风吹水,自然成文'"②的理念颇为一致。那些得道者的诗歌之所以"优游闲谈而理致深远",也是因为直抒胸臆,才有自然之效。诗人作诗不伪饰,才会"如风吹水"般"自然成文"。精切的诗语其字句可以不奇异,辞藻也可以不繁富,却能展现其自然之美。即便是奇巧之语,也是"因事感触,遇物发越"自然迸发而出,犹如江河之水,因风触石时迸发出各种形态,久之江面恢复平静后则为天下至文。以水之纹喻诗之文,好的诗句并非追求文彩,而是如无根之水一泻千里,自然成辞,展现诗歌的自然之美。

要之,真正的自然之"切"不是用直白话语或险怪之辞表达诗人情感,而是要求诗歌语言应符合其文体风格,且在外界事物的感发下,自然成辞,充分展现创作主体的内在情感。

综合全章,朝鲜诗家将"尚气"作为明诗区别于唐宋诗的主要风

① 佚名:《诗文清话》,《韩国诗话全编校注》第三册,北京:人民文学出版社,2012 年,第 2074 页。
② 李仁老:《破闲集》,《韩国诗话全编校注》第一册,北京:人民文学出版社,2012 年,第 21 页。

格特征。明诗虽格调不如唐,但"浑厚有气力"却是其比较突出的特点。明诗中"气象"丰富,是创作主体的志向、气节、德性的外显。朝鲜诗家对明复古派"清雅""清壮"的诗歌风格更为关注,对竟陵派与山林派诗之"清远"特色也极为关注,这与中国诗家重视雄浑典重诗风不同,显示出朝鲜诗家对"清"的审美追求。朝鲜诗家以公安派为主要批评对象,赞同其追求诗皆出肺腑的自然之真,追求得于天机、天趣的自然之诗,欣赏"语意天然浑成,且无一字勉强处"、自然真切的诗歌。

第四章　古代朝鲜诗家
明诗批评的特点

朝鲜与中国地缘相亲,文化相通,但因两国的语言、习俗、民族审美心理积淀等不同,使朝鲜诗家对明诗的批评呈现出自己的特点。朝鲜诗家既受中国诗歌批评影响,又从本国实际出发,结合朝鲜诗坛动向,坚持自主性,力求批评的客观性。朝鲜诗家以"史"的视野,将明诗放入诗歌发展史中进行批评,又在东亚视域内对明诗进行横向考量,并从流派、地域等视角对明诗进行评论。运用选本、论诗诗及摘句等批评方法对明诗及诗歌理论进行了深入探讨。

第一节　批评的客观性与自主性

朝鲜诗家以域外的视角评论中国诗歌时,比较偏好明代诗歌,受明诗批评的影响也相对大些。明朝时期,中朝两国交往密切,使臣往来频繁,因此朝鲜诗家能及时主动地关注和了解明诗坛的诗学动向,虽然受中国诗学批评影响,但朝鲜诗家仍能保持其自主性,从朝鲜诗坛实际出发,其批评立场颇具客观性。

一、客观的批评立场

朝鲜诗家既是明诗的域外接受者与学习者,又是研究明诗的域外批评者,其域外的身份,旁观者的视角,使其能客观地审视明诗的优劣,更自由地表达自己的认知。

朝鲜诗家批评明诗时,力求客观地批评明诗人诗作及诗学理论。他们批评明诗主要围绕其宗唐复古而展开,虽然肯定明诗以唐为师的合理性,但又对明人固执于尊唐黜宋,泥于蹈袭模仿,"反出宋人下"的状况表示不满。虽然复古使朝鲜诗家对中国有文化同宗的亲近感,朴世采在《南溪集》中进一步解释了这种文化同宗的来源及感受:"皇朝自弘、正之际,文道再兴,北地为之首,骎骎东渐于海外。至我宣祖时,诗有芝川黄公,专学杜诗,文有月汀尹公,倡崇马史,实为同文之化。"①但朝鲜诗家没有因此而完全被明人宗唐思想所囿,亦步亦趋地追随明诗,他们认识到一味拟古会使诗歌失去灵性之美,所以主张文随世变。

虽然朝鲜诗家在明使臣面前最有机会表达其"事大"思想,但在评论明使臣及其诗歌时,朝鲜诗家仍然极力保持客观的立场,给予公允而客观的评价。中朝两国交流历史悠久,明初中国与朝鲜建立了宗藩关系,两国交往更加密切。据记载,明廷先后遣使 170 余次,使节多达 200 余人。朝鲜派往明朝使臣的次数多达"1252 次"②。为促进两国的友好交往,诗赋酬唱成为两国重要的外交手段,朝鲜诗家通过诗歌表达其对明朝的"事大"思想,刊印《皇华集》就是最好的明证。李廷龟(1564—1635)在《皇华集序》中言:

> 惟我东方,国于海表,壤地褊小,而文献之征……历汉迄宋。使盖相望,大明中天,八荒同轨。谓敝封,秉礼教,恪侯度,克有

---

① 朴世采:《南溪先生朴文纯公文续集》卷二十二,《南溪集》,《影印标点韩国文集丛刊》第 142 辑,首尔:韩国古典翻译院,1995 年,第 500 页。

② 刘喜涛:《封贡关系视角下明代中朝使臣交往研究》,东北师范大学博士论文,2011 年,第 15 页。

遗风,庆吊宣劳,视于亲藩。将命之臣,必妙选一时之英,采掇风谣,布昭恩德,咳唾之屑,积成篇帙。上自倪马,下逮朱梁,珠玑璨烂,辉映前后。间以东人攀和之什,有似商鲁颂之续周雅,此《皇华集》之所以作也。①

这段话主要阐述为了见证两国的友好关系,表达对明朝文教远播的歌颂之意,为了"仰答皇恩""感皇仁之深眷"②,朝鲜政府刊印了《皇华集》。《李朝实录》中记载了《皇华集》的刊印情况:

先是,明使陈鉴、高闰来,颁正统皇帝复位诏,陈、高等凡所见杂兴,一寓于诗,合若干首,并本国人所和,印而赠之,名曰《皇华集》。其后中朝人因本国人赴燕京,求之者颇多,辄印送之。③

朝鲜政府将中国使臣在朝鲜期间与朝鲜文臣的诗文酬唱作品结集成册印刷出来,命名为《皇华集》。该集四十六卷,收录了自1450年到1633年间"天使傧臣之相唱酬"的诗歌。

朝鲜傧臣多出于政治需要,借诗歌酬唱表达对明朝的"事大"思想。如张宁出使朝鲜时曾作《登太平馆楼六十韵》:"飞楼缥缈入苍穹,西望长安意已通。天地有恩同覆载,华夷无处不朝宗。"④"华夷无处不朝宗"表明当时的明朝在域外有极大的影响力。朝鲜陪臣申

① 李廷龟:《月沙先生集》卷三十九,《月沙集》,《影印标点韩国文集丛刊》第70辑,首尔:韩国古典翻译院,1991年,第140页。
② 李承召:《三滩先生集》卷十,《三滩集》,《影印标点韩国文集丛刊》第11辑,首尔:韩国古典翻译院,1988年,第478页。
③ 末松保和编:《李朝实录》第13册,东京:学习院东洋文化研究所,1957年,第209页。
④ 赵季辑校:《足本皇华集》,南京:凤凰出版社,2013年,第118页。

叔舟《次韵》:"千载逢熙运,恩荣绝古今。我王诚事大,使节远来临。化日明尧殿,熏风入舜琴。东渐文教洽,四海尽怀音。"①申叔舟的次韵诗从使节来朝、文教影响等角度表达了朝鲜受中国恩泽的荣幸和以诚事大的感恩之情。朝鲜诗家在外交使命意识的支配下,赞颂到朝鲜的中国使臣为"文学望重之士"②,"文章才行有重望于当时者"③。高度评价倪谦等"数先生皆经幄之臣,金闱之彦,圭章闻望,斧藻词华,东人仰之如景星仪凤,实一代之高选也"④;赞誉陈嘉猷"人与才两美"⑤;称赞张宁"惟公才学之赡,器度之豪,早捷科第,菁英煇爀。遂荷知遇,给事左右,以佐圣天子仪礼制度之政,乃今衔远命,惠来于我"⑥。金宗直在《皇华集序》中将他心中品行俱佳的文章重臣倪谦、陈鉴、张宁、陈嘉猷、祈顺、张瑾等都称赞一番:

　　　　其在祖宗朝,有若端木公智、祝公孟献、倪公谦、司马公洵、陈公鉴、陈公嘉猷、张公宁、祈公顺,实膺其选,接武以来。兹数君子,学问之高、文章之富,小邦之人耳目之,且有亲熏而炙之者矣。今我皇上,嗣守大宝,与天下更始。于是乎翰林学士章贡董公、工科给事中浙东王公又辍侍从之班,来布德音于万里,圭

① 赵季辑校:《足本皇华集》,南京:凤凰出版社,2013年,第123页。

② 佚名:《菊堂排语》,邝健行等选编:《韩国诗话中论中国诗资料选粹》,北京:中华书局,2002年,第130页。

③ 李承召:《三滩先生集》卷之十,《三滩集》,《影印标点韩国文集丛刊》第11辑,首尔:韩国古典翻译院,1988年,第478页。

④ 李承召:《三滩先生集》卷之十,《三滩集》,《影印标点韩国文集丛刊》第11辑,首尔:韩国古典翻译院,1988年,第478页。

⑤ 成伣:《慵斋丛话》,邝健行等选编:《韩国诗话中论中国诗资料选粹》,北京:中华书局,2002年,第26页。

⑥ 崔恒:《太虚亭文集》卷一,《太虚亭集》,《影印标点韩国文集丛刊》第9辑,首尔:韩国古典翻译院,1988年,第189页。

璋闻望,符彩相辉。其学问、文章无让于端木以下诸公,而其冰
檗之操则直与吕丞相颉顽于数百载之上。噫!皇朝神圣相承,
作育人材,朝廷庶位,跄跄济济,莫非大雅之吉士。①

朝鲜诗家还称赞明使臣的诗作,如评价翰林编修姜曰广、工科给
事中王梦尹"两先生之诗,清丽雅紧,各有其态。而大都绝模拟、洗蹊
径。初不似经意,而览之渊然色,诵之铿然声。往往初日芙蓉,令人
夺目。况长篇冲澹,得陶谢之趣;大律森严,有少陵之致"②。赞"张
芳洲宁诗极逼唐"③。他们所称赞的这些明使臣也的确是诗文俱擅
之人,如倪谦之诗"体近三杨而无其末流之失,虽不及李东阳之笼罩
一时,然有质有文,亦彬彬然自成一家矣"④;张宁"赋才捷敏……歌
诗画笔,与'云东逸史'齐称"⑤。

但朝鲜诗家并没有因"事大"思想而一味赞颂,而是站在客观的
立场,评价明使臣其人其诗,没有因为要在明使臣面前表现慕华思想
而掩饰其褒贬的态度,他们甚至严厉指责某些明使臣的文学水平不
佳,张维在《谿谷漫笔》中记载:

崇祯丙子岁,登莱监军黄孙茂奉敕来我……沿途作诗,不解
平仄,不知押韵……黄公进士出身,官位通显,而作诗如此,中华

① 金宗直:《占毕斋文集》卷一,《占毕斋集》,《影印标点韩国文集丛刊》第 12
辑,首尔:韩国古典翻译院,1988 年,第 414—415 页。
② 李廷龟:《月沙先生集》卷四十,《月沙集》,《影印标点韩国文集丛刊》第 70
辑,首尔:韩国古典翻译院,1991 年,第 157 页。
③ 申钦:《象村稿》卷五十一,《影印标点韩国文集丛刊》第 72 辑,首尔:韩国古
典翻译院,1991 年,第 340 页。
④ 永瑢等:《倪文僖集》提要,《四库全书总目提要》(万有文库本)第 33 册,上
海:商务印书馆,1931 年,第 57 页。
⑤ 朱彝尊:《静志居诗话》,北京:人民文学出版社,1990 年,第 190 页。

文明安在哉？令人慨然。①

在这段评论中，张维痛斥黄孙茂诗作质量下乘。朝鲜以"小中华"自称，这实际是对中国文化尤其是明代文化的一种认可，他们积极学习中国传统文化，这其中也包括优秀的诗歌。但是明廷却派来一位不解平仄、不懂押韵、对作诗一窍不通的使臣来承担外交使命，是对中朝两国友好的诗赋外交传统的一种轻慢，张维"中华文明安在哉"的慨叹，传达出其内心焦虑、担忧与无奈。

李睟光在《芝峰类说》中记载："松堂赵浚《清川江》诗云：'萨水汤汤漾碧虚，隋兵百万化为鱼。至今留得渔樵话，未满征夫一笑余。'明使祝孟献次之云：'隋兵再举岂成虚？此地几为涸辙鱼。不见当时唐李薛，直挥旌节到扶余。'"赵浚和祝孟献的诗作同样描述隋兵征辽之事，也同样将隋兵比作鱼，赵诗中描写隋军虽有百万出征之势，最后却未能完胜，征辽一事成为渔樵饭后谈资，极具夸张色彩。而祝诗用贬低之词将隋兵比作涸辙之鱼，嘲笑隋军已无征战之志士，却还要再次举兵征辽。两人评价都有失公允，都受到了李睟光的批评："赵之诗语太夸，故祝也訾贬如此。但隋炀以征辽之役，终至乱亡，则再举之说亦虚矣。"②李睟光并未因祝孟献为明使臣就一味附和恭维，而是客观评价其诗存在的不足。

朝鲜诗家除了对明使臣的诗歌进行评价外，还对其中一些贪婪之人进行揭露，如金湜"年老性贪鄙，虽家中所用鎔铜器皿，亦无不干请，必得而后已"，"手书求请物件付迎接都监……凡其所无，无不备

① 张维：《谿谷先生漫笔》卷二，《谿谷集》，《影印标点韩国文集丛刊》第92辑，首尔：韩国古典翻译院，1992年，第602页。
② 李睟光：《芝峰类说》，《韩国诗话全编校注》第二册，北京：人民文学出版社，2012年，第1274页。

载。副使张珹亦略有所求"①。对金湜等"华使来者,黩货无餍"的贪鄙行径表示不满并加以讽刺。

总之,朝鲜诗家对明诗的批评态度公允,立场客观,既对优秀的明诗予以认同,但也不一味附和。不仅如此,他们还为如何保持客观立场提出了指导性意见。

首先,明确诗歌批评是一件责任重大之事。"诗固未易作,诗评亦未易也"②;"知诗固难,论诗亦未易也"③;"作诗不易,评诗更难。工诗者未必善评,善评者未必工诗。工于诗而又善评者,古今无几。工于诗者靠才气,善于评者须兼博学与诗眼。能不愚不诬,不奢不贼,不烦不乱。要必不偏不执,而后性情中和,慧眼絜静。中和则咏其诗如处其境,剖其诗如见其心,絜静则理智昭然而不隔,析入精微而肯确。其品乃真,其话可传。"④这些论述阐明了诗歌创作虽不易,但评诗亦是一件难事,评诗既要体现对创作者的尊重,也要对后来者有所裨益,实乃责任重大。因此要求评诗者应具有高超的学识与修养,既要博学又要具慧眼;性情需中和,既要感性,能与作者共鸣,又要理性,能冷静公正地进行批评。

洪奭周(1774—1842)在《鹤冈散笔》中,阐明其诗歌批评的理念:

王元美著《艺苑卮言》尚少,晚颇悔之,然其书已大行于世,

---

① 末松保和编:《李朝实录》第14册,东京:学习院东洋文化研究所,1957年,第29页。
② 洪万宗:《诗评补遗》,《韩国诗话全编校注》第三册,北京:人民文学出版社,2012年,第2473页。
③ 申景濬:《旅庵论诗》,《韩国诗话全编校注》第五册,北京:人民文学出版社,2012年,第3590页。
④ 李家源:《玉溜山庄诗话》,《韩国诗话全编校注》第十二册,北京:人民文学出版社,2012年,第10856页。

不及改,以故受后人指议甚多。余少喜论古人,亦颇有所著论说。繇今思之,其缪妄非一二,业已删其十八九矣。二十余岁时,有论诗杂著数篇,及古诗绝句若干首,颇自谓能见大意,择而存之,惟独明文五言一篇,多至百二十韵,其时余实未能多见明文,于诗尤未尝博观,惟掳钱谦益《列朝诗集》、朱彝尊《诗综》二书所载为准,殊未免夐浅纰漏,而间亦或有可观者,不能遽弃之。然读书未熟,而轻于立论,亦可以为戒也。①

此段话记载了王世贞早年著《艺苑卮言》,其中有些观点不够成熟,到晚年才意识到自己的不足之处,但是已无法挽回,以致受后人的指责与非议。洪奭周也有类似经历,年少时喜欢论古人,编辑了一些诗文论集,但不是在博观的前提下编选的,编写明诗文少且只是根据一些杂著及若干首绝句加以选删的,而且多袭用于《列朝诗集小传》、《诗综》等,这样会有纰漏。所以,洪奭周强调在不熟悉某一领域时,不可轻易立论。借王世贞与自己的经历,告诫评论者,在发表评论前要熟读作品,不轻于立论,才不会有妄下结论之憾。

其次,朝鲜诗家批评明诗时,主张要站在客观立场上,尽量多方考证,力图将明诗之"真况"呈现出来。明诗在中朝两国友好交往的历史背景下,以多种途径传入朝鲜后,被众多朝鲜诗家不断评价、推广才得以流行开来,并对朝鲜诗坛产生了深远影响。但明诗传入朝鲜被接受的情况又不尽相同,其中某些明诗家诗作最初不被朝鲜诗家接受,即便是后来被朝鲜诗家极力推崇的明诗人如王世贞等也是如此。许筠言王世贞的诗最初传入朝鲜时状况为:"弇州集初来,有名公见之,谓其蔑视,甚耻之。"可见,王世贞诗集传入朝鲜之初并不

---

① 洪奭周:《鹤冈散笔》,《韩国诗话全编校注》第六册,北京:人民文学出版社,2012年,第5033页。

受欢迎,朝鲜诗家对王世贞的印象也不好,宣祖和文臣的一段对话可以作为佐证。《李朝实录》中记载:

上曰:"王世贞,近来大明人。其文章论议如何?"恒福曰:"中原人,以天下文章目之,人物则专不称美。大概为人,论议诡僻,与人不同。"上曰:"濩之笔,世贞及见乎? 其褒批如何?"根寿曰:"'渴骥奔川,怒猊抉石'云矣。"上曰:"大概人心不端的,则不可说也。凡事皆以人心而成,其病在于不真实。韩濩长于额字,而草隶非其所长,未知必如世贞所称也。世贞于天下,无不论之事,我国祖宗朝事迹,亦在其中,间有未安之语,必是愚妄粗猾之人矣。"①

宣祖和恒福认可王世贞的文学成就,但认为其为人"论议诡僻",有两件事可以证明,一是他对朝鲜书法家韩濩评价不公允,二是他议论朝鲜事时"间有未安之语",由此推断王世贞"必是愚妄粗猾之人"。宣祖对王世贞的印象不好,风响影从,其大臣也如此。朝鲜文坛还流传着朝鲜文人崔岦拜见王世贞受辱之事。据李德懋在《清脾录》载,崔岦拜见王世贞,"出其所为文一卷以求教",王世贞仅阅读一遍,就对崔岦说:"有意于作者之体,但读书不多,闻见未广,才力不逮,归读《原道》五百遍,宜有益耳。"因之,朝鲜诗家认为"王则侮之,崔则耻之"②。总体来说,朝鲜诗家最初认为王世贞是一位狂傲自大、贬抑蔑视朝鲜文人的人,基于这些印象,朝鲜诗家耻于接受王世

---

① 末松保和编:《李朝实录》第 29 册,东京:学习院东洋文化研究所,1961 年,第 786 页。

② 李德懋:《青庄馆全书》卷三十二,《影印标点韩国文集丛刊》第 257 辑,首尔:韩国古典翻译院,2000 年,第 6 页。

贞的诗文集。

　　朝鲜诗家许筠是一位有独到见解、善于分析辨别之人,他能在众多朝鲜文人对王世贞的责难声中进行冷静思考,认真分析王世贞的评论。他曾在《韩濩名振于中国》中描述过这样一件事:

> 石峰(韩濩)从林塘相,迎韩敬堂于江上,韩甚赏之。滕季达从来,得其手迹,示王元美,则称可与松雪(赵孟頫)比肩,屠长卿以为怒猊抉石有气势。其名得振于中国,亦近代人所无也。①

　　王世贞称赞韩濩可与中国赵孟頫比肩,屠隆也认为韩濩的书法如同"怒猊抉石",极有气势。两位明文坛大家所见略同,可见王世贞对韩濩的评价并非浮夸,也并非他人所传的贬抑蔑视,许筠明确指出"详见王公之论,此乃奖也,非贬之也"。许筠还在《王弇州评我国诗书》中言:"元美尝以宣德间杨东里(士奇)、成化间李西厓(东阳)、程篁墩(敏政)诸公之作比之唐景龙间。而以何李比之李杜,我诗之比于景龙②亦过矣……石峰之书比于子昂(赵孟頫)。"③再次提到王世贞将韩濩的书法比于赵孟頫之书法,可见他对王世贞评价的认可。许筠还认为王世贞将宣德、成化间台阁体诗比作唐景龙时诗,是颇有见地的。唐中宗时诗坛渐盛,明人胡震亨在《唐音癸签》中,称此时为"有唐吟业之盛"④。王世贞也认为"读中宗纪,令人懑懑气塞,惟于

---

① 许筠:《惺所覆瓿稿》卷二十四,《影印标点韩国文集丛刊》第74辑,首尔:韩国古典翻译院,1991年,第344页。
② "景龙"为唐中宗李显的年号。
③ 许筠:《惺所覆瓿稿》卷二十四,《影印标点韩国文集丛刊》第74辑,首尔:韩国古典翻译院,1991年,第353页。
④ 胡震亨:《谈丛三》,《唐音癸签》卷二七,上海:上海古籍出版社,1981年,第281页。

诗道,似有小助"①。在明人眼里,唐中宗时期是一个蓄势待发、为成
就盛唐气象的诗歌创作做好铺垫的时期,此时的诗歌是盛唐气象的
先兆,这与明初杨士奇与李东阳等人,为明文学复古的蓬勃发展做了
先导准备的功绩是一样的。不但如此,王世贞还将许筠诗比作唐中
宗时期诗,高扬许筠诗歌的价值,许筠虽然自谦地认为王世贞对他的评
价过高,但认为其对明诗复古者文学地位的评价是中的之语。许筠对
王世贞的诗歌及评论是高度认同的,这基于他阅读了王世贞的大量作
品,对王世贞的诗学理论有深入了解,且通过中国使臣朱之蕃等了解到
当时明朝人对王世贞的评价,才会对王世贞的评论等有客观的认知。

由上可见,最初王世贞的诗集及诗学思想传入朝鲜后,并不是马
上被朝鲜诗家所接受,而是受到朝鲜诗家质疑甚至是排斥的。从许
筠对王世贞及其诗歌批评看,许筠既没有盲目听信他人对王世贞的
指责,以学其诗为耻,也没有因王世贞是明诗人而无原则地追随、师
法其诗,而是在仔细查找并分析王世贞的评语后,证明其论断公允。
正因为许筠站在客观立场上分析问题,才对王世贞有一个公允的评
价,这也证明了诗学批评立场的客观性十分重要。

二、"绳尺斟裁"的批评标准

朝鲜诗家批评明诗时强调要依"绳尺斟裁",使其批评近"真"。
他们反对因个人的喜好而不能公正客观地看待明人诗歌。如许筠曾
言:"至于于鳞李攀龙氏所拣,只择劲悍奇杰者,合于己度则登之。否
则尺璧经寸之珠,弃掷之不惜。英雄欺人,不可尽信也。其遗篇逸
韵,埋于众作之间,历千古不见赏者。"②许筠批评李攀龙依据自己的

---

① 王世贞:《艺苑卮言》,丁福保辑:《历代诗话续编》中册,北京:中华书局,1983
　　年,第1075页。
② 许筠:《惺所覆瓿稿》卷四,《影印标点韩国文集丛刊》第74辑,首尔:韩国古
　　典翻译院,1991年,第175页。

尺度选择诗歌,导致许多珍贵诗作被埋没不传,认为李攀龙"英雄欺人,不可尽信"。再如朝鲜诗家认为钱谦益对明前后七子的评价过于极端,李宜显在《陶峡丛说》中言:"牧斋素不喜王、李诗学,掊击过酷,故北地、沧溟、弇园诸作所录甚少。"①李宜显批评钱谦益完全按照自己的喜好评价诗人诗作,因不喜欢明七子派诗学,所以很少选录他们的诗歌,这的确有失公允。徐宗泰在《钱牧斋集》中也对钱谦益进行了批评:

> 一生趣向务在轧斥两李与王,故推许荆川与归熙甫固宜,而崇重李西厓过当。如袁小修辈纤靡之文,亦不知其可厌,其见褊矣。论人善则辄以道德称之,序人诗则皆以风雅归之,全无绳尺斟裁,此欧、曾诸家所未有也。以是令人见之,只赏其造语文辞而已,自不得信其语。文章虽美,何能信于后世哉? 然则殆无异于弇山之浮侈矣。大抵皇明文人习气,夸且尚诶甚,都不免此。②

徐宗泰不满钱谦益对明诗家的态度,认为钱谦益一生志趣就在倾轧贬斥李梦阳、李攀龙与王世贞,颇有将"两李与王"对诗学的贡献全部抹杀之势。过分尊崇李东阳,认同公安派袁中道之文,便看不见其不足之处。还以德评人评诗,或论人善者,便认为其诗也雅正,或只看文辞而不考证为人,其评价完全没有一个合理公允的标准,所以"不得信其语"。有鉴于此,朝鲜诗家提出应该用"绳尺斟裁"的标准去批评明诗。

---

① 李宜显:《陶谷集》卷二十八,《影印标点韩国文集丛刊》第 181 辑,首尔:韩国古典翻译院,1997 年,第 450 页。
② 徐宗泰:《晚静堂集》第十一,《影印标点韩国文集丛刊》第 163 辑,首尔:韩国古典翻译院,1996 年,第 238—239 页。

　　朝鲜诗家也强调不可因人废言，朴汉永在《石林随笔》中言钱谦益、吴伟业"二人皆明遗臣"，两人曾经仕清。因此，其人品受到诟病，但他们的诗"在启、祯之际实可称为大家"。钱谦益"诗出入李杜韩白苏陆元虞之间，才力富健，学文鸿博……其诗沉郁而藻丽，高情逸致，或以为在梅村之右。固不可以人废言也"①。又言："论诗者，嫌名教罪人，贬夫作家而不齿。何以曹孟德之诗，钟记室品于上中，李陵与苏武非可以并称五言诗祖，初唐之沈宋，不足称近体之元祖也。静言思之，文章一道，迥异名教一路，无间乎东西国界。博学见闻如阮堂也，而评诗之见，亦立瞿瞿然齐东分野，犹有党同伐异之蓬蔽。诚可发浩叹一遭。"②强调评价诗人诗作诗风，不可仅从名教的角度论述诗人的文学地位，要从文学自身的特点及价值出发加以评判，文学与名教评论诗家的取向是不同的。因此评论者评诗之见一定要公允客观，不可为名教等因素掩其真，不可党同伐异。

　　袁宏道的诗歌及其诗歌理论传入朝鲜后，朝鲜诗家十分喜欢，金昌协与李宜显等都对其性情论有所借鉴。但他们并不认同袁宏道将耽于酒色视为追求性灵之真的偏激，丁若镛曾在《苕上烟波钓叟之家记》中言："袁宏道欲以千金买一舟，舟中置鼓吹细乐诸凡玩娱之物，以穷心志之所欲，虽由此败落而不悔。此狂夫荡子之所为，非余之志也。"③用"狂夫荡子"来概括其对袁宏道的印象。而朝鲜诗家任埅却在《书石公尺牍卷首》中言："虽多傲世玩人漫浪游戏之语，尽奇警无凡笔。可想其为人之出尘。"任埅认为袁宏道诗歌虽有傲世不恭之

① 朴汉永：《石林随笔》，《韩国诗话全编校注》第十一册，北京：人民文学出版社，2012年，第9585页。
② 朴汉永：《石林随笔》，《韩国诗话全编校注》第十一册，北京：人民文学出版社，2012年，第9586页。
③ 丁若镛：《文集》卷十四，《与犹堂全书》，《影印标点韩国文集丛刊》第281辑，首尔：韩国古典翻译院，2002年，第301—302页。

语,但也不乏奇警之句。正因如此,袁宏道诗歌传入朝鲜后,才会出现"诸贵游子弟靡然从之"①的盛况。他们从不同角度评价袁宏道诗歌,其批评标准虽不同,但都有其一定的客观性。

朝鲜诗家批评明诗复古时,意识到明诗"诗必盛唐"的复古观使其诗学视野过于褊狭,易于陷入抑宋的泥淖而不能自拔,所以朝鲜诗家金昌协、李宜显等人认为宋诗因另辟蹊径,在性情之真、自然天真方面胜于明诗,强调宋诗也有其可学之处。许筠曾多次言明宋诗去诗道远,但对宋诗却并不是弃而不顾,一个显例就是他不但编选了《唐绝句选》《明四家诗》,还编选了《宋五家诗钞》,并在序中言:"余尝取宋人诸家阅之,哀其用功之勤而去道之远,亦不敢以己见……况介甫之精核,子瞻之凌踔,鲁直之渊倔,无己(陈师道)之沈简,去非(陈与义)之婉亮,置之唐人之列,亦可名家,又岂以宋人而尽废之耶?"②他认为宋代诸名家因其用功勤而离诗道越来越远,这里所谓的"用功"是指宋人以学问为诗。但并不能因此对宋诗进行全盘否定,因为王安石、苏轼、黄庭坚、陈师道、陈与义的诗歌各有其优点,他们的诗歌置唐人之列也称得上是名家,不能因为他们是宋人而尽废其诗。由此看来,朝鲜诗家对唐宋元明诗的态度是开放的,主张唐宋元明兼宗,择善而从,其评诗标准也并不单一,具有多元性。根据时代变化,从朝鲜诗坛实际出发,而不是被某一时代的批评标准所局限,不因人、不因时代而废诗。

三、本土化的批评话语

作为域外评论者,朝鲜诗家评论明诗时强调要从本土实际出发,根

---

① 任堕:《水村集》卷九,《影印标点韩国文集丛刊》第 149 辑,首尔:韩国古典翻译院,1995 年,第 195 页。
② 许筠:《惺所覆瓿稿》卷四,《影印标点韩国文集丛刊》第 74 辑,首尔:韩国古典翻译院,1991 年,第 175—176 页。

据朝鲜独特的话语规律、文化习俗、审美追求、诗学主张等因素去评论明诗，坚持民族自主性。对一味尊崇中国、缺乏民族文化自信的现象深为不满，认为朝鲜与中国尽管地域不同，其实文化是同源的。李瀷曾说："今中国者，不过大地中一片土。""东国自东国，其规制体势，自与史有别。"①丁若镛言："国于长城之南五岭之北，谓之中国。而国于辽河之东，谓之东国……以余观之，其所谓中国者，吾不知其为中，而所谓东国者，吾不知其为东也。"②他驳斥那些一味"叹诧歆艳"且曾经"游乎中国"的东国之人时言："今所以谓中国者何存焉？若圣人之治，圣人之学。"③这些东国也早已有之，而很多东国之人往往将自己国家的优良传统抛之脑后，一味效法中国，结果只学到了皮毛，用一些"淫巧奇诡之技"来"夷礼俗荡人心"④。朝鲜优秀诗家也很多，许筠曾言："我国金季昷、金悦卿、朴仲说、李择之、金元冲、郑云卿、卢寡悔等制作虽不及何、李、王、李，而岂有愧于吴、徐以下人邪？然不能与七子周旋中原，是可恨也。"⑤认为本国诗人的创作水平并不低，甚至在某些方面可以与中国抗衡，对这些诗人由于地域原因不能名闻于天下而感到可惜。如许筠其姊许兰雪轩之诗极为优秀，但大多不为世人知的原因是"大抵第一不生于世界大国，而生于小局半岛，为一恨也"⑥。

---

① 李瀷：《星湖先生全集》卷二十五，《影印标点韩国文集丛刊》第198辑，首尔：韩国古典翻译院，1997年，第511页。

② 丁若镛：《与犹堂全书》卷十三，《影印标点韩国文集丛刊》第281辑，首尔：韩国古典翻译院，2002年，第280页。

③ 丁若镛：《与犹堂全书》卷十三，《影印标点韩国文集丛刊》第281辑，首尔：韩国古典翻译院，2002年，第280页。

④ 丁若镛：《与犹堂全书》卷十三，《影印标点韩国文集丛刊》第281辑，首尔：韩国古典翻译院，2002年，第280页。

⑤ 许筠：《鹤山樵谈》，《韩国诗话全编校注》第二册，北京：人民文学出版社，2012年，第1458—1459页。

⑥ 金锡翼：《槿域诗话》，《韩国诗话全编校注》第十二册，北京：人民文学出版社，2012年，第10542页。

朝鲜诗家普遍认为,因地域不同,朝鲜有自己的本土语言特色,有自己的诗歌样式及音律特色。洪万宗在《小华诗评》中言:"玉川曰:'凡诗家绝句,四律之外,所谓古诗、长短句、歌词、杂言等体不可胜。而每体皆如诗律之难,终身数不得。自古文章之士莫不有兼备者,奚暇能尽其工乎?'余曰:'我是外国人,中州文物何由得知?然余尝观我东诸子之诗集,与中国人唱和者多有,而其所见称者皆是四律句,绝则无几,歌词、杂体绝无。意者华人之不取也。余见古人诗题,多用歌、谣、词、曲、行、乐等字……我东僻在海外,与中国言语不通,五音六律莫有知者。所谓歌词,以真、谚错杂成之。长篇则有《春眠曲》《离别曲》等谣,短篇则有羽调、正音、时调、别曲等歌行于世,自乐府、教坊以至樵童、牧竖莫不歌谣讴吟。东人则闻之而能辨其音律,若使华人听之则将以为何如声音也?但闻其声而不知其曲,如东人之于中国歌词,但见其诗而不知其调也。由是观之,律者,诗之正名也;绝句者,变风也。我国之人不知调格,故为华之诗人所不取,至于歌词尤不可言论也。"①洪万宗从语言、音律、诗体特点、作诗规律等方面,归纳了朝鲜诗不被中国文士所取的几个原因。酬唱诗都是四律句,绝句则无几,歌词、杂体绝无;且中、朝言语不通,又互相不了解对方音律,这是不被取的重要原因。

既然中、朝在语言和音律等方面不同,因此,不必强求统一,不能完全按中国的标准衡量朝鲜诗。鱼叔权在《稗官杂记》中记载了几位朝鲜诗家的对话:"成化年间,四佳徐公和祈郎中歌词,郎中谓译士曰:'此词不中声节何?'对曰:'本国语音殊异,安得同其声节?'郎中默然颔之。嘉靖丙午,龚云冈与吴龙律作小词数腔,问远迎郑湖阴'何不见和',湖阴答曰:'歌词非律诗之比。小邦声韵迥别,若强效

---

① 洪万宗:《小华诗评》,《韩国诗话全编校注》第三册,北京:人民文学出版社,2012年,第2387页。

则不成其体,故不敢作也.'云冈终怪之。然与其作而取讥,孰若不作
之为真? 况声音之不相通,岂足为愧乎?"①朝鲜徐居正与明使臣祁
顺、朝鲜郑士龙与明使臣龚用卿的对话都意在言明,由于两国语音不
同,其歌词不合中国音律是很自然的,不可一律求其似,更不必惭愧。

朝鲜诗家在评论明诗歌时,借鉴了中国的诗歌评论方式,比较典
型的是李德懋的《诗观小传》对钱谦益《列朝诗集小传》的借鉴。李
德懋在评论明诗时,先概述人物的生平经历,再对其诗歌特点及作品
加以评论,对明诗家的评论多不自加断语,以直接引用中国评论为
主。如评陈献章诗学之承为"虽宗《击壤》,源出柴桑",此话直接引
用于朱彝尊的《静志居诗话》;评价李梦阳、何景明、李攀龙诗风时直
接引用陈子龙、孙枝蔚、王世贞的评论;为王世贞作的小传几乎全文
引用钱谦益《列朝诗集小传·王尚书世贞》,仅称呼发生了一些变化。
用小传的方式介绍明诗家,有助于朝鲜诗家对明诗家有一个完整的
了解,比只言片语的评价更为系统,对传统以诗话为主的分散评论方
式是一种突破。从李德懋在《诗观小传》中引中国诗家评论,既可看
出朝鲜诗家对中国诗家评论的认可,也体现了朝鲜诗家与中国诗家
在诗学方面的共鸣。

朝鲜诗家借鉴了中国古代文论的批评模式,对朝鲜诗学批评进
行了补充,对朝鲜文学批评体系的完善有所裨益,但朝鲜诗家又按照
自己的方式展开批评。如在诗话批评中,不但直接表达其对明诗的
批评观点,还常常通过记录一些明诗家逸事,表达其评论态度。如柳
梦寅在《於于野谈》中记载:"王世贞一生攻文章,居家有五室。妻居
中堂,四室各置一妾。其一室置儒家文籍,有儒客至,见于其室,讨论
儒书,其室之妾备礼食待其客。其一室置仙家书籍,有道客至,见于

①　鱼叔权:《稗官杂记》,《韩国诗话全编校注》第一册,北京:人民文学出版社,
　　2012年,第783页。

其室,讨论道书,其室之妾备道家之食待其客。其一室置佛家书籍,有释客至,见于其室,讨论佛书,其室之妾备释家之食待其客。其一室置诗家书籍,有诗客至,见于其室,讨论诗家,其室之妾备诗人之食待其客。各于宾主前置纸笔砚,常以书辞往复,未尝言语相接,客去,遂编而成书……翰林学士朱之蕃,其弟子也,尝在世贞客席。有人为其亲索碑文,其行状成一大册几至万言。世贞一读掩其卷,命书字的,秉笔而呼之,未尝再阅其卷。既卒业,使之蕃读之,参诸行状,其人一生履历年月官爵无一事或差。其聪明强记如此,非独其文章横绝万古也。"①此段话主要记载了与王世贞有关的几件逸事:王世贞妻妾分别通儒、仙、佛、诗家思想,王世贞为他人写碑文时,只读一遍其人行状,便可将其人一生履历毫无差别写出。这些逸事都从侧面彰显了王世贞的博学。朝鲜诗家通过这些逸事及阅读王世贞的作品,对王世贞有了更全面的了解。这种批评方式活泼有趣,消解了传统批评方式的严肃枯燥,让接受者能更立体地了解诗人的性格特点,从而更好地解读其诗的内涵。

　　朝鲜诗家批评明诗风格时,认为明诗虽不像唐诗如"雍容君子"般雅致,但其"少年驰马章台"般气盛,使明诗独树一帜。这是对高丽时期评诗"先以气骨意格"②,注重以"气"论诗理念的继承与发展。朝鲜诗家称赞明诗有天趣自然之美,赞颂公安派"独抒性灵"的自然真诗,这既丰富了朝鲜"性情之发而天机之动"的"天机"论,又是对许筠情感美学观的认同。古代朝鲜是一个重性情的国度,朝鲜朝中期的李睟光、柳梦寅等都曾举起重性情的大旗,许筠更是倡导性情诗

---

① 柳梦寅:《於于野谈》,邝健行等选编:《韩国诗话中论中国诗资料选粹》,北京:中华书局,2002年,第104页。

② 崔滋:《补闲集》,《韩国诗话全编校注》第一册,北京:人民文学出版社,2012年,第119页。

学,他们主张向最富性情的唐诗学习。因此,朝鲜诗家在吸收明诗复
古思想时,也注意到明诗因重模拟而使诗歌性情缺失的局限。他们
认同诗写真性情的公安派,追求创作有性情的诗歌,认为有性情、近
诗道的诗歌方为上乘诗歌,而诗人有才能、性情真是创作好诗不可缺
少的条件。创作有性情之正、性情之真、性情之美的诗歌是朝鲜诗家
的至高追求,也在一定程度上表明"自然"成为朝鲜"整个民族文化
的一种集体无意识式的审美诉求"①,是朝鲜独有的自然"风流"审美
意识在批评中的表现。在古代朝鲜,"风流"一词最初由新罗文人崔
致远提出:"国有玄妙之道,曰风流。设教之源,备详仙史。实乃包含
三教,接化群生。且如入则孝于家,出则忠于国,鲁司寇之旨也;处无
为之事,行不言之教,周柱史之宗也;诸恶莫作,诸善奉行,竺乾太子
之化也。"②崔致远认为"风流"是儒释道三教玄妙之道的具体呈现,
这种风流道后来由美貌男子即"花郎徒"在"游娱山水"中体悟、实
践,他们在大自然山水中"相磨以道义"③。花郎徒"对风流理念的践
行,其实质就是庄子所谓之'逍遥式'的生命体验"④,道的主体在自
然中体悟修行。随着对风流道的推衍,"意味着古代朝鲜半岛先民一
切文化与精神"⑤的"风流",其审美价值取向延伸到各个领域,包括
论诗、品人都与自然之风关联批评,如"盖闻太古之风流如春风流动,

---

① 张振亭:《朝鲜古典诗学范畴及其批评体系》,北京:人民出版社,2018年,第
　114页。

② 崔致远:《孤云先生事迹》,《孤云集》,《影印标点韩国文集丛刊》第1辑,首
　尔:韩国古典翻译院,1990年,第143页。

③ 李瀷:《星湖先生全集》卷七,《影印标点韩国文集丛刊》第198辑,首尔:韩国
　古典翻译院,1997年,第164页。

④ 蔡美花、袁堂华:《风流:朝鲜古代文人对中国传统诗学的创造性阐释》,《东
　北师大学报(哲学社会科学版)》,2019年第6期。

⑤ 韩国哲学会编,白锐译:《朝鲜哲学史》上册,北京:社会科学文献出版社,
　1996年,第132页。

万物咸昌……当是时也,凡露露所坠,舟车所至,举皆熙熙如皞皞如,宛有登春台被和风底气象。是故,南风之诗、卿云之歌各得其乐,而上下之风流可见"①。朝鲜诗家在批评明诗时,有意无意地彰显了朝鲜传统的审美意识和独特的审美追求。

　　朝鲜诗家对明七子的文学地位也有不同意见,他们或称李攀龙为"一代词宗泣鬼神"②,或"明人诗,苏谷(李达)以何仲默为首,仲兄(许篈)以李献吉居最,尹月汀(尹根寿)以李于麟度越前二子,论莫之定。凤洲之言曰:'律至献吉而高,仲默而畅,于麟而大。亦不以某为首而某次之也。'"③李达以何景明为首,许篈认为李梦阳诗最好,尹根寿认为李攀龙诗比何景明、李梦阳优秀。在各执己见的情况下,朝鲜诗家未被某一批评标准所局限,主张"人人不可为李于麟"④,七子之诗各有千秋,不能简单地判定孰优孰劣,因此,提出"不以为某首而某次"⑤。这种批评意识,体现了博采众家之长、兼收并蓄的包容性。

　　由此可见,由于中朝两国文化、审美、批评角度、批评意识等不同,朝鲜诗家强调朝鲜诗歌不必非与中国诗歌风格、格律完全相同,不必按照中国的批评方式批评明诗,也不必像明诗那样固执于拟古、宗唐或宗宋,因为"古人之诗如荒郊野人,冠是自做,带是自做,衣履

① 尹愭:《无名子集文稿》册八,《无名子集》,《影印标点韩国文集丛刊》第 256 辑,首尔:韩国古典翻译院,2000 年,第 354 页。

② 李裕元:《嘉梧稿略》册三,《影印标点韩国文集丛刊》第 315 辑,首尔:韩国古典翻译院,2003 年,第 96 页。

③ 许筠:《鹤山樵谈》,《韩国诗话全编校注》第二册,北京:人民文学出版社,2012 年,第 1444 页。

④ 许筠:《惺所覆瓿稿》卷十八,《影印标点韩国文集丛刊》第 74 辑,首尔:韩国古典翻译院,1991 年,第 292 页。

⑤ 佚名:《东国诗话》,《韩国诗话全编校注》第十二册,北京:人民文学出版社,2012 年,第 10186 页。

是自做,器物是自做,真心见而工拙可别也。今人之诗如京邑之士之冠是借物,带是借物,衣履是借物,器物是借物,虽都雅可观,皆非己有此物"①。"诗存乎心,是心之灵,无古无今,唐宋元明,过去之薄,山川草木,不字之句。"②诗是心灵的体现,是情感激荡的产物,只要有真情性,就不必被时代、地域所拘束,不必效法某一国某一代的风格,朝鲜诗家不盲目追随,强调诗歌创作与批评应该具有自主性与独立性,从本土出发,其批评才能更客观。

第二节　批评视野的开阔性

朝鲜诗家对明诗进行批评时,既将明诗放入诗史中进行整体观照,又将明诗放入中朝两国甚至是整个东亚视域中进行考量,既注意对其宏观批评,又从流派、地域等角度进行微观考量,注重以开阔性的视野、多元化的视角对明诗进行全方位的观照。

一、纵向"史"的视野

朝鲜诗家擅长从史的角度对明诗的发展流变进行纵向批评。

其一,朝鲜诗家从文学发展史的角度探究明诗的特点。正祖李祘在其《诗观》中介绍了该书对中国诗歌的收录,自《诗经》始至明诗止,其中详细介绍了所收录的明诗情况:

　　　　明诗取十三人,如徐袁之尖新巧靡,钟谭之牛鬼蛇神,固所

---

① 李瀷:《星湖僿说诗文门》,《韩国诗话全编校注》第五册,北京:人民文学出版社,2012年,第3750页。
② 朴齐家:《贞蕤阁文集》卷三,《贞蕤阁集》,《影印标点韩国文集丛刊》第261辑,首尔:韩国古典翻译院,2001年,第641页。

显黜而痛排。若其长短互并,疵誉相参,揭竿操矛而呼者,不啻如堵。其进其麾,滥竽之可戒,先于遗珠之可惜。或有丑齐而异遇者,固非偶为抑扬,聊欲举一而概十耳。刘基声容华壮,如河朔少年充悦慷健。高启矩矱全唐,风骨秀颖,才具赡足。宋濂严整要切,能亚于其文。陈献章殊有风韵冲淡,而兼能洒脱。李东阳如陂塘秋潦,渺弥澹泊,而澈见底里,高步一时,为何李倡。王守仁博学通达,诗亦秀发,如披云对月,清辉自流。李梦阳才气雄高,风骨遒利,麾白战而拥赤帜,力追古法,能成雄霸之功。何景明清藻秀润,丰容雅泽,不作怒张之态。杨慎朗爽可喜,秾婉有余。李攀龙如苍厓古壁、周鼎商彝,奇气自不可掩。王世贞著作繁富,才敏而气俊,能使一世之人流汗走僵。吴国伦雅练流逸,情景相副。张居正华赡老练,足称词馆之能手。自是以往,吾不欲观,非直为无诗而已也。共为明诗一百八十六卷,录诗二万五千七百十七首。[①]

　　李祘以"史"的批评视野编选了《诗观》,对先秦至明各代符合诗教、可观风俗的诗歌进行了筛选。其中对明诗的选录采取以一总多的原则,即"举一概十",且从其对明诗的批评中可窥其诗学理念。他论述明诗时,并未先论其所选录的明诗,而是先言其所舍的明诗,明确取舍标准,显露其对公安派、竟陵派的鄙薄态度。以此,可以深入考察公安派、竟陵派与七子派在朝鲜被接受的真实情况。

　　从其评论中可以看出,李祘仿照严羽意象批评的方式对明诗进行批评,如"披云对月""清辉自流""苍厓古壁"等评语。且可以看出其收录标准,像"尖新巧靡"的徐渭与袁宏道之诗,似"牛鬼蛇

---

① 李祘:《弘斋日得录》,《韩国诗话全编校注》第六册,北京:人民文学出版社,2012 年,第 4771 页。

神"、艰涩隐晦难懂的钟惺与谭元春之诗,不被收录,其原因为李祘作《诗观》的目的是"观之义大矣"①,即从所选之诗能够观义、观风俗,所谓"王者居九重而御万机,声以为律,身以为度。不有以周知乎风俗之善恶而感发之惩创之,将何以比先王观也?"因此,他以诗教为选诗标准,"上自《风》、《雅》,下逮宋明诸家,黜噍杀之响,取铿锵之音,未数句哀然成一副巨观"②。他有感于"近日文体之日趋涒漓……诗之有关于风俗,非文之比也",认为诗具有观风俗的功用,总结诗可以"大而纪功德,小而笃性情","一言以蔽之,曰观厥心之结习而已"③。他希望所选诸诗可以发挥诗教作用,借此"以为后人观"④。

朝鲜诗家较为关注明诗的整体发展流变,如南龙翼在《壶谷诗评》中云:

> 李空同(梦阳)有大辟草莱之功,后来诗人皆以此为宗。而其前高太史、杨按察、林员外、袁海潜(凯)、汪右丞(广洋)、浦长海(源)、庄定山(昶)亦多警句。何大复(景明)与空同齐名,欲以风调埒之,而气力大不及焉。其后王浚川(廷相)、边华泉(贡)、徐迪功(祯卿)、王阳明、唐荆州(顺之)、杨升庵(慎)诸公,相继而起,至李沧溟(攀龙)、王弇州(世贞)而大振焉。从而

① 李祘:《弘斋全书》卷九,《影印标点韩国文集丛刊》第262辑,首尔:韩国古典翻译院,2001年,第149页。
② 李祘:《弘斋日得录》,《韩国诗话全编校注》第六册,北京:人民文学出版社,2012年,第4772页。
③ 李祘:《弘斋全书》卷一百八十,《影印标点韩国文集丛刊》第267辑,首尔:韩国古典翻译院,2001年,第509页。
④ 李祘:《弘斋全书》卷九,《影印标点韩国文集丛刊》第262辑,首尔:韩国古典翻译院,2001年,第150页。

游者,如吴川楼(国纶)、宗方城(臣)、王麟州(世懋)、徐龙湾(中行)、梁兰汀(有誉)等,亦皆高蹈。①

　　南龙翼认为,李梦阳在明诗发展史上具有承前启后的价值与作用,他所以有"大辟草莱之功",是因为在其前有高启等人领路,其后有王阳明等人"相继而起",才会有李攀龙、王世贞的"大振",而与其同时期的诗人"亦皆高蹈"。因而明诗的景观非一人之功,而是众声混合的结果。

　　其二,朝鲜诗家还将明诗放入中国古代诗歌体式发展史中进行考察。李昇圭《东洋诗学源流》在评论古诗体式时言:"骚赋衰而五言盛,五言衰而七言盛……李沧溟言'唐人无五言古诗,而有七言古诗'……故诗至杜子美一大变。宋之黄山谷又一变,元世不出晚唐秾丽之习,明之何李力复古七子继之,惟五言效汉魏间及六朝,余如七言古及近体诸诗,无不规摩盛唐,不出李杜之范围也。故中国诗格之变,至宋以尽。其不足于宋者,乃求之于唐以前,惟袭其形貌,莫能创一体。久之厌其肤廓,又复返于宋以下,如近世颇行江西派是也。总而言之,古乐府及汉魏六朝诸家,是古诗之渊源,学者不可不习。"②李昇圭先追溯五、七言古诗之源,再厘清其发展脉络,阐释明前后七子坚持五言古诗学汉魏、七言古及近体诸诗学盛唐的原因,认为明诗学习的结果是"惟袭其形貌,莫能创一体",在体式上并未超越前人轨范。

　　李圭景在《历代诗体辨证说》中言:"若论诗体,则《风》、《雅》、

---

① 南龙翼:《壶谷诗评》,邝健行等选编:《韩国诗话中论中国诗资料选粹》,北京:中华书局,2002年,第145页。
② 李昇圭:《东洋诗学源流》,《韩国诗话全编校注》第十二册,北京:人民文学出版社,2012年,第9939—9940页。

《颂》一变而为《离骚》,再变而为西汉五言,三变而为歌行杂体,四变
而为沈、宋律诗。时以论之,则汉有建安体,魏有黄初体、正始体……
唐初体、盛唐体、大历体……宋朝体、元祐体、江西宗派体。若人论
之,则有苏李体、曹刘体……太白体……王荆公体……西昆体、香奁
体、宫体……宋初晏殊、钱惟演、杨亿号西昆体……金初以蔡松年、吴
激为首,世称蔡吴体……成弘间李东阳雄张坛坫,迨李梦阳出而诗学
大振……正嘉间又有高叔嗣、薛蕙、皇甫氏兄弟稍变其体……一变于
袁弘道、钟惺谭元春,再变于陈子龙。"①李圭景从语言体式、出现时
间、影响、流派等角度对诗歌体式的演变进行了史的梳理,在列举每种
体式时他稍加解释或评论,认为江西宗派体以"山谷为之宗",论明诗
各流派诗体变化时,言诗体变于高叔嗣、袁宏道、陈子龙等人。最后表
明他对诗体进行辨证是为后人学诗所用,即"今略辨之,以为学诗之有
征焉"。在梳理诗歌体式演变的过程中,李圭景对明诗体的演变作了
详细地考察与评论,从中可窥明诗体的发展概况,足见其对明诗极为
关注。

其三,朝鲜诗家还将明诗放入诗学的历史变迁中进行评论。李
宜显在《历代律选跋》中言:

　　　唐以辞采为尚,而终和且平,绝无浮慢之态,所以去古最近,
末流稍趋于下。则宋苏、陈诸公,矫以气格,后又不免粗卤之病。
而元人欲以华腴胜之,靡弱无力,愈离于古而莫可返。于是李、
何诸子起而力振之,其意非不美矣。摹拟之甚,殆同优人假面,
无复天真之可见。钟、谭辈厌其然,遂揭"性灵"二字以哗世率
众,而尤怪僻鄙倍,无可言矣。钱虞山至比天宝入破曲,以为国

---

① 李圭景:《论诗》,《韩国诗话全编校注》第八册,北京:人民文学出版社,2012
　　年,第6603—6604页。

运兆于此,非过论也。此四代诗学迁变之大较也。①

李宜显论及由唐至明的诗学变迁,认为唐诗去古最近,诗歌无浮慢之态;宋诗有粗卤之病,元诗靡弱,离古愈远。明人李梦阳、何景明力振复古之道,其本意是好的,但是因为过于模拟,结果犹如优人假面;竟陵派钟惺、谭元春希冀通过提倡"性灵"来纠正明复古派模拟之弊,结果又出现了怪僻之弊。从李宜显对唐宋元明四代诗学变迁的梳理与评论,可以看出他对明前后七子及竟陵派诗学实践得与失有客观的认识,对明诗学在中国诗学中的地位有深刻的理解。

二、东亚视域下横向考量

朝鲜诗家论述明诗时,不但将其放入中国诗史中进行观照,还善于从中朝两国诗歌的发展变化、对东亚其他国家的影响等角度批评明诗。

从文体发展演变的视角出发,朝鲜诗家对次韵诗的发展较为关注,金安老(1481—1537)在《龙泉谈寂记》中言:

> 古人于诗投赠酬答,但和其意而已。次韵之作始自中古,往复重押,愈出愈新,至欧苏黄陈而大盛。然于词赋用韵,未之闻焉。我国凡皇朝使臣采风观谣之作,例皆赓和之,虽词赋大述亦必步韵。明使陈鉴作《喜晴赋》,世庙难其人,召金乖崖守温曰:"汝试为之。"乖崖退私宅,独卧厅事中,凝神不动,兀若僵尸。缔思数日方起,令人执笔书进,文澜沛然,辞意贯属,韵若天成。世庙读之嘉,命崔宁城恒润色之。宁城窜改数句,

① 李宜显:《陶谷集》卷二十六,《影印标点韩国文集丛刊》第181辑,首尔:韩国古典翻译院,1997年,第403—404页。

乖崖笑曰："安有持刻画无盐之余,为西子补妆者耶?"陈鉴见之,果大加称赏。而指点改下处曰:"非本人手段。"自是乖崖之名大播中朝。[1]

　　金安老在概述次韵诗的发展历史之后,指明朝鲜使臣必次明使臣采风观谣之作,还重点谈及金守温因次明使陈鉴诗被陈鉴赏识而名播中国之事。可见,次韵诗在当时中朝诗赋外交中有独特作用,既可以含蓄地表达某种政见,婉曲地表明自己的某种态度,还可以让中国使臣了解朝鲜文人的诗歌创作水平。

　　次韵诗在朝鲜诗歌中占有很高地位,这与中朝文化交流有重要的关系。明代是中朝两国交流的一个重要时期,两国诗文酬唱频繁,朝鲜诗人常常以次韵明人诗的形式,表达对明的"事大"思想及"慕华"精神。明朝使臣采风观谣之诗,朝鲜馆伴等要赓和,要作次韵诗,通过次韵诗表达对明使臣人品、诗歌内容及技巧、诗歌理论的评价。就中朝使臣的次韵诗而言,有朝鲜到中国的使臣次韵明人之诗。如许筠《幕府无事,用于鳞阁夜韵自遣》(四首)是次韵李攀龙的《阁夜示茂秦》四首。现列第三首:

李攀龙《阁夜示茂秦》(其三)

病起看时事,归心不可裁。
著书官欲罢,问字客还来。
月出樽堪满,霜清角自哀。
相怜成白首,明日阻三台。[2]

---

① 金安老:《龙泉谈寂记》,《韩国诗话全编校注》第一册,北京:人民文学出版社,2012年,第407页。
② 李攀龙著,李伯齐校点:《李攀龙集》,济南:齐鲁书社,1993年,第143页。

许筠《幕府无事,用于鳞阁夜韵自遣》(其三)

古国已千里,家书还懒裁。

云归碧海去,雁渡长江来。

风瑟宵偏韵,霜笳晓转哀。

殊方肠欲断,泪尽望乡台。①

首先,从形式上看,二者都是五言律诗,许筠诗步李攀龙诗的韵字"裁""来""哀""台"。其次,从情感上看,二者都借咏秋表达了人在异乡为异客的孤独情怀。李攀龙更多的是表达病中思乡,而许筠是作为朝鲜的使节来到明朝,其孤独是旅居异国的思乡愁绪。这种次韵诗多是感情上的交流与共鸣。也有两国使臣之间为了政治交往而作的次韵诗,《皇华集》中的次韵诗多为此类。

李遇骏(1801—1867)在《古今诗话》中比较了中朝两国格律诗的创作情况:

> 诗莫盛于唐……然而总不若盛唐李杜之雄健典重,李杜为诗家之正宗。太白诗绝句盖多,而律则仅有;少陵诗四韵盛传,而绝则甚罕:亦各有所长而然,则是诗之难可知矣。自唐以降,文体随时变易,濂洛之诗长于冲澹,元明之诗近于轻浅,季世音响,日就卑下而已。近世东国人士,虽不能明一艺、通一经,而皆耽于诗律,连篇累牍。就观其体格,不古不伪,似奇非巧,成一别样调法,抑以此鸣国家一时之盛耶!余虽能随俗成句,而至论古人调格,实昧然矣。凡律家之法,必曰"起承转落",起句实难,而联句稍易,结句尤难……愿竢知者,而一质焉。②

---

① 许筠:《惺所覆瓿稿》卷一,《影印标点韩国文集丛刊》第74辑,首尔:韩国古典翻译院,1991年,第111页。

② 李遇骏:《古今诗话》,《韩国诗话全编校注》第十册,北京:人民文学出版社,2012年,第8365—8366页。

　　李遇骏论述自唐到明,不同时代诗体风格的发展变化,其中唐李杜诗雄健典重,格律诗各有所长,李白绝句多,杜甫四韵盛传。而朝鲜文人虽不明艺通经,却执着于诗律,结果是不古不伪,似奇非巧,"成一别样调法"。朝鲜诗人学作格律诗的积极性虽然可嘉,但是并未深得其法,李遇骏希望能遇到懂诗律的人给予朝鲜诗家一些指导,以便更好地掌握好"起承转落"等基本原则。

　　朝鲜诗家通过对中国宋元明清诗话、诗集的纵向梳理,引出朝鲜诗话、诗集的刊印流传情况。李圭景在《论诗》中梳理并评论中朝两国诗话:

　　　　诗话者,诗之流亚而作诗之模楷也。历代诗人,想多有话,而其最盛则自唐而起。故《居易录》:"宋贾似道与其门客廖莹中刊书甚多,有《全唐诗话》。"而王贻上又有《五代诗话》。陶九成《辍耕录》载历代唐、宋人诗话若干种。元、明、清诗话,愚略收于诸书中,以备后考……苏轼《东坡诗话》、蔡绦《西清诗话》、曾季貍《艇斋诗话》、韦居安《梅涧诗话》、刘后村《后村诗话》……陈师道《后山居士诗话》、许顗《许彦周诗话》……林希恩《诗文浪谈》、瞿祐《归田诗话》、都穆《南濠诗话》、姜南《蓉塘诗话》、叶秉敬《敬君诗话》、曹学佺《蜀中诗话》、陈霆《渚山堂诗话》、李东阳《怀麓堂诗话》、顾元庆《夷白斋诗话》、朱承爵《存余堂诗话》、无名氏《娱书堂诗话》、杨慎《升庵词品》、谢榛《诗家直说》、徐泰《诗谈》、田艺蘅《香宇诗谈》、张蔚然《西园诗麈》、江盈科《雪涛诗评》《闺秀诗评》、杨慎《闲书杜律》。清李沂《秋星阁诗话》、清徐增《而庵诗话》、清宋荦《漫堂诗话》、清王士禛《渔洋诗话》、金人瑞《贯华堂诗话》、朱彝尊《静志居诗话》。此录散见者:《古今诗话》、无名氏《冷斋夜话》、张表臣《珊瑚钩诗话》、敖器之《臞翁诗评》,此其大略。我东则徐居正《东人诗话》、洪百昌《大东诗

评》、权应仁《松溪漫录》、车天辂《五山说林》、我王考炯庵公《清
脾录》、梁庆遇《青溪诗话》。余所未知者又有几种也，以俟随见
续录。而余不佞妄著《诗家点灯》四五卷，僭录诗话之后，便同续
貂耳。诗话之余，有张蔚然《三百篇声谱》，吾衍《九歌谱》，亦可
观耳。皇明杨升庵慎用修《丹铅总录》曰："文，道也。诗，言也。
语录出而文与道判矣，诗话出而诗与言离矣。"斯言切当。①

　　上述这段材料中，李圭景在阐释诗话为作诗楷模的地位后，先梳
理中国宋元明清诗话的代表作品，明诗话列举了从明初林希恩的《诗
文浪谈》、瞿佑的《归田诗话》、李东阳的《怀麓堂诗话》至明后七子中
谢榛的《诗家直说》及公安派江盈科的《雪涛诗评》、《闺秀诗评》等。
又梳理了朝鲜从徐居正到李圭景等人的诗话。从李圭景列举的中朝
两国诗话看，朝鲜诗话数量少于中国，其诗话的历史也没有中国悠久，
但通过李圭景对诗话的梳理，可以让人了解到更多的朝鲜古代诗话。
　　李圭景在《历代诗集》中称《诗经》为诗集之祖，并从《诗经》开始
梳理，直至清诗集，再引出朝鲜自新罗崔致远诗集开始，朝鲜诗集及
其刊印情况。"我东则自新罗，惟崔孤云致远及崔承祐二人有集……
高丽，则见于金烋《海东文献录》者仅四十七家。入于国朝，以《镂版
考》计之，则已刊之集为二百六十余家。又以愚之所见闻，《镂版考》
外已刻未刻更不下数百家。或有大家名族之集，或有寒门陋巷之稿。
统以数之，凡为家者当至六七百之多。此言今所传者、料其方来诗人
又不知几何。"②旨在表明朝鲜诗集由少到多的情况，通过这些诗集

① 李圭景：《论诗》，《韩国诗话全编校注》第八册，北京：人民文学出版社，2012
　　年，第6609—6610页。
② 李圭景：《论诗》，《韩国诗话全编校注》第八册，北京：人民文学出版社，2012
　　年，第6608页。

可观朝鲜文化的丰富发展。

朝鲜诗家往往在赞扬明诗家后列举朝鲜诗家,如许筠在介绍明人十大家后,言"我东方金季温、南止亭、金冲庵、卢苏斋之文置之十人中,比诸董、茅亦不多让,而不得攘臂于中原,惜哉!"①一方面肯定明诗家重要的文学地位,一方面也直言朝鲜不乏可与明人比肩的优秀诗人。

不仅如此,朝鲜诗家在批评明诗时,还将其放入东亚视域内进行考量。李德懋在阐明李攀龙诗歌对朝鲜影响的同时,还关注李攀龙诗歌对日本的影响。他在《日本兰亭集》中记载:"余尝游平壤,含球门下吴生家有《兰亭集》,日本人诗也,命词奇健,骎骎于雪楼之余响。"②李德懋去平壤时,在吴生那里看到了日本人作的诗集《兰亭集》,称赞《兰亭集》用词奇健,风格极似李攀龙。李德懋认为李攀龙不仅对中朝两国诗歌创作有影响,其诗风在日本也有回响,诚所谓"白雪(李攀龙)诗声增价返,青云气义结交来"③,李攀龙在域外的影响,使其名声大震。

李德懋还在《清脾录》中记载了竟陵派诗论对琉球的影响:"万历丁酉,李芝峰晬光朝京……逢琉球国使臣蔡坚、马成骥……冯克宽诗,固圆熟赡富,而蔡马两诗,亦真实钟、谭,见之应圈字眼而评曰:'灵厚。'"④李晬光出使明朝时见到琉球使臣蔡坚、马成骥,与其唱和,从其唱和中可以看出,琉球使臣之诗具有"灵厚"的特点,而"灵

---

① 许筠:《鹤山樵谈》,《韩国诗话全编校注》第二册,北京:人民文学出版社,2012年,第1458页。

② 李德懋:《青庄馆全书》卷三十二,《影印标点韩国文集丛刊》第258辑,首尔:韩国古典翻译院,2000年,第7页。

③ 李德懋:《青庄馆全书》卷十一,《影印标点韩国文集丛刊》第257辑,首尔:韩国古典翻译院,2000年,第198页。

④ 李德懋:《青庄馆全书》卷三十五,《影印标点韩国文集丛刊》第257辑,首尔:韩国古典翻译院,2000年,第60页。

厚"恰是竟陵派的主要诗学主张,足见当时竟陵派在琉球已经有了一定的影响力。李德懋不仅在中朝两国视域内关注明诗,还将明诗放在东亚视域内进行考量,这样对明诗有了一个更全面的观照。

总之,朝鲜诗家或将明诗放到诗歌史中纵向批评,或将明诗放入东亚视野中进行横向考量,从中可窥见明诗在东亚范围内被接受的情况。

三、流派批评与地域批评

朝鲜诗家对明诗进行批评时,还注意从诗歌流派的视角展开批评。明代诗歌流派众多,有以身份划分的,如以杨士奇、杨溥、杨荣为代表的台阁体;有以地域划分的,如以李东阳为代表的茶陵派、以钟惺与谭元春为代表的竟陵派等;有以诗文主张而形成流派的,如前后七子、唐宋派。朝鲜诗家在批评明诗时,尤为注意其流派特点与地域色彩,彰显了朝鲜诗家强烈的流派意识与地域意识。

首先,朝鲜诗家较为关注明诗流派的整体特点与发展流变。如李圭景言:

> 明初四家称高启、杨基、张羽、徐贲,而高为之冠。成弘间李东阳雄张坛坫,迨李梦阳出而诗学大振,何景明和之,边贡、徐祯卿羽翼之,亦称四杰,又与王廷相、康海、王九思称七子……嘉隆间李攀龙出,王世贞和之,吴国伦、徐中行、宗臣、谢榛、梁有誉羽翼之,称后七子。此后诗派总杂,一变于袁宏道、钟惺、谭元春,再变于陈子龙,本朝初又变于钱谦益,其流别大概如此云。①

---

① 李圭景:《论诗》,《韩国诗话全编校注》第八册,北京:人民文学出版社,2012年,第6604页。

　　李圭景梳理了明初到明末各诗歌流派的发展情况。明初"吴中四杰"中高启的文学成就最高,明中期前七子中李梦阳领导的诗文复古运动,有使诗学大振之功绩。李梦阳与何景明、边贡、徐祯卿被称为"四杰",又与王廷相、康海、王九思等被称为"前七子"。李攀龙倡复古,王世贞和之,与吴国伦等人被称为"后七子"。在"后七子"之后,诗派纷出,有以袁宏道为代表的公安派、以钟惺与谭元春为代表的竟陵派、以陈子龙为代表的云间派。通过此段材料,可以概观明诗各流派兴起的时间及发展脉络。

　　许筠在《鹤山樵谈》中归纳明诗名家:"明人以诗鸣者,何大复景明、李崆峒梦阳,人比之李杜。一时称能者,边华泉贡、徐博士祯卿、孙太白一元、王检讨九思。何、李之长篇七律俱善近古,李于鳞、王元美亦称二大家,而吴国伦、徐中行、张佳胤、王世懋、李世芳、谢榛、黎民表、张九一等皆并驱争先。"①可见,当时著名的诗人多为复古派,许筠对其诗歌成就极为称赞。黄景源在《赐太子太保礼部尚书文渊阁大学士张治谥文毅制》中归纳弘治十才子:"始弘治中,庆阳李梦阳献吉、信阳何景明仲默与南京户部尚书边贡廷实、南京刑部尚书顾璘华玉、吏部郎中郑善夫继之、吏部郎中王九思敬夫、国子博士徐祯卿昌谷、云南参政朱应登升之、翰林修撰康海德涵、太仆卿陈沂鲁南为歌诗,号'十才子。'"②

　　朝鲜诗家不惟罗列诗歌流派,对诗歌流派的文学地位、同一诗歌流派中不同的诗学主张及诗风差异也多有论述,可以从其论述中更好地了解明代诗歌的发展概貌。如黄玹(1885—1910)在《论诗绝

---

① 许筠:《鹤山樵谈》,《韩国诗话全编校注》第二册,北京:人民文学出版社,2012年,第1458页。
② 黄景源:《江汉集》卷二十五,《影印标点韩国文集丛刊》第224辑,首尔:韩国古典翻译院,1999年,第527页。

句》中言："嘉隆七子漫纵横，赵宋无诗太不情。奈此嶙峋坡谷笔，中天万古两齐名。"①高扬明七子的文学影响力及文学地位。李德懋在《诗观小传》中言："李攀龙字于鳞……与王世贞、谢榛、梁有誉、宗臣、徐中行、吴国伦称'七子'，七子互相矜许，词调往往如出一手。"②认为明七子的创作风格极其相似。李圭景概括明七子诗歌风格为："空同、弇州如杜，大复、沧溟如李。论其集大成，则不可不归于王；而若其才之卓越，则沧溟为最，如'卧病山中生桂树，怀人江上落梅花'、'樽前病起逢寒食，客里花开别故人'等句，王亦不可及。此弇州所以景慕沧溟，虽受仲尼、丘明之譬，只目摄而不大忤，有若子美之师太白也。川楼以下，地丑德齐，而吴体最备，宗才最高。"③认为前后七子诗风也不完全相同，李梦阳、王世贞更接近杜诗，何景明、李攀龙更似李白诗，吴国伦以后诗歌其诗体最完备，宗臣诗歌才华最高。

朝鲜诗家用"四杰""七子""以诗鸣大家""十才子"等判语，归纳明诗流派的诗学思想发展、流变，并且对各流派中不同诗人诗风作了比较，这都为更好地研究明诗提供了参考路径。

其次，朝鲜诗家从地域角度进行批评，以地缘因素分析明诗的发展特点。

自然地理因素在诗人个人禀性的形成中起到一定的作用，相同地域的诗人也往往有相似或相近的审美追求，以地域划分诗派，可以更好地把握同一地域诗人诗风，如"历说蜀之诗人，如唐之太白、拾遗，宋之眉山，元之道园，明之升庵，以接于羹堂。仍推奖以为奇

---

① 黄玹：《黄玹论诗绝句》，《韩国诗话全编校注》第十一册，北京：人民文学出版社，2012年，第9220页。
② 李德懋：《青庄馆全书》卷二十四，《影印标点韩国文集丛刊》第257辑，首尔：韩国古典翻译院，2000年，第378页。
③ 李圭景：《壶谷诗评》，邝健行等选编：《韩国诗话中论中国诗资料选粹》，北京：中华书局，2002年，第145页。

气蓬勃,骎骎乎溯汉魏而上,而古歌行在其乡先哲中亦几直接大苏云"①。朝鲜诗家李德懋按时代顺序将四川诗人罗列出来,并指出他们诗歌创作的总体诗风,有奇气、有古韵等地域印记。同时,因地域特点的不同,即使创作主张相同,同一流派中的不同诗人也各具特色。朝鲜诗家对此有着较为敏锐的体察,他们常用地名、籍贯代替人名,一方面这是古人的称呼习惯,另一方面也强调了地域特色对诗人创作风格的影响。如许筠言:"中原何李帜词场,江左徐郎亦雁行。应似开天推李杜,清高还有孟襄阳。"②"弘正之间,光岳气全,俊民蔚兴。时则北地(李梦阳)立帜,信阳(何景明)嗣筏,铿锵炳烺,殆与李唐之盛。"③虽然前后七子秉持相同的理念,但是在创作中,因受到不同地域文化的潜在影响,在创作风格上仍各具特色,有的偏于雄浑,有的倾向清丽。

综上所述,朝鲜诗家宏观上或将明诗放入中国诗歌史中梳理其发展脉络,或在东亚视域下横向比较明诗与朝鲜诗歌发展之状况。微观上,又从流派与地域角度揭示了明代诗学的承继关系及明代诗风的地域特色,多元化、多方位地对明诗进行了解读。

第三节　批评方法的多样性

朝鲜诗家在对明诗进行批评时,为避免单一方法可能带来一叶障目之弊,采用了多样化的批评方法。

---

① 李德懋:《清脾录》,《韩国诗话全编校注》第五册,北京:人民文学出版社,2012 年,第 4023 页。

② 成均馆大学校大东文化研究院编:《许筠全集》,首尔:成均馆大学校出版部,1981 年,第 29 页。

③ 许筠:《惺所覆瓿稿》卷四,《影印标点韩国文集丛刊》第 74 辑,首尔:韩国古典翻译院,1991 年,第 176 页。

一、选本批评

选本批评是朝鲜诗家批评明诗时常见的批评方法。这种批评方法的影响力有时比作品集的影响力更大,"从势力影响上来讲……有许多诗话文话,都是前人随便当作闲谈而写的,至于严立各人批评的规模,往往都在选录诗文的时候,才锱铢称量出来"①。

在中国,最早的选本实践可追溯到《诗经》。《史记·孔子世家》中记载:"古诗者三千余篇,及至孔子,去其重,取可施于礼仪……三百五篇,孔子皆弦歌之,亦求合《韶》《武》雅颂之音。"②其后著名的选本有挚虞的《文章流别集》、萧统的《文选》、杨士弘的《唐音》、高棅的《唐诗品汇》等,其中有些选本流传到了朝鲜,引起朝鲜诗家的关注,并对其进行学习。他们对中国刊行的诗歌选本再做选择,可谓是对诗歌批评的批评。

明代选本中高棅的《唐诗品汇》、李攀龙的《古今诗删》对朝鲜诗家影响很大。首先,朝鲜诗家将这些选本视为学习的典范。申钦在《晴窗软谈》中言:"选唐诗者,有《品汇》、有《唐音》、有《全唐诗选》、有《万首选》、有《百家诗》,而《品汇》《唐音》最精。"③许筠在《唐诗选序》中言:

> 有唐三百年,作者千余家,诗道之盛,前后无两。其合而选之者,亦数十家。而就其中略而精核者,曰杨士弘所抄《唐音》。其详而敷缛者,曰高棅《唐诗品汇》。其匠心独智,不袭故不涉套,以自运为高者,曰李攀龙《唐诗删》。此三书者出,而天下之

---

① 方孝岳:《中国文学批评》,北京:生活·读书·新知三联书店,1986 年,第 5 页。

② 司马迁:《史记》第 6 册,北京:中华书局,1959 年,第 1936 页。

③ 申钦:《象村稿》卷五十,《影印标点韩国文集丛刊》第 72 辑,首尔:韩国古典翻译院,1991 年,第 330 页。

选唐诗者，皆废而不行。①

　　申钦与许筠认为在众多唐诗选本中，元代杨士弘的《唐音》、明代高棅的《唐诗品汇》与李攀龙的《唐诗删》，最为上乘。申钦提到的几种唐诗选本中，《百家诗》所选数量少，《全唐诗选》与《万首选》虽然数量多，但是选录标准不明确，只适合欣赏，不适合学习。申钦认为"《品汇》《唐音》最精"。许筠认为《唐音》"略而精核"，《唐音》选诗全面，选取严格，它上承严羽《沧浪诗话》的理论，矫南宋至元以来鼓吹中晚唐的流风，开明人推崇盛唐的先河，对高棅《唐诗品汇》的选评有启迪作用。高棅在《唐诗品汇·总叙》中称赞："《唐音》集颇能别体制之始终，审音律之正变，可谓得唐人之三尺。"②明初倡言宗唐复古的李东阳在《怀麓堂诗话》中言："选唐诗者，惟杨士弘《唐音》为庶几。"③朝鲜诗家也认为"为诗则先读《唐音》"④，许筠言高棅的《唐诗品汇》"详而缚缛"。高棅"远览穷搜"，在数万首唐诗中，选出涵盖初盛中晚四个时期的唐诗6700余首，编成《唐诗品汇》这部规模阔大的选本，并按诗体编排诗歌，每种诗体内又分为九品。以初唐为正始，盛唐为正宗、大家、名家、羽翼，中唐为接武，晚唐为正变、余响，方外异人为旁流。线索明晰，主次分明，其崇尚盛唐、区分流变的意识，为后人指明了学习唐诗的正确途径，选诗和论析又很具识见，因而获得广泛的好评，对明代尊唐诗风影响深远。很多朝鲜诗家认为唐诗选

① 许筠：《惺所覆瓿稿》卷四，《影印标点韩国文集丛刊》第74辑，首尔：韩国古典翻译院，1991年，第175页。

② 高棅：《唐诗品汇》，上海：上海古籍出版社，2012年，第10页。

③ 李东阳著，李庆立校释：《怀麓堂诗话校释》，北京：人民文学出版社，2009年，第104页。

④ 许筠：《鹤山樵谈》，《韩国诗话全编校注》第二册，北京：人民文学出版社，2012年，第1447页。

本中"最优者《品汇》"①,受《唐诗品汇》的影响,其宗唐意识逐渐明显,如许筠在《鹤山樵谈》中记载:"仲氏诗初学东坡,故典实稳熟,及选湖堂,熟读《唐诗品汇》,诗始清健。"②许筠其兄许篈作诗由宗宋转为宗唐,《唐诗品汇》起了很大作用。李攀龙的《唐诗删》是《古今诗删》中的精华,"七子之论诗之旨,不外此编"③。《唐诗删》集中体现了七子派"不读唐以后书""诗必盛唐"等诗学理念。许筠认为《唐诗删》"匠心独运,不袭故不涉套",从《唐诗删》的编选目的与原则可见这一特点。一般删的目的是"删其不正以归乎正",而"于鳞之为删,则异是……于鳞所取,则能工于辞不悖其礼而已……是故,存诗曰删"④。《唐诗删》所选的并非都是名家名篇,但它却为明代唐诗学提供了符合要求的诗歌范本。基于三种选本的优秀,遂成为朝鲜诗家学习与效仿的典范,而其他"选唐诗者,皆废而不行。"

　　有认同就有批驳。如高棅的《唐诗品汇》,不是所有的朝鲜诗家都将其视为学习的样本,也有人认为《唐诗品汇》"无才思不足观"⑤;还有人指出其谬误之处颇多,如"'桂叶双眉久不描,残妆和泪湿红绡。长门尽日无梳洗,何必珍珠慰寂寥。'《品汇》以此为杨贵妃所作,误矣"⑥;也有人对其漏选佳作表示不满,如李瀷因《唐诗品汇》只

---

① 李晬光:《芝峰类说》卷七,首尔:朝鲜古书刊行会,1915年,第198页。

② 许筠:《鹤山樵谈》,《韩国诗话全编校注》第二册,北京:人民文学出版社,2012年,第1436页。

③ 李攀龙:《古今诗删》,《文渊阁四库全书》第1382册,台北:台湾商务印书馆,1986年,第2页。

④ 李攀龙:《古今诗删》,《文渊阁四库全书》第1382册,台北:台湾商务印书馆,1986年,第32页。

⑤ 李德懋:《清脾录》,《韩国诗话全编校注》第五册,北京:人民文学出版社,2012年,第4037页。

⑥ 李晬光:《芝峰类说》,《韩国诗话全编校注》第二册,北京:人民文学出版社,2012年,第1314页。

选柳宗元的《与浩初上人同看山寄京华亲故》而未选其《登山》诗,由此讥讽"高棅无眼"①,认为这两首诗相互印证,都寄托了柳宗元的某种愁思,只选其一就如"鸟铩一翼矣"②。

其次,朝鲜诗家对明代选本的选择,本身就是其诗学观的具体外化。诗家在对选本的选择过程中,反映出其编选的标准与意图,这也是其文学观的一种实践。朝鲜诗家选择明人的唐诗选本来学习或者作为其删选诗歌的文献依据,与其个人的主观偏好及当时诗坛宗唐的风尚有关。朝鲜朝初期已有宗唐倾向,朝鲜诗家赞成明人的复古宗唐主张,借高棅等明人所作的唐诗选表明其诗学盛唐的价值取向,李晬光在《芝峰类说》中云:

> 高棅撰《唐诗品汇》,以武德以后为初唐,开元以后为盛唐,大历以后为中唐,开成以后为晚唐。又以初唐为正始,盛唐为正宗、大家、名家、羽翼,中唐为接武,晚唐为正变、余饷。其以陈子昂、李白为正宗,杜甫为大家者最有斟酌。明人谓高廷礼《唐诗品汇》大有功于诗教,是矣。③

李晬光认同明人的观点,认为高棅的《唐诗品汇》将唐诗分为初盛中晚四个时期,以盛唐为正宗、以陈子昂与李白为正宗、将杜甫推为大家的选诗标准有助于诗教的衍化。这与他认为盛唐诗为诗道大备、最具"文质彬彬"的观点一致,与他欲借"诗必盛唐""宗唐法杜"来恢复"诗道之正""文质彬彬"的风雅传统的目标一致。

---

① 李瀷:《星湖僿说诗文门》,《韩国诗话全编校注》第五册,北京:人民文学出版社,2012 年,第 3816 页。
② 李瀷:《星湖僿说诗文门》,《韩国诗话全编校注》第五册,北京:人民文学出版社,2012 年,第 3816 页。
③ 李晬光:《芝峰类说》卷七,首尔:朝鲜古书刊行会,1915 年,第 198 页。

除了借这些选本表达"诗必盛唐"观点外,朝鲜诗家还以此来讨论唐有无五言古诗。《诗文清话》中有一段指责《唐诗正声》的话:

> 五言古诗,汉魏而下其响绝矣,六朝至初唐只可谓之半格。高棅选《唐诗正声》,而其所取如陈子昂"故人江北去,杨柳春风生",太白"去国登兹楼,怀归伤暮秋",刘眘虚"沧溟千万里,日夜一孤舟",崔曙"空色不映水,秋声多在山",皆律也,而谓之古诗可乎?比之新寡之文君,屡醮之夏姬,美则美矣,谓之初笄室女则不可。于此有盲妁取损罐而充完璧,以白练而为黄花,苟有屠婿,必售其欺。高棅之选诚盲妁也。近见某公之序,乃谓《正声》其格浑,其选严,噫!是其屠婿乎?①

此段言论实际是对汉魏以下,唐到底有无五言古诗这一问题的探讨。《诗文清话》的作者认为,高棅在《唐诗正声》中将陈子昂、李白和崔曙的五言律诗视为古诗,是妍媸不分,讥讽高棅为不辨事实的盲媒人,非要强行将律诗划分到古诗的队伍中。"比之新寡之文君……高棅之选,诚盲妁也"出自杨慎《升庵诗话》,《诗文清话》在此引用了杨慎的说辞,即杨慎用卓文君虽美但终究不是初笄室女来讥刺高棅《唐诗正声》体例不辨、选诗不严之弊。

以上言论的主旨与前后七子强调唐无五言古诗的论调一致,李攀龙在《选唐诗序》中言:"唐无五言古诗,而有其古诗。陈子昂以其古诗为古诗,弗取也。七言古诗,唯杜子美不失初唐气格,而纵横有之。太白纵横往往强弩之末,间杂长语,英雄欺人耳。"②李攀龙认为

---

① 佚名:《诗文清话》,《韩国诗话全编校注》第三册,北京:人民文学出版社,2012 年,第 2050—2051 页。
② 李攀龙撰,包敬第标校:《沧溟先生集》,上海:上海古籍出版社,1992 年,第377—378 页。

唐人虽然也写古诗，但并未臻于汉魏古诗的境界。王世贞赞同李攀龙的说法，他在《梅季豹居诸集序》中言："余少年时称诗，盖以唐为鹄云，已而不能无疑于五言古，及李于鳞氏之论曰'唐无五言古诗而有其古诗'则洒然悟矣。"①他悟出盛唐虽有古诗，但五言古诗不足为法，五言古诗当师汉魏。由此坚定古体尊汉魏、近体尊盛唐的诗学取向。

再次，朝鲜诗家对高棅的《唐诗品汇》、李攀龙的《唐诗删》、《明诗删》等明人选本，不限于简单的学习与评论，还以此为依据编选唐诗和明诗。但编选诗歌绝非易事，因为只有"取舍合其公，繁简得其中"，其选本才能"永传于后世"②。因此，"作诗难，而操选政为尤难"。"选诗诚难，必识足以兼诸家者，乃能选诸家；识足以兼一代者，乃能选一代。一代不数人，一人不数篇，而欲以一人选之，不亦难乎？"③选诗者在编选诗文的过程中，其身份既是编选者又兼批评者，这需要对所依据的选本有准确的把握、有积学功底、独特的批评视角，才能使自己的选本匠心独运，才能让他人认可其选诗标准，由此认可其诗学观及选本价值。

朝鲜诗家在对选本删改的过程中，其识见水平得以呈现，其诗学主张得以显露。如许筠编选《唐诗选》，他既肯定《唐诗品汇》《唐诗删》为上乘的唐诗选，同时又指出其不足：高棅的《唐诗品汇》诗篇虽多，但有鱼目混珠之弊。而李攀龙虽将一些非名家之作"拔置上列"，但只选"合于己度"之诗的选诗原则使许多逸韵佳篇埋没。这些遗篇逸韵也包括宋诗，李攀龙因为不读唐以后书，认为"宋无诗"，所以在

① 王世贞：《弇州续稿》卷五十五，《文渊阁四库全书》第 1282 册，台北：台湾商务印书馆，1986 年，第 727 页。
② 金宗直：《东文粹》，首尔：明昌文化社，1996 年，第 23 页。
③ 李东阳：《麓堂诗话》，丁福保辑：《历代诗话续编》，北京：中华书局，1983 年，第 1376 页。

其《古今诗删》中未选宋诗,对此许筠持不同态度,他不因宗唐而抑宋,这与他主张兼学"唐宋元明"的诗学观一致,是一种开放的诗学理念。

高氏的诗选虽有妍媸并存的不足,但经过反复阅读,许筠"恍然如有所悟",较认同高棅的编选方法,"遂取高氏所汇,先芟其芜,存十之五。而参之以杨氏,继之以李氏,所渐拔者合为一书。分以各体,而代以隶人"①。编选"唐诗六十卷,而篇凡二千六百有奇,唐诗尽于是矣"②。

许筠虽对李攀龙有景仰之情,对其诗作及诗歌理论极多赞誉之词,但他多次表示对李攀龙选诗标准有异议,在《明诗删补跋》中言:

> 李于鳞删明诗若干首,附古诗删后,其去就有不可测者。元美所谓英雄欺人,不可尽信者耶。明人号为开天者,不必皆开天也。若以伯谦氏例去就之,吾恐其不入彀者多矣。余取于鳞所删,删其十三四。又取王氏廷相《风雅》,顾氏起纶《国雅》及诸家集,拣其合于音者补之,凡六百二十四篇。以唐三百年累百家而伯谦氏以千余篇尽之,则今余之所铨明诗者,适得其半,亦足以尽明人之诗矣。③

许筠表明其编选明诗,既不遵循杨士弘过于"择其精粹"的选诗标准,又不盲从李攀龙将明初至明中叶诗尤其是复古派的诗都选录

---

① 许筠:《惺所覆瓿稿》卷四,《影印标点韩国文集丛刊》第 74 辑,首尔:韩国古典翻译院,1991 年,第 175 页。

② 许筠:《惺所覆瓿稿》卷四,《影印标点韩国文集丛刊》第 74 辑,首尔:韩国古典翻译院,1991 年,第 175 页。

③ 许筠:《惺所覆瓿稿》卷十三,《影印标点韩国文集丛刊》第 74 辑,首尔:韩国古典翻译院,1991 年,第 248 页。

的标准。许筠既不多选也不少选，他在删减李攀龙《明诗删》的基础上，又选取《风雅》与《国雅》等选集中的明诗，筛选出他认为最能代表明诗风格的作品624篇，从这些作品中足观明诗的整体概貌。

虽然许筠与李攀龙选诗标准不同，但有标准就有优劣，也就会引发时人或后人的共鸣或反对。正因如此，许筠在批评明人诗选的基础上，编选了唐诗、明诗以及《国朝诗删》，又借鉴中国诗歌批注的形式加入了批点注释。

综上所述，从朝鲜诗家对明人诗歌选本的学习、重新编选中，可窥见朝鲜诗坛的诗学宗尚，基本与明人"宗唐法杜""古诗尊汉魏"的论调一致。但因朝鲜诗家个人主观偏好不同，他们对明人观点没有完全照搬或者全盘吸收，对复古派有赞誉有指弊，显示出一种开放的诗学视野。对选本的批评与其诗学主张互相印证，彰显了明朝选本批评的域外影响力。

二、摘句批评

摘句批评也是朝鲜诗家批评中国诗歌时频繁使用的一种批评方法。在中国，摘句法最早可以追溯到先秦时期，春秋各国在诗赋外交中常常引用《诗经》中的某句或某首诗表达其思想。魏晋南北朝时期，摘句批评是品评人物时常被使用的一种方法。

摘句不是以摘出某句或某联堆砌罗列为目的，而是作为评价诗歌的依据，摘与评结合是这种方法被使用的意义。曹文彪在《论诗歌摘句批评》言："这些被摘出的诗句一般都被认为是所谓的佳妙之句，并且它们之被看作批评对象，并不是因为它们是它们所由摘出的诗作的代表或者例示，而是因为它们自身就具有作为批评对象的、独立的审美价值。"①

---

① 曹文彪:《〈论诗〉歌摘句批评》,《文学评论》,1998年第1期。

中国传统的摘句批评对域外文学批评有积极的影响,高丽时期崔滋在《补闲集》中就用摘句法评论中国诗歌:

> 古今警绝句不多,如草堂《江上》云:"功业频看镜,行藏独倚楼。"《闷》云:"卷帘唯白水,隐几亦青山。"陈补阙云:"杜子美诗虽五字,气吞象外。"殆谓此等句也。①

朝鲜诗家在论明诗歌时也常使用摘句法。如申钦在《晴窗软谈》中说:"空同之'十年放逐同梁苑,中夜悲歌泣孝宗'激昂顿挫,咏之泪下,后少陵也。"②赵泰亿(1675—1728)在《辞判决事疏》中说:"每诵明人李梦阳'十年放逐同梁苑,中夜悲歌泣孝宗'之句,未尝不三复流涕,适会此时,得睹当日云汉之章。"③

申钦与赵泰亿所摘诗句出自李梦阳的《限韵赠黄子》一诗,原诗为:"禁垣春日紫烟重,子昔为云我作龙。有酒每邀东省月,退朝曾对掖门松。十年放逐同梁苑,中夜悲歌泣孝宗。老体幸强黄犊健,柳吟花醉莫辞从。"虽是摘取李梦阳诗歌中的同一句诗,但评论的角度及表达的意义却不同。申钦从诗风角度论述李梦阳诗有杜诗之遗韵。"沉郁顿挫"是杜甫诗歌的风格特色,申钦读此句后亦感"激昂顿挫"且咏之泪下,称李梦阳为"后少陵",肯定李梦阳诗学杜甫取得了一定的成就。这与他评李梦阳的另一首诗《夏口夜泊别友人》:"黄鹤楼前日欲低,汉阳城树乱鸦啼。孤舟夜泊东游客,恨杀长江不向西。二

---

① 崔滋:《补闲集》,《韩国诗话全编校注》第一册,北京:人民文学出版社,2012年,第119页。

② 申钦:《晴窗软谈》,《韩国诗话全编校注》第二册,北京:人民文学出版社,2012年,第1381页。

③ 赵泰亿:《谦斋集》卷二十六,《影印标点韩国文集丛刊》第189辑,首尔:韩国古典翻译院,1997年,第465页。

月扁舟过浙西，楚云何日渡浯溪。滇南小郭青山绕，花发流莺一样啼”，“置之翰林、拾遗之间何让焉”①之论相呼应。从申钦对李梦阳学杜的肯定中，也可观朝鲜诗家对明人诗学唐的认同，也是对明诗复古成绩的间接肯定。

赵泰亿从情真意切的角度，肯定了李梦阳诗歌极具感染力。《限韵赠黄子》写于明孝宗去世后，诗中表达了李梦阳对明孝宗深深的悼念之情。《明史·李梦阳传》载李梦阳曾上书弹劾“寿宁侯张鹤龄招纳无赖，罔利贼民。鹤龄奏辨，摘疏中‘陛下厚张氏’语，诬梦阳讪母后为张氏，罪当斩。时皇后有宠，后母金夫人泣诉帝，帝不得已系梦阳锦衣狱。寻宥出，夺俸。金夫人诉不已，帝弗听。左右知帝护梦阳，请毋重罪，而予杖以泄金夫人愤。帝又弗许，谓尚书刘大夏曰：‘若辈欲以杖毙梦阳耳，吾宁杀直臣快左右心乎！’”②朝鲜文人黄景源在《江汉集》中也有记载了此事，朝鲜诗家被李梦阳的正气凛然及明孝宗力保直臣之举所感动，也深深体会到李梦阳对明孝宗的无限感激及怀念之情。因此，当赵泰亿读到“十年放逐同梁苑，中夜悲歌泣孝宗”时“三复流涕”。此句诗之所以感人，主要是因为情真，这是李梦阳主情说的体现，即他所强调的真才会“吟之章而情自鸣”，“真者，音之发而情之原也”。此诗也是明七子派重视真情表现的代表作之一。

其他摘句还有很多，有的是为了阐释明人诗歌风格，如“古人《咏蝶诗》皆幽艳可诵，偶记若干句。钱起诗：‘胡蝶晴怜池岸叶，黄鹂晓出柳园花。’……高启诗：‘萱留倦蝶连池绿，树带残莺满寺阴。’又‘知是邻家花落尽，菜畦今日蝶来多’”③。这是李德懋在《咏蝶诗》

---

① 申钦：《晴窗软谈》，《韩国诗话全编校注》第二册，北京：人民文学出版社，2012年，第1382页。

② 《明史》第24册，北京：中华书局，1974年，第7346—7347页。

③ 李德懋：《青庄馆全书》卷六十九，《影印标点韩国文集丛刊》第259辑，首尔：韩国古典翻译院，2000年，第271—272页。

中摘录的三则诗句,指出唐代钱起诗和明代高启诗皆有幽艳的特点。有的是为了展现人物性格,如"李东阳为首相,以谄谀自全。有士人投诗曰:'才名直与斗山齐,伴食中书日又西。回首湘江春草绿,鹧鸪啼罢子规啼。'盖鹧鸪鸣曰'行不得',子规鸣曰'不如归',故云。世之贪荣不退者见此,宜知愧矣"①。李晬光的这则摘句意在说明李东阳品性有问题。李东阳善于谄谀而自保,有贪荣的一面。这与敢于冲破执缚、积极倡导复古的李东阳完全不同,但这也恰恰从另一个侧面展现了其性格的复杂性,通过这些摘句可以对李东阳有一个更为完整的认识。

摘句批评使诗歌的内涵得以丰富,含蓄蕴藉,虽然简短,但是已脱离单纯的文本之义,融入了批评者的主观情志,使原诗呈现出更多的不尽之意。

三、论诗诗批评

除了选本批评、摘句批评外,朝鲜诗家还常使用论诗诗的批评方法评判明诗。朝鲜诗家在批评明诗时,既有引用他人诗文作为评论依据之法,又常创作简练含蓄的诗歌来表达其批评观点,其中评论前后七子的论诗诗最多。黄玹在《丁掾日宅寄七绝十四首,依其韵戏作〈论诗绝句〉以谢》中,对前后七子有总体的评价:

> 弘正诸公制作繁,讵知台阁异田村。
> 到来王李炎燸日,始服人间众口喧。②

① 李晬光:《芝峰类说》,《韩国诗话全编校注》第二册,北京:人民文学出版社,2012年,第1261页。
② 黄玹:《梅泉集》卷一,《影印标点韩国文集丛刊》第348辑,首尔:韩国古典翻译院,1996年,第414页。

　　黄玹的这组绝句共有十四首,评述了中国自六朝诗开始,唐代李白、杜甫与孟郊,宋代苏东坡、黄庭坚与陆游,金末元初元好问、明代前后七子、清代王士禛等人的诗作。在此首绝句中,黄玹肯定了前后七子诗文在文坛的极大影响力,前后七子诗出,让后人知道台阁体的平庸,其复古如炎炎烈日为诗坛带来了光明,其功绩令人叹服。

　　权斗经评价云:

> 三百年余文运回,弘治之中诗更好。
> 北地健笔薄前人,信阳何生更绝伦。
> 元美于鳞继复作,波澜浩浩无涯津。
> 伯仲之间视李杜,篇章往往如有神。
> 惜哉数子秽小知,言语虽巧将奚为。
> 空将文字称复古,自托大道宁非痴。
> 此道原天未坠地,外物文章不与之。
> 海东陶山饮酒诗,理到词高风雅师。①

　　权斗经在诗中先述明代弘治时期诗歌的复古之功,使"三百年余文运回"。继而分述李梦阳(北地)、何景明(信阳)、王世贞(元美)、李攀龙(于鳞)的文学成就,与唐李杜堪为伯仲。与黄玹不同的是,权斗经在承认其成就的同时,还批评了明七子"空将文字称复古",流于言语模拟之弊。最后提醒朝鲜诗人对所谓的复古之道要慎重选择,还应积极恪守朝鲜本土诗风的传统。

　　黄玹与权斗经二人用论诗诗评价前后七子时,将其诗放入中国诗歌发展历程及对朝鲜诗坛的影响中加以评论,体现了朝鲜诗家评

---

① 权斗经:《苍雪斋先生文集》卷一,《苍雪斋集》,《影印标点韩国文集丛刊》第169辑,首尔:韩国古典翻译院,1996年,第11页。

论明诗的客观性。

有对前后七子分别赋诗加以论述的:

读徐天目徐中行,吴甔甀吴国伦二集

川楼兴趣本清深,天目元称正始音。

看取徐吴敌王李,还同甫白许高岑。①

读徐迪功集

中原何李帜词场,江左徐郎亦雁行。

应似开天推李杜,清高还有孟襄阳。②

读边华泉边贡集

尚书诗好锦添花,沈宋高王尔莫夸。

方信拓胡真识者,清高秾艳亦名家。③

读谢山人集

齐名二子艺通神,亦数宗臣与国伦。

谁识中原驰上驷,属鞬还有眇山人。④

---

① 许筠:《惺所覆瓿稿》卷二,《影印标点韩国文集丛刊》第 74 辑,首尔:韩国古
典翻译院,1991 年,第 147 页。

② 许筠:《惺所覆瓿稿》卷二,《影印标点韩国文集丛刊》第 74 辑,首尔:韩国古
典翻译院,1991 年,第 140 页。

③ 许筠:《惺所覆瓿稿》卷二,《影印标点韩国文集丛刊》第 74 辑,首尔:韩国古
典翻译院,1991 年,第 147 页。

④ 许筠:《惺所覆瓿稿》卷二,《影印标点韩国文集丛刊》第 74 辑,首尔:韩国古
典翻译院,1991 年,第 147 页。

读空同集

北地才雄百代衰,汉庭司马孰雄雌。

明星去妇虽清丽,看取滔滔万庙碑。①

夕照寺

曩时七才子,崛起在燕中。高调名楼雪,新诗继国风。

朝鲜今日客,夕照古禅宫。寂寞山河色,惟看过鸟空。②

其中对王世贞的评论较多:

皇明史咏四十五首·王世贞

文柄独操二十年,狂生去后凤洲仙。

西京之体唐之韵,声价高腾四部全。③

读弇州四部稿

谁作中原二子看,晚来江左独登坛。

东南大海汪洋地,诧有回风起紫澜。④

论王世贞诗文律诗

历数空同以后才,凤洲词藻最称魁。

极知文压先秦倒,可但诗追正始回。

---

① 许筠:《惺所覆瓿稿》卷二,《影印标点韩国文集丛刊》第 74 辑,首尔:韩国古典翻译院,1991 年,第 137 页。

② 赵秀三:《秋斋集》卷五,《影印标点韩国文集丛刊》第 271 辑,首尔:韩国古典翻译院,2002 年,第 442 页。

③ 李裕元:《嘉梧稿略》册三,《影印标点韩国文集丛刊》第 315 辑,首尔:韩国古典翻译院,2003 年,第 96 页。

④ 成均馆大学校大东文化研究院编:《许筠全集》,首尔:成均馆大学校出版部,1981 年,第 29 页。

只字堪为天下宝,全编尚少海东来。

愿携一帙相传阅,锄得心田旧草莱。①

　　以上几首诗肯定了前后七子的文学地位,认为有的可以与汉代两司马争雌雄,如李梦阳;有的可与高适、岑参比肩,如徐中行与吴国伦;有的可与李杜齐名,如徐祯卿;有的可与孟浩然、沈佺期、宋之问媲美。其中对继李梦阳之后独居文坛之首的王世贞称赞最多。认为其诗文创作最优,其文有秦汉之风,其诗有唐诗之韵,引领诗歌创作回归正脉。王世贞不但对中国诗坛有"回风起紫澜"之巨大影响,在海外也产生了很大影响,海东之人急切渴望得到其诗文作品,希冀将其诗文带回国,认为通过其诗文在朝鲜的流播,定能改变朝鲜诗坛的不良风气。

　　朝鲜诗家通过论诗诗表达其对明诗的看法,论述明诗家的文学地位、明诗的特点及海外影响力。通过朝鲜诗家的论诗诗,展现了朝鲜诗家对明诗全面接受的情况。

　　除了上述批评方法外,朝鲜诗家还运用比较批评法及源流批评法对明诗进行批评,如南克宽将同样注重性灵的公安派与竟陵派进行对比,认为"公安、竟陵才具等耳,然论所就,钟殊胜之"②。任璟将明诗与唐宋诗进行对比,"开元之诗,雍容君子端委厅堂也;宋人之诗,委巷腐儒擎跽曲拳也;明人诗,少年侠客驰马章台也"③。指出唐、宋、明不同的诗风特点。李宜显在《云阳漫录》中对中朝两国诗义

① 吴亿龄:《晚翠文集》卷三,《晚翠集》,《影印标点韩国文集丛刊》第 59 辑,首尔:韩国古典翻译院,1990 年,第 121 页。

② 南克宽:《梦呓集》坤,《影印标点韩国文集丛刊》第 209 辑,首尔:韩国古典翻译院,1998 年,第 322 页。

③ 任璟:《玄湖琐谈》,《韩国诗话全编校注》第四册,北京:人民文学出版社,2012 年,第 2902 页。

进行了比较:

> 大明文章,大抵务华采而少真实。此其所以反不及于宋也。
> 然其评骘文词,极其精确,寻源流辨雅俗,毫发不爽。文以先秦
> 为主,诗以汉魏为本,一篇之内,规度森然,要非我国人所可企及
> 也。我东虽称右文之国,于文章,效法不高,识见甚陋。自胜国
> 以来,只学东坡,溯以上之,惟以唐为极致,岂知又复有汉魏先秦
> 也哉? 李文顺文章,为东国之冠,而其论文评诗,多有乡暗可笑
> 者,况其余乎? 牧隐出于其后,文章深厚,自然有不可及处。本
> 朝诸巨公,乖崖、占毕其尤也,而不过以韩、苏为范而已。简易、
> 月汀始以马、班揭示后学,时尚为之一变。然月汀则功力犹未
> 深,至谿谷、泽堂继之,然后古文词路径始开。尤庵专意问学,不
> 屑屑于古文法程,而笔力可与李文顺雁行。农岩为古文典雅称
> 停,深得欧、曾体制。诗则如占毕、容斋、挹翠、讷斋诸公,俱称名
> 家,而亦苏、黄也。后来湖阴七言律、苏斋五言律,俱脍炙一世。
> 芝川篇什散逸,传者不多,而其传者个个奇拔。简易虽以古文
> 名,诗亦矫健有意致,足为苏老敌手。古诗选体,诸家无可传,由
> 昧汉魏故也。申玄翁、郑东溟始宗汉魏,颇有所效作,而声响格
> 法,全不仿佛。近来农岩兄弟刻意追古,亦多述作,未知后人尚
> 论以为如何耳。[1]

李宜显用比较批评的方法,对比分析了明代与朝鲜的诗文创作、
评论水平,认为明代诗文评论水平是朝鲜评论家所不能及的。明诗
文虽然多"务华采而少真实",但明诗批评不但文词精确,其"寻源流

---

[1] 李宜显:《陶谷集》卷二十七,《影印标点韩国文集丛刊》第 181 辑,首尔:韩国
古典翻译院,1997 年,第 430 页。

辨雅俗"也十分清晰。李宜显还用源流批评的方法梳理了朝鲜自李奎报至金昌协、金昌翕等评论家的诗作及诗歌评论，并对他们的诗学宗尚、诗歌风格及评论特点进行了概括总结。

综上所述，朝鲜诗家批评明诗时，域外批评者的身份使其能够更好地站在客观的立场上，秉持严肃认真的态度，按照"绳尺斟裁"的批评标准，对明诗家诗作及诗学理论给予客观公允的批评。为保证批评的客观性，他们提出了指导性的意见，首先要明确评诗不是易事，要在深入了解所评诗歌的基础上，冷静客观地对其评价，不可妄下定论。其次还需要多方考证，才能予以客观批评。朝鲜诗家在批评明诗时，坚持从本土实际出发，结合本民族特有的审美意识，在挖掘明诗别样美的同时，彰显民族自主性。朝鲜诗家将明诗放入诗史中对其进行纵向批评，探析明诗在中国诗史中的文学地位。又将明诗与朝、日、越等国诗歌进行横向关联批评，挖掘其在东亚文化圈的影响。还从地域与流派批评等视角对其进行多元化且细致具体的批评，对纷呈的明诗流派及其特点进行了深入探讨。朝鲜诗家运用选本批评、摘句批评、论诗诗批评、比较批评与源流批评等多样化的批评方法，对明诗进行全方位的批评。总之，其客观的批评立场、独特的见解、开阔的批评视野、多样的批评方法，都彰显了朝鲜诗家明诗批评的特点。

第五章　古代朝鲜诗家明诗批评的价值和意义

以域外视角批评中国诗歌，已成为当下中朝两国乃至东亚诗学研究的一个重要方面。以"他者"来观"自我"，既可以不断地完善"自我"，也可以深入地了解"他者"。朝鲜诗家接受明诗的过程，亦是对明诗进行鉴赏与批评的过程。朝鲜诗家对明诗的批评，不是简单地对明诗史上重要人物和诗歌做一般性的描述，而是对明诗在理论建构和批评实践上展开多层面多角度的透视。从这一意义上说，朝鲜诗家对明诗的批评是一项融中朝两国文学观念、诗歌批评理念为一体的综合研究。朝鲜诗家对明诗的批评既是其诗学观的具体实践，也是明代诗学在域外重构的体现。因此，研究朝鲜诗家对明诗的批评，对中朝两国甚至是东亚诗学的研究有重要意义，通过朝鲜诗家对明诗的批评，我们可以深入探究明诗进而了解中国诗歌在域外被接受、融合与变异、如何在变异中再现的状况，这种批评式的互动推动了各国诗学的发展，使朝鲜诗学理念得以完善，中国诗学批评得以反思，共同推进了东亚诗学的建构、交流与发展。

第一节　完善朝鲜诗学理念

朝鲜诗家在对明诗进行批评时，不以赞颂或指弊为目的，而是对明朝诗学理论或创作经验及对朝鲜诗坛的影响进行总结，对朝鲜诗坛自身发展的得失加以反思,努力进行有建设性的理论思考,寻求革除朝鲜诗坛流弊的有效途径,希冀重整诗统,完善朝鲜诗学理念。

一、丰富诗道内涵,奠定诗学基础

朝鲜诗家批评明诗时,常常与诗道并论,并对"诗道"进行了多向度的引申,有时侧重温柔敦厚之诗教,有时倾向于性情之道,有时从风格角度论诗道,有时又从诗歌体式方面论诗道。朝鲜诗家不断地充实诗道的内涵,坚定了他们复兴诗道的决心。

在中朝诗学史上,诗道最初的内涵主要是指温柔敦厚的诗教。朝鲜朝前期,朱子理学勃兴,论诗道几乎等同于诗教。从朝鲜朝中期开始,虽然朝鲜诗家仍肯定诗的教化功能,但也注重从性情、风格等多角度阐释诗道。他们肯定明诗宗唐复古,实际是对宗唐为复兴古诗道最佳选择的认可。前文提到李睟光、许筠都曾发表过诗道至唐大备、大盛等言论,"学明一派"的尹根寿也认为"有唐诗道之盛"[1]。从作诗之正脉的角度看,唐诗有《诗经》之遗韵,而"诗道大备于《三百篇》"[2]。许筠曾论述唐诗既继承了《诗经》"优游敦厚足以感发惩创"的教化功能,又发展了《诗经》的"性情之道"[3]。唐诗是温柔敦厚之诗教与性情之道传统的结合,最近诗道。李睟光也曾言:"诗道之正,发自情性。"[4]朝鲜诗家从性情的角度对诗道的内涵进行重新

---

[1] 尹根寿:《月汀先生集》卷四,《月汀集》,《影印标点韩国文集丛刊》第 47 辑,首尔:韩国古典翻译院,1989 年,第 239—240 页。

[2] 许筠:《惺所覆瓿稿》卷五,《影印标点韩国文集丛刊》第 74 辑,首尔:韩国古典翻译院,1991 年,第 185 页。

[3] 许筠:《惺所覆瓿稿》卷五,《影印标点韩国文集丛刊》第 74 辑,首尔:韩国古典翻译院,1991 年,第 185 页。

[4] 李睟光:《芝峰杂著》,《韩国诗话全编校注》第二册,北京:人民文学出版社,2012 年,第 1350 页。

阐释。他们批判明诗无唐诗性情兴寄,也从侧面反映了其对性情之道的追求。朝鲜诗家认为"明弘嘉诸公"对李杜并尊,并从诗歌体式的角度解释明人尊李杜的原因为:"近体出而诗道一变,然杜陵之近体为古今冠者。"①"乐府,汉魏尚矣,齐梁以上工矣。唐则唯李白最佳,降而宋则绝无此体,诗道之不复,宜矣。"②如此,李攀龙法杜甫作律诗、王世贞学汉魏六朝作乐府诗,都是符合诗道本质的。许筠也曾言唐绝句因"言短而旨远,其辞藻而不靡"而"真得《国风》之余音,其去《三百篇》最近",最能体现"性情之道"。从审美风格上说,朝鲜诗家认为"诗道贵清旷"③,"清是诗之本色。若奇若健,犹是第二义也。至于险也、怪也、沉着也、质实也,去诗道愈远"④。杜诗看似雄浑实则清旷,但明代尊杜者多不明白这个道理,因此,明人学杜常停留在肤浅的层面上,"此则宋明诸公学杜之过也"⑤。

　　朝鲜诗家从诗教、性情、审美风格等角度批评明诗家的诗道追求,实则展现了他们欲复兴诗道传统,使诗歌创作归向正途,使诗道复归于正的追求,且这也是朝鲜诗家的一贯追求。朝鲜诗家总结了朝鲜诗坛诗道发展变化的轨迹,"东方诗道之昌,始自丽朝三李"⑥,

---

① 李祘:《弘斋全书》卷一百六十四,《影印标点韩国文集丛刊》第 267 辑,首尔:韩国古典翻译院,1998 年,第 219 页。

② 李睟光:《芝峰类说》,《韩国诗话全编校注》第二册,北京:人民文学出版社,2012 年,第 1121 页。

③ 姜浚钦:《三溟诗话》,《韩国诗话全编校注》第六册,北京:人民文学出版社,2012 年,第 4940 页。

④ 申钦:《晴窗软谈》,《韩国诗话全编校注》第二册,北京:人民文学出版社,2012 年,第 1373 页。

⑤ 姜浚钦:《三溟诗话》,《韩国诗话全编校注》第六册,北京:人民文学出版社,2012 年,第 4940 页。

⑥ 李建昌:《宁斋诗话》,《韩国诗话全编校注》第十一册,北京:人民文学出版社,2012 年,第 8790 页。

"而诗道之盛,宣庙朝为最,比诸皇明其嘉隆之际乎"①,"世称本朝诗莫盛于穆庙之世……诗道之衰实自此始"②。从朝鲜诗坛诗道的发展变化看,他们认为朝鲜诗道之盛时可与明嘉靖、隆庆诗坛比肩。而明嘉靖、隆庆之时恰是明诗复古兴盛之际,他们肯定明诗复古是复兴诗道的表现,朝鲜复古诗道之盛与明诗复古功绩一样辉煌,至于宣祖之后诗道衰落的原因,前文已有论述,朝鲜诗家认为是由于王世贞、李攀龙之诗传入朝鲜后,人们"希慕仿效",造成"自是以后,轨辙如一,音调相似,而天质不复存矣"的局面。朝鲜诗家论本国诗道之盛衰时都与明诗道相比,从中可见,他们论明诗尤其论明诗复古与其欲复兴诗道的传统有密切关系,因为复兴诗道是对诗学本质规律的遵从与恪守。由此,朝鲜诗家赞扬与明诗复古遥相呼应、主张宗盛唐的朝鲜"三唐诗人"的诗歌"同盛唐之诗一样纯熟……可称为千古绝唱"③,充分肯定了他们对朝鲜诗坛的巨大影响,"起而雄鸣于一时,则诗道之变与中朝相为表里"④。这里的"诗道之变"是指对宋诗以理入诗、以文字为诗、远离诗道的改革,此功绩与有开辟草莱之功的"前七子"一样"雄鸣于一时"。朝鲜诗家批评受明诗模拟习气影响而"人人蹈袭、家家效颦"走向诗道之衰的诗歌,总结朝鲜诗道衰落的原因既与明诗复古等外在因素有关,也与朝鲜诗学内部的一些因素有关,如:"我东之诗自为一体,而音律终未免钝滞,至于今则诗道又

---

① 南龙翼:《壶谷诗话》,《韩国诗话全编校注》第三册,北京:人民文学出版社,2012年,第2209页。

② 金昌协:《农岩杂识》,《韩国诗话全编校注》第四册,北京:人民文学出版社,2012年,第2843页。

③ 金台俊著,张琏瑰译:《朝鲜汉文学史》,北京:社会科学文献出版社,1996年,第124—125页。

④ 金世濂:《东溟先生集》卷四,《东溟集》,《影印标点韩国文集丛刊》第95辑,首尔:韩国古典翻译院,1992年,第194—195页。

一危矣,称以能诗者,只得萧散之语而无渺㵫之意,元不知格调之为唐为宋,而强以呼之曰'我能唐焉',还不如高丽之人全学苏黄也。可叹!"①音律上的钝滞、不熟知格调等,使朝鲜有诗道之危。除了指出问题外,朝鲜诗家竭力提出复兴诗道的解决办法,比如坚决杜绝蹈袭,弄清唐宋诗在格调上的各自特色,不要浅尝辄止等等。否则就只能是模其形而未得其神,或者完全剿袭。

此外,朝鲜诗家认为诗评者对诗道的认识能起到一定的导向作用,因为诗评者只有具备很高的学识修养,才能在"深潜玩索""诸家诗语"时有所顿悟,其自知之后才能引导他人创作近诗道之诗,如李晬光所言:"诗评古人尽之,殆无余蕴。若悉取诸家诗语,深潜玩索,则当有所得。至于神而化之之域,则须是顿悟。大抵诗道难以言语相喻,必自知,然后可也。"②诗话中常记录诗家之诗论,虽然诗话中"所录虽非诗句",但"其所评论有不可不知者","使人资其见识,而有补于诗道焉"③。如洪万宗辑成《诗话丛林》时言朝鲜:"作者代各有人,往往自成一家……我东方诗学之盛,斯可见矣……以作诗家之指南,无亦使其无传焉。后之观者因此而有得,戒其可戒,法其可法,究夫诗之精义,则庶可以溯汉魏、追命《骚》,而闯《风》、《雅》之阃域,其于温柔敦厚之化,亦不可为无补云。"④洪万宗阐明其辑《诗话丛林》的目的为观朝鲜诗学之盛,为作诗者提供指南,明其温柔敦厚之

① 成涉:《笔苑散语》,《韩国诗话全编校注》第五册,北京:人民文学出版社,2012年,第3632页。
② 李晬光:《芝峰类说》,《韩国诗话全编校注》第二册,北京:人民文学出版社,2012年,第1049页。
③ 洪万宗:《诗话丛林》,《韩国诗话全编校注》第四册,北京:人民文学出版社,2012年,第2563页。
④ 洪万宗:《诗话丛林》,《韩国诗话全编校注》第四册,北京:人民文学出版社,2012年,第2561页。

教化,即明诗道。只有明诗道才能创作出近诗道之诗,明诗道才能更好地遵循诗学传统。

总之,朝鲜诗家在批评明诗时,表明其对复兴诗道的追求,其对诗道的理解并未仅局限于传统的温柔敦厚,而是与性情、审美风格、诗歌体式等相结合,诗道的内涵不断被充实、外延不断被扩大。综合上述的多元阐释,可以把朝鲜诗家所整合出来的"诗道"概念阐释为:所谓"诗道",包含诗歌的特质和作诗的原则;在本质上,诗歌发自情性,表现诗人的真情实感和个性;在创作上,忌无病呻吟和剿袭自缚;在功能上,诗歌既要温柔敦厚,纯正表达纯粹至善之性,又要有所兴寄,感发惩创,讲究风教和感人;在诗歌体式上,无论是乐府歌行还是律绝近体诗,其音律及格调都有自身要求和特色,要以汉魏六朝乐府和杜甫律诗为作诗典范;在审美风格上,贵在清旷,以"清"为诗之本色,旨近趣远,把读者带入审美境界。可以说,朝鲜诗家努力使原本指向各异的诗学话语在"诗道"的范畴下得以整合,他们对诗道的种种阐释和开拓,使传统的诗道观日益趋向于丰富多元化。他们寻找诗道之衰的原因及复兴诗道的路径,是为了更好地奠定诗学基础,由此才能避免明诗复古中出现的剿袭之弊,才能创作出近诗道、有朝鲜特色的诗歌。

二、崇尚真诗,明确创作理念

与重视诗道相应的是朝鲜诗家崇尚真诗,这成为朝鲜诗家明确的创作理念。随着朝鲜诗家对明诗"以剿袭为复古"的指斥,性情中心观被重新树立起来,如前文所述,朝鲜朝中期的柳梦寅、李晬光、许筠都曾强调诗以道性情,要创作表现性情的真诗。继他们之后的金昌协、金正喜等人也多在对拟古的反思中,强调创作有个性的真诗。如张维在《谿谷集》中曾言:"诗家最忌剽窃,而古人亦多犯之,自唐以下不足言。"①受

---

① 张维:《谿谷先生漫笔》卷二,《谿谷集》,《影印标点韩国文集丛刊》第92辑,首尔:韩国古典翻译院,1992年,第601页。

明前后七子拟古之风影响的洪万宗在《小华诗评》中也言："诗家最忌剽窃。古人曰：'文章当自出机杼，成一家风骨，何能共人生活耶？'此言最善，而先辈亦多犯之。"认为剽窃无异于"活剥生吞"①。朝鲜诗家虽提倡拟古，但坚决反对剽窃，强调创作自成一家风骨、体现创作主体真性情的诗歌。

金昌协多次对明诗复古中出现的因模拟而导致真性情的缺失进行批评，他曾言："至李于鳞辈诗，使事禁不用唐以后语，则此大可笑。夫诗之作，贵在抒写性情，牢笼事物，随所感触，无乎不可。"②他认为明人不学唐以后诗、不用唐以后语的做法，不利于创作主体抒写自我性情。认为明人虽学唐，但因"强而欲似之"，导致其诗如"泥塑之像"③。称王世贞等人因过度模拟"而真气已丧"。这些论断与金昌协所言"诗者，性情之物也……掏擢胃肾，雕镂见工，而自命以诗人，此岂复有真诗也哉"④的观念一致，即强调创作真诗。申纬也曾评论因朝鲜诗人沿袭王世贞、李攀龙等人的模拟陋习，导致诗歌"性情流出于何见"⑤，诗中无真性情。金正喜曾言："古今诗法，至陶靖节为一结穴。唐之王右丞、杜工部各为一结穴……金之元裕之，元之虞伯生又为一结穴。虞则性情学问，合为一事。有明三百年，无一足称，至王渔洋，扫廓历下竟陵之颓风，又能为一结穴，不得不推为一

① 洪万宗：《诗话丛林》，《韩国诗话全编校注》第四册，北京：人民文学出版社，2012：第 2826 页。
② 金昌协：《农岩杂识》，《韩国诗话全编校注》第四册，北京：人民文学出版社，2012 年，第 2840 页。
③ 金昌协：《农岩杂识》，《韩国诗话全编校注》第四册，北京：人民文学出版社，2012 年，第 2838 页。
④ 金昌协：《农岩集》卷二十五，《影印标点韩国文集丛刊》第 162 辑，首尔：韩国古典翻译院，1996 年，第 199 页。
⑤ 申纬：《警修堂全稿》册十七，《影印标点韩国文集丛刊》第 291 辑，首尔年，韩国古典翻译院，2002 年，第 375 页。

代之正宗。朱竹垞如太华双峰并起,又以甲乙,外此皆旁门散圣耳。"①金氏从陶渊明论起,到朱彝尊为止,一共论及 13 位中国诗人,认为他们的诗歌都独树一帜,其中称赞元代虞集的诗有性情学问。而论明诗时,则用"有明三百年,无一足称"一概而过,且未列举一位明诗人,可见,在金氏心中明诗无自己独特诗风,明代无性情真诗可法。

朝鲜诗家对明有无真诗的批评,主要从抒写性情不应受陈规旧套的束缚甚而粉饰蹈袭的角度来论。基于此,朝鲜诗家认为,真诗应"自有得于性之所近。不必模唐,不必模古,亦不必模宋元明,而吾之真诗触境流出"②,这与许筠在《与李荪谷》中所言"吾则惧其似唐似宋,而欲人曰许子之诗也"③的观点一致,此所谓"许子之诗",就是尽情发挥诗人个性的真正的文学,是许筠所倡导的性情诗学。洪万宗曾言作诗应"似盛唐人作诗,贵逼真"④。金昌协主张诗歌创作"多道虚景,多道闲事……吾人性情之真,实寓于其间"⑤。朝鲜诗家认为"真性自持者"⑥作诗时,应该"情真语挚"⑦,不"泥于意趣,坠失

① 金正喜:《阮堂全集》卷八,《影印标点韩国文集丛刊》第 301 辑,首尔:韩国古典翻译院,2003 年,第 146—147 页。

② 李圭景:《诗家点灯》,《韩国诗话全编校注》第八册,北京:人民文学出版社,2012 年,第 6440 页。

③ 许筠:《惺所覆瓿稿》卷二十一,《影印标点韩国文集丛刊》第 74 辑,首尔:韩国古典翻译院,1991 年,第 318 页。

④ 洪万宗:《小华诗评》,《韩国诗话全编校注》第三册,北京:人民文学出版社,2012 年,第 2329 页。

⑤ 金昌协:《农岩集》卷十二,《影印标点韩国文集丛刊》第 161 辑,首尔:韩国古典翻译院,1996 年,第 539 页。

⑥ 洪万宗:《诗话丛林》,《韩国诗话全编校注》第四册,北京:人民文学出版社,2012 年,第 2768 页。

⑦ 李德懋:《清脾录》,《韩国诗话全编校注》第五册,北京:人民文学出版社,2012 年,第 4023 页。

格律"①,只有这样才会在"趣与境会"时,"写出真景",才会创作出"趣真而语得,自成规格"之真诗。

实际上,明诗家提倡创作真诗,李梦阳曾提出"真诗乃在民间",强调"真者,音之发而情之原也,非雅俗之辨也"②。判断真诗与否,要看诗歌是否传达出某种真实的情感、情思。袁宏道曾言:"真人所作……不效颦于汉、魏,不学步于盛唐,任性而发。"③竟陵派钟惺强调"真诗者,精神所为也"④。但由于种种原因所限,他们未能如愿创作出优秀的真诗,朱东润先生总结:"明代人论诗文,时有一'真'字之憧憬往来于胸中。"且言:"求'真'之精神,实弥漫于明代之文坛。空同求'真'而不得,则赝为古体以求之;中郎求'真'而不得,则貌为俚俗以求之;伯敬求'真'而不得,则探幽历险以求之。其求之之道不必正,而其所求之物无可议也。"⑤从朱先生的评论可知,创作真诗很大程度上可谓是有明一代诗歌观念中的核心理念,只是他们求"真"而未得。

朝鲜诗家评价明无"真诗",其原因在于明人虽然在观念上倡导"真诗",但在创作实践中却常因模拟而很少创作出严格意义上的"真诗",拟古而伪是朝鲜诗家对明诗最普遍的印象。尤其是朝鲜朝后期诗家通过反思明诗模拟而总结中朝两国诗坛诗之失真的原因

① 任璟:《玄湖琐谈》,《韩国诗话全编校注》第四册,北京:人民文学出版社,2012年,第2902页。

② 李梦阳:《诗集自序》,《明代文论选》,北京:人民文学出版社,1999年,第102页。

③ 袁宏道著,钱伯城笺校:《袁宏道集笺校》上册,上海:上海古籍出版社,2008年,第188页。

④ 钟惺著,李先耕、崔重庆标校:《隐秀轩集》,上海:上海古籍出版社,1992年,第236页。

⑤ 朱东润:《述钱谦益之文学批评》,《中国文学论集》,北京:中华书局,1983年,第88—89页。

时,他们标举出真诗的特征,说明如何创作真诗,明确了崇尚真诗的创作理念。这些都再次确定了创作表现性情之真诗是朝鲜诗学一个响亮而有号召力的口号,是朝鲜性情诗学信念的坚定表现,成为朝鲜朝诗学言说中的最强音。

三、拓展诗史视野,重整诗歌传统

朝鲜诗家对明诗的学习与接受是在中朝两国诗史视野中进行的,这一过程也常演化为对诗歌传统的重新梳理和整合。

关于朝鲜诗家对明诗的学习与接受,《皇华集》中早有记载。由前文所述可知,《皇华集》是一部记载明代中朝两国诗歌交往的重要文献,其记载始于"景泰元年(1450)庚午颁登极诏使"[1],其中有朝鲜远接使申叔舟、成三问、郑麟趾与中国倪谦的唱和诗,对倪谦为人及其诗歌称许有加,如郑麟趾言:"风云气概凌霄汉,黼黻文章佐帝王。老杜诗情已得妙,兰亭笔法更分行。"[2]郑氏称赞倪谦诗歌得杜甫诗情之妙处,对明人"宗唐法杜"的取向有了一定认识。可以说,朝鲜朝睿宗(1450—1469)时,朝鲜诗家就已经对明诗展开学习与批评了。而朝鲜诗家系统地学习明诗则始于朝鲜朝中宗(1488—1544)时期的尹根寿。金万重在《西浦漫笔》中记载:

> 本朝诗体不啻四五变。国初,承胜国之绪,纯学东坡,以迄于宣靖,惟容斋称大成焉。中间参以豫章,则翠轩之才实三百年一人。又变而专攻黄陈,则湖苏芝鼎足雄峙。又变而反正于唐,则崔白李其粹然者也。夫学眉山而失于往往冗陈不满人意,江西之弊尤拗拙可厌。崔白之于唐五律七绝,堇窥晚季藩篱,沼沼

---

① 赵季辑校:《足本皇华集》,南京:凤凰出版社,2013年,第3页。
② 赵季辑校:《足本皇华集》,南京:凤凰出版社,2013年,第7—8页。

一脔不足以果腹，其可及人乎？权汝章以布衣之雄起而矫之，采拾唐宋，融冶雅俗，磨砻刷冶，号称尽美。东岳和之，加以富有；泽堂嗣典，理致尤密。遂使残膏剩馥，沾溉至今，可谓盛矣。而末流之弊，全废古学，空疏鄙俗，比前三季尤有甚焉。唐宋遗风余响，至此扫地，而诗道百六之穷未有甚于此时也。若学明一派，滥觞于月汀（尹根寿）、玄轩（申钦）诸公，近代李子时（李敏求）其成家者，盖东诗横出之枝也。①

金万重梳理了朝鲜朝诗家在诗体方面学唐、学宋至学明的原因及过程，指出学明者滥觞于尹根寿、申钦等人，李敏求（1589—1670）等人已成为学明大家。始于朝鲜朝中宗时期的学明一派，到朝鲜朝显宗（1641—1674）时，已有了较大发展。在"唐宋遗风余响"扫地、"诗道百六之穷未有甚于此时"的情况下学明一派逐渐发展，学明者担负着复兴诗道与重拾唐宋遗风的重任。在学明诗的朝鲜诗家中申钦是一位较懂得古今变通的诗人，金春泽在《论诗文》中评价申钦："大抵皆有得于明人者，而玄轩较冲澹，此则又就其中有古今之变。"②前文已述尹根寿、申钦等人对明诗复古的创作实践有客观的认识，认为明人之诗既"逼唐"③、有唐诗遗韵，又"自以为跨汉越唐"，其实"自是明诗"④。

① 金万重：《西浦漫笔》，《韩国诗话全编校注》第三册，北京：人民文学出版社，2012年，第2248—2249页。
② 金春泽：《论诗文》，《韩国诗话全编校注》第四册，北京：人民文学出版社，2012年，第2947页。
③ 申钦：《象村稿》卷五十一，《影印标点韩国文集丛刊》第72辑，首尔：韩国古典翻译院，1991年，第340页。
④ 申钦：《象村稿》卷五十五，《影印标点韩国文集丛刊》第72辑，首尔：韩国古典翻译院，1991年，第365页。

朝鲜朝肃宗(1661—1720)至英祖(1694—1776)时期,朝鲜诗家任埅、金昌协、李宜显、李德懋等,主要对公安派、竟陵派理论进行学习与批评,又对钱谦益、朱彝尊、王士禛等人的诗歌理论有所吸收,因此对明诗复古有深刻的认识。这些朝鲜诗家赞颂突破盛唐界限、将宋诗收入眼底的公安派,对追慕宋元诗的钱谦益加以赞扬,并将其评论看成评价明诗的标准。前文已多次提及金昌协以钱谦益的标准来论诗,承认明诗虽"尊唐祧宋",但在创作实践中因模拟而无性情兴寄,宋诗虽以文字为诗,但"不为涂辙所窘"①,独辟蹊径,读之可见其性情之真,明诗反在宋诗之下。朝鲜诗家对追求"清"而非唐诗雄浑典重、注重"灵"与"厚"的竟陵派有所称赞。此时期的朝鲜诗家既感受到了公安派、竟陵派等重构明诗传统的坚定信念,同时在对公安派等批评中,也显露了朝鲜诗家吸收域外诗歌理论欲对宗唐拟古进行反拨、重构本国诗学的决心与实践。

朝鲜朝正祖(1752—1800)至哲宗(1831—1863)时期,朝鲜诗人丁若镛、金正喜、李圭景等人,高扬民族诗学,如前文所述,丁若镛在批评明诗家时,常常在其后列举朝鲜诗家,以证明中朝两国只是地域不同,朝鲜同样有优秀的诗家诗作,这与他"我是朝鲜人,甘作朝鲜诗"的追求一致。南公辙曾记载正祖李祘与大臣的一段对话:"正祖尝下教于臣等曰:'唐宋有八家、十家之目,明亦有十家、十三家之选。若欲以东人文字,选入家数,则谁当居先?'臣等对曰:'乖雅、占毕斋之豪俊、奇伟;简易、谿谷之古雅、赡博;农、渊兄弟之典重、苍茂;俱可入选。'"②从这段对话中,可以看出李祘与大臣们都认为朝鲜有可与

---

① 金昌协:《农岩杂识》,《韩国诗话全编校注》第四册,北京:人民文学出版社,2012年,第2838页。

② 南公辙:《金陵集》卷二十,《影印标点韩国文集丛刊》第272辑,首尔:韩国古典翻译院,2001年,第374页。

中国唐宋明比肩的诗家。这时期基本是对中朝两国诗歌的总结期，朝鲜诗家逐渐突破明诗的藩篱，同时受清中叶诗坛多元化格局影响，朝鲜诗家学习与批评明诗时，主张唐宋元明兼宗，多在梳理诗史中批评明诗。

　　朝鲜诗家对明诗进行批评时，对明人狭隘的诗史观有所认识并希冀有所突破。如明前后七子唯盛唐是拟，不但有剽窃之嫌，而且取径显然也很狭隘，犹如清初诗家对明诗的反思："诗至献吉而古，敝也袭；至于于鳞而高，敝也狭。狭与袭，病也，然唐也。"①朝鲜诗家常将明诗纳入诗史的框架中进行批评，将悠久的诗歌传统纳入自己的视野。如前文所言，正祖李祘从诗歌风格、《东洋诗学源流》从诗歌体式、《古今诗话》从诗歌体式的风格、李圭景从诗话等角度，论述明诗在中朝两国诗史中对诗学传统的继承与发展。在论述中，彰显了朝鲜批评者以诗史的视野来认知中朝两国诗歌，从而确立了他们对待诗学传统的态度。建立在这种态度上的诗史观是开放的，加之，朝鲜诗家批评中国诗歌时，自主性突出，因此，其诗史观富有包容性。在究其源流中，对诗歌及其理论有更深入的理解，拓展了诗史视野，在这种视野下对诗歌传统的重新梳理更是一种整合，一种在评论者诗学观的指导下对诗歌传统的重新整合。

第二节　引发中国诗学批评的反思

　　朝鲜古代汉籍中保留了十分丰富的朝鲜诗家对明诗批评的原始文献，在对这些文献的挖掘中，我们发现了一些被中国诗坛所忽视的明诗家诗作，这些文献是对中国诗学批评的一种补充。朝鲜诗家运

---

① 叶矫然：《龙性堂诗话续集》，郭绍虞编选，富寿荪校点：《清诗话续编》第2册，上海：上海古籍出版社，1983年，第1056页。

用多种批评方法,从纵向比较、横向考量等多视角对明诗进行批评,引发中国学者不断拓宽中国诗学批评的研究视域,重视中国诗学的域外影响力,只有这样才能加深对中国诗学全方位、立体化的认识。

一、补充明诗域外文献

　　域外汉籍中保留了大量关于明诗的文献资料,从前文所述看,朝鲜古代汉籍如个人文集和诗话中就保留了丰富的明诗资料。从这些文献资料中,我们可以了解明诗流播于朝鲜的时间、途径、朝鲜文人对明诗和明诗理论的接受及批评情况等,这些成为补充域外明诗本事的重要文献资料。如前七子作为一个文人群体传入朝鲜不晚于17世纪初。明诗集东传朝鲜的途径有中国政府赠送、中国文人赠送、朝鲜政府购买、朝鲜文人购买等,尹根寿在《上王主事书士骐》中记载:"因赴京之行,而购得《四部稿》。"①柳希春(1513—1577)《眉岩集》中记载:"丁丑万历五年,我宣庙十一年","余以梁应鼎为圣节使将赴京……买中国书册……《皇朝名臣编录》、《欧阳公集》、《空同集》、《致堂管见》"②。明诗以朝鲜政府刊印或朝鲜文人借阅、抄写、刊印等形式得以在朝鲜流传,任埅在《书石公尺牍卷首》记载:"赵长卿为余言明《袁中郎集》可观,余今借得于农岩阅之。"③他通过借阅,接触到袁宏道的诗歌。尹根寿曾将李梦阳的文集"用活字印之"④。前后

① 尹根寿:《月汀集》卷五,《影印标点韩国文集丛刊》第47辑,首尔:韩国古典翻译院,1989年,第258页。
② 柳希春:《眉岩集》十四,《影印标点韩国文集丛刊》第34辑,首尔:韩国古典翻译院,1989年,第408页。
③ 任埅:《水村集》卷九,《影印标点韩国文集丛刊》第149辑,首尔:韩国古典翻译院,1995年,第195页。
④ 尹根寿:《月汀集》卷五,《影印标点韩国文集丛刊》第47辑,首尔:韩国古典翻译院,1989年,第239页。

七子诗歌传入朝鲜后受到朝鲜诗家的欢迎,但是他们的诗歌被朝鲜诗家接受的情况又不相同,如前文提到王世贞诗歌传入朝鲜之初,朝鲜诗家持以排斥的态度。出使朝鲜的明使臣诗文,有些未被中国保留下来,但在朝鲜汉籍中却可以找到,这些文献丰富了中国诗学的研究资料,正如邝健行先生所言:"如果我们要编纂《全明诗》或《全明文》,诸家诗话及《皇华集》是不可缺少的重要资料。"①尤其是《皇华集》记录了中朝两国使臣的诗文酬唱,不仅为中朝两国友好交流提供了文献依据,还对当下中国"坚定文化自信,促进文明交流互鉴"有更深入的理解,对当下中国与他国文化交流与文明互鉴有指导意义,而且也体现了朝鲜诗家对明诗批评的独特之处,对深入研究中国诗学有补充价值。因此,要充分挖掘和利用这些域外关于明诗的资料,中国明诗学研究才能得以客观、全面、深入地展开,才能彰显中国诗歌的域外影响力以及在东亚诗学中的主导地位。

二、拓展中国诗学批评知识体系

朝鲜诗家对明诗家及诗论的取舍,着眼于明诗家在诗学史上的实际意义。有些诗人诗作在中国文坛并未受到重视,而朝鲜诗家却对其进行了深入批评,这对拓展中国传统诗学的知识体系、对明代诗学的反思与建构有特殊意义。如前文提及的明人陈献章、高叔嗣等,尤其是高叔嗣在中国诗坛上很少被关注,而朝鲜诗家不但关注,且对他的评价还很高,金万重在《西浦漫笔》中认为,高叔嗣与何景明的五言律诗、李攀龙与王世贞的七言律诗皆为明诗中"至者"②。金万重

① 邝健行等选编:《韩国诗话中论中国诗资料选粹》(前言),北京:中华书局,2002年,第20页。
② 金万重:《西浦漫笔》,邝健行等选编:《韩国诗话中论中国诗资料选粹》,北京:中华书局,2002年,第150页。

的这一评论,已将高叔嗣视为明朝的一流诗人。黄景源也有类似的评价:"蔡汝南尝推叔嗣为明世诗家第一,非妄予也。"①他认为蔡汝南将高叔嗣推为明诗家第一,不是妄论。黄景源还称颂高叔嗣不随波逐流,在"海内学诗者皆以李、何二子为宗"的情况下,"独祥符高叔嗣子业不宗二子"②。在对比高叔嗣与明诗人张文毅的铙歌后,得出"张文毅公铙歌词悲壮慷慨,有古诗人风刺之旨,然不及叔嗣远矣"的结论。金昌协也高度评价高叔嗣的诗"自近唐人"③。再如王阳明,朝鲜诗家除了关注其心学理论外,对其禅诗更为关注,李德懋赞其"功业学术,振耀千古",其禅诗"亦秀拔,如披云对月,清辉自流"④。张维赞王阳明的禅诗曰:"'千圣本无心外诀,六经须拂镜中尘。'曰:'铿然舍瑟春风里,点也虽狂得我情。'曰:'潜鱼水底传心诀,栖鸟枝头说道真。'曰:'白头未是形容老,赤子依然混沌心。'曰:'人人自有定盘针,万化根源本在心。却笑从前颠倒见,枝枝叶叶外头寻。'曰:'乾坤是易原非画,心性何形得有尘。'曰:'不离日用常行内,直造先天未画前。'……超诣动人。"⑤朴汉永更是称赞"王阳明诗之'幽人月出每孤过,好鸟山空时一鸣','夜静海涛三万里,月明飞锡天下风'者","为最上乘"⑥的禅诗。

① 黄景源:《江汉集》卷二十五,《影印标点韩国文集丛刊》第 224 辑,首尔:韩国古典翻译院,1999 年,第 527 页。
② 黄景源:《江汉集》卷二十五,《影印标点韩国文集丛刊》第 224 辑江汉集,首尔:韩国古典翻译院,1999 年,第 527 页。
③ 金昌协:《农岩集》卷三十四,《影印标点韩国文集丛刊》第 162 辑,首尔:韩国古典翻译院,1996 年,第 373 页。
④ 李德懋:《青庄馆全书》卷二十四,《影印标点韩国文集丛刊》第 257 辑,首尔:韩国古典翻译院,2000 年,第 377 页。
⑤ 张维:《谿谷先生漫笔》卷一,《谿谷集》,《影印标点韩国文集丛刊》第 92 辑,首尔:韩国古典翻译院,1992 年,第 578 页。
⑥ 朴汉永:《石林随笔》,《修正增补韩国诗话丛编》第 13 册,首尔:太学社,1996 年,第 287 页。

　　还有出使朝鲜的明使臣朱之蕃等,他们虽在中国文坛不受重视,但是在朝鲜文坛的地位很高,一个很重要的原因是他们使一些优秀的朝鲜诗人闻名于中国。朝鲜的优秀诗人能闻名于中国,除了前文提到的像王世贞那样掌握一定话语权的文人起到媒介作用外,出使朝鲜的明臣也常成为两国诗歌传播的桥梁。金锡翼的《槿域诗话》曾记载:"明太使朱之蕃尝语曰:'东国诗人若许端甫,虽在中州,当居八九人中。'"①朱之蕃认为朝鲜诗家许筠的诗歌成就高,即便是在中国也能名列前茅。金锡翼还记载了许兰雪轩的诗歌之所以能在中国盛行,与朱之蕃的认可有极大关系,"明使朱之蕃见夫人之诗大加敬服,序其诗卷。副使梁有年为之题辞。自此夫人之诗传播中国,付之印刷。中国文士争为购览,京都纸价一时腾耸云"②。朱之蕃读其诗后,不但加以赞扬还为其诗作了序,使许兰雪轩的诗名闻于中国,人们争相购览、刊印,甚至一度出现京都纸贵之况。

　　由上可知,中朝两国评论者对明诗家诗作关注的角度不同,中国诗家应重视那些被中国忽视却被朝鲜诗家重视的明人明诗,积极探究两国对其重视程度不同的原因,这些被忽略的明人明诗应补充到中国明诗学研究范域中,这可以完善中国诗学的知识体系。

　　除了补充诗学内容外,朝鲜诗家在批评明诗时多种批评方法的运用,也拓展了中国的诗学批评。如前文所述,朝鲜诗家批评明诗的主要方法有论诗诗、摘句批评、选本批评等,除此之外,比较批评也是其常用的方法,在比较中可对中国明诗家诗作有进一步认识。如具凤龄(1526—1586)《柏潭集》中有一段评论:"先生(李滉)与王凤洲

---

① 金锡翼:《槿域诗话》,《韩国诗话全编校注》第十二册,北京:人民文学出版社,2012 年,第 10554 页。
② 金锡翼:《槿域诗话》,《韩国诗话全编校注》第十二册,北京:人民文学出版社,2012 年,第 10542 页。

元美生同嘉靖丙戌。文章气格，真不相上下，盖独禀之才，得于天者同也。而其习气工程，不囿于地之偏全，则未知如何尔，元美之文章满天下，家有人诵久矣，而柏潭之文，何晚出而益少也。然观凤洲之学，而杂以纵横仙释，不醇乎儒者也。柏潭早而得老先生为之依归，讲求朱门宗旨，故其平生撰述，粹然一出于正。"①这里将朝鲜李滉、具凤龄与王世贞的文章气格、思想倾向与文学影响进行了比较，有助于更好地了解同时代中朝两国诗人的诗风及中国诗人的域外影响力。多种批评方法的运用，有利于了解中国诗学在域外的影响与变异，拓展中国诗学批评视野，全面而客观地认识中国诗学的整体风貌。

三、拓宽中国诗学批评研究视域

朝鲜诗家从纵向、横向、地域、流派等多元视角对明诗所做的批评，可以为中朝两国对明诗的纵深研究提供资料与线索，提供进一步思考的空间。纵向"史"的视野，可以在对中国诗学史的总结和梳理中明确明诗的诗学发展脉络和时代特征；横向在中朝两国诗学对比考量中，明确明诗在中朝两国诗史中的地位价值，从而进一步总结中朝两国的诗学规律，反思中国诗学的域外价值，在反思中扩大中国传统诗学的研究视域。

如前文所述，朝鲜朝后期的李圭景，其《论诗》中就有《诗自一言全十一言辨证说》《历代诗话辨证说》《历代诗体辨证说》《历代诗集家数辨证说》等。他不但将明诗纳入诗史中进行纵向评论，还横向比较明诗在中朝诗史中的地位及价值。

从前文朝鲜诗家对明诗的批评中，可以梳理出朝鲜诗家笔下明

---

① 具凤龄:《柏潭先生文集序》，《柏潭集》，《影印标点韩国文集丛刊》第 39 辑，首尔:韩国古典翻译院，1989 年，第 4—5 页。

诗学的发展脉络。首先李东阳有始倡复古之功，即所谓“弘奖群英，力追正始于何、李，有倡始仞”①。继而前七子李梦阳、何景明等人重振诗学，“迨李梦阳出而诗学大振，何景明和之，边贡、徐祯卿羽翼之”②。后七子王世贞、李攀龙等人使诗学兴盛，“到来王李炎熸日，始服人间众口喧”③。因前后七子“摹拟之甚，殆同优人假面，无复天真之可见”④，于是公安派、竟陵派倡“性灵”，力图矫正前后七子的复古之弊，结果公安派“诗主发抒而必避恒语，其途反隘于嘉隆，可笑”⑤。“钟、谭辈厌其然，遂揭‘性灵’二字以哗世率众，而尤怪僻鄙倍，无可言矣。”⑥公安派因避用恒语，使其作诗的路径比后七子更加狭隘。而竟陵派也未实现其以“性灵”矫“模拟”之弊的初衷，其诗反而失之于怪僻鄙陋。南公辙在《白雪楼》中言：

> 白雪楼（李攀龙）何高高，上追姚姒，下薄汉唐。
> 王李诸子分偶曹，有如玉帛职贡会，海内文柄手自操。
> 钟谭与虞山，抉摘多讥嘲，犹未识头脑后辈愈轻佻。⑦

---

① 李德懋：《青庄馆全书》卷二十四，《影印标点韩国文集丛刊》第257辑，首尔：韩国古典翻译院，2000年，第377页。

② 李圭景：《五洲衍文长笺散稿》，首尔：明文堂，1982年，第927页。

③ 黄玹：《梅泉集》卷一，《影印标点韩国文集丛刊》第348辑，首尔：韩国古典翻译院，2005年，第415页。

④ 李宜显：《陶谷集》卷二十六，《影印标点韩国文集丛刊》第181辑，首尔：韩国古典翻译院，1997年，第403—404页。

⑤ 南克宽：《梦呓集》坤，《影印标点韩国文集丛刊》第209辑，首尔：韩国古典翻译院，1998年，第321页。

⑥ 李宜显：《陶谷集》卷二十六，《影印标点韩国文集丛刊》第181辑，首尔：韩国古典翻译院，1997年，第403—404页。

⑦ 南公辙：《颖翁再续稿》卷一，《金陵集》，《影印标点韩国文集丛刊》第272辑，首尔：韩国古典翻译院，2001年，第573页。

南公辙肯定了后七子的诗学追求及复古之功,对竟陵派与钱谦益(虞山)讥讽七子派表示不满。认为他们虽尖锐地批判七子派,但也未能找到问题的关键,并未真正找准文学变革的路子,其轻佻之弊对后人产生了不良影响。从南公辙的评论中,大致可以看出明中后期诗学的发展脉络及诗歌流派的文学观念。

朝鲜诗家对明诗风走向的梳理与清初学者总结的明代诗风流变大体一致,清初宋琬曾言:

> 明诗一盛于弘治,而李空同、何大复为之冠;再盛于嘉靖,而李于鳞、王元美为之冠。余尝以为前七子,唐之陈、杜、沈、宋也;后七子,唐之高、岑、王、孟也。万历以降,学者纷然波靡,于是钟、谭二子起而承其弊。迹其本初,亦云救也,而海内之言诗者遂至以王、李为讳,譬如治河者不咎尾闾之泛滥,乃欲铲昆仑而堙星宿,不亦过乎? 云间之学,始于几社,陈卧子、李舒章有廓清摧陷之功,于是北地、信阳、济南、娄东之言复为天下所信从。顾其持论过狭,泥于济南唐无古诗之说,自杜少陵《无家》《垂老》《北征》诸作,皆弃而不录,以为非汉魏之音也。[①]

宋琬简明扼要地梳理了从前后七子到竟陵派再到云间派的明代诗学发展,对诗学的流变、阶段性特征及其得失都剖析得鞭辟入里。

朝鲜诗家与清初诗家对明诗学历程的梳理及评论,都是他们对明诗认真反思的结果,尤其是对明复古的深刻反思。在认真研读明诗、总结明诗复古之弊后,他们要从前辈盲目模拟而迷失自我的教训中,重寻诗学传统之源,弄清诗学传统亡失在何处。正是在这样的诗学语境中,在强烈的反思意识下,在对明诗学历程的梳理中,朝鲜诗

---

① 宋琬:《安雅堂文集》卷一,《宋琬全集》,济南:齐鲁书社,2003年,第13页。

家对明诗学有了整体观照,这种对诗学发展史的观照,可以避免重蹈覆辙、陷入创作困境。只有冷静地回顾历史,才能加深对前代诗学遗产的认识,才能多侧面多层次地进行诗学批评,这对拓展诗学研究视域有重要的指导意义。

朝鲜诗家批评明诗时,还有意从东亚视域中关注明诗对琉球、越南的诗学影响,这对于深入揭示中国诗学的域外影响、冲破国别禁锢、打破"自言自语"的褊狭,在东亚文学的整体视野中反观中国文学、中国诗学全貌,有积极意义。

第三节　推进东亚诗学发展

明诗学不仅对前代诗歌传统有继承和发展,还对同处于东亚文化圈的朝鲜、日本诗学发展有一定积极影响,三国诗歌交流共同推进了东亚诗学的发展。因此,对明代出现的复古理论、公安派的性情理论、竟陵派的诗论和诗作等的批评,就不能仅仅局限在中国诗学的范围内,而应该放进整个东亚诗学的视域中加以考察。朝鲜诗家以异域者的身份及眼光评判明诗,同时又关联了日本、越南对明诗的接受与批评,在"东亚"这一语境中,既对明诗学进行了整体观照,又促进了东亚文学的交流与发展,彰显出其对东亚诗学的独特贡献。

一、再现东亚诗学的经典意识

朝鲜诗家对明诗的批评是在文学经典意识的支配下完成的,在对明诗复古的批评中表现得尤为明显。首先,从中国角度讲,明七子派宗唐,将唐诗看成古代诗歌传统的不桃之宗,学诗之典范。公安派对七子派的批判不是反对经典,而是反对七子派的模拟以及他们过于囿于自己所认可的诗歌经典所确立的法则,公安派打破"诗必盛唐"的藩篱,将宋诗收入眼底,认为宋诗也具有典范意义。

明人的"唐宋之争"实际是对经典崇拜的取向不同造成的。其次，就朝鲜而言，新罗时期的崔致远就已有宗唐倾向，其后无论是高丽中叶至朝鲜朝前期的宗宋，还是朝鲜朝中后期宗唐或唐宋元明兼宗，也都是将唐诗或宋诗看成是师法典范。朝鲜诗家正是基于与中国诗家同样的追求经典的意识，才认为"宗唐复古"是明诗家的正确选择，他们甚至从诗道、性情以及作诗以正脉为宗的角度，将这种尊经崇典的意识直溯到《诗经》，因为唐诗有《诗经》之遗韵。因此，无论是明诗家还是朝鲜诗家，都试图在唐宋诗的对比中，确立唐诗尤其是盛唐诗的经典性。所以，朝鲜诗家在称赞何景明律诗几乎唐样、王世贞诗有汉魏乐府之遗韵的基础上，努力向何景明、王世贞等人学习，学习其诗歌创作的手法、体悟其诗歌理论。在学习的过程中，又使明诗具有了典范意义，成为朝鲜诗人师法的榜样，确立了明诗在古代朝鲜的权威性与典范性意义。再次，明诗在日本同样有典范性。日本江户时期以木下顺庵（1621—1699）为首的木门学派、以伊藤仁斋（1627—1705）为代表的古义学派等，在创作上也多提倡李攀龙、王世贞等人"文必秦汉，诗必盛唐"的主张，李攀龙所编的《唐诗选》在日本非常流行，几乎取代了五山时期的《三体诗》等汉诗教科书，"从而使这一时期的汉文学带有古典主义的色彩"①。正如俞樾（1821—1907）所描述："（日本）家有沧溟（李攀龙）之集，人抱弇州（王世贞）之书，词藻高翔，风骨严重，几与明七子并辔齐驱。"②无论是明诗家侧重宗唐、还是朝鲜诗家由宗唐而溯源学《诗经》或主张唐宋兼宗，抑或是日本侧重宗明法唐，虽然各国师法对象不完全相同，但都体现了东亚诗学尊崇经典的共性，也是

① 陈福康：《日本汉文学史》中册，上海：上海外语教育出版社，2011年，第11页。
② 俞樾撰，佐野正巳编：《东瀛诗选》序，东京：汲古书院，1981年，第4页。

明诗家的文学经典意识被域外作家吸收、融合以及变异的体现。在此过程中,东亚诗学的文学经典意识得到了极大的发展。

二、深化东亚诗学的批评精神

十五至十九世纪,是中国古典诗学的全面繁荣和总结期,也是东亚诗学全面发展的黄金期,其中包括中国明中叶到清末,朝鲜的朝鲜朝(1392—1911),日本的五山、江户时代(1603—1867),越南的后黎朝、阮朝(1427—1884)时期。在此期间,尽管朝、日、越都不同程度受到中国诗学的影响,如明诗复古对三国都有影响,但是他们并没有被"中国中心"所左右,也未因此受到拘泥而"失语",而是努力立足于本民族语言文化,在吸收明诗学的优秀传统时,竭力彰显本民族的自主意识。如中朝两国同处于东亚文化圈,"朝鲜古代文学以仰视的视角、学习的态度,向中国文化寻求营养"①。但其历史文化底蕴、民族文化心理积淀、语言音律、审美价值取向等有不同于中国之处,所以朝鲜诗家在学习与批评明诗时,注重结合本土话语、本民族审美意识以及朝鲜诗坛的实际需要,而不是趋步于中国,故表现出其强烈的自主性。朝鲜诗家对明诗进行批评,朝鲜诗家为批评主体,这本身就是对以"中国为中心"的研究视角的一种突破。他们对明诗在接受中批评,本质上是一种自主自觉的批评实践。

如前文所述,朝鲜诗家对明诗复古的学习与批评明显地体现了其自主性。首先,朝鲜诗家选择学习明诗复古,目的是扭转朝鲜诗坛之弊。他们并非仅仅因为复古思想传到朝鲜,为了彰显"慕华"思想就要全盘吸收,而是他们意识到朝鲜诗坛因为过分宗宋而导致以议论为诗、以理入诗,诗歌创作不再是"风人之诗",更多地成为了一种

---

① 马金科:《黄庭坚与朝鲜古代汉诗的发展》,北京:人民出版社,2018 年,第57 页。

宣道的工具，失去了诗歌本来的面貌，而且经由"三唐诗人"的学唐实践，朝鲜诗坛由宗宋至宗唐的转变才逐渐明朗。也就是说，朝鲜诗家选择宗唐复古，其直接动因是欲对高丽中叶至朝鲜朝初期诗坛宗宋之弊进行清算，欲恢复性情本质及文质彬彬的诗道传统，他们认为学习唐诗尤其是盛唐诗歌恰是符合"诗道"的最好选择。而明诗复古运动恰是在"诗必盛唐"的主张下进行的，且取得了一定成效，这与朝鲜中期诗坛坚持宗唐的诗学思想一致。加之李晬光曾三次出使明朝、许筠四次出使明朝，许筠还曾作过远接使与朱之蕃等明使臣有过密切交往，互相讨论中朝文坛现状。因此，他们对明代文学复古运动有较深刻的认识。综合这些因素，朝鲜诗家将明诗复古看成其扭转朝鲜诗坛之弊的学习榜样。其次，在学习与批评时，朝鲜诗家采取兼收并蓄的态度。一方面他们遵循明诗的学习方法，将《诗经》、唐诗等看作诗家之正脉，极为推崇明复古领袖王世贞、李攀龙等人的诗歌，以明高棅、李攀龙诗歌的选本为底本编选唐诗、明诗等，以示其尊唐立场。另一方面，他们赞同明诗"宗唐法杜"，但又认为学唐不必似唐，从明诗宗唐抑宋的创作实践来看，明诗因"动涉模拟"，其结果是既不如宋诗，更不如唐诗。因此，朝鲜诗家主张宗唐，但唐诗不是其唯一的学习对象，而是要唐宋元明兼学。但"一个民族的文学对另一个民族文学的优秀成果的引进与吸收，往往是主动的，甚至是比原产地更为执着与迷恋"①，所以有些朝鲜诗家过度追步于明诗复古，对此，一些朝鲜诗家痛斥"宣庙朝以后，王李摹拟之学咸行，人人蹈袭、家家效颦，无复各成一家之言，自此诗道衰矣"②。他们积极呼吁不要一味模拟，要像明人"拟议以成其变化"一样有变革精神，以创作有独特朝鲜

① 李岩：《中韩文学关系史论》，北京：社会学科文献出版社，2003年，第333页。
② 申纬：《警修堂全稿》册十七，《影印标点韩国文集丛刊》第291辑，首尔：韩国古典翻译院，2002年，第375页。

精神内涵的诗文。早在朝鲜朝初期的徐居正就曾提出："我东方之文，非唐汉之文，亦非宋元之文，而乃我国之文也，宜与后代之文并行于天地间，胡可泯焉而无后传世焉？"①这种富有本民族化的独立与革新意识，在后来的许筠、金昌协、李德懋、丁若镛等诗论中也都有所体现。

日本对明诗复古的学习和批评同样具有自主性与开放性。菅茶山（1748—1827）曾言："清人王渔洋列举古来七言律诗的名家，其中有宋陆放翁，明崆峒（李梦阳）、沧溟（李攀龙）二李等，可谓平心之词。如今平心而看，宋诗中有明诗，明诗中有宋诗，这是明明白白的事实。"②菅茶山肯定了明李梦阳、李攀龙七律诗与宋陆游的七律诗一样有很高的价值，因此他作诗时常兼有宋明诗风，这种崇明但不独尊的精神与其"述事实，写实际，不效前人響，不学时世妆，乃始为非伪诗也"③的主张一致。

总之，吸收外来文化的过程中融合本土特色，尽情彰显本民族的独立意识，宗尚中追求新变，秉持开放的批评态度，这些都是东亚诗学批评精神所在，东亚诗学体系也因此才能在"混合"的声音中不断被完善，使东亚诗学呈现出同中有异、各臻其妙的独特景观。

三、提供东亚诗学交流的有效路径

东亚诗学的建构与发展，其隐含的意义与价值在于东亚文化圈内部文学交流的自主选择与积极效应。明朝时期不仅中朝两国交往密切，中、日、朝、越之间的互动也比较频繁，传统的诗赋外交作用此时得到了充分的发挥，在诗歌酬唱的过程中，既加深了对他国诗歌创

---

① 徐居正：《四佳文集》卷四，《四佳集》，《影印标点韩国文集丛刊》第11辑，首尔：韩国古典翻译院，1988年，第248页。
② 菅茶山：《笔墨消遣》，《日本随笔大成》第一卷，东京：吉川弘文馆，1993年，第152页。
③ 陈福康：《日本汉文学史》中册，上海：上海外语教育出版社，2011年，第11页。

作水平及诗学批评水平的认知,又增进了东亚各国交往的密切性。

由前文所述可推知,朝鲜诗家对明诗的客观批评,很大程度上依据于朝鲜诗家与中国文人的交往。他们或到过中国,或在与中国文人的交往中,了解明诗坛的发展状况,以此反观本国诗坛的发展情况。如尹根寿曾记载,通官高彦明曾对他言:"昔年曾见李堂和宗,则言辛巳年嘉靖登极诏使唐修撰皋出来时,远接使容斋李公问于天使曰:'当今天下文章,谁为第一?'唐答曰:'天下文章以李梦阳为第一。'"①朝鲜远接使李荇曾从中国使臣唐皋处了解到当时明文坛以李梦阳文章为第一。许筠在与朱之蕃的交往中,了解王世贞在明诗坛的地位,更加坚信其学王世贞是正确的,更加认同王世贞等七子派宗唐复古的诗学理念。

文学互动既增进了东亚各国的友谊,又增强了对各国诗学的认知。朝鲜诗家李睟光在《芝峰类说》中记载其万历二十五年(1597)到中国时,与越南使臣冯克宽有诗文酬唱:"余赴京时,遇安南国使臣冯克宽,有唱酬诗集。"②李睟光曾作《赠安南使臣排律十韵》、《重赠安南使臣叠前韵》、《又赠安南使臣叠前韵》、《赠安南使臣二首》,其中《赠安南使臣二首》曰:

> 万里来从瘴疠乡,远凭重译谒君王。
> 提封汉代新铜柱,贡献周家旧越裳。
> 山出异形饶象骨,地蒸灵气产龙香。
> 即今中国逢神圣,千载风恬海不扬。

---

① 尹根寿:《月汀漫笔》,《韩国诗话全编校注》第一册,北京:人民文学出版社,2012年,第672页。
② 李睟光:《芝峰类说》,《韩国诗话全编校注》第二册,北京:人民文学出版社,2012年,第1332页。

闻君家在九真居,水驿山程万里余。
休道衣冠殊制度,却将文字共诗书。
来因献雉通蛮徼,贡为包茅觐象舆。
回首炎州归路远,有谁重作指南车。①

冯克宽也和诗两首:

异域同归礼义乡,喜逢今日共来王。
趋朝接武殷冠冔,观国瞻光舜冕裳。
宴飨在庭沾帝泽,归来满袖惹天香。
惟君子识真君子,幸得诗中一表扬。

义安何地不安居,礼接诚交乐有余。
彼此虽殊山海域,渊源同一圣贤书。
交邻便是信为本,进德深惟敬作兴。
记取使轺还国日,东南五色望云车。②

李睟光此次出使中国时,曾"与安南使臣相值"③。适逢万历帝
万寿节,两人都代表其国进行贺寿,因此曾"同处一照,留过五十个
日,故得与相接熟"④。在诗文唱和中,李睟光对因"今中国逢神圣"

---

① 李睟光:《芝峰集》卷八,《影印标点韩国文集丛刊》第 66 辑,首尔:韩国古典
　翻译院,1991 年,第 85 页。
② 李睟光:《芝峰集》卷八,《影印标点韩国文集丛刊》第 66 辑,首尔:韩国古典
　翻译院,1991 年,第 85 页。
③ 李睟光:《芝峰集》卷八,《影印标点韩国文集丛刊》第 66 辑,首尔:韩国古典
　翻译院,1991 年,第 89 页。
④ 李睟光:《芝峰集》卷八,《影印标点韩国文集丛刊》第 66 辑,首尔:韩国古典
　翻译院,1991 年,第 89 页。

使两人相识感到荣幸,虽然两国相隔甚远、风俗不同,但"休道衣冠殊制度,却将文字共诗书",诗文酬唱可以加强彼此了解,增进两国友谊。冯克宽诗中表示越南、朝鲜虽地域不同,但是"异域同归礼义乡",越南与朝鲜在道德信念方面相同,两国"渊源同一圣贤书",即他们都信奉礼、义、信等儒家道德信念。同样的道德信念使得他们深深感受到一种思想来源及文化地位上的平等与共鸣,这是东亚诗歌交流过程中具有积极意义的重要因素。李晬光在万历三十九年(1611)再次出使中国时,赠琉球使臣蔡坚、马成骥诗曰:"交邻旧好须相念,异域何嫌识面新。""人生落地皆兄弟,况值车书共一家。"①蔡坚《奉酬贶敬朝鲜台使》诗曰:"海外觌面是奇逢,讵知一见即包容。皇恩浩荡均沾被,珠玉淋漓我独深。长才伟略靡双匹,干国谋王第一人。予心感佩真忘寐,专俟他年教复临。"②马成骥《肃勤申贶朝鲜台使》诗曰:"尧天日月照遐方,航海梯山来帝邦。不期而会天下国,凡有血气悉称降。邂逅相遇虽萍水,前缘夙定非偶然。喜承晤教固所愿,倏尔东南两分还。"③李晬光强调朝鲜与琉球"车书一家",有共同的文化基础,所以要睦邻友好。蔡坚、马成骥感恩明朝"皇恩浩荡均沾被",使他们与李晬光海外相逢,进而发展两国情谊。从这些充满激情的酬唱中,可以看出当年东亚兴盛之时中国政治文化传统深入人心的情况,越南、朝鲜、琉球等国都接受中华文明的辐射,成为文化同源、制度近似、思想相仿的友好邻邦,他们怀古感今的酬唱在东亚诗人中引起深层次的精神共鸣。也正是在这样密切的交往中,

---

① 李德懋:《清脾录》,《韩国诗话全编校注》第五册,北京:人民文学出版社,2012 年,第 4029 页。
② 李德懋:《清脾录》,《韩国诗话全编校注》第五册,北京:人民文学出版社,2012 年,第 4029—4030 页。
③ 李德懋:《清脾录》,《韩国诗话全编校注》第五册,北京:人民文学出版社,2012 年,第 4030 页。

李睟光才能客观评价冯克宽的诗"风雅可尚""圆熟赡富"①，评价"蔡马两诗亦真实""灵厚"，有竟陵派诗歌之美韵。且在对比冯克宽与蔡、马之诗后，认为冯克宽"所为词律，庶几乎华人之为"②，"而坚等短于属文，不足与酬和耳"③。这些诗歌酬唱、文学互动，不仅增进了对东亚各国文化及诗学发展水平的相互了解，而且在唱和中加深了对同在东亚文化体系中彼此秉承相同儒家理念的认知。以此为基础，加强了东亚各国间的友好交往。

　　综合全章，朝鲜诗家对明诗的批评，意义深远。其一，使朝鲜诗学理念得以完善。朝鲜诗家在批评明诗时，对诗道有了更深刻的认识，并从诗教、性情、诗歌体式、审美风格等角度，不断充实诗道的内涵。为复兴诗道，朝鲜诗家提出诗歌创作切忌模拟剿袭的建议，与此相应，他们以崇尚抒发性情的真诗为创作理念，追求以开放的诗史观看待诗学传统。其二，引发中国诗学批评的反思。中国学者要充分利用域外文献，打破国别禁锢，在更广阔的视域内对中国诗歌进行研究。无论是那些被中国所忽视却被朝鲜诗家所关注的明诗家诗作，还是朝鲜诗家运用多种批评方法对明诗所做的多层面的剖析与批评，都值得中国学者重视并援引进中国诗学研究视域中。其三，推进东亚诗学的发展。朝鲜诗家批评明诗时，不仅注意到明诗对朝鲜诗学的影响，还在东亚各国文学互动中，以"异域之眼"观察明诗对日本、越南等国的影响。在东亚各国文学互动中，朝鲜起到桥梁的作用，且从越南、琉球使臣的和诗中可知，他们对朝鲜诗家也有仰慕之

---

① 李德懋：《青庄馆全书》卷三十五，《影印标点韩国文集丛刊》第 258 辑，首尔：韩国古典翻译院，2000 年，第 60 页。

② 李睟光：《芝峰集》卷八，《影印标点韩国文集丛刊》第 66 辑，首尔：韩国古典翻译院，1991 年，第 89 页。

③ 李德懋：《清脾录》，《韩国诗话全编校注》第五册，北京：人民文学出版社，2012 年，第 4029 页。

情，十分在意朝鲜诗家对其诗的评论。朝鲜诗家在对明诗及琉球、越南诗歌的批评中，再现了东亚诗学的经典意识、深化了东亚诗学的批评精神。东亚各国诗学的发展不是彼此独立的，而是长期互补、互进的交融关系，诗歌酬唱与诗学批评不但为今天东亚各国诗学交流提供了有效的路径，而且有利于促进东亚各国的友好交往，这些都彰显出朝鲜诗家明诗批评的重要价值。

主要参考文献

中文著作

永瑢等:《四库全书总目提要》(万有文库本),上海:商务印书馆,1931年版。

谢榛:《四溟诗话》(万有文库本),上海:商务印书馆,1936年版。

杨慎:《升庵全集》(万有文库本),上海:商务印书馆,1937年版。

郭绍虞主编:《中国历代文论选》,北京:中华书局,1962年版。

《明史》,北京:中华书局,1974年版。

胡应麟:《诗薮》,上海:上海古籍出版社,1979年版。

沈德潜:《明诗别裁集》,上海:上海古籍出版社,1979年版。

郭绍虞主编:《中国历代文论选》,上海:上海古籍出版社,1980年版。

胡震亨:《唐音癸签》,上海:上海古籍出版社,1981年版。

丁福保辑:《历代诗话续编》,北京:中华书局,1983年版。

郭绍虞编选,富寿荪校点:《清诗话续编》,上海:上海古籍出版社,1983年版。

严羽著,郭绍虞校释:《沧浪诗话校释》,北京:人民文学出版社,1983年版。

钱谦益:《列朝诗集小传》,上海:上海古籍出版社,1983年版。

齐治平:《唐宋诗之争概述》,长沙:岳麓书社,1984年版。

高启著,金檀辑注,徐澄宇等校点:《高青丘集》,上海:上海古籍出版社,1985 年版。

陈献章著,孙通海点校:《陈献章集》,北京:中华书局,1987年版。

杨慎撰,王仲镛笺证:《升庵诗话笺证》,上海:上海古籍出版社,1987 年版。

袁中道著,钱伯城点校:《珂雪斋集》,上海:上海古籍出版社,1989 年版。

何景明著,李淑毅等点校:《大复集》,郑州:中州古籍出版社,1989 年版。

朱彝尊:《静志居诗话》,北京:人民文学出版社,1990 年版。

韦旭升:《中国文学在朝鲜》,广州:花城出版社,1990 年版。

陈子龙著,上海文献丛书编委会编:《皇明诗选》,上海:上海华东师范大学,1991 年版。

李梦阳:《空同集》,上海:上海古籍出版社,1991 年版。

袁震宇、刘明今:《明代文学批评史》,上海:上海古籍出版社,1991 年版。

钟惺著,李先耕,崔重庆标校:《隐秀轩集》,上海:上海古籍出版社,1992 年版。

李攀龙撰,包敬第标校:《沧溟先生集》,上海:上海古籍出版社,1992 年版。

陈田辑:《明诗纪事》,上海:上海古籍出版社,1993 年版。

李攀龙著,李伯齐校点:《李攀龙集》,济南:齐鲁书社,1993年版。

廖可斌:《复古派与明代文学思潮》,台北:文津出版社,1994年版。

成复旺:《中国古典美学范畴》,北京:中国人民大学出版社,1995

年版。

任范松等:《朝鲜古典诗话研究》,延吉:延边大学出版社,1995年版。

金台俊著,张琏瑰译:《朝鲜汉文学史》,北京:社会科学文献出版社,1996年版。

王运熙、顾易生主编:《中国文学批评通史》,上海:上海古籍出版社,1996年版。

江盈科纂,黄仁生辑校:《江盈科集》增订本,长沙:岳麓书社,1997年版。

吴文治:《明诗话全编》,南京:江苏古籍出版社,1997年版。

谭元春著,陈杏珍标校:《谭元春集》,上海:上海古籍出版社,1998年版。

邝健行等选编:《韩国诗话中论中国诗资料选粹》,北京:中华书局,2002年版。

吴国伦:《甔甀洞稿》,上海:上海古籍出版社,2002年版。

李岩:《中韩文学关系史论》,北京:社会学科文献出版社,2003年版。

徐东日:《李德懋文学研究》,哈尔滨:黑龙江朝鲜民族出版社,2003年版。

蔡镇楚:《中国诗话珍本丛书》,北京:北京图书馆出版社,2004年版。

朱熹:《四书集注》,南京:凤凰出版社,2005年版。

袁行霈主编:《中国文学史》,北京:高等教育出版社,2005年版。

孙德彪:《朝鲜诗家论唐诗》,北京:民族出版社,2006年版。

胡经之:《中国古典文艺学》,北京:光明日报出版社,2006年版。

冯时可:《唐诗类苑》,上海:上海古籍出版社,2006年版。

蔡镇楚、龙宿莽:《比较诗话学》,北京:北京图书馆出版社,2006

年版。

　　蔡美花:《高丽文学审美意识研究》,延吉:延边大学出版社,2006年版。

　　陈文新:《明代诗学的逻辑进程与主要理论问题》,武汉:武汉大学出版社,2007年版。

　　朱云影:《中国文化对日韩越的影响》,桂林:广西师范大学出版社,2007年版。

　　袁宏道著,钱伯城笺校:《袁宏道集笺校》,上海:上海古籍出版社,2008年版。

　　张敏:《韩国思想史纲》,北京:人民文学出版社,2009年版。

　　李岩、徐健顺:《朝鲜文学通史》,北京:社会科学文献出版社,2010年版。

　　严明:《东亚汉诗史论》,台北:圣环图书股份有限公司,2011年版。

　　陈福康:《日本汉文学史》,上海:上海外语教育出版社,2011年版。

　　张伯伟:《作为方法的汉文化圈》,北京:中华书局,2011年版。

　　蔡美花、赵季:《韩国诗话全编校注》(全十二册),北京:人民出版社,2012年版。

　　蒋寅:《清代诗学史》,北京:中国社会科学出版社,2012年版。

　　屠隆著,李亮伟等校注:《由拳集校注》,杭州:浙江大学出版社,2012年版。

　　赵季辑校:《足本皇华集》,南京:凤凰出版社,2013年版。

　　徐复观:《中国文学论集》,北京:九州出版社,2014年版。

　　李岩:《朝鲜诗学史研究》,太原:山西人民出版社,2016年版。

　　曹春茹、王国彪:《朝鲜诗家论明清诗歌》,北京:中央编译出版社,2016年版。

　　陈献章著,陈永正笺校:《陈献章诗编年笺校》,广州:广东人民出版社,2018 年版。

张振亭:《朝鲜古典诗学范畴及其批评体系》,北京:人民出版社,2018 年版。

马金科:《黄庭坚与朝鲜古代汉诗的发展》,北京:人民出版社,2018 年版。

朝鲜文著作

成均馆大学校大东文化研究院编:《许筠全集》,首尔:成均馆大学校出版部,1981 年版。

李圭景:《五洲衍文长笺散稿》,首尔:明文堂,1982 年版。

韩国古典翻译院:《影印标点韩国文集丛刊》,首尔:韩国古典翻译院,1986—2005 年版。

赵东一:《东亚比较文学论》,首尔:首尔大学出版社,1993 年版。

赵钟业:《修正增补韩国诗话丛编》,首尔:太学社,1996 年版。

金宗直:《东文粹》,首尔:明昌文化社,1996 年版。

全永大等:《韩国古典诗学史》,首尔:兴盛社,1997 年版。

李钟殷、郑珉:《韩国历代诗话类编》,首尔:亚细亚文化社,1998 年版。

金春泽等:《朝鲜文学批评史研究》,平壤:朝鲜社会科学院出版社,1999 年版。

郑大林:《韩国古典批评史》,首尔:太学社,2001 年版。

李珉弘:《朝鲜中期儒家文学与性情美学》,首尔:太学社,2003 年版。

朴秀川:《韩国汉诗批评研究》,首尔:太学社,2003 年版。

中文期刊论文

曹文彪:《〈论诗歌摘句批评〉》,《文学评论》,1998 年第 1 期。

蒋寅:《古典诗学中"清"的概念》,《中国社会科学》,2000 年第 1 期。

张伯伟:《论日本诗话的特色——兼谈中日韩诗话的关系》,《外国文学评论》,2002 年第 1 期。

张伯伟:《选本与域外汉文学》,《南京大学学报(哲学·人文科学·社会科学版)》,2002 年第 4 期。

孙德彪:《许筠对唐宋明及朝鲜诗歌的批评》,《东疆学刊》,2005 年第 4 期。

郭美善:《许筠与明代文人的书籍交流考论》,《延边大学学报(哲学社会科学版)》,2008 年第 2 期。

陈文新:《从台阁体到茶陵派——论山林诗的特征及其在明诗发展史上的意义》,《文学遗产》,2008 年第 3 期。

邹志远:《朝鲜李睟光"性情论"探析》,《东疆学刊》,2009 年第 3 期。

蔡美花:《朝鲜古代"天机论"的形成与发展》,《延边大学学报(社会科学版)》2009 年第 6 期。

张伯伟:《典范之形成:东亚文学中的杜诗》,《中国社会科学》,2012 年第 9 期。

吴承学:《明清诗文研究七十年》,《文学遗产》,2019 年第 5 期。

蔡美花、袁堂华:《风流:朝鲜古代文人对中国传统诗学的创造性阐释》,《东北师大学报(哲学社会科学版)》,2019 年第 6 期。

韩东:《袁宏道"性灵"文学观在朝鲜文坛的接受与变异》,《延边大学学报(社会科学版)》,2021 年第 5 期。

朝鲜文期刊论文

陈甲坤:《洪万宗诗论考察——与明代前后七子的诗论相关联》,《退溪学与儒教文化》,1990 年第 18 期。

梁会锡：《复古的类型及文学史的功能——以明代李梦阳、李卓吾为中心》，《中国文学》，2003 年第 39 期。

全正源：《李德懋文学的形成背景及与公安派文学接受的关联》，《大东汉文学》，2005 年第 22 期。

李柄顺：《许筠对前后七子的认识》，《汉文学论集》，2008 年第 27 期。

路庆熙：《17 世纪前期朝鲜和 18 世纪江户文坛对明代前后七子诗论的接受》，《韩国古典文学研究》，2013 年第 43 期。

金俊涉：《芝峰李睟光的唐诗观》，《汉文学报》，2015 年第 32 期。

钱年顺：《〈艺苑卮言〉和〈芝峰类说〉的唐宋诗批评考察》，《东亚人文学》，2016 年第 36 期。

钱年顺：《许筠与王世贞诗论比较研究》，《语文论集》，2017 年第 80 期。

学位论文

孙学堂：《王世贞与十六世纪文学复古思想》，南开大学博士论文，2000 年。

孙春青：《明代唐诗学》，南开大学博士论文，2005 年。

邹志远：《李睟光文学批评研究》，延边大学博士论文，2007 年。

金生奎：《明代唐诗选本研究》，南京大学博士论文，2007 年。

杜慧月：《明代文臣出使朝鲜与〈皇华集〉研究》，中国人民大学博士论文，2008 年。

王克平：《朝鲜与明外交关系研究——以"诗赋外交"为中心》，延边大学博士论文，2009 年。

闫霞：《明代诗学与文学经典意识的成熟》，中山大学博士论文，2009 年。

刘喜涛：《封贡关系视角下明代中朝使臣交往研究》，东北师范大学博士论文,2011 年。

孟宪尧:《〈皇华集〉与明代中朝友好交流研究》,延边大学博士论文,2012 年。

吴伊琼:《明朝与朝鲜王朝诗文酬唱外交活动考论——以〈朝鲜王朝实录〉为中心》,复旦大学博士论文,2013 年。

廖启明:《清初唐宋诗之争研究》,南京大学博士论文,2013 年。

王成:《朝鲜古曲诗话批评方法研究》,中央民族大学博士论文,2013 年。

李健:《明代前期中琉关系研究》,东北师范大学博士论文,2018 年。